एक आतंकवादी की प्रेमकथा

उपन्यास

विनीत कुमार

अंजुमन प्रकाशन

अंजुमन प्रकाशन
942, मुट्ठीगंज, प्रयागराज-3 उत्तर प्रदेश, भारत
www.anjumanpublication.com
contact@anjumanpublication.com

प्रथम संस्करण यथार्थ प्रकाशन द्वारा 2015 में प्रकाशित
द्वितीय संस्करण अंजुमन प्रकाशन द्वारा 2019 में प्रकाशित

आवरण व टाइप सेटिंग : अंजुमन प्रकाशन
भारत में मुद्रित व जिल्दबंद

ISBN : 978-93-88556-14-9

यह कृति मेरे पूज्य माता-पिता
श्रीमती विमला देवी एवं श्री जन्मजय प्रसाद साहू
को सादर समर्पित

एक

बाँदीपुर के निकट एक छोटा सा गाँव है, चंद्राल। अभी महीना पहले आतंकवादियों के द्वारा इस गाँव में भारी हड़कंप-हंगामा हुआ था। दर्जनों आदमी मारे गये थे और कितने ही घायल हो गये थे। वैसे यह क्षेत्र पिछले काफी समय से आतंक के साये में रहता आया है और यही कारण है कि गत वर्षों से जारी आतंकवाद ने पूरे इलाके की अर्थव्यवस्था की कमर तोड़ दी है। भारी सुरक्षा-व्यवस्था के बावजूद भी यहाँ आतंकी गतिविधियाँ रुकने का नाम नहीं ले रही हैं। इस घटना के बाद लोग काफी आतंकित हैं। भय के कारण लोगों ने खेतों में काम करना तक छोड़ दिया है। बच्चों को घर से निकलने पर मनाही होने लगी है। इसी आतंक के कारण न तो यहाँ शिक्षा की ठोस व्यवस्था है और न ही जीविकोपार्जन का पर्याप्त साधन पशुचारण और छोटी-मोटी खेती ही यहाँ के जीविकोपार्जन का मुख्य साधन है। यहाँ का रहन-सहन निखालिस पुराने ढंग का, घिसी-पिटी मान्यताओं एवं तमाम तरह के अंधविश्वासों पर आधारित है। यहाँ के निवासियों में अधिकांश मुसलमान हैं, किन्तु उनका रहन-सहन, रीति-रिवाज एवं संस्कृति पर हिन्दू धर्म की पर्याप्त छाप है। यहाँ के कुछ नौजवान बाहर जाकर पढ़-लिख भी आये हैं, पर इस गाँव में आकर वे भी गधों के झुण्ड में गधे ही बने पड़े हैं। उनकी सोच और सभ्यता अपने तक ही सीमित है। एक दो मिलिट्री अफसरों ने स्कूलों को सुचारु रूप से व्यवस्थित कर चलवाने का प्रयास किया, पर यहाँ के लोगों ने गरीबी के कारण अपने बच्चों को पढ़ाने के बदले पशुचारण, घर के काम-काज तथा खेतीबाड़ी के कामों में ही लगाए रखना उचित समझा। यहाँ के लोगों ने अपने बच्चों की पढ़ाई को महत्त्व न दिया। यहाँ के लोगों का स्पष्ट कहना था– ''बच्चों को पढ़ा लिखाकर क्या करेंगे बाबूजी! आखिर में हमें तो खेतों में हल ही चलाना है, मवेशी ही चराने हैं; स्कूलों में दिन काटने से अच्छा तो हमारे बच्चे अपने लिए शाम की रोटी कमा लाते हैं।''

जरीना अपने चौदह साल के इकलौते बेटे शाहिद को घर से दूर खेलता देख चिल्लाई– ''बेटा शाहिद, तुझे दीन-दुनिया की खबर है या नहीं... आ घर में आकर बैठ; जब शीत सूख जाएगा, तब घर के पिछवाड़े मैदान में बकरियाँ चराने ले जाना।''

जरीना की बातों को अनसुनी कर शाहिद खेलता रहा। जरीना फिर चिल्लायी–"अरे ओ मुए! सुनता है या नहीं, आ जल्दी आ।"

शाहिद मियाँ वहीं से चिल्लाया– "अरी अम्मी गला क्या फाड़ती है, महीना भर तो घर में कैद रहा, मैं अभी नहीं आऊँगा; जब शीत झर जाएगा तो मैं अपने आप बकरियाँ चराने ले जाऊँगा।"

"तुझ बेकहे से तो बात करना ही जुलम है, किसी बात को सुनता ही नहीं।" वह बुदबुदाती हुई घर के अंदर चली गयी।

कुछ देर बाद शाहिद खेलकर आया और आते ही अपनी माँ जरीना से उसने कहा– "कुछ खाने को है तो दे, बकरियाँ चराने जा रहा हूँ।"

जरीना, रात की बची हुई दो-तीन रोटियाँ, अचार के साथ शाहिद के सामने रख गयी। शाहिद ने बगल में पड़ा हुआ गिलास देगची में डुबोकर पानी निकाला और हाथ धोकर रोटियाँ खाने लगा। तभी जरीना चूल्हे के पास से बोली– "दूर मत जाना, पिछवाड़े ही बकरियों के पेट भर जायेंगे। दोपहरी में बकरियों को पानी पिलाकर खाने के लिऐ चले आना।"

"आज क्या बना रही है अम्मी?" शाहिद ने पूछा।

"मकई का घठा बन रहा है।"

"चावल क्यों नहीं बनाती? "शाहिद ने फिर पूछा।

"कहाँ से आएँगे छह रुपये किलो चावल?"

शाहिद– "जाता हूँ।"

जरीना– "मट्ठा पियेगा?"

शाहिद– "कहाँ से आया मट्ठा?"

जरीना– "सबीना के घर से। तुझे भी कहती हूँ, बकरियों के साथ दो गाय रख ले, उसे अलग से चराना तो न पड़ेगा; घर में कम से कम दूध-दही तो न कम पड़े, दो पैसे आमदनी भी हो जाती... कल ही सबीना के अब्बा ने दूध के पैसों से एक और गाय खरीदी है..."

"कहती है गाय रख लूँ, गायें क्या पेड़ में लगती हैं जो तोड़कर रख लूँ।" शाहिद झल्लाया।

जरीना–"पिछले हफ्ते जब तुम्हारे मामूजान ने एक गाय देने की बात कही थी, उस समय तो मना कर दिये।"

शाहिद तुनककर बोला– "उस मरियल-सी गाय को न रखूँगा; सिर का बोझ।"

जरीना– ''पाव भर भी दूध न होता क्या?''

शाहिद– ''मैं उस चोरनी गाय को अच्छी तरह जानता हूँ; मुँह मारने से बाज नहीं आती है, कहीं किसी के खेत/बाड़े में चली गयी तो पाव भर के किलो भर दंड देने पड़ जाएँगे।'' वह अपने ओढ़े हुए फटे मटमैले कंबल से मुँह पोंछते हुए बोला।

''अच्छा, ले मट्ठा पी ले।'' जरीना एक कटोरी में मट्ठा देते हुए बोली।

शाहिद– ''देखना अम्मी, जब गाय ही रखना है तो अच्छी गाय रखूँगा; मेहनत करूँगा और खूब दूध बेचूँगा।''

जरीना– ''तू ख्वाब देख... छह बकरियाँ तो सँभलतीं नहीं, अच्छी गायें रखेगा, मेहनत करेगा...!'' उसने व्यंग्य किया।

जरीना अपने काम में व्यस्त हो गयी। शाहिद ने अपना ओढ़ा हुआ कंबल खूँटी में टाँगा, छड़ीनुमा छोटी सी लकड़ी की बेंत उठाई और बकरियों को चराने ले गया। घर के पिछवाड़े वाले मैदान में घास खुटी-खुटी (पत्तीहीन) बची हुई थी। नयी पत्तियाँ इतनी जल्द कहाँ से आतीं, महीने भर से बकरियाँ यहीं तो चर रही थीं। मैदान में जाकर बकरियाँ मन से घास चरने के बजाय में...में...ऽऽऽ करने लगीं और इधर-उधर जाने लगीं। बकरियों को घास की तलाश में इधर-उधर भटकते देख शाहिद उन्हें नदी के पास वाली झाड़ियों में ले गया, पर बकरियाँ घास न पाकर वहाँ भी न रुकीं और नदी पार कर गयीं। बकरियाँ नदी के दूसरे किनारे पर हरी-हरी घास चरने लगीं। बकरियों को शांति से चरता देख शाहिद नदी किनारे एक बड़े पत्थर पर बैठकर अपना लोकगीत गाने लगा...

''कतेहू चुख नन्द बाने वलो माशोक म्याने,

वलो माशोक म्याने वलो माशोक म्याने।''

शाहिद अपनी धुन में गाये जा रहा था, तभी उसके कान में एक कड़क आवाज पड़ी–'ए...!'

शाहिद चौंककर एकाएक चुप हो गया और हड़बड़ाकर उठ खड़ा हुआ। उसके पीछे कब ये दो अंजान आदमी आकर खड़े हो गये, उसे पता भी न चला। उन अजनबियों को अचानक देखकर शाहिद घबरा गया। नजर उठाकर देखा तो कुछ तसल्ली हुई। उनमें से एक सबीना का बड़ा भाई मसूद था और दूसरा बिलकुल अंजान। लाल-लाल, बड़ी-बड़ी आँखें, लम्बी दाढ़ी। क्रूर चेहरे वाला एक अधेड़ उम्र का व्यक्ति था। मसूद ने पूछा ''अरे शाहिद, यहाँ क्या कर रहे हो?''

शाहिद– ''बकरियाँ चराने लाया हूँ।''

मसूद– ''उधर तुम्हारे घर के आस-पास फौजी तो नहीं?''

शाहिद– "नहीं, पर फौजियों को क्यों पूछते हो?"

मसूद– "बस यूँ ही पूछ लिया।"

वह अधेड़, जिसका नाम कमान्डर करीमन खां था, ने बीच में ही टोका– "तुम बकरियाँ चराते हो?"

शाहिद– "हाँ, चराता हूँ।"

करीमन खां मसूद की पीठ पर हाथ रखते हुए बोला– "यह मसूद तुम्हारे ही गाँव का है न?"

शाहिद– "हाँ, यह तो हमारा पड़ोसी है।"

करीमन खां मुस्कराते हुए– अच्छा, यह तो बड़ी खुशी की बात है; मुझे देखकर कहीं तुम्हें भय तो नहीं हुआ?"

शाहिद– "नहीं तो।"

करीमन खां शाहिद से प्यार जताते हुए बोला– "बेटा, मुझसे घबराना मत, तुम तो अपने घर के बच्चे हो; क्या करते हैं तुम्हारे अब्बा हुजूर?"

शाहिद– "मेरे अब्बा नहीं हैं।"

करीमन खां– "ओफ्फ! अफसोस! अम्मी तो होगी?"

शाहिद– "हाँ है।"

करीमन खां– "कितने भाई-बहन हो तुम?"

शाहिद– "मैं अकेला हूँ।"

मसूद बीच में बोला– "सरदार जल्दी चलिए, बारह बजे तक लौटना भी होगा।"

करीमन खां– "पहले यह तो मालूम हो कि आगे रास्ता साफ है... जरा तुम आगे देख आओ, कहीं फौजी हैं तो नहीं।"

'खुदा हाफिज।' कहकर मसूद आगे चला गया। मसूद के जाने के बाद उस अजनबी कमांडर ने शाहिद से फिर पूछा– "घर में अम्मी के अलावा और कौन-कौन है तुम्हारे?"

शाहिद– "बस, मैं और अम्मी।"

करीमन खां– "दो ही लोग, तब तो बड़ा आराम से गुजारा होता होगा?"

शाहिद– "हाँ, रूखा-सूखा हो जाता है।"

करीमन खां– "तुम्हारी अम्मी कहीं काम भी करती है?"

शाहिद– "कभी-कभार काम मिलने पर मजदूरी कर लिया करती है।"

करीमन खां– "कितनी आमदनी हो जाती है इन बकरियों से?"

शाहिद– "आमदनी का कुछ पता ही नहीं चलता; परब-त्योहार, कपड़े-लत्ते और उधारी ले-देकर सब बराकर हो जाता है; हाथ में कभी दो पैसे नहीं बचते, पैसा आते ही चला जाता है... कभी-कभी तो बकरियों के बिक्री के पैसे हाथ आते ही नहीं, उधारी देने वाले महाजन घर से बकरियाँ ही उठा ले जाते हैं।"

करीमन खां सहानुभूति भरे स्वर में बोला– "दो मुँह वाले घर में तो खा-पीकर दो पैसे कल के लिए बचा भी लेना चाहिए।"

शाहिद अभिभूत होकर बोला– "कहाँ हमारे नसीब में बचत के पैसे होंगे; यहाँ तो आज के लाले पड़े हैं, कल को कौन सोचे। बड़ी मुश्किल से तो साग रोटी चलती है।"

करीममन खां– "नसीब को क्यों दोष देते हो बेटा, अब तुम मसूद को ही देखो, इतना लम्बा परिवार होते हुए भी कभी उसके घर में अन्न की कमी हुई है भला... आराम से जी चाहा खाते हैं, जी चाहा पहनते हैं।"

शाहिद मायूस होकर– "यह तो उनका अपना नसीब ही है, जो जी चाहा खाते-पहनते हैं... उनके पास दो बैल हैं, खेती करते है; दो-तीन गाय है... परसों ही मसूद के अब्बा ने दूध बेचकर एक और गाय खरीदी।"

करीमन खां– "तुम्हारी भी तो अपनी जमीन होगी?"

शाहिद– "हाँ, थोड़ी बहुत है, पर जमीन रहने से क्या होगा, हाथ में हल-बैल रहेगा तब तो खेती होगी।"

करीमन खां– "तो फिर हल-बैल क्यों नहीं रखते?"

शाहिद– "कह देने भर से तो हल-बैल नहीं हो जाता न...कब से गाय रखने की सोच रहा हूँ, पर हाथ में चार पैसे आयें तब तो गाय खरीदूँ; बैल रखना तो खैर मेरे लिए ख्वाब ही होगा।"

करीमन खां– "अरे बेटा, ख्वाबों को हकीकत में बदलते देर लगती है क्या... अब तुम अपने ही पड़ोसी मसूद को देखो, करीब साल भर पहले वह भी तुम्हारी तरह भूख से बिलखते मिला था, तब उसे तुम्हारी तरह गाय–बैल रखने और खेती करने का ख्वाब न था, फिर भी साल भर पूरा होते-होते उसके पास तीन गायें, दो हल-बैल और खेती भी होने लगी... अब उसके परिवार में खाने पहनने की कमी है क्या?"

शाहिद– "पर यह सब हुआ कैसे?"

करीमन खां– "मसूद मेरे साथ रहा, थोड़ी मेहनत किया और हो गया नसीब

वाला; तुम क्या समझते हो, उसके अब्बा ने दूध बेचकर गाय बैल खरीदे। परसों मसूद के अब्बा ने जो गाय खरीदी, उसके लिए मैंने ही हजार रुपये दिये थे।''

शाहिद– ''हजार रुपये! क्या आप उनके रिश्तेदार हैं?''

करीमन खां– ''हाँ, हमारे बीच मजहब का रिश्ता है, जाति का रिश्ता है; हम सब अल्ला के ही बंदे हैं और हम सबका एक ही फर्ज है जेहाद।''

शाहिद– ''जेहाद? मैं समझा नहीं।''

करीमन खां– ''देखो बेटा, तुम्हें इतनी जल्द समझ में आएगा भी नहीं... तुम हमारे साथ चलोगे, साथ रहने लगोगे और पैसे कमाने लगोगे तो तुम्हें खुद समझ आ जाएगा।''

शाहिद– ''सिर्फ साथ चलने और रहने भर से ही तो पैसे नहीं मिलेंगे; काम तो कुछ होगा ही...''

करीमन खां– ''काम तो है, पर बिल्कुल आसान... हमारा काम मजदूरों की तरह दिन भर कड़ी धूप में पसीना बहाना नहीं, बस साथियों के साथ जंगल-जंगल घूमना है; इसलिए मैं तुम्हें भी कहता हूँ, यह सब बेकार का काम छोड़ो और हमारे साथ चलो।''

शाहिद– ''जंगल-जंगल घूमना, ये कोई काम है भला... फिर इतने पैसे क्यों?''

करीमन खां– मैंने कहा न, हमारा काम पसीना बहाना नहीं; साथ रहोगे तो सब मालूम हो जाएगा। इन भेड़ बकरियों में क्या रखा है, जो इच्छा के अनुसार खा-पी भी नहीं सकते, अपने शौक भी पूरा नहीं कर सकते; इतने आसान काम के लिए इतने सारे पैसे तुम्हें और कहाँ मिलेंगे भला।''

शाहिद– ''मिलिट्री वाले हमें यह कहकर स्कूल भेजते हैं कि स्कूल में पढ़-लिख लेने से सरकार हमें नौकरियाँ देगी और फिर खूब पैसे भी मिलेंगे... फौजियों के कहने पर ही कुछ लड़के स्कूल भी जाने लगे हैं।''

करीमन खां– ''देखो बेटा, इन मिलिट्री वालों की जुबान का कोई भरोसा नहीं; भारत सरकार अपने इन फौजियों से हुकूमत करवाती है तुम पर, तुम्हारी इस धरा पर... तुम कश्मीरियों को गुलाम बनाकर रखना चाहती है यहाँ की सरकार, इसलिए तुम्हें नौकरी और पैसों का हवाला देते हैं। तुम आजाद क्यों नहीं होना चाहते हमलोगों की तरह। तुम देख नहीं रहे, हम आजाद घूमते हैं, पैसे कमाते हैं। तुमने इन मिलिट्री वालों का विश्वास इतनी आसानी से कैसे कर लिया...। पेट के लिए रोटी चाहिए, इन काले अक्षरों से पेट नहीं भर जाता; इस पढ़ाई से कुछ फायदा भी है? अब तुम ही बताओ, तुम्हारे गाँव में पढ़े-लिखे व्यक्ति हैं कि नहीं?''

शाहिद– ''हाँ, हैं न... कुरैशी जी का लड़का बहुत पढ़ा-लिखा है; सुना है

अफसरों से फटाफट अंग्रेजी में बातें करता है।''

करीमन खां– ''मानता हूँ पढ़ा है, पर क्या वह कमाता भी है? पढ़-लिख गया, पर सरकार ने उसे नौकरी दी? नहीं न, इसी तरह तुम भी ठगे जाओगे।''

शाहिद– ''उसकी तो अपनी दुकान है, अच्छी बिक्री है, उसे नौकरी की क्या जरूरत?''

करीमन खां– ''और भी तो पढ़े लिखे होंगे, क्या सभी को नौकरी मिली?''

शाहिद– ''सभी तो नहीं, पर बगल के गाँव में दो नौकरी वाले हैं, बड़ी ठाठ है उनकी।''

करीमन खां– ''देखो बेटा, यहाँ की सरकार सभी को नौकरियाँ नहीं दे सकती; नौकरी पैसे वालों को ही मिलती है, तुम जैसों को तो बिलकुल ही नहीं... यदि तुम्हें पैसे ही कमाने हैं तो तुम हमारी तरह आजाद रहकर क्यों नहीं कमाते? गुलामी कर पैसा कमाना अच्छा लगता है तुम्हें? हम तुम्हें बिना पढ़े ही नौकरी देंगे; यदि तुम्हें नौकरी ही करना है तो हमारी नौकरी करो।''

शाहिद– ''तब तो आपने भी नहीं पढ़ा होगा?''

करीमन खां– ''मैंन पढ़ा है, पर यहाँ नहीं, पाकिस्तान में; जहाँ नौकरी के लिए नहीं, बल्कि धर्म के लिए पढ़ाया जाता है और उसी पढ़ाई से रोजगार और पैसे भी मिलते हैं। तुम्हें मालूम नहीं कि तुम भारत सरकार के गुलाम हो... तुम्हें इस बात का जरा भी मलाल नहीं? क्या तुमने यहाँ के लोगों को मिलिट्री वालों के द्वारा पकड़कर ले जाते नहीं देखा; किस तरह वे निर्दोषों को पकड़कर बेरहमी से पीटते हैं।''

शाहिद– ''हाँ देखा है, पर वे उन्हीं को पकड़कर ले जाते हैं, जो पैसों के लालच में आतंकवादियों की सहायता करते हैं। मिलिट्री वाले तो हमारी रक्षा के लिए हैं, देश की रक्षा के लिए तैनात किये गये हैं।'' करीमन खां को शाहिद की इस बात से जैसे मानो गालियाँ पड़ी हों।

करीमन खां– ''नहीं बेटा, तुम गलत सोचते हो; इसी सोच ने तो तुम्हें गुलाम बना रखा है। वे आतंकवादियों की सहायता करने वालों को नहीं, बल्कि जेहादियों की सहायता करने वालों को पकड़कर उन पर अत्याचार करते हैं। जो लोग यहाँ की आजादी चाहते हैं, उन बेचारों पर जुल्म ढाते हैं। यहाँ काम करने वाले आतंकवादी नहीं, जेहादी हैं, जो यहाँ की आजादी के लिए लड़ते हैं; इस धरती को भारत की गुलामी से मुक्त कराने के लिए इस क्षेत्र में जेहाद करते हैं... ये जेहादी तुम्हारी ही मुक्ति के लिए अपनी जान हथेली पर लिए फिरते हैं; बेटा शाहिद, तुम्हें भी अपनी आजादी के लिऐ आगे आना चाहिए, इस काम में पैसे भी खूब मिलते हैं। मैं तो कहता हूँ, तुम

अभी ही इस पाक कार्य के लिए हमारे साथ चलो।''

शाहिद– ''नहीं, अभी नहा, मैं अम्मी जान से इस काम के बारे में पूछूँगा।''

करीमन खां– ''अरे बेटा, अम्मी से क्या पूछना, काम के बारे में मैं बतला देता हूँ– हम जेहादी कहलाते हैं, पर भारतीय सेना हमें नाहक ही आतंकी कहकर बदनाम करती हैं। हमें अफसोस तो इस बात का है कि हम जिनकी आजादी के लिए मरते-मिटते हे, वे भी हमें आतंकवादी ही समझते हैं। खैर, यहाँ की आजादी के लिए ये बदनामी भी हमें कुबूल है; यहाँ की आजादी हमारा मकसद है, यह मकसद ही हमारा धर्म है और इस धर्मयुद्ध के लिए अपनी कुर्बानी देने से भी पीछे न हटेंगे। पिछले महीने जो इस गाँव में बम काण्ड हुआ था, वह मसूद और उसके साथियों ने ही उन अत्याचारी फौजियों को यहाँ से खदेड़ने के लिए किया था; मुझे अफसोस है कि इस युद्ध में कुछ ग्रामीण भी मारे गये, पर आजादी के लिए तो कुर्बानी देनी ही पड़ती है।''

बमकाण्ड का नाम सुनते ही शाहिद काँप गया। करीमन खां शाहिद के भय को ताड़ गया। बोला– ''जरा सोचो बेटा, हम क्यों लड़ते हैं, किसके लिए लड़ते हैं? हमें यहाँ की जनता से कोई दुश्मनी नहीं, हम तो सिर्फ कश्मीर को भारत की गुलामी से आजाद कराना चाहते हैं, ताकि यहाँ हमारा खुद का राज्य हो, इस क्षेत्र को हम अपना कह सकें।''

इस बीच मसूद वापस आ गया। बोला– ''सरदार, आगे जाना ठीक नहीं; गाँववालों से पता चला, कुछ देर पहले से ही फौजी यहाँ आ जा रहे हैं, गाँव के दो तीन ग्रामीणों को भी पकड़कर ले गये हैं।''

करीमन खां– ''अच्छा बेटा, अभी चलता हूँ, मैं तुमसे बाद में मिलूँगा, खुदा हाफिज।''

करीमन खां और मसूद चले गये। शाहिद ने उन दोनों को एक नजर देखा, फिर अपनी बकरियों को हाँकता हुआ वापस घर चला आया।

शाहिद का उतरा-उतरा चेहरा देखकर बकरियों का बाड़ा साफ कर रही जरीना बोली– ''क्या बात है बेटा, आज बकरियाँ जल्दी ले आये... चेहरा भी मुरझाया-सा हैं, तबियत तो ठीक हैं?''

शाहिद, माँ की बातों से चौंका। अफरा-तफरी में वह जरीना को सच्चाई बयान न कर सका। वह लड़खड़ाते लफ्जों में बोला– ''हाँ हाँ अम्मी, आज जरा सिर दुख रहा है।''

जरीना– ''जा, जाकर लेट जा, बाड़ा साफ करके आती हूँ, माथा दबा दूँगी।''

दूसरे दिन भी शाहिद बेचैन रहा। पिछवाड़े के मैदान में घास न होते हुए भी

बकरियों को चराता रहा। शाम को बकरियाँ बाड़े में करके जब वह घूमने निकला, तो देखा, मसूद की बहन सबीना गायों को पुचकार-पुचकारकर घास खिला रही है। मसूद के अब्बा, मियाँ नसीम खेतों से वापस आ गये। बैलों को बाँधकर घास डाला और सबीना को आवाज दी– ''बेटी सबीना! दूध की बाल्टी ले आ, गाय दुह दूँ।'' सबीना दौड़ती हुई घर के अंदर गयी और दूध की बाल्टी ले आई। तभी सबीना की नजर टटरे के बाहर खड़े शाहिद पर पड़ी। वह चहककर बोली ''आ जा शाहिद! आ न, देख कैसे गदागद दूध निकलता है।''

नसीम मियाँ बाल्टी सँभालते हुए बोले– ''आ बेटा शाहिद, तू भी सीख ले दूध दुहना, कल को तुम्हें भी दुहना होगा।''

शाहिद चुपचाप खड़ा-खड़ा बाहर से ही थन से निकलते दूध की धार को देखकर सोचता रहा, आहा! कितना मजा आता होगा दूध दुहने में... गद-गदा-गद। कितने बड़े थन और मोटी-मोटी छिर हैं... तुरन्त ही बाल्टी भर आयी, फेन से लबालब बाल्टी। कितनी सीधी है यह सफेद वाली, कितना सुन्दर है वह बछड़ा। अरे प्यारे बछड़े पी ले, पी ले नहीं तो अभी सब दूध दुह लिया जायेगा तो ठेंगा चाटते रहना। गद-गदा-गद बाल्टी तो भर आई। तभी नसीम मियाँ की आवाज से उसका ध्यान टूटा। बोले– ''बेटी सबीना! बाल्टी भर आयी, ले इसे खाली कर ला।''

शाहिद अनायास ही बुदबुदा पड़ा– ''आहा! बाल्टी भर दूध।''

शाहिद को एकाएक अपनी स्थिति का खयाल हुआ। मन ही मन सोचा– ओफ्फ! मैं क्यों उछल रहा हूँ, हमारे नसीब में ऐसा कहाँ।

अपनी स्थिति का खयाल होते ही वह मुँह लटकाये घर लौट आया और एक कोने में जा बैठा। रह-रहकर उसके मस्तिष्क में दूध की धार घुमड़ती रही। तभी बाहर से सबीना की आवाज आई– ''खाला! कहाँ हो?''

''हाँ अंदर हूँ, आजा, आ अंदर आ।'' जरीना ने घर के बाहर आते हुए उत्तर दिया।

सबीना– ''लो, दूध भेजा है अम्मी ने शाहिद के लिए; तब वह टटरे के बाहर ही खड़ा था, बुलाने पर आया ही नहीं।''

जरीना– ''पता नहीं बेटी, कल से उसे किसी की नजर लग गयी है, चंचल रहता ही नहीं, मुँह लटकाये इधर-उधर फिरता है। कल सुबह का ही खाया है, आज अभी तक नहीं खाया। देखो तो भला, अभी से एक पहर खाकर रहता है, शरीर कैसे भरेगा उसका।''

सबीना– ''शाहिद कहाँ गया खाला?''

जरीना– "वह कोने में पड़ा तो है। क्यों रे उधर कोने में क्यों पड़ा है, आ, इधर आ; फरीदा खाला के घर के बाहर से क्यों लौट आया? आज अंदर जाते शरम लग रही थी क्या?"

सबीना– "खाला, जाती हूँ।"

जरीना– "बेटी, अपनी मम्मी से कहना, इस तरह रोज-रोज दूध न भिजवाया करें; गाय चराएगा, तो दूध खाएगा यह।"

सबीना चली गयी। जरीना खाना बनाने में व्यस्त हो गयी। अँधेरा हो जाने पर भी शाहिद कोने मे पड़ा रहा। उसके मन मस्तिष्क में दूध से भरी बाल्टी, दूध की धार और दूध देती गाय घुमड़ती रही। मन में तरह-तरह की भावनाएँ उत्पन्न होती रहीं, मिटती रहीं। वह सोचता रहा– माँ कहती है गाय पालूँगा तो दूध खाऊँगा। मामू जान की वह मरियल सी गाय क्या खाक दूध देगी। थन का तो पता नहीं, छिर कहाँ से मोटे-मोटे आयेंगे। उन सूखे छिरों को नोचने से क्या मिलेगा। जब वह गाय भरपूर दूध देती थी, तब भांजे का खयाल ना आया, अब जब गाय बूढ़ी हो गयी तो भांजे को देने का मोह उमड़ा। जब वह गाय भार हो गयी, तो भांजे के सिर पर सवार करने चले। नहीं चलेगी मामू की यह चाल। अम्मी को तो बस गाय चाहिए, चाहे दूध मुँह में जाय या फिर लोटे में ही अटका रह जाय। कितनी सुन्दर-सुन्दर गायें हैं... उनके बड़े-बड़े थन वाली, मोटे-मोटे छिरों वाली। आहा! लबालब दूध से भरी बाल्टी। काश! मेरी भी एक ऐसी गाय होती, खूब दूध मलाई खाता और बेचता... पर मेरे जैसे बदनसीब को यह भाग्य कहाँ।

सोचते-सोचते शाहिद छह महीने पहले की एक पुरानी घटना में खो गया। एक दिन वह मसूद के घर के बाहर खेल रहा था, तभी कहीं से एक बैग लिए मसूद आया। मसूद को देखते ही सबीना, भाई मसूद से लिपटकर बोली थी– "भइया तुम आ गये... अबकी क्या-क्या लाये हो मेरे लिए?"

मसूद– "अच्छा बताता हूँ बताता हूँ, जरा दम भी तो लेने दे।"

फरीदा, बेटे मसूद को देखकर दौड़ी आयी। छाती से लगाकर एकटक निहारते हुए भर्राए स्वर में पूछा– "कैसा है रे तू?"

मसूद– "बस तुम्हारी दुआ है अम्मी!"

फरीदा– "आ-आ, चल अंदर चलकर बैठ।" फरीदा आँचल से प्रेम के आँसू पोछते हुए मसूद का हाथ पकड़कर अंदर ले गयी। सबीना उसके भारी बैग को बाएँ-दाएँ घसीटकर किसी तरह अंदर ले गयी। मसूद को देखकर जिज्ञासावश शाहिद भी घर के अंदर चला गया था। फरीदा ने आँचल से कुर्सी की धूल पोछी। मसूद के बैठते ही भर गिलास लस्सी आयी और फिर कुछ ही देर में खाँटी दूध की बनी, भर प्लेट गरमा-

गरम सेवई, जिसमें इलाइची की सुगंध आ रही थी। फरीदा, मसूद को सेवई थमाते हुए बोली– ''मन कहता था कि तू आज जरूर आएगा, इसलिए मैंने आज का दूध बेचा ही नहीं, सारा दूध तुम्हारे लिए रखा था मैंने।'' तभी नसीम मियाँ आ पहुँचे। अब्बा को देखते ही मसूद ने सलाम किया।

नसीम मियाँ बोले– ''अब तक सब खैरियत तो है बेटा?''

मसूद– ''हाँ अब्बा हुजूर, सब सलामत है।''

सेवई खाकर मसूद अपना बैग खोलकर कपड़े निकालने लगा। बोला– ''यह है हमारी प्यारी सबीना का नया सूट।''

सबीना ने चहककर सूट लिया और आईने के सामने चली गयी। माँ के लिए उसने दो-तीन नयी-नयी साड़ियाँ निकाली और फरीदा के हाथों में थमा दिया। माँ फरीदा ने मसूद का माथा चूमते हुए ढेर सारी दुआएँ दी। नसीम मियाँ अपने नये पैजामे देखकर फूले न समाये। अंत में एक डिबिया से पायल निकालकर झुलाते हुए मसूद बोला– ''ये है पायल हमारी बहना सबीना के लिए।'' पायल का नाम सुनकर सबीना दौड़ी आयी और मसूद के हाथों से पायल लेकर उसी के पास बैठ गयी और मीठी-मीठी बातें करने लगी। फिर मसूद ने दो बड़े-बड़े मिठाई के डब्बे निकाले। सभी मिठाइयाँ खाने और खिलाने लगे। सभी खुशी से पागल थे। तभी फरीदा की नजर चौखट पर खड़े शाहिद पर पड़ी। अब तक किसी ने भी शाहिद की ओर ध्यान न दिया था... या यूँ कहें किसी को उधर देखने की फुरसत ही न मिली थी।

फरीदा– ''अरे बेटा शाहिद, तू कब से उधर खड़ा है... आ इधर आ, ले मिठाई खा।''

फरीदा, शाहिद को मिठाई देकर मसूद से बातें करने चली गयी। फिर शाहिद को किसी ने भी नहीं पूछा। सभी अपनी खुशी में मस्त हो गये। शाहिद चुपचाप घर लौट आया था।

''कल तक जो मसूद रोज अपनी अम्मी-अब्बा से पीटा जाता था... तब मसूद और मुझसे तुलना की जाती थी और मैं मसूद के अम्मी-अब्बा की जुबान में कमाऊ सपूत कहा जाता था, क्योंकि मैं घर की बकरियों को चराया करता था और मसूद कामचोर कपूत कहा जाता था। आज भी मैं घर की बकरियाँ चरा रहा हूँ, पर आज मसूद इतना प्यारा हो गया है कि उसके लिए अकेले किलो भर दूध से सेवई बनाई गयी। इतनी इज्जत, इतना प्यार दिया गया। आह! काश मैं भी अपनी अम्मी को नयी-नयी साड़ियाँ खरीदकर दे पाता। तब कितना प्यार करती माँ मुझे। काश! मैं भी कमाता तो अम्मी की आँखों में अपना सम्मान, इज्जत देखकर कितना खुश होता मैं। अम्मी सिर उठाकर कह पाती शाहिद मेरा कमाऊ सपूत है। पर अब तक तो वह मुझे नालायक ही

समझती है। गाय नहीं चराता, इस पर ताने देती रहती है। ओह! कितना खुशनसीब है मसूद, जो घर में अपने अम्मी, अब्बा से प्यार और इज्जत पाता है। गाँव वाले भी फख्र से कहते हैं, "बेटा हो तो मसूद जैसा...।" भले ही मसूद आतंकवादी है; गाँव वालों की नजर में तो एक आदर्श बेटा ही है। भले ही वह बुरा करे, पर गाँव वालों को क्या पता। किसी ने उसे बुरा तो नहीं कहा और फिर आजादी के लिए लड़ना बुरी बात तो नहीं। भले ही लोग आतंकवादी कहते हैं, कहें मुझे क्या... हमारे वीरों ने भी अंग्रेजों से लड़ाई लड़ी, उग्रवादी भी कहलाए, पर आज वे हमारे बीच पूजे जाते हैं कि नहीं। पैसों के बगैर तो आदमी जानवरों से भी बदतर हो जाता है। मुझे जानवर नहीं बनना, मुझे तो पैसे कमाना है। पैसा कमाना बुरी बात तो नहीं। पैसा कमाने वाले सभी बुरे तो नहीं। मुझे इस अच्छे बुरे से क्या। पैसे कमाऊँगा तो सभी अपने आप इज्जत करने लगेंगे। जो लोग कुछ दिन पहले तक मसूद को नालायक कहकर गालियाँ देते थे, आज वे ही उसकी इज्जत करते हैं। पैसा कमाना यानी इज्जत कमाना... इस अच्छे बुरे के पचड़े में पड़ने से क्या फायदा। अगर यह बुरा काम होता तो इस काम में पढ़े-लिखे लोग आते ही क्यों। वे मुझ जैसे अनपढ़ तो नहीं, जो अच्छे-बुरे का ज्ञान नहीं। अबकी जब मसूद आयेगा, तो मैं भी जाऊँगा उसके साथ। आखिर उसके कमांडर ने तो मुझे बुलाया ही था। मुझे तो वह बिलकुल बुरा आदमी नहीं लगता। बुरा आदमी बेटा कहकर बुलाएगा भला। उसने तो मुझे वास्तविक बातें समझायीं। मसूद जैसा लड़का गाँव का आदर्श बेटा बन सकता है, मैं क्यों नही बन सकता; पैसा कमाने का यह अच्छा अवसर हाथ से जाने देना बेवकूफी है।"

अभी वह इन्हीं विचारों में उलझा था कि उसे जरीना की आवाज सुनाई पड़ी– "आ बेटा शाहिद, खाना तैयार है, खा ले।" शाहिद चुपचाप परोसी गयी थाली के पास जाकर बैठ गया। उसे चिंतामग्न धीरे-धीरे खाता देख जरीना बोली– "क्या बात है बेटा, मन से खाना क्यों नहीं खाते?"

शाहिद– "आज भूख नहीं है।"

जरीना– "भूख नहीं हैं; सुबह से एक ही बार तो खाये हो, भूख क्यों नहीं लगती; तबियत खराब तो नही है तुम्हारी?"

शाहिद के जी में आया कि वह अपनी अम्मी को अपने मन की बात बता दे, पर वह अच्छी तरह जानता था कि जरीना उसे अपने से दूर कदापि जाने न देगी... आतंकवादियों के बीच खतरों भरे कार्य के लिए तो बिल्कुल ही नहीं। वह जरीना के सवालों का जवाब न दे सका। मन की बात मन में ही दफन होकर रह गयी।

शाहिद बिस्तर पर लेटा था, पर उसकी आँखों में नींद न थी। उसके मन में अपने सपनों को जल्द साकार करने की प्रबल इच्छा और पैसों के प्रति तृष्णा बढ़ती गयी। वह

अपनी माँ को धन-धान्य से सम्पन्न कर माँ की आँखों में अपने प्रति इज्जत सम्मान देखकर, अपने को खुशनसीब साबित करना चाहता था। वह भी अपने को एक कमाऊ सपूत कहलाकर गौरवान्वित होना चाहता था। उसके मन-मस्तिष्क में भाग्यवान होने की तृष्णा बढ़ती गयी। सोचते-सोचते ही उसे लगने लगा था कि अब उसकी मंजिल दूर नहीं है। ख्वाबों में ही सही, पर उसने अपनी मंजिल पा ली थी। जब उसके ख्वाब टूटे तो उसने निश्चय किया कि अबकी मसूद के आने की देर है, वह मसूद के साथ दस्ते में जरूर चला जायेगा और अपने ख्वाबों को बहुत जल्द हकीकत में बदल देगा... अपनी अम्मी को पैसा कमाकर खुश कर देगा और अम्मी के ऐशो-आराम के सभी साधन जुटा देगा।

शाहिद, शायद ही कभी इतनी देर रात तक जगा हो, इसलिए सुबह दिन चढ़ते तक सोता रहा। जरीना को जब काम से थोड़ी फुरसत मिली, तो उसे शाहिद का खयाल आया। वह शाहिद को घर से बाहर आवाज देती रही, पर उसे कोई जवाब न मिला। जब वह थक हारकर घर में घुसी, तो आज पहली बार शाहिद को इतनी देर तक सोता देख उसे बड़ा अचरज हुआ। वह नाराजगी व्यक्त करने हुए बोली– "अरे ओ शाहिद, आज दिन भर सोता रहेगा क्या। सुबह-सुबह तो बाहर गला फाड़ आयी, मियाँ बिस्तर में पड़े हैं तो बाहर कहाँ मिलें।"

शाहिद न उठा। वह चिल्लायी– "चल उठ! बकरियाँ कब से मिमियाँ रही हैं। कल भी आधा पेट चरा लाया था... तुझे जरा भी चिंता है कि नहीं।" शाहिद लेटा-लेटा जरीना की सब बातें सुनता रहा, पर कुछ न बोला। जरीना एक थाली में खाना निकालते हुए बोली– "आजकल तू एकदम बेकहा हो गया है, कहा-पूछा कुछ सुनाकर; सोचती हूँ एक लाल है, माँ को झूले में रखेगा, पर इससे तो ठीक तरह से घर की बकरियाँ भी नहीं देखी जातीं। गााय रखना तो दूर, चार बकरियाँ भी नहीं सँभाल सकता, झूले में क्या खाक रखेगा।" शाहिद अब भी बिस्तर पर पड़ा रहा। कुछ देर बाद जरीना बाहर बकरियों को चरने जाते देखकर प्यार भरे शब्दों में बोली– "देख, सलीम अपनी बकरियाँ लेकर जा रहा है, जल्दी से उठकर मुँह-हाथ धो ले खाना निकाल देती हूँ... आज जरा देर तक बकरियों को चरने देना, दौड़े-दौड़े घर ले आते हो।"

"आज बकरियाँ चराने न जाऊँगा।" शाहिद लेटे-लेटे बोला। जरीना कर्कश तेज आवाज में फटकारी– "क्या कहा, बकरियाँ चराने नहीं जायेगा! क्या करेगा घर पर? अब तुम्हारी नालायकी की भी हद होती जा रही है। पहले दो गायें थीं, अब वह भी न रहीं; अब चार बकरियाँ भी नहीं सँभाल सकते... घर पर बैठे-बैठे खाने से न चलेगा।"

शाहिद– "अब तो जब गाय-बैल होंगे, तभी चराने जाऊँगा।"

जरीना– “हाँ-हाँ, क्यों नहीं; लेटे-लेटे सपने देखता रह, सब ख्वाब पूरे हो जाएँगे तेरे।”

शाहिद– “तुम्हें तो अम्मी मुझ पर जरा भी विश्वास नहीं।”

जरीना– “करनी न धरनी, शक्ल देखकर विश्वास कर लूँ।”

शाहिद अनमने ढंग से उठा। जैसे-जैसे बिस्तर समेटकर रखा और सीधा मसूद मियाँ के घर की ओर चल पड़ा। शाहिद को जाते देख जरीना टोकी– “कहाँ जाता है?”

शाहिद– “कहीं भी।”

जरीना गुस्से में बोली– “ठीक है जा, टहल ले; जहाँ बैठे-बैठे पेठ चलता है, चला ले... अब मुझसे न बनेगा। जैसे-जैसे बड़ा होता जा रहा है, मेरे कन्धों का सहारा बनने की जगह उल्टा मेरे ही कंधों पर सवार होता जा रहा है।”

जरीना की बातों का शाहिद पर कुछ असर न हुआ। वह अपने रास्ते अनसुना-सा चलता रहा। जरीना गुस्से से तमतमाती अंदर चली गयी।

आज जरीना को बकरियों को चराने खुद ले जाना पड़ा था। दोपहर बाद जब जरीना बकरियाँ चराकर लौटी, तो देखा शाहिद घर में चुपचाप बैठा है। अंदर जाकर देखा, शाहिद के लिये निकाला गया भोजन वैसे का वैसा ढका पड़ा है। इसका मतलब शाहिद ने अब तक कुछ नहीं खाया है। रात में भी शाहिद बिना खाये सो गया था। दूसरे दिन जब शाहिद न ही बकरियाँ चराने गया और न ही मन से खाना खाया, तो शाहिद के इस तरह गुमसुम रहने से जरीना को शंका हुई। आजकल न ही वह ठीक से खाता-पीता है, न ही ठीक से मन लगाकर काम करता है... और तो और वह न ही किसी से बातें करना है, न हँसता-बोलता है; बस गुमसुम-सा पड़ा रहताा है। कहीं इस पर कोई दुष्ट चुड़ैल तो सवार न हो गयी, या फिर किसी प्रेत की छाया पड़ गयी हो, जरूर कुछ न कुछ बात है। जरीना, शाहिद के पास जा बैठी और पूछने लगी– “बेटा शाहिद, मिजाज ठीक तो है न।”

शाहिद कुछ न बोला। जरीना का शक पक्का हो गया। जरूर किसी प्रेत ने इसे वश में कर लिया है। थोड़ी ही देर में वह गाँव के मौलवी को बुला लायी। मौलवी साहब ने झाड़-फूँक किया और मंतर पढ़कर शाहिद की बाँह में ताबीज बाँध दी।

मगर उस ताबीज का न कुछ असर होना था और न हुआ। इसी तरह दिन गुजरते गये और शाहिद पहले की तरह ही गुमसुम-सा चिंता में खोया रहता। अब उसे बकरियाँ चराने का मन नहीं करता, बस कोरे ख्वाबों में ही उड़ता रहता। तत्क्षण पैसों की तृष्णा ने उसे निष्क्रिय बना दिया था।

एक दिन शाहिद को पता चला कि मसूद आया हुआ है। खबर पाते ही शाहिद, मसूद से मिलने चल पड़ा। मसूद को घर के बाहर ही खड़ा देख बोला– ''क्यों भाई मसूद खैरियत तो है!''

मसूद– ''बस अल्ला का फज्ल है, अपनी कहो।''

शाहिद– ''अपनी क्या सुनाऊँ, बस तुम्हारे ही आने का बेसब्री से इंतजार था।''

मसूद– ''ऐसी क्या बात है कि मेरे आने का इंतजार होने लगा?''

शाहिद– ''बात ही कुछ ऐसी है।''

मसूद– ''कहोगे भी, क्या बात है?''

शाहिद– ''कहते संकोच होता है, पर कहना तो है ही।''

मसूद– ''पहेलियाँ ही चलती रहेगी या काम की बातें भी होंगी।''

शाहिद– ''भाई मसूद, सोचता हूँ अबकी मैं भी तुम्हारे साथ चलूँ।''

मसूद– ''मेरे साथ? मेरे साथ कहाँ जाएगा तू।'' वह अपनी घबराहट को छिपाते हुए हँसकर बोला।

शाहिद– ''पैसे कमाने और कहाँ।''

मसूद– ''भाई मैं तो शहर में सेठ के यहाँ नौकरी करता हूँ, वहाँ तो जगह है नहीं; यदि तुम शहर जाकर पैसा कमाना ही चाहते हो, तो अबकी मैं दूसरी जगह काम पता कर दूँगा; खाली जगह का पता चलते ही मैं तुम्हें खबर कर दूँगा, तुम आ जाना।'' वह नजरें चुराने लगा।

शाहिद– ''यदि तुम शहर में काम करते हो, तो उस दिन उस व्यक्ति के साथ नदी किनारे क्यों गये थे?''

मसूद ने दिमाग पर जोर डालने का अभिनय करते हुए कहा– ''अच्छा-अच्छा, उस दिन; याद आया... उस दिन हम घूमने निकले थे और वह व्यक्ति भी हमारे साथ शहर में ही काम करता है, बगल गाँव का रहने वाला है।''

शाहिद– ''तो फिर तुम आगे बढ़कर फौजियों का पता लगाने क्यों गये थे?''

मसूद को एक पल के लिए कुछ न सूझा। थोड़ी चुप्पी के बाद हड़बड़ाकर बोला, जैसे एकाएक उसे कोई बात सूझी हो।

मसूद– ''दरअसल बात यह है कि गाँव के बाहर आने जाने से ये फौजी हम पर शक करते हैं, हमें आतंकवादी समझने लगते हैं; इसलिए उनसे बचकर ही जाना पड़ता है।''

शाहिद निर्भीक होकर बोला– "पर मसूद तुम आतंकवादी हो; उस दिन तुम्हारे थोड़ी देर के लिए वहाँ से चले जाने के बाद तुम्हारे उस साथी ने मुझे सबकुछ बतला दिया था... उसने मुझे भी दस्ते में शामिल होने का प्रस्ताव रखा था, पर उस समय मैंने ना कर दिया था।"

शाहिद के मुँह से यह बातें सुनकर मसूद के होंठ सूखने लगे। अब अपनी डूबी कश्ती को बचाने की कोशिश करना व्यर्थ था। वह लज्जित-सा बोला– "इसका मतलब तुम्हें मेरे बारे में सबकुछ मालूम है?"

शाहिद– "हाँ, पर क्या उस अजनबी व्यक्ति ने तुमसे कुछ नहीं कहा था?"

मसूद– "हाँ, जाते समय कहा था कि तुम्हें भी साथ लेता चलूँ... किन्तु मैं नहीं चाहता था कि तुम्हें साथ ले जाकर मैं अपनी पोल पट्टी खुलवाऊँ। मैं समझता था कि मेरे बारे में आस-पास के क्षेत्र में कोई नहीं जानता... और यदि कोई कुछ जानता भी है तो यही कि मैं शहर में किसी सेठ के यहाँ काम करता हूँ। यदि मैं मारा भी जाता तो लोग यही कहते कि शहर कमाने गया था, वापस न लौटा; घर वाले भी इसी आसरे में दिन काट लेते कि मैं आज नहीं तो कल जरूर लौटूँगा। घर में अब्बा के अलावा मेरी हकीकत के बारे में कोई नहीं जानता। मारे जाने पर अम्मी की बूढ़ी आँखें भी मेरे लौट आने की आस लिए दिन गुजार लेतीं। मेरी हकीकत गुप्त रहने पर लोग मुझे गालियाँ तो न देते... पर अब तो इज्जत मिट्टी में मिल ही गयी, इस क्षेत्र के सारे कांडों का अपराधी मुझे ही ठहराएँगे। जीते जी तो मुँह दिखाने लायक रहा नहीं, पर मरने के बाद भी गालियाँ देंगे, कपूत का कलंक लगेगा मुझ पर।"

शाहिद– "मेरे अलावा लोग तुम्हारे बारे में कैसे जान गये?"

मसूद– "तुमने क्या जुबान में ताला लगा रखा होगा; एक से दो, दो से दस... जुबान से बुरी बातों को फैलते देर लगती है क्या..."

शाहिद– "विश्वास करो मैंने अब तक ये बातें किसी को नहीं बतायी।"

मसूद– "अब तो सान्त्वना का एक ही रास्ता है, चाहे-अनचाहे विश्वास तो करना ही पड़ेगा।"

शाहिद– "जब बदनामी का इतना ही भय है, तो यह काम छोड़ क्यों नहीं देते?"

मसूद– "राह छोड़ देने से पदचिह्न नहीं जाते... मेरे यह काम छोड़ने से मेरी बदनामी वापस नहीं हो जायेगी। यह काम छोड़कर कहाँ जाऊँगा मैं; फिर से लोग मुझे नालायक, कामचोर और न जाने क्या-क्या ताने देंगे। मैं यह कदापि नहीं चाहता कि लोग मुझे पहले की तरह फिर से कुत्ते की तरह दुत्कारें। जहाँ से मैं चला, वहीं आकर

रुकना नहीं चाहता, मैं आगे बढ़ना चाहता हूँ। इस राह में मैं बहुत आगे बढ़ चुका हूँ, अब उतनी दूरी तय करके वापस लौटना संभव नहीं। मैं खुद पीछे मुड़कर देखना नहीं चाहता, लौटने की तो बात ही दूर है। रोज गालियाँ सुनने और मार खाने वाला किसी तरह तो कमाऊ सपूत कहला सका है। चाहे वह राह बुरी ही क्यों न हो, इसी राह से मैंने सबकुछ पाया है। तंग आकर ही मैंने इस रास्ते को अपनाया और इसी कार्य से मुझे इज्जत सम्मान मिला; तब फिर मैंने भी इस कार्य को छोड़ना मुनासिब न समझा, क्योंकि मैं यह तय ही न कर सका कि यह राह अच्छी है या बुरी, क्योंकि पाकिस्तानी इसे जेहाद कहते हैं, धर्म का कार्य समझते हैं; यह कार्य जेहादी दस्ते की नजर में स्वतंत्रता के लिए संघर्ष है, धर्मयुद्ध है... और यही भारत के लिए आतंकवाद है, अत्याचार और अधर्म का रास्ता है। मुझे इसी कार्य से रुपया और इज्जत दोनों मिले, फिर मैं धर्म-अधर्म, अच्छे-बुरे के द्वंद्व से मुक्त होकर इसी राह पर चल पड़ा। मुझे अच्छे-बुरे की परख नहीं, मैं तो बस इतना जानता हूँ कि इसी राह पर मुझे पैसा, खुशी और इज्जत मिली, इसलिए यह रास्ता मेरे लिए अच्छा ही है। जिस कार्य से मुझे सबकुछ मिल रहा हो, यहाँ तक कि पाकिस्तानियों के अनुसार धर्म भी, तो भले ही दुनिया इसे कुछ कहे, मेरे लिए यही रास्ता पूज्य है। भूखा व्यक्ति पाप-पुण्य, धर्म-अधर्म, कुकर्म-सत्कर्म के चक्कर में नहीं पड़ता; वह इन बातों को बेकार का दिमागी भार समझता है... उसे तो उस वक्त अपनी क्षुधा की तुष्टि ही नजर आती है। उस समय वह अच्छा बुरा नहीं देखता। उस समय क्षुधा की तृप्ति करने वाला मार्ग ही उसके लिए सर्वश्रेष्ठ और धर्म का मार्ग होता है, क्योंकि भूले का पहला धर्म क्षुधा-तृप्ति ही रह जाता है, उसे उस समय किसी भी विधि से सिर्फ रोटी चाहिए।''

शाहिद– ''तो क्या भूखा व्यक्ति चोरी करेगा, डाका डालेगा?''

मसूद– ''चोरी तो क्या, भूखा व्यक्ति भूख से व्याकुल होने पर कुछ भी कर सकता है; स्वयं को भूखा मरता देख रोटी की खातिर जान भी मार सकता है; भूख की व्याकुलता शायद तुम्हें नहीं पता।''

शाहिद– ''मैंने भी भूख सही है, पर ऐसा तो नहीं कि किसी की जान मारने को तत्पर हो जाऊँ।''

मसूद – ''थोड़ी देर के लिए भूख सहना, वह भूख नहीं... खाली पेट में जब आग लगी हो और अगले समय में एक निवाला भी मिलने की आशा न हो, तब भूख की व्याकुलता का आभास होगा; स्थिर से स्थिर चित्त भी चंचल हो उठता है, गंभीर से गंभीर व्यक्ति भी विचलित हो जाता है। तुम दूसरों की छोड़ो, जरा अपने में सोचो कि यदि तुम भूख से मरणासन्न हो चले हो, तो क्या अन्तिम जोर लगाकर दूसरे भूखे की रोटियाँ छीनकर न खा जाओगे? अपनी जान बचाने के लिए दूसरे की जान दाँव पर लगा देना, दुनिया इसे भले ही अनुचित कहे, पर क्या तुम इसे अनुचित कह सकोगे...

या फिर सहज ही कह दोगे, मैं भले ही भूख से मर जाऊँ, पर उस भूखे की रोटियाँ न छीनूँगा; क्या यह कहना संभव है? क्या तुम अपने प्राण बचाने के लिए किसी दूसरे के प्राण की भी परवाह करोगे? यह जान लो, अपने प्राण सबको प्यारे हैं; अपने प्राणों से बढ़कर भी कुछ प्रिय है? कहने को तो लोग अपने आदर्श और प्रतिष्ठा के लिए बात-बात पर प्राण न्योछावर करने की बातें करते हैं, पर जब प्राणों पर बन आती है तो उनकी सब प्रतिज्ञा, वादे, आदर्श और प्रतिष्ठा काफूर हो जाती है... कर्तव्य से विमुख होकर अपने प्राणों की सलामती के लिए अल्ला से दुआ करते रहते हैं, या फिर कायरों की तरह भाग निकलते हैं।''

शाहिद– ''बात तो बिलकुल सही है।''

मसूद– ''मानते हो न! इसी तरह दस्ते में अनेक लोग हैं, जो रोटी के लिए यह काम करने को मजबूर हैं, क्योंकि उन भूखों के लिए एक ही विकल्प है, मौत। चाहे वे भूख से मरें या दूसरों को मारकर, उनकी रोटियाँ छीनकर जियें या फिर फौजियों की गोली से मारे जाएँ। एक दिन मेरी भी यही स्थिति थी... सुबह खाता तो शाम को भूखा सोना पड़ता; शाम को अनाज के दर्शन हुए, तो सुबह को दाने-दाने के लाले पड़े थे। तब मैं क्या करता... मैं भी रोटी की तलाश में घर से भागा और जाने अंजाने वहाँ पहुँचा। तब मैं नादान था, उस समय दस्ते के विषय में नहीं जानता था। उस समय मुझे भूख से तृप्ति चाहिए थी... मुझे बस किसी भी तरह रोटी चाहिए थी। तब बंदूकें ढोने, लाने, ले जाने के पैसे दिये जाते थे। तब मैं यह भी नहीं जानता था कि यह डेढ़ गज की बंदूकें किस काम आती हैं।''

शाहिद– ''तब तो दस्ते के लोगों ने तुम्हारी भूख का, मजबूरी का और तुम्हारी नादानी का नाहक फायदा उठाया।''

मसूद– ''नहीं, मैं यह कैसे कह दूँ कि उन्होंने मेरी मजबूरी का फायदा उठाया... उन्होंने तो मुझे रोटी दी, भूख से मरने से बचाया; अब तुम ही कहो, एक भूखे के लिए रोटी से बढ़कर और क्या हो सकता था।''

मसूद एकाएक चुप हो गया।

शाहिद– ''तुम्हें परिस्थितियों ने मजबूर किया।''

मसूद- ''मैं पीछे मुड़कर नहीं देखता; वर्तमान में मुझे इसका कोई मलाल नहीं... मैं अपने इस कार्य से संतुष्ट और खुश हूँ। खैर, मेरी छोड़ो, जरीना खाला को यह पता भी है कि तुम दस्ते में जाना चाहते हो?''

शाहिद– ''अम्मी को यह पता तो नहीं है, लेकिन इससे क्या, जाना तो मुझे है।''

मसूद– ''शुरू में तो मैं बंदूकें, दस्ते और जेहाद को नहीं जानता था, लेकिन तुम

तो दस्ते और आतंकवाद के बारे में जान चुके हो, फिर भी जाना चाहते हो?''

शाहिद– ''भाई, यह समाज तो पैसों को देखता है, काम की अच्छाई बुराई को नहीं। तुम ही बताओ, क्या तुम मेहनत से अच्छा काम करके अपने परिवार को इतनी खुशी दे सकते थे? इतना सम्पन्न बना सकते थे? क्या तुम्हारी ईमानदारी परिवार को इतना सुख दे सकती थी? ईमानदारी, सम्पन्न लोगों को शोभा देती है; जो बेईमानी की कमाई से सम्पन्न होकर ईमानदारी का ढोल पीटते हैं; क्या यह ईमानदारी किसी भूखे को रोटी देती है?''

मसूद– ''यह तो ठीक है, किन्तु इसमें जिन्दगी सुरक्षित नहीं; कब किधर से फौजियों की गोली छाती को चीरकर निकल जाय।''

शाहिद– ''जिन्दगी है तो पैसा चाहिए ही, पैसे के बिना जिन्दगी भी घुटन भरी मौत ही तो है।''

मसूद– ''कहीं तुम भावावेश में गलती तो नहीं करने जा रहे हो?''

शाहिद– ''बिलकुल नहीं।''

मसूद– ''यदि तुमने दस्ते के अनुकूल अपने को बना लिया, दस्ता तुम्हें रास आ गया, तब तो ठीक है, अन्यथा जिन्दगी में पछतावे के अलावा और कुछ नहीं रह जायेगा।''

शाहिद– ''मैं सहज ही दस्ते में घुल-मिल जाऊँगा।''

मसूद– ''ठीक है, यदि तुमने जाने का निश्चय कर ही लिया है तो मुझे क्या एतराज हो सकता है... फिर भी तुम एक बार अच्छी तरह सोच लो, इस दलदल में एक बार पाँव पड़ गया तो निकलने की कोई गुंजाइश नहीं।''

शाहिद– ''मैंने अच्छी तरह सोच लिया है।''

मसूद– ''मुझे कल शाम में ही जाना है, तैयार रहना।''

शाहिद– ''खुदा हाफिज!''

बुराई का शाश्वत गुण है कि वह अच्छाई को हमेशा गिराने के पक्ष में तत्पर रहती है। मसूद के जेहन में भी यही भावना चल रही थी। वह अपनी बदनामी से बचना चाहताा था, इसके लिए जरूरी था, मसूद की पोल-पट्टी जानने वाला शाहिद खुद बुराई के जाल में फँसे। मसूद ने फिर भी रिश्तेदारी और मानवता से प्रेरित होकर शाहिद को चेताने की कोशिश की। शाहिद को दलदल में फँसने से रोक तो नहीं सका, पर करीमन खां की तरह उकसाया भी नहीं।

शाहिद अपने घर लौट गया। घर आते ही चावल बिन रही जरीना ने डाँटते हुए

पूछा– ''कहाँ गया था रे सुबह से? तुम्हें जुग जमाने का तनिक भी खयाल नहीं।''

जरीना के अचानक सवाल से चिंतामग्न शाहिद अकबका-सा गया। वह जरीना की पूरी बातें ध्यान से न सुन सका, इसलिए उसने कुछ जवाब न दिया। वह जरीना के सवाल दुहराने की आशा में चुपचाप खड़ा रहा।

जरीना– ''कहती हूँ कहीं भी जाया कर, बता के जाया कर, मुझे फिजूल चिंता होती है।''

शाहिद– ''मसूद आया हुआ है अम्मी, उसी से मिलने गया था।'' जरीना से नजरें चुराता हुआ बोला।

जरीना रूखी आवाज में बोली– ''तू और क्या करेगा; इससे मिलेगा, उससे मिलेगा, घूमेगा और खाएगा... बकरियाँ सुबह से मिमियां रही हैं, जरा भी चिंता है तुझे।''

जरीना की फटकार सुनकर शाहिद अब भी किसी अपराधी की भाँति चुपचाप खड़ा था। उसे खड़ा देख जरीना बोली– ''सूप में भुने हुऐ मक्के हैं, जा ले ले और बकरियाँ चराने ले जा।''

शाहिद– ''आज मैं बकरियाँ चराने न जाऊँगा।'' वह खाट पर चित लेटते हुए बोला।

जरीना– ''क्या करेगा घर में? घर में बैठा बैठा साहबी दिखाता है; मैं जो दोनों पहर पेट भर देती हूँ न, उसी का नतीजा है... जिस दिन पेट जरेगा, उसी दिन सब साहबी चाल निकल जायेगी।''

कुछ पल बाद शाहिद को खाट पर लेटा देखकर, नरम होकर जरीना बोली– ''जा बेटा, मैदान में नये पत्ते निकल आये हैं, बकरियाँ जल्दी अघा जाएँगी। मैं खाना बनाकर काम करने चली जाऊँगी, तू जल्दी आकर खा लेना; आज काम पर जाना है इसीलिए तुझसे कह रही हूँ, नहीं तो मैं खुद चरा लाती।''

शाहिद– ''कहा न, बकरियाँ चराने न जाऊँगा।''

शाहिद के इतना कहते ही जरीना गुस्से से भर गयी, किन्तु प्यार भरे बनावटी शब्दों में बोली– ''अरे बेटा, तुझे अपनी अम्मी पर दया नहीं आती... सुबह से काम में पिसी जा रही हूँ, अभी तक खाना भी न बना और काम का समय भी हो गया; देर से जाऊँगी तो मजदूरी भी काट ली जायेगी।''

शाहिद– ''मैंने कह दिया न, मैं बकरियाँ न चराऊँगा।'' वह चिल्लाया। इस पर जरीना बिगड़ गयी। बोली– ''इकलौता समझकर मैं तुझे जितना प्यार देती हूँ न, उतना ही तू नालायक हो गया है। ठीक है, मत जा बकरियाँ चराने, घर में पड़ा-पड़ा सपने

देखता रह साहबी जिन्दगी की; मैं ही जाती हूँ चराने। कल के लिए एक दाना भी नहीं है, देखती हूँ क्या खाता है कल। तुझे जरा भी शरम नहीं इस बूढ़ी काया के पसीने की रोटियाँ खाते। बचाकर रखे रह अपनी जवान काया को... जब मरूँगी तब काम आयेगी; मेरे जिंदा रहते तू भी खा ले बैठे-बैठे।'' जरीना को अनायास ही अपनी बीती जिन्दगी याद हो आने से आँखों से आँसू छलक पड़े। वह आँचल से आँसू पोछते हुए भर्राये स्वर में बोली– ''जिन्दगी भर रपट-रपटकर काम करती रही हूँ, इस आसरे कि बेटा जवान होगा तो सुख भोगूँगी, मेरे सारे दुःख एक न एक दिन बेटा जरूर दूर करेगा, मेरा प्यार और मेहनत सफल होगी; पर मुझे क्या पता था, जिसके आसरे आँसू छुपा-छुपाकर जी रही हूँ, वह इतना नालायक निकलेगा। यदि पहले ही मुझे यह मालूम होता कि जिस पेड़ को मैं सींच रही हूँ, वह खजूर (अछायादार) का पेड़ है, तो कदापि मैं अल्लाह से यह बिरवा न माँगती। हाय! मेरी फूटी किस्मत, जिस बेटे को मैं इन बूढ़े हाथों का सहारा समझकर फूला न समाती थी, वह मेरे ही हाथों का भार निकला। थोड़ा रहम कर बेटा, देख मेरे निर्बल शरीर को।'' वह बिलखकर रो पड़ी। जरीना को बेटे के निकम्मेपन को देखकर हृदय में गहरी चोट लगी थी। पति के मरने के बाद बड़ी जतन से मेहनत मजदूरी करके पाला था उसे। सबकुछ वार दिया था उसने उस छोटे से प्राण पर। अभावग्रस्त विधवा होते हुए भी शाहिद को देखकर सब संतोष हो जाया करता था उसे... पर आज बेटे के निकम्मेपन से डगमगा गया था उसका संतोष। वह कुछ पल बाद आँसू पोछकर बोली– ''देख, अपने दोसत मसूद को देख; कमाकर पूरे घरवालों को सुख दे रहा है, वह है सपूत।''

शाहिद लेटा-लेटा सबकुछ चुपचाप सुनता रहा। जी में आया कि वह कह दे कि वह भी मसूद के साथ कल शाम को जा रहा है; पर उसने अगले ही पल अपने ज़ुबान को रोक लिया, क्योंकि वह अच्छी तरह जानता था कि जरीना किसी भी हालत में उसे अपनी आँखों से दूर नहीं करना चाहेगी। शाहिद यह भी जानता था कि यदि जरीना को पता चल गया कि जिस मसूद को वह आदर्श सपूत समझती है, वह एक आतंकवादी हे, तो वह उसका नाम तक सुनना पसन्द नहीं करेगी। यदि उसे यह पता चल जाय कि उसका बेटा शाहिद भी मसूद के साथ ही आतंकवादी दस्ते में शामिल होने जा रहा है, तो वह शायद जिंदा भी न रहे। शाहिद भली-भाँति जानता था कि जरीना उसकी ज़ुदाई कभी बर्दाश्त न कर सकेगी। जो माँ उसे काँटों के नजदीक जाने से रोकती है, घर से दूर बकरियाँ चराने जाने से मना करती है, देर तक घर से बाहर रहने से घबराती है; वह उसकी ज़ुदाई कैसे झेल पायेगी। बेटे के प्रति काँटों से भय खाने वाली जरीना को जब पता चलेगा कि उसका बेटा गोलियों से... अपनी जिन्दगी से खेलने जा रहा है, तो क्या वह बर्दाश्त कर पायेगी!!

माँ को रोते देख शाहिद को जरीना पर दया आ गयी। वह खाट से उठकर जरीना

से बिना कुछ बोले, अनमने ढंग से बकरियों को बाड़े से निकालकर चराने ले गया।

वह दिन भर चिंतामग्न रहा। सुबह से कुछ नहीं खाया था, फिर भी उसे दोपहर में खाने तक की सुध न रही। वह इसी उधेड़बुन में फँसा रहा कि वह मसूद के साथ जाने की खबर जरीना को बताये या नहीं। वह यह सोचकर किसी भी निष्कर्ष पर नहीं पहुँच पा रहा था कि यदि वह माँ से बिना कुछ कहे, चुपके से भाग जाता है, तो जरीना को काफी दुःख होगा; वह उसे पागलों की तरह गाँव-गाँव खोजती फिरेगी। शंका है, वह इस दुःख को सहन भी न कर पाये और कुछ अनहोनी न हो जाय। यदि वह बताना भी चाहे तो किस मुँह से कहेगा कि वह दुनिया की नजरों में, माँ की नजरों में, एक आदर्श सपूत कहलाने के लिए, अपनी माँ के सुख के लिए और सुखमय जीवन की कल्पना कर, वह पैसे कमाने के लिए आतंकवादी दस्ते में शामिल होने जा रहा है। क्या जरीना उसे सहर्ष जाने देगी... क्या वह आतंकवादी दस्ते में शामिल होने की बात कह पायेगा। यह तो निश्चित था कि जरीना कदापि उसे जाने की आज्ञा न देती। तो फिर वह क्या करे... कैसे वह जरीना को बिना दुःख पहुँचाये अपने मकसद में कामयाब हो।

अपनी माँ और समाज की नजरों में एक सपूत कहलाने की इच्छा रखने वाला, माँ को पैसों से सुख पहुँचाने की कामना करने वाला और पैसों के बल पर अपने को सुखी रखने की इच्छा रखने वाला; मान, मर्यादा, यश और सुख की तृष्णा पालने वाले शाहिद ने अंततः एक अन्य रास्ता निकाल ही लिया... झूठ का रास्ता।

शाम को वह बकरियाँ चराकर घर वापस लौटा। एकाएक उसे अपने पेट का खयाल हुआ। वह बकरियों को जल्दी से बाड़े में ठूँसकर फुर्सत हुआ। देखा, घर का दरवाजा बंद है। शायद जरीना काम करके न लौटी थी। वह कुंडी खोलकर अंदर गया, फिर खाना निकालकर खाने लगा। तभी जरीना आ गयी। शाहिद को खाते देख पूछी– "दोपहर में खाना खाने नहीं आया था क्या?"

शाहिद– 'नहीं।'

जरीना– "देख बेटा, गुस्सा करने से कोई फायदा नहीं होता; तू मुझसे रूठा रहेगा, खाना-पीना ठीक से नहीं खायेगा तो मुझे अच्छा लगेगा क्या। घर में जो रूखा-सूखा बनता है, उसी को प्रेम से खा लिया कर; अब मैं गरीब कहाँ से तुझे दाल भात और पाँच तरकारी खिला पाऊँगी... अब तो तुझे कमाकर अपनी माँ को दाल भात और पाँच तरकारी खिलाने की बारी है।" वह मुस्कुराते हुए बोली।

आज जरीना कुछ खिली-खिली-सी थी। शायद कोई खुशी उसके चेहरे पर हिलोरें ले रही थी। पर शाहिद को रूठा समझकर अपनी खुशी छुपाने की कोशिश कर रही थी। कुछ देर बाद जरीना अपनी खुशियों का इजहार करती हुई बोली– "आज मसूद के अब्बा हुजूर बगल वाले गाँव में एक बढ़िया गाय देखकर आये हैं, हजार

रुपया दाम लगाया है; सुबह-शाम मिलाकर तीन किलो दूध देती है। वे कह रहे थे कि तुम अभी कुछ ठोस काम नहीं कर रहे, इसलिए आधा पैसा वे लगा देंगे और आधा हम लगाएँगे... फिर दूध बेचकर उनका पैसा धीरे-धीरे कर लौटा देंगे। अब की दुकान में पैसा न देंगे। तीन बकरियों को बेचने से तो पाँच सौ मिल ही जाएगा। पहले गाय खरीद लेते हैं, फिर धीरे-धीरे सब चुकता कर देंगे।'' वह प्रसन्न मुद्रा में सब एक साँस में कह गयी।

शाहिद– ''अम्मी, मैं कमाने जाऊँगा।''

जरीना– ''अरे शाहिद, तू कैसी बहकी बातें कर रहा है; कहाँ जायेगा कमाने?''

शाहिद– ''मसूद के साथ जाऊँगा।''

जरीना– ''नहीं जाना है मसूद के साथ। दो ही तो पेट हैं, यहाँ नहीं भरेगा क्या। न जाने परदेश में कहाँ रहेगा, क्या खाएगा?''

शाहिद– ''जो भी खाऊँगा, घर से अच्छा ही खाऊँगा... कभी दाल है तो सब्जी नहीं, सब्जी है तो दाल नहीं।''

शाहिद की इस बात से जरीना को ऐसा लगा जैसे शाहिद ने उसके पसीने की रोटी को गाली दे दी हो। फिर भी वह प्यार भरे शब्दों में बोली– ''अरे बेटा, तुझे पता भी है, मसूद किन परिस्थितियों में रहकर कमाता होगा... न बाबा न, मैं तुझे न जाने दूँगी भटकने को, मुझे नहीं चाहिए धन-दौलत; तू मेरे पास रह, मुझे इसी में संतोष है।''

शाहिद– ''तू तो संतोष कर लेती है, पर मैं इस तरह रूखा-सूखा खाकर जिन्दगी नहीं गुजारना चाहता।''

जरीना– ''अरे बेटा, यहीं पर चार पाँच गायें और बकरियाँ रखकर मसूद की तरह कमा न लेगा; फिर चाहे तो इच्छा हो खाते-पहनते रहना। अभी आखिर दोनों वक्त पेट तो भर ही जाता है, बस वही काफी है और नहीं चाहिए मुझे कुछ... अधिक धन हमारे क्या काम आयेगा। मैं नहीं चाहती अच्छा खाना पहनना, सादगी और शांति से जिन्दगी बीत जाय बस।'' वह निश्चिंत होते हुए बोली।

शाहिद– ''अरे अम्मी, तू तो सिर्फ अपनी सोचती है; कभी मेरी आने वाली जिन्दगी के बारे में भी सोचा है?''

जरीना– ''मैं तुम्हारी दुश्मन जो हूँ जो तुम्हारी जिन्दगी के बारे नहीं सोचती। कोई माँ अपने संतान के बारे में अशुभ सोचेगी भला। तू जाना ही चाहता है तो मेरे मरने के बाद चले जाना और खूब पैसे कमाना... अच्छा खाना पहनना और महलों में आराम से रहना; मैं नहीं चाहती ऐशो-आराम की जिन्दगी... जब तक जिन्दा हूँ, तब तक हाथ-

पाँव चलता रहे, ताकि दो वक्त की रोटी जुटा सकूँ, यही परवरदिगार से फरियाद है।"

शाहिद– "फिर तू ही तो ताने देती है मुझे कि मसूद सपूत है, कमाता है... और मुझे कमाने जाने से रोकती है; क्या मुझे कमाने और सपूत कहलाने की इच्छा नहीं!"

जरीना मुस्कुराकर बोली– "अरे बेटा, मुझे इतने में ही संतोष है कि तू मेरी आँखों के सामने रहता है... गुस्से में तो कोई भी कुछ भी कह जाता है... फिर भी, तुझे मेरी बातों से इतनी तकलीफ है तो आज से ताने नहीं दिया करूँगी बस!"

शाहिद– "नहीं अम्मी, मैं तो मसूद के साथ कमाने जाऊँगा ही।"

जरीना, शाहिद के सिर पर हाथ फेरती हुई बोली– "अरे बेटा, तू मेरा दुश्मन है, जो तुझे आहत करने के लिये ताने दूँगी। कोई भी माँ अपने पूत को दुखी करने या ठेस पहुँचाने के लिए ताने नहीं देती, बल्कि उस ताने में माँ का प्यार और पूत का भला निहित होता है... और फिर ताने कोई जहर थोड़े ही न हैं, वह तो जीवन के लिये उत्साहवर्द्धक और प्रेरणादायक हैं, जिनकी वजह से लोग तत्पर हो उठते हैं काम करने को।"

शाहिद– "तुझे पता भी है कि मसूद कितना कमाता है महीने में?"

जरीना– "लाखों कमाये, हमें क्या; कमाता है तो कमाने दे... कमाकर अन्न ही तो खाता होगा, या फिर सोना-चाँदी खाता है?" वह निर्णयात्मक स्वर में बोली।

शाहिद– "अम्मी, मसूद महीने में तीन हजार से ऊपर कमाता है। तुझे मालूम होना चाहिए कि आठ दस गायें रखकर भी तीन हजार का महीना नहीं कमाया जा सकता।"

जरीना– "अच्छा बता तो सही क्या काम करता है, जो इतना कमाता है भला।"

इस सवाल से तो जैसे शाहिद की बोलती बन्द हो गयी। बताने को खुला मुँह, खुला का खुला रह गया... ऐसे, जैसे मसूद की सच्चाई बता देने से अभी उसके जबान में आग लग जाती। वह सँभल गया। जी में आया औरों की तरह झूठ बोलकर निकल ले, पर अपनी माँ से झूठ बोलने का साहस न कर पाया, क्योंकि आज तक माँ के सामने झूठ लफ्ज आया ही न था, इसलिए वह जरीना के इस सवाल पर चुप रह गया। वह अब स्पष्ट समझ गया कि जरीना से जाने की सहमति पा लेना सम्भव नहीं।

रात में उसकी आँखों में नींद न थी। वह तरह-तरह की चिंताओं में उलझा रहा। उसे एक ओर जहाँ पैसे कमाने की खुशी थी, वहीं दूसरी ओर इस तरह के कार्य... पैसे कमाने का और माँ की इच्छाओं की अवहेलना करने का गम भी था; पर वह अपनी महत्त्वाकांक्षा को लगाम न दे पा रहा था। अब उसके पास एक ही उपाय था, चुपचाप भाग निकलना। मन में आया कि रात में ही तैयारी कर ले; पर जरीना को शक हो जाने

की आशंका से चुपचाप लेटा रहा।

देर रात में नींद आने के कारण सुबह उठने में देर हो गयी थी, फिर भी शाहिद जल्दी-जल्दी मुँह हाथ धोकर और रात की बची हुई रोटियाँ खाकर बकरियों को चराने ले गया। दोपहर मे बकरियों को पानी पिलाकर घर लौट आया। खाना खाकर थोड़ी देर बाद फिर बकरियों को चराने ले गया। शाहिद को आज मन से विधिवत काम करते देख जरीना बहुत खुश हुई। आज शाहिद ढंग से क्रमवार सभी काम करता रहा। जरीना समझ रही थी कि शाहिद रात की बातों से काफी प्रभावित हुआ है, यह सोचकर वह अपने आपमें एक बहुत बड़ा भार उतर जाने का हलकापन महसूस कर रही थी।

शाम को बकरियाँ चराकर लौटते ही जरीना, शाहिद से बड़े प्यार से बोली– ''जा बेटा, मसूद तुझे बुलाने आया था... आज वह कमाने परदेश जा रहा है न, तुम्हारी याद आती होगी, जा उसे विदा कर आ।''

शाहिद को तो जैसे मुँहमाँगी मुराद मिल गयी हो। वह घंटों इसी चिंता में उलझा था कि वह किस बहाने घर से निकले, पर घर आते ही स्वयं उसका रास्ता खुल गया। उसने तुरंत कपड़े पहने और मसूद के घर की ओर चल पड़ा।

जरीना– ''जल्दी आ जाना बेटा, देर मत करना।''

शाहिद कुछ न बोला। उसने सिर्फ एक नजर अपनी माँ को और फिर अपने घर को देखा और चल पड़ा।

मसूद तैयार होकर शाहिद का ही इंतजार कर रहा था। शाहिद के पहुँचते ही उसने अपना थैला कंधे पर रखा और फिर दोनों निकल पड़े। नसीम मियाँ को संदेह हुआ, यह शाहिद, मसूद के साथ कहाँ जा रहा है, पर अपशकुन यात्रा का खयाल मन में आते ही मन में उभरी बात मन में ही दबकर रह गयी। उन्होंने शाहिद से कुछ न पूछा। शाहिद के पास कुछ सामान न देखकर उन्हें तसल्ली हुई कि वह मसूद के साथ नहीं जाएगा; जरूर वह मसूद को विदा करने जा रहा है। वे निश्‍िचत रहे।

अँधेरा हो चला था। रात हो जाने पर भी शाहिद जब घर न लौटा तो जरीना के मन में तरह-तरह की भावनाएँ उत्पन्न होने लगीं। बहुत देर तक रात में वह शाहिद के इंतजार में पलकें बिछाये लेटी रही। शरीर पड़ा था खाट पर, पर नींद आँखों से दूर थी। जब जरीना का धीरज जवाब दे गया, तो वह रात में ही लालटेन लेकर शाहिद को तलाश करती मसूद के घर पहुँची। उसने दरवाजे के पास पहुँचकर आवाज दी। ''फरीदा बहन! ओ फरीदा बहन!''

''कौन है भला इस समय!'' बंद दरवाजे के अंदर से नसीम मियाँ की आवाज आयी। ''मैं हूँ जरीना।''

फरीदा ने उठकर दरवाजा खोला। दरवाजा खुलते ही दोनों की नजरें मिलीं मानो वे दोनों ही एक दूसरे से सवाल कर रही हों।

फरीदा– "अरे जरीना बहन, इतनी रात गये यहाँ, कोई बात है क्या।"

जरीना कुछ न बोली। अंदर ही अंदर एक अज्ञात भय से काँप गयी। शंका भरी मनहूस आवाज ने उसके जुबान को जकड़ लिया। उसे इस बात का भय हुआ कि कहीं फरीदा यह न कह दे कि शाहिद यहाँ नही है या उसने आज शाहिद को न देखा है। फरीदा अपने सवाल का जवाब न पाकर फिर बोली– "जरीना बहन बात आखिर है क्या? कुछ बता भी तो!"

जरीना लड़खड़ाती हुई बोली– "शाहिद यहाँ है?"

फरीदा– "नहीं तो।"

जरीना के कलेजे पर जैसे किसी ने पत्थर मारा हो। आगे और कुछ पूछना फिजूल लगा। और पूछती ही क्या भला वह। जी में आया कि वह चिल्ला-चिल्लाकर रोना शुरू कर दे। तभी फरीदा ने पूछा– "क्या शाहिद आज घर नहीं लौटा?"

जरीना– "नहीं बहन, आज शाम में ही मसूद को बिदा करने के खयाल से घर से निकला था, पर अब तक लौटा ही नहीं, इसलिए उसकी खबर लेने यहाँ चली आयी।"

फरीदा– "अरे बहन, शाम को तो वह यहाँ आया था, फिर मसूद को कुछ दूर छोड़ने भी गया था। मैंने यह सोचकर उससे कुछ पूछा भी नहीं कि वह मसूद को कुछ दूर विदा करके घर लौट जाएगा..."

फरीदा फिर बोली– "बचपन की यारी है, हो सकता है यारी-यारी में वह भी मसूद के साथ ही चला गया हो; देखना दो दिन में लौट आयेगा।"

जरीना– "मानती हूँ, वह ढीठ है, पर बिना बताये वह इस तरह कहीं नहीं जाता।"

फरीदा– "तू फिजूल चिंता करती है; आजकल के नये खून वालों को इतना सऊर कहाँ जो अपने माँ–बाप की परेशानियों की सोचें... जी में आया, बस चल दिया होगा।"

जरीना– "यह तो ठीक है बहन, किन्तु इस बात से कैसे आश्वस्त हुआ जाय कि वह मसूद के साथ ही गया होगा, दूसरी बात भी तो हो सकती है।" वह रूआँसे स्वर में बोली। फरीदा दरवाजे से किनारे हटते हुए बोली "चल आ, चलकर अंदर बैठ; जमाना ठीक नहीं, रात में दरवाजा खुला रखना खतरे से खाली नहीं।"

जरीना– "नहीं बहन नहीं, मुझे यहाँ चैन नहीं मिलेगा, मैं अपने घर जाती हूँ,

शायद अभी लौट आया हो।''

जरीना लौटने को तत्पर हुई।

फरीदा– ''अरे जरीना, तुम्हें आये तो अभी मिनट भर भी नहीं हुए, ठीक से साँसें भी नहीं थमीं और फिर इतनी रात को रास्ता चलना ठीक नहीं।''

जरीना– ''नहीं बहन, मैं यहाँ नहीं रुक सकती।''

फरीदा– ''ठीक है, नहीं रुकती न सही, पर मसूद के अब्बा से तो पूछ ले, शायद शाहिद के बारे मे उन्हें कुछ पता हो।''

प्यासे को पानी की एक बूँद मिली। आशा बँधी। नसीम मियाँ को उठाने गयी। नसीम मियाँ अनमने ढंग से बिस्तर छोड़कर बाहर आये। पूछने लगे– ''आज शाहिद घर नहीं लौटा क्या?''

जरीना– ''जी नहीं।''

नसीम– ''शाम में तो वह मसूद के साथ ही उसे छोड़ने गया था, हो न हो वह उसके साथ ही चला गया हो; क्या उसने कभी कहीं जाने की बात कही थी?''

जरीना– ''हाँ कुछ दिन पहले वह मुझसे कह रहा था कि वह मसूद के साथ परदेश कमाने जायेगा।''

नसीम– ''तो क्या तुमने उसे जाने की सलाह दी थी?''

जरीना– ''नहीं, मैं उसके परदेश जाकर कमाने से सहमत न थी, यहाँ तक कि उसे रोकने की कोशिश भी की थी।''

नसीम– ''लगता है वह उसके साथ ही चला गया। वह भयवश तुमसे परदेश जाकर कमाने की बात न कह सका और मौका मिलते ही भाग गया।''

''हाय अल्लाह!'' अनायास ही जरीना के मुँह से आह निकल पड़ी। जरीना पीछे मुड़ी। दुपट्टे से घूँघट सँभाला और सीधे अपने घर की राह़ ली। फरीदा दुआरे से कहती रही– ''बहन सुबह चली जाना।'' मगर वह चुपचाप बढ़ गयी अपनी राह।

उसके चलने से जगह-जगह कुत्ते भौंकते रहे।

रात को इस तरह कुत्तों का जगह-जगह भोंकना स्पष्ट संकेत करता था कि कोई न कोई रास्ते में चल रहा है। दिन में पता चले न चले, पर रात में जगह-जगह कुत्तों के भौंकने से स्पष्ट मालूम हो जाता था कि व्यक्ति किस-किस गली-मोहल्ले से होकर गुजर रहा है। रात में कुत्तों का भौंकना यहाँ के लिए अशुभ का सूचक था। अब तक जब-जब रात में कुत्ते भौंके हैं, तब-तब कुछ न कुछ अनहोनी निश्चित समझी जाती थी, क्योंकि रात में आतंकवादी ही चला करते हैं। इस सुनसान अँधेरी रात में कुत्तों के भौंकने से

उत्पन्न आवाज पहाड़ियों से टकराकर जो गूँज पैदा करती थी, उससे ऐसा लगता था, मानो वे किसी अनहोनी का आह्वान कर रहे हों। जिसने भी कुत्तों के भौंकने की आवाज सुनी, उसकी रातों की नींद हराम थी। जरीना रात को घर से निकलते डरती थी, पर आज सुनसान रात में रास्ता चलते तनिक भी डर नहीं लग रहा था। उसके दिल-दिमाग में कुछ और ही बातें छायी हुई थीं, जिससे उसे भय की ओर ध्यान जाने का मौका ही न मिला। वह रास्ते भर सोचती रही– 'जिसके लिए मैं मरती हूँ, उसे मेरी तनिक भी परवाह नहीं... जाना ही था तो कहकर जाता। मानती हूँ, उसे जाने से रोकती, गालियाँ देती, डाँटती फटकारती, भला-बुरा कहती... पर उसके जवाब हाथ-पैर थोड़े ही न बाँध लेती। कहकर जाता तो क्या कर पाती मैं, सब्र करना ही पड़ता; पर इस तरह बिना बताये भाग जाने से मुझे कितनी परेशानी और बेचैनी हो रही है, उसे क्या पता। हाय। न जाने कहाँ किस हाल में भूखा-प्यासा पड़ा होगा। या अल्लाह! उस करमजले अभागे की रक्षा करना, उस नादान पर रहम करना खुदा, उसकी रक्षा की जिम्मेदारी अब तुम्हीं पर है, इस अभागन की फरियाद सुन लो खुदा।

दूसरे दिन फरीदा को चिंता हुई। रात में जरीना सही सलामत घर पहुँची या नहीं। सुबह सबीना से उठते ही बोली– "बेटी सबीना, जा जरा खाला की खबर ले आ, रात से चिंता लगी है उसकी।"

सबीना ने मासूमियत से पूछा– "क्या हुआ खाला का अम्मी।"

फरीदा– "उसे कुछ नहीं हुआ है; रात यहाँ आयी थी; सही सलामत घर पहुँची कि नहीं यह पता लगा आ। हाँ, और कह देना, दोपहर में फुरसत मिलने पर मैं मिलने आऊँगी।"

सबीना– "रात में खाला क्यों आई थी अम्मी?"

फरीदा– "बस, अब तू करने लगी न बकबक, जो कहा सो कर।"

सबीना– "मैं बकबक कहाँ करती हूँ अम्मी, मैं तो सिर्फ पूछ रही हूँ कि खाला रात में क्यों आई थी।"

फरीदा– "यह तुझे जानने की जरूरत नहीं।"

सबीना– "मेरे जानने से कुछ बुरा होगा क्या?"

फरीदा– "तेरी बहस करने की आदत नहीं जाएगी; कुत्ते की दुम कभी सीधी होती है भला।" वह बुदबुदाती अंदर चली गयी। फरीदा का खराब मिजाज देखकर सबीना दुबारा न बोली। उसने सीधे जरीना के घर की राह ली।

वहाँ पहुँचकर सबीना ने देखा, अंदर से दरवाजा बंद है। वह दरवाजा खटखटाते हुए चिल्लायी– "शाहिद! ओ शाहिद! दरवाजा खोलो।"

अंदर से कोई प्रत्युत्तर न पाकर सबीना कुछ ही पल बाद खिजलाहट भरी ऊँची आवाज में फिर बोली– ''खाला काम पर चली गयी इसीलिए दिन चढ़ते तक सो रहे हो क्या?''

एकाएक किवाड़ खुला। सामने देखा तो दंग रह गयी। आँखे लाल-लाल, चेहरा सूजा हुआ, अस्त-व्यस्त बिखरे बाल। शायद वह रात भी रोयी थी। इस तरह का विकृत चेहरा उसने खाला का पहले कभी नहीं देखा था... और इससे भी बड़ा आश्चर्य यह था कि चिड़ियों के साथ जग जाने वाली खाला आज इतनी देर तक शायद सोती रही थी। अपने सामने एकाएक इस तरह खाला को देख उसे समझ में नहीं आया कि वह क्या पूछे, क्या बोले। बिना सोचे ही उसने पूछा– ''खाला, शाहिद कहाँ गया?''

''मर गया।'' जरीना गंभीर स्वर में बोली।

जरीना के मुँह से शाहिद के प्रति ऐसी क्षुब्ध वाणी सुनकर उसे बड़ा अचरज हुआ। जो जरीना, शाहिद के प्रति मृत्यु शब्द से डरती थी, उसी के मुँह से प्रत्यक्ष मृत्यु की बात सुनकर सबीना को बड़ा आश्चर्य हुआ। वह जरीना से आगे और पूछने का साहस न कर सकी। उसे असलियत तो मालूम न हो सकी, पर यह समझते देर न लगी कि समस्या बड़ी विकट है। जरीना का इस तरह का मिजाज देखकर सबीना ने बिना कुछ बोले ही अपने घर की राह ली।

सबीना के घर पहुँचते ही फरीदा ने पूछा– ''घर पर खाला ठीक तो है?''

सबीना ने सारा देखा हाल कह सुनाया।

फरीदा जल्दी-जल्दी काम निबटाकर जरीना के घर जाने की तैयारी करने लगी। तभी सबीना ने आकर खुशखबरी दी। बोली– ''अम्मी अम्मी! नयकी गाय ने बच्चा दिया, सुन्दर-सा सफेद बछड़ा है, अब्बा ने जल्दी से कटोरी में हल्दी और तेल माँगा है।''

खबर तो अच्छी थी, पर समय उचित न था। वह कटोरी में तेल गरम करने लगी। गाय के बच्चा देने से घर में काम बढ़ गया, इस कारण आज वह जरीना के पास न जा सकी।

दूसरे दिन जल्द ही खिरसा दूध लेकर जरीना से मिलने के लिए रवाना हुई। सबीना के मन में भारी जिज्ञासा थी, आखिर मामला क्या है। इसलिए उसने फरीदा के साथ जाने का काफी हठ किया। उसे झिड़कियाँ भी मिलीं, पर वह न मानी।

घर पहुँचकर देखा जरीना खाट पर चुपचाप पड़ी हुई थी। सारा घर अस्त-व्यस्त लग रहा था, घर में झाड़ू भी न पड़ी थी। फरीदा, जरीना के पास खाट पर बैठते हुये बोली– ''जरीना बहन धीरज रख, जो हुआ वह तो हुआ ही, तुम्हारे इस तरह चिंता करके घुटते रहने से कुछ बन तो नहीं जायेगा; अल्लाह से दुआ कर उसकी सलामती के

लिए और देख कैसा दौड़ा चला आएगा। अभी घर से बाहर नये-नये परिवेश में उसे मजा आ रहा होगा... सप्ताह, पन्द्रह दिन मजे कर लेने दे, जब उसे रोटी के लिए पापड़ बेलने पड़ेंगे तब उसे घर की याद आएगी; घर की तरह बैठे-बैठे परदेश में सूखी रोटी भी नसीब नही होती।''

जरीना – ''नहीं बहन, वह निर्मोही लौटने वाला नहीं; यदि उसे घर का इतना ही मोह होता तो वह भागता ही क्यों।''

फरीदा– ''अभी वह नादान है, नयी उम्र है, उमंगें हैं, जज्बात हैं, कोमल भावनाएँ हैं; धीरे-धीरे सब स्थिर पड़ जाएगा। उसे अभी दीन-दुनिया का कुछ पता नहीं, बस चलना है, चल दिये... यहीं तो उसे दुनियादारी समझने का मौका मिला है; जब उसे समझ आएगी तो सब ठीक हो जायेगा।''

जरीना– ''अब और क्या ठीक होने की आशा रखूँ बहन, मेरा भाग्य तो बिगड़ता ही आया है अब तक।''

फरीदा– ''इतनी चिंता तू व्यर्थ करती है; मसूद के साथ ही तो गया है, क्या मसूद घर का लड़का नहीं; क्या वह इतना नादान है कि वह शाहिद को अकेला छोड़ देगा। जैसे भी हो वह शाहिद को अपने पास ही रखेगा।''

जरीना– ''जो भी हो बहन, नजर से दूर मुझे सब्र नहीं होता।''

फरीदा ने समझाया– ''देख जरीना, वह पैसा कमाने ही तो गया है, कहीं चोरी करने, किसी का गला रेतने तो नहीं गया।''

जरीना– ''बात तो ठीक है, पर मेरा तो इस दुनिया में सबकुछ वही है, मैं यह कैसे बर्दाश्त करूँ कि मेरी सारी निधि, मेरी जिंदगी भर की तपस्या का फल, मेरा सबकुछ मुझसे ही दूर रहे। शाहिद के अब्बा के मरने के बाद और कौन था मेरा इस दुनिया में... बुढ़ापे की लाठी समझकर जिसे मैंने हर संभव सँवारने की कोशिश की, सींचती रही, वही बुढ़ापे के समय ऐन मौके पर हाथों से दूर हो जाय, यह कैसी बला है भला।'' जरीना सिसककर रो पड़ी।

फरीदा ने फिर समझाया– ''देख जरीना, तू केवल अपने दिल की बात सोचती है, सिर्फ अपनी सोचती है; कभी उसकी नजर से भी तो सोचकर देख... उसके अपने कुछ अरमान होंगे, कुछ सपने होंगे, वह पागल तो नहीं कि यूँ ही चला गया। मैं उसे अच्छी तरह जानती हूँ, वह तुझे दुःख देना नहीं चाहता; शायद उसने तुम्हारे लिए ही ऐसा किया हो। अपनी बूढ़ी अम्मी को सुख देने के लिए, आराम देने के लिए ही उसने यह कदम उठाया हो। यहाँ रहकर भी क्या करता वह; यहाँ की मजदूरी से तो परिवार का पेट भी नहीं भरता। कमाकर कुछ लायेगा तो घर का भला ही तो होगा और यह कुछ ही दिनों की तो बात है... अबकी जब घर लौटेगा, तो समझा-बुझाकर रख लेना घर

पर।''

जरीना– ''मुझे नहीं चाहिए आराम और अच्छा भोजन, नहीं चाहिए मुझे खजाना; मुझे तो बस मेरा शाहिद आँखों के सामने हो, यही मेरी सबसे बड़ी खुशी है, सुख है, इससे बढ़कर और दूसरी खुशी नहीं चाहती मैं।''

फरीदा– ''ठीक है, लेकिन इससे तो यही होगा कि तू अपनी खुशी के लिए अपने बेटे की खुशी का गला घोंट रही है; यदि तू वास्तव में अपने बेटे की खुशी चाहती है, तो वह जो करता है, करने दे; जैसे वह खुश रहे उसी में हम सबकी खुशी है। मेरे मसूद को ही देख, आज गाँव में ही रहता तो यूँ ही मारा-मारा फिरता; बाहर निकला तो ज्ञान हुआ की नहीं। आज दो पैसा कमाता है तो परिवार की खुशी है। तू क्या सोचती है, मुझे बेटे की जुदाई का गम नहीं, पर क्या करूँ, सहना पड़ता है; आज उसी की वजह से गाँव में थोड़ी इज्जत है, घर में गाय है। हल बैल हैं। जब भी वह आता है, लोग उसकी इज्जत करते हैं, दुआ सलाम करते हैं; यहाँ रहकर कौन पूछता उसे।''

जरीना– ''समझ में नही आता बहन मैं कैसे समझाऊँ अपने दिल को।'' कुछ ही पल बाद जरीना फिर बोली– ''ऐसा कोई उपाय नहीं जिससे शाहिद को जल्द बुलाया जा सके? सबीना बेटी, तू तो चिट्ठी लिखना जानती है न!''

सबीना– ''अभी तक लिखी तो नहीं, पर कोशिश करूँगी तो लिख लूँगी।''

जरीना– ''तो फिर आज एक चिट्ठी मसूद को लिख भेजो कि वह शाहिद को किसी भी बहाने घर वापस भेज दे।''

सबीना– ''चिट्ठी तो लिख दूँगी, पर मुझे मसूद भाईजान का पता नहीं मालूम, बिना पता ठिकाना चिट्ठी कैसे जायेगी।''

जरीना– ''तो तुम घर का हाल-चाल उस तक कैसे भेजती हो?''

सबीना– ''आज तक तो कोई खबर भेजी नहीं... बस, जब भाईजान घर वापस आते हैं, तभी हमें एक-दूसरे का सुख-दुःख मालूम होता है।''

जरीना– ''मसूद तो चिट्ठी भेजता होगा?''

सबीना– ''अरे कहाँ, बेचारे मसूद भाईजान तो चिट्ठी लिखना-पढ़ना जानते ही नहीं।''

जरीना– ''शायद तुम्हारे अब्बा हुजूर को मसूद का पता मालूम होगा।''

सबीना– ''उनके लिए तो काला अक्षर भैंस बराबर है, सो वह कैसे लिखे रखे होंगे; फिर भी अब्बा से पूछूँगी, शायद उन्हें मसूद भाईजान का कुछ पता ठिकाना जुबानी मालूम हो।''

फरीदा– "अरी बहन, चिंता मत कर, शाहिद नया-नया गया है, अपनी अम्मी की खबर लेने के लिये जरूर चिट्ठी लिखेगा।"

जरीना– "वह खुद चिट्ठी लिखना जाने, तब न कुछ खबर भेजे।"

फरीदा– "अरी जरीना, वह भी तो सबीना के साथ स्कूल जाना शुरू किया था न?"

जरीना– "हाँ गया था, पर महीने भर की पढ़ाई से पंडित थोड़े ही न हो गया; एक दिन मास्टर साहेब ने पिटाई क्या कर दी, मुए ने पढ़ाई ही छोड़ दी।"

जरीना– "अच्छा बहन यह तो बता कि मसूद बेटा परदेश में क्या काम करता है? न जाने शाहिद को किस काम में लगाया होगा।"

फरीदा– "यह तो मुझे भी पता नहीं बहन; मैंने उससे कई बार पूछा, पर वह बताता ही नहीं, हर बार टाल जाता है। वैसे भी मुझे उसके काम से क्या मतलब; नाराज होने के भय से मैं जबरजस्ती भी नहीं करती। बेटा कमाता है, भला चंगा है, मुझे और क्या चाहिए; क्या फायदा उसके काम के बारे में बहस करके... हाँ, काम के बारे में वह अपने अब्बा हुजूर से बातें करता है, उन्हीं को पता होगा उसके काम के बारे में।"

शाम हो चली थी। अस्ताचलगामी सूर्य, मानों विशाल थाल रूपी आकाश में स्वयं आरती की लौ बना, गोधूलि का स्वागत कर रहा था। दूर से आ रही बैलों की घंटी की टुनटुनाहट की सामूहिक मधुर आवाज जैसे आरती का सामूहिक गायन हो और घर लौटते मवेशियों के झुंड के ऊपर आकाश मे उड़ते धूल के बादल मानों धूप-सामग्री की सोंधी-सोंधी गंध से माहौल को मदमस्त कर रहे हों। फरीदा को एकाएक अपने मवेशियों का खयाल हुआ। वह झट से उठते हुए बोली– "जरीना बहन, अब मैं चलती हूँ, मवेशी आते होंगे; यह दूध लायी थी, रसोई में रख देती हूँ, कुछ बनाकर खा लेना।"

वह रसोई मे जाकर दूध का बर्तन खाली करने लगी, तभी उसे बदबूदार सड़न की गंध आयी उसने गौर से देखा तसले में कुछ सड़ रहा था, जिस पर फफूँदी लग गयी थी। उसने रसोई से ही जरीना से पूछा– "यह तसले में क्या पड़ा सड़ रहा है?"

जरीना ने कुछ जवाब न दिया। फरीदा ने नजदीक आकर तसला दिखाते हुए पूछा– "यह क्या है?"

जरीना– "उस दिन शाहिद के लिए खाना रखी थी।"

फरीदा को समझते देर न लगी कि उस दिन के बाद जरीना ने न भोजन बनाया है, न खाया है। उसने जरीना को समझाते हुए कहा– "देख जरीना, तू इस तरह अपने आपको ढील देगी तो मुझे कौन सँभालेगा, बीमार पड़ गयी तो आफत हो जायेगी।"

जरीना रुआँसे स्वर मे बोली– "अब मैं किसके लिए खाना बनाऊँ बहन, किसके लिए खाऊँ और किसके लिए जिऊँ मैं... अब तक तो शाहिद के लिए कमाती थी, खाती थी, उसे खिलाती थी, उसी के लिए जीती थी, पर अब क्या करूँगी जीकर मैं।"

फरीदा – "अब तक तू जिसके लिए जीती आयी है, उसी के लिए जी। जब शाहिद कमाकर अपनी अम्मी के लिए ढेरों अरमान सजाकर खुशी-खुशी लौटेगा, तब तुझे यहाँ न पाकर उस पर क्या बीतेगी कभी सोचा है तुमने? तुझे अपने शाहिद के लिए जीना होगा। अल्लाह पर विश्वास रख और दुआ कर कि शाहिद जल्द घर लौट आये... अच्छा अब चलती हूँ, मवेशी आ गये होंगे; रात का खाना मसूद के अब्बा से भिजवा दूँगी।"

जरीना– "नहीं, मैं खुद बना लूँगी।"

फरीदा– "तो ठीक है, खाना जरूर बना लेना और अपना खयाल रखना, खुदा हाफिज!" फरीदा ने सबीना के साथ अपने घर की राह ली।

खा-पीकर जब फरीदा सोने लगी, तब उसे एकाएक खयाल आया कि जरीना के घर अनाज तो होगा ही नहीं, तो क्या खाक बनाकर खायेगी। जब मेहनत मजदूरी करती है, तो उसी में बचा-बचाकर खाती है, इधर तो उसका काम भी बन्द है... आज खाना भी न बचा। खैर, दो रोटियाँ सेकने में देर न लगेगी, किन्तु इतनी रात को वहाँ खाना पहुँचाने में जान का खतरा कौन उठायेगा... कौन जानबूझकर मुसीबत गले लगायेगा भला।

दूसरे दिन सुबह फरीदा ने जल्द खाना तैयार करके सबीना के हाथों जरीना के लिए भेज दिया। सबीना को सारा हाल मालूम हो गया था। उसे आज खाला के घर जाने की इच्छा नहीं हो रही थी। उसे महसूस हो रहा था कि वह घर खालीखाली-सा है। वहाँ उसे शाहिद नहीं मिलेगा और न ही शाहिद की हँसाने वाली चुटकीली बातें मिलेंगी। फिर भी वह बिना मन के ही जरीना के घर गयी और जाकर जरीना से बोली– "खाला! खाना लायी हूँ, खा लो।" जरीना कुछ न बोली। सबीना ने जरीना के पास ही में खाना रख दिया और उसने झाड़ू उठाकर घर बुहारा, घड़े में पानी भर लायी। फिर इजाजत लेकर घर लौट गयी।

अगले दिन जब सबीना खाना लेकर आयी तो देखा, कल का खाना ज्यों का त्यों पड़ा है, दूध से गंध आ रही है। यह देखकर सबीना खाना रखकर चुपचाप घर लौट गयी और फरीदा से वहाँ का सारा हाल कह सुनाया। जरीना के यह हाल जानकर फरीदा को बड़ा दुःख हुआ।

शाम को नसीम मियाँ के घर आते ही इस समस्या का समाधान ढूँढ़ने का सिलसिला चला। फैसला हुआ– क्यों न जरीना को अपने यहाँ बुला लिया जाय... घर

का कुछ काम भी हल्का हो जायेगा और उसे भी थोड़ा आराम मिल जायेगा।

फरीदा, जरीना को साथ लाने के लिए सुबह ही चल पड़ी। पहुँचकर उसने देखा, जरीना अभी भी किसी रोगी की भाँति बेसुध खाट में पड़ी है।

फरीदा– "जरीना बहन! अब तक पड़ी हुई हो।"

जरीना– "क्या करूँ उठकर।"

फरीदा– "क्यों, कुछ काम नहीं है; झाड़ू बुहारू, चौका बरतन नहीं करना।"

जरीना– "मन ही नहीं लगता अब कुछ काम में।"

फरीदा– "मानती हूँ, शायद कमजोरी के कारण काम में मन नहीं लगता; पर क्या भूख भी नहीं लगती? मुझे सबीना से सब मालूम हो गया है, तुमने चार दिनों से मुँह में कुछ नहीं डाला, परसों और कल दोनों दिन का खाना पड़ा सड़ रहा है।"

जरीना– "शाहिद के बिना कैसी भूख, कैसी प्यास, कुछ पता ही नहीं चलता।"

फरीदा– "जानबूझकर पागल मत बनो; उस दिन इतना समझाया, पर सब अकारथ गया; मैं तुम्हें लेने आयी हूँ, आज से तुम मेरे साथ, मेरे घर में रहोगी।"

जरीना– "यह तू क्या कह रही है फरीदा बहन।"

फरीदा– "मैं ठीक कहती हूँ, मसूद के अब्बा की भी यही राय है।"

जरीना– "नहीं, यह संभव नहीं, मैं वहाँ नहीं रह सकती।"

फरीदा– "क्यों नहीं रह सकती? वह घर तुझे काट खायेगा, जो इतनी डरी सहमी बोल रही है।"

जरीना– "मैं वहाँ न जाऊँगी।"

फरीदा– "तो यहाँ खाये बिना मर जायेगी; कोई देखने वाला नहीं यहाँ तुझे।"

जरीना– "जो भी हो, मैं यह घर न छोड़ूँगी।"

फरीदा– "जिद मत कर; वहाँ समय से खाओगी पिओगी और थोड़ा आराम मिलेगा तो चंगी हो जाओगी... देखो तो तीन-चार दिनों में ही ऐसी लग रही हो जैसे बरसों की रोगी हो।"

जरीना– "मुझे वहाँ चैन न मिलेगा।"

फरीदा– "यहाँ कौन सा बड़े चैन से हो; वहाँ रहोगी तो मन भी बहल जायेगा।"

जरीना– "मरे मन के बहलाने की क्या आवश्यकता?"

फरीदा– "बहस मत कर, उठकर चलने की तैयारी कर।"

जरीना– "मेरा दिल गवाही नहीं देता कि मैं वहाँ जाऊँ।"

फरीदा– ''दिल की सुनोगी तो एक दिन जान पर बन जायेगी।''

जरीना– ''माफ करना बहन, मैं यही खुश हूँ।''

फरीदा– ''जज्बातों में बत बह, ये भावनाएँ तेरे लिए हानिकारक हैं।''

जरीना– ''जो भी हो, जब तक जीवित हूँ, तब तक इस घर को सूना न छोड़ूँगी; मेरी मृत्यु पर ही अब यह घर छूटेगा।''

फरीदा– ''क्यों प्राण देने पर तुली है।''

जरीना– ''मेरी आखरी इच्छा यही है कि मेरे प्राण इसी घर में निकलें।''

फरीदा– ''अब कैसे समझाऊँ तुझ पागल को।''

जरीना– ''बहन, तू जो भी सोच ले, कह ले, मैं बुरा नहीं मानती, क्योंकि मैं जानती हूँ कि तू मेरे दिल के जज्बात से अनभिज्ञ है। यह घर मैं किसी भी हाल में नहीं छोड़ सकती, क्योंकि यह घर मेरे पति से है और इसी घर में हम दोनों के प्रेम की निशानी शाहिद... अब जब, न वे (शाहिद के पिता) हैं न शाहिद है, अब तो बस यह घर ही खड़ा है; मैं यहीं इंतजार करूँगी शाहिद का... यदि मेरा ममता में शक्ति होगी तो शाहिद को मेरी याद जरूर आएगी... प्रेम से विकसित इस घर की दीवारें ही उसे खींच लायेंगी; अब तो मुझे इसी घर में संतोष है।''

जरीना किसी भी हाल में फरीदा के घर जाकर रहने को तैयार न हुई। फरीदा तुनककर वापस अपने घर आ गयी। फरीदा को आते देख नसीम मियाँ ने पूछा– ''अकेली आयी हो।''

फरीदा गुस्से में बोली– ''क्या करूँ, जबरदस्ती उठा लाऊँ; एक नहीं सुनती मेरी।''

नसीम मियाँ मृदु स्वर में बोले– ''क्या कहा उसने?''

फरीदा– ''कहेगी क्या, प्राण देने पर तुली है।''

नसीम मियाँ– ''क्या किया जाये; वहाँ तो यूँ ही मर जायेगी।''

फरीदा– ''आप ही सोचो, अब मेरे बूते की नहीं।'' कुछ पल बाद फरीदा फिर बोली– ''क्या जमाना है, किसी का भला सोचो, तो भी इतने नखरे।''

नसीम मियाँ– ''क्या करे, दुखिया है बेचारी, दिल पर चोट खायी है।''

फरीदा– ''सहानुभूति है उसके प्रति, पर ये नखरे।''

नसीम मियाँ– ''जिसे तुम नखरा समझती हो, जरा उसे ठंढे दिमाग से सोचो; वह नखरा नहीं, ममता है घर के प्रति। तुमने इतनी आसानी से कैसे सोच लिया कि जिस घर में वह इतने लंबे समय से अब तक रहती आयी है, उसे तुम्हारी एक बात पर छोड़

देगी... जिसे जितना थोड़ा मिला है, वह उसे उतना ही अधिक जतन से सँभालकर रखता है; उस बेचारी के लिए तो बस वही एक प्रेम की यादगार है और उसे भी तुम छोड़ने को कहती हो।"

फरीदा का गुस्सा काफूर हो गया। वह नम्र होकर बोली– "क्यों न हम सबीना को कुछ दिन के लिए उसके पास भेज दें।"

नसीम मियाँ– "अच्छा खयाल है।" इस विचार से किसी को कोई आपत्ति न थी

शाम को नसीम मियाँ ने आपस में बैठकर निर्णय सुनाया– "समय पर असहायों की सहायता करना ही धर्म है; किसी एक गरीब-दुखिया को खिलाने से हमें अन्न की कमी न हो जायेगी, हम किसी और को मदद करेंगे अल्लाह हमें मदद करेंगे।" उन्होंने सबीना को समझाते हुए कहा– "बेटी सबीना, जब तक शाहिद वापस नहीं आ जाता, तू खाला के साथ ही रह... चावल दाल मैं यहाँ से पहुँचा दिया करूँगा, साथ मिलकर बनाना खाना; बेटी तुझे कोई एतराज तो नहीं?"

सबीना– "जी नहीं अब्बा।"

सबीना बचपन में उस घर में घंटों बिताया करती थी। तब की बात कुछ और थी... तब शाहिद साथ होता था। साथ खेलती, लड़ती झगड़ती। शाहिद अक्सर सबीना को हँसाया करता, तो कभी-कभी चिढ़ाता भी। समय कैसे गुजर जाता कुछ पता भी न चलता था। पर अब उस घर में शाहिद न था। सबीना जानती थी, शाहिद के बिना उस सूने घर में मन न लगेगा, पर अपने अब्बा की बात रखने के लिए ही उसने हाँ कर दिया।

नसीम मियाँ अगले दिन ही सबीना को साथ लेकर जरीना के घर पहुँचे। नसीम मियाँ ने जरीना को खूब समझाया और चार दिनों से भूखी जरीना को शाहिद की कसम दिलाकर उसे खाने को मजबूर किया और आश्वासन दिया कि वे पूरी कोशिश करके शाहिद को वापस बुला लेंगें। जाते समय जरीना ने पूछा– "भाई साहब, मसूद वहाँ क्या काम करता है?"

इस प्रश्न ने नसीम मियाँ के होश हवा कर दिये। अब वह अपने मुँह से कैसे कहें कि वह आतंकवादी दस्ते में शामिल होकर आतंक फैलाता है, तबाही मचाता है। जरीना ने अपना प्रश्न फिर दोहराया। जल्दबाजी में नसीम मियाँ बोल पड़े– "देखिए पता ठिकाना तो नहीं मालूम, पर कहता है किसी सेठ के यहाँ कुछ करता है।"

जरीना– "कितने दिनों मे लौट आता है मसूद बेटा?"

नसीम मियाँ इस सवाल की सच्चाई से बचना चाहते थे। वे कैसे बयान कर दें कि उसके घर लौटने का कोई निश्चित समय नहीं... उन्हें तो यह भी पता नहीं होता कि घर से निकला मसूद अबकी फिर घर लौटेगा भी या नहीं, उसकी लाश के अंतिम दर्शन

होंगे भी या नहीं। उन्होंने सँभलकर कहा– ''जब छुट्टी मिल जाती है तब चला आता है, इसका कोई निश्चित समय नहीं।'' वह और कुछ सवाल करे इससे पहले ही वह पिंड छुड़ाकर भागना चाहते थे। उन्होंने जल्दी से उठकर खुदा-हाफिज कहा और तेजी से चलते बने।

सबीना अपनी मुँहबोली खाला के साथ रहने लगी थी। शाम-सवेरे खाला की खातिर करती... फिर बाकी का दिन तनहाइयों में ही बीतता। उम्र के सोलहवें पड़ाव में प्रवेश कर चुकी सबीना अब उम्र के हिसाब से तनहाई के समय मीठे सपने देखने लगी थी। अपने सपनों के शहजादे से मीठी-मीठी बातें करती, साथ विचरती और फिर सपने टूट जाने पर व्याकुल होकर उन्हीं समय के ख्वाबों में लीन हो जाती, जब उसके सपनों का राजकुमार वास्तव में उसके सामने आयेगा। खुली आँखों के इन सपनों को वह सँवारती, सजाती... भावी जिन्दगी के मीठे-मीठे ख्वाब देखती और अपने दिल के शहजादे से मिलने की उस घड़ी की कल्पना कर मुस्करा पड़ती।

सबीना के हृदय में प्रेमांकुर हो चुका था। इस समय उसकी दशा, उस उनमादनी हिरणी के समान थी, जो जंगल के बीच खुले मैदान में अकेली विचरण करती हुई बार-बार गर्दन ऊँची कर अपने साथी के आने की प्रतीक्षा करती है।

उसके सपनों का राजकुमार क्या कोरी कल्पना थी... क्या उसकी आकृति उसके मस्तिष्क में बनती-बिगड़ती थी या फिर एक निश्चित आकृति पहले से ही छपी हुई थी यह औरों के लिये रहस्य ही था। पर वह दिन-दोपहर खाला से शाहिद के बारे में हमेशा कुछ न कुछ पूछा करती थी, जैसे उसे शाहिद का ही इंतजार हो। हो न हो उसके सपनों का शहजादा शाहिद ही हो। कभी-कभी वह उसके फटे-पुराने कपड़ों को उलटती-पलटती और जरा-सा भी गंदा नजर आने पर धो डालती। फटे हुए कपड़ों को सुई-धागा लेकर सी देती। सप्ताह भर बाद वह फिर उन कपड़ों को देखती... थोड़ी भी धूल या कुछ दाग देखकर, फिर साफ करती और फिर बड़े प्यार से तह लगाकर रख देती। शाम होने से पहले रोज वह आईना लेकर बैठती, बालों में तेल डालती, बाल सँवारती। आईने से बातें करती और शाम को जब दिन भर घर से बाहर रहे सभी छात्र-छात्राएँ, मजदूर, किसान और चरवाहे घर लौटते होते तो वह दरवाजे के पास खड़ी न जाने बड़ी बेसब्री से किसका इंतजार किया करती। अँधेरा हो जाने पर जब उसकी तृष्णित आँखों को तृप्ति न मिलती तो वह निराश होकर घर के अंदर चली जाती।

जरीना अब बकरियाँ चराने जाने लगी थी, इस कारण सबीना की तनहाइयाँ और बढ़ गयी थीं। शाम को वह अक्सर द्वार पर बैठी किसी के आने की प्रतीक्षा करती रहती, पर हर दिर उसे रोज की तरह निराशा ही होती। फिर भी हर राज वह एक नयी आशा के साथ द्वार पर बैठती। शाम में स्कूली बच्चों को जब दूर से आते देखती, तो उसे भी अपना स्कूली जीवन याद हो आता, जब वह शाहिद के साथ स्कूल जाया

करती थी। शाहिद की वे रास्ते भर की शरारतें, पाठ याद न होने पर मास्टर साहब की मार के डर से स्कूल की टूटी खिड़की से भाग निकलना और स्कूल से भागकर चरवाहों के साथ दिन भर भैंसों की सवारी करना और छुट्टी होते ही स्कूली लड़कों के साथ शामिल होकर घर पहुँचना, घर पहुँचकर अपनी अम्मी से तरह-तरह के नये-नये बहाने गढ़ना उसके लिए आम बात थी। सबीना से भी उसने अपने पक्ष में खूब झूठ बुलवाये थे। सबीना के अपनी अम्मी के सामने झूठ बोलने से इंकार करने पर रास्ते में मारने की धमकी देना। कई बार तो सबीना के सच उगलने पर रास्ते में उसकी पिटाई भी की थी। पिटाई के डर से सबीना भी अपनी अम्मी और खाला के सामने शाहिद की इच्छानुसार सफाई देने को मजबूर थी। सबीना ने कई बार मास्टर जी की पिटाई से भी शाहिद की रक्षा की थी, बदले में शाहिद, सबीना को पका हुआ पुटुस (झाड़ियों में फलने वाला एक तरह का फल) तोड़कर दिया करता था। कभी-कभी मौका मिलने पर उसे भी भैंसों की सवारी कराता। वे सभी यादें सबीना के मस्तिष्क में एक-एक कर गुजरने लगती थीं और वह रोमांचित हो उठती थी। तनहाई में प्रेमी से जितना प्यार मिलता है, जितनी मीठी-मीठी बातें होती हैं, शायद ही मिलने पर उतना प्यार मिलता है। तनहाई, प्यार रूपी पौधों को बढ़ाने में उर्वरक का काम करती है।

दो

शाहिद, मसूद के साथ करीमन खां के दस्ते में आ गया था। शुरूआत के दिन दिन तो उसके खेल-खेल में ही बीत गये। कहाँ रोज बकरियों के साथ झाड़ियों में भटकना, बात-बात पर अम्मी के ताने... और यहाँ न मम्मी के ताने न काम का सरदर्द; बीसियों हमउम्र, स्वादिष्ट खाना। साथियों के साथ खूब मौज-मस्ती और गप-शप। काम के नाम पर बारूद के थैले, बंदूकें और अन्य सामान एक पहाड़ी से दूसरी पहाड़ी तक लाना ले जाना। जैसा कि करीमन खां ने पहले ही बता रखा था, इसलिये शाहिद को कोई परेशानी न हुई।

परन्तु कुछ दिनों बाद शाहिद को अपने अम्मी की, अपने घर-गाँव की याद आने लगी... और तब उसे वहाँ के स्वादिष्ट व्यंजन भी बेस्वाद लगने लगे। एक-एक दिन वहाँ काटना उसे मुश्किल होने लगा। तब उसने एक दिन निश्चय करके घर वापस जाने की ठान ली और घर वापस जाने के लिये अपने आकाओं से इजाजत माँगने चला गया। जैसे ही आकाओं को उसकी मंशा का पता चला, उन्होंने तत्काल प्रभाव से गुप्त रूप से उसकी निगरानी बढ़ा दी और उसकी घर वापसी का समय बढ़ाते हुए धन से लेकर धर्म के सहारे उसकी साम-दाम-दंड-भेद की राजनीति से ब्रेनवाश करने लगे।

अब शाहिद पर धीरे-धीरे धन और धर्म का नशा चढ़ने लगा। वह धर्म के रास्ते धन कमाने की मृगतृष्णा में फँसता चला गया। अब मृगतृष्णा को पूरा करने की चाहत में वह अम्मी का प्यार, गाँव की याद धीरे-धीरे सब कुछ भूलने लगा था... या कह सकते हैं कि मृगतृष्णा के आगे माँ का प्यार गाँव की यादें क्षीण होती गयीं। फिर, अब क्या था... दिन, महीने, साल बीतने लगे। जैसे-जैसे समय बीतता गया, कंधे बोझ तले दबते चले गये। अब आँखों के सामने गर कुछ था तो सिर्फ-मकसद, धर्म, जेहाद।

जब जेहाद का रंग उस पर पूर्णतः चढ़ गया और उम्र से भी परिपक्व हो गया तो युद्धकला का कुशल प्रशिक्षण लेने के लिए पाकिस्तान से बुलावा आ गया और अन्ततः शाहिद पाकिस्तान की जमीन पर कुशल लड़ाके की ट्रेनिंग लेने लगा।

शाहिद पाकिस्तान में पूरे नौ महीने की ट्रेनिंग प्राप्त कर अपने ग्रुप के साथ वापस

भारत आ चुका था। ट्रेनिंग की सभी प्रक्रियाएँ पाकिस्तान में ही पूरी हो चुकी थीं, किन्तु यहाँ इस क्षेत्र की भौगोलिक दशा से नये आतंकवादियों को अवगत कराने के उद्देश्य से एक विशेष प्रतियोगिता का आयोजन भारत में होना तय हुआ था।

उसी निर्धारित कार्यक्रम के अंतर्गत आज यह अंतिम प्रतियोगिता है। शाहिद ग्रुप के सभी प्रतियोगियों में अव्वल था। अब तक वह प्रत्येक प्रतियोगिता में अपने ग्रुप के तीसों साथियों से आगे रहा है। यह प्रतियोगिता का अंतिम दौर आज सुबह पाँच बजे प्रारंम्भ होने को है। यह एक कठिन परीक्षा है, जिसमें जंगल की विभिन्न जगहों में कुछ अस्त्र रखे गये हैं, जिन्हें नक्शे की सहायता से कम से कम समय में खोज लाना है। तीसों प्रतिभागी पंक्ति मे खड़े हो गये और ठीक पाँच बजे के लिए अपने कमांडर के आदेश का इंतजार करने लगे। घड़ी की सुई ठीक पाँच पर जाते ही कमांडर अलगा खां ने आदेश में गोली दागी। सभी दौड़ पड़े आगे की ओर, जहाँ ढेर सारे नक्शे पंक्ति में रखे थे। सभी ने दौड़कर नक्शा उठाया और अपने-अपने नक्शे के अनुसार जंगल की विभिन्न अनजानी राहों पर चल पड़े। शाहिद ने भी एक नक्शा उठाया, देखा और फिर दौड़ पड़ा अपनी मंजिल की तलाश में।

कँटीली झाड़ियों को छलाँगता, कभी झाड़ी के अंदर घुसकर, कभी घिसटकर पार कर वह आगे बढ़ता रहा। शायद उसे उस पहाड़ी के पार जाना था। देखते ही देखते वह पहाड़ी पर चढ़ गया। पहाड़ी पर चढ़कर उसने नक्शा देखा। उसका नक्शा कुछ और बता रहा था और यहाँ के नजारे कुछ और थे। शायद वह रास्ता भटक गया था। पहाड़ी के नीचे एक गाँव है, पता नहीं कौन सा गाँव। नक्शे मे देखा, यहाँ किसी भी गाँव का संकेत न था और न ही किसी अगल-बगल के गाँव का नाम। मुसीबत है, क्या करे। वह सोचने लगा, क्या गाँव वालों से कुछ मदद ली जाय। गाँव वाले तो आसपास के क्षेत्र से परिचित ही होंगे। एक बार रास्ता भटक जाने के बाद नक्शे में रास्ते को खोजना बड़ा मुश्किल काम हो जाता है। अब तो भटक ही गया। चलकर गाँव वालों से कुछ पूछता हूँ। यह सोचते हुए शाहिद गाँव की ओर उतर गया।

वह गाँव में पहुँचा। गाँव देखकर उसे अपना गाँव याद हो आया। यह गाँव भी उसके ही गाँव तरह चारों ओर जंगलों से घिरा हुआ प्रकृति की गोद में बसा हुआ था। जैसे कोई बच्चा अपनी माँ की गोद में सपना देखते हुए मुस्कुरा रहा हो, ठीक उसी तरह बच्चा रूपी यह गाँव, प्रकृति रूपी अपनी माँ की गोद मे कोई मधुर स्वप्न देखकर मुस्कुरा-सा रहा था। उसी तरह सीढ़ीनुमा खेतों की कतार, जहाँ-तहाँ धान की बालियों से सजा खलिहान, ऊँची जगहों में हवा के स्पर्श से मतवाली होकर झूमती इठलाती अरहर की डालियाँ... और इन्हें देखकर शाहिद को अपना स्वर्ग-सा गाँव याद आने लगा। आह! कितना सुहावना, कितना मनभावन। अगले ही पल वह झुँझलाया। ओफ्फ! मुझे कमजोर बनाने वाली बातें मेरे दिमाग में कैसे उतर आयीं, मुझे बढ़ना है

मंजिल की ओर... मुझे पहुँचना है, मंजिल पर... मेरे मकसद के आगे कोई माँ-बाप, कोई घर गाँव नहीं। उसने अपने जेहन से इन यादों को हटाने के लिये जबरन अट्टहास किया और ऐसा करते ही सच में यादें जेहन से निकल भागीं। उसने अपनी ओर आ रहे कुछ व्यक्तियों को नम्रतापूर्वक रोककर उनसे कुछ पूछताछ की, फिर निकल पड़ा वह पूरब की ओर। खेत-खलिहान, बगीचों से होते हुए वह गाँव से बाहर जा पहुँचा घने जंगलों में। वह कुछ ही दूर आगे बढ़ा कि जोरों की प्यास लगी। आगे कुछ हरियाली थी। शायद कोई नाला था। आगे बढ़ा, नाला देखकर उसकी प्यास और तेज हो गई थी। गड्ढे के समीप गया, देखा थोड़ा पानी जमा हुआ है, जिसमें छोटे-छोटे कीड़े भी नजर आ रहे थे। प्यासा था वह, क्या करता... हाथ से चुल्लू भर पानी मुँह से लगाया, पर यह क्या, वह पानी न पी सका। नाक के समीप हथेली लाते ही उसमें पत्तियों की सड़न की बास आने लगी। पानी तो आईने की तरह साफ था, पर उसमें पत्तियों के सड़न की जो गंध थी, वह बर्दाश्त न हो सकी। जैसे ही उसने उठने के लिये सिर उठाया, उसके कानों में एक सुरीली सी सुकूनदायी आवाज पड़ी। नजरें दौड़ाकर इधर-उधर देखा, पर कोई दिखा नहीं। उसे लगा शायद भ्रम हुआ। अगल-बगल कोई न था। वह सुकून देने वाली आवाज भी बंद हो गयी। वाह! ऐसी मधुर आवाज... कानों को थोड़ा सुकून तो मिला। मगर उस क्षणिक सुकून ने उसकी व्याकुलता और बढ़ा दी। वह सोचने लगा– शायद ऐसी ही मनमोहक आवाजें स्वर्ग की उन परियों की हुआ करती होंगी जो धरती की बहारें देखने के लिए भूतल पर आकर गाती होंगी। अभी वह कल्पना में खोया ही था कि उसके कानों में फिर वही मतवाली मदहोश कर देने वाली मनोहारी आवाज पड़ी। यह क्या! माया है या मेरा भ्रम। खड़ा होकर देखा तो देखता ही रह गया। एक तरुण बाला, लकड़ी का गट्ठर बाँधते हुए गुनगुनाये जा रही थी। उसका चेहरा स्पष्ट दिखाई न दे रहा था, वह सिर झुकाए लकड़ी का गट्ठर बाँधते कोई लोकगीत गुनगुनाये जा रही थी। शाहिद चुपचाप मंत्रमुग्ध-सा सुनता रहा। दिमाग किसी एक बिन्दु पर केन्द्रित हो गया, भावनाएँ स्थिर हो गयी। हालाँकि उसे गाने के शब्द स्पष्ट सुनाई नहीं पड़ रहे थे... कारण कि वह गुनगुना रही थी, फिर भी उस गुनगुनाहट में न जाने क्या जादुई स्वर था कि वह मंत्रमुग्ध हो गया। उसे उस तरुणी पर आसक्ति होने लगी थी। एकाएक उसकी तंद्रा भंग हुई। ओफ्फ...यह मैं क्या कर रहा हूँ। मेरा लक्ष्य क्या है; समय बहुत कम है, मेरे रास्ते का रोड़ा है यह। उस समय उसकी स्थिति ऐसी थी जैसे सीप बीनने वाले को मोती मिल ज़ाय पर वह उसे कोई अपशकुन या विष समझकर छोड़े जा रहा हो। वह उठकर जाने लगा। कुछ आगे बढ़ा, फिर मुड़कर देखा, वह तरुण बाला सिर पर लकड़ी का गट्ठर लिए जा रही थी। उसे अब तक थकान का अहसास न हुआ था और थोड़ी देर के लिए प्यास भी मिट चुकी थी... पर उस तरुणी के आँखों से ओझल होते ही प्यास और थकान दोनों एक साथ सताने लगे।

'हाँ यह वही जला हुआ बरगद का पेड़ है... बस, अब उस छोटी पहाड़ी को पार

कर लूँ, मुझे और थोड़ा पूरब जाना है, फिर उत्तर।' वह चलता रहा, उसे वह बड़ा पत्थर भी मिल गया। आगे देखा, वह त्रिशूलनुमा लकड़ी भी पड़ी थी, जिसके नीचे हथियार थे। उसने एक लँबी साँस ली... जैसे अब उसने अपनी मंजिल पा ली हो। वह बिखरी हुई मिट्टी के पास धीरे-धीरे खोदने लगा। 'हाँ मिल गया, मिल गयी मेरी मंजिल।' दो बंदूकें और कुछ कारतूस। उसने बंदूकें कंधे पर लटकाई और चल पड़ा वापस।

...अब समय के साथ शाहिद के हृदय मे कट्टरता और निर्दयता ने मजबूती से अपना अधिकार जमा लिया था। आज सभी नीचे लौटने की तैयारी में थे। सबसे तेज-तर्रार और कुशल आतंकवादी होने पर शाहिद को सभी साथियों और प्रशिक्षकों से शाबाशी और बधाइयाँ मिल रही थीं, लेकिन आज उसे वह खुशी नहीं मिल पा रही थी, जिसकी कभी उसने अपनी सफलता पर कल्पना की थी। उसकी आँखों में वह अनदेखी लड़की बसी हुई थी। रह-रहकर उसके कानों में वही सुरीली आवाज गूँज रही थी, जैसे न जाने कब से वह मधुर स्वर उसके लिए ही गाया जा रहा हो। वह मधुर आवाज अभी जितनी शांति, सुकून और खुशी दे पाती, उतनी खुशी यह शाबाशी और प्रशंसा नहीं दे पा रही थी। वह इस वक्त सोच रहा था कि काश! उसके मनभावन स्वर को वह कैद कर पाता और बार-बार सुनता।

ट्रेनिंग पूरा होते ही सभी अपने-अपने ठिकाने पर चले गये। शाहिद जैसे दक्ष आतंकवादी को एक अलग क्षेत्र में आतंकवादी गतिविधियों को अंजाम देने के लिए भेज दिया गया। कुछ ही दिनों में उसके कुशल संचालन और सफल कार्यों को देखकर उसे एरिया कमांडर नियुक्त कर दूर जंगलों में अपने एरिया के संचालन के लिए भेज दिया गया। अब वह एक सशक्त एरिया कमांडर था। उस क्षेत्र में उसके कहर शोला बनकर बरस पड़े थे। नया खून, नया जोश। न जाने कब किस जगह में यह काल एकाएक उग्र हो पड़ता था। उस क्षेत्र में उसके कहर को देख मानवता काँप जाती थी। हर रोज समाचार-पत्रों के प्रथम पृष्ठ में शाहिद, शाहिद और उसके कहर से मानवता का विनाश। आखिर किस महाकाल का नाम है शाहिद, जो रोज, दर्जनों प्राणों को अपनी अंधी गोली का ग्रास बनाता है। उसके अधीन पैंतीस-चालीस अन्य आतंकवादी थे। वह दिन-रात आतंक और विनाश के बारे में ही सोचा करता था। उसने आतंक मचाना ही अपना कर्तव्य और धर्म समझ रखा था। अपने गैंग में ऊँचा स्थान पाने के लिए, वाहवाही लूटने के लिए वह बेहिचक आंतकी गतिविधियों को अंजाम देने लगा। बदले में उसे और अधिक ऊँचे ओहदे में बैठाने का आश्वासन और वाहवाही मिला करती थी। उसके अपने इस क्षेत्र में अन्य क्षेत्रों से अधिक आतंक फैला हुआ था। कभी चलती बस में, तो कभी भरे बाजार में बम विस्फोट कराना, सरकारी कार्यालयों तथा पुलिस चौकियों को तहस-नहस कर देना उसके बायें हाथ का खेल था; गोलियों से परिवार का परिवार साफ कर देना उसके लिए आम बात हो गयी थी। उसकी नजर में

किसी के प्राण ले लेना जैसे-राह चलते चींटियों का पैर से दबकर मर जाना था।

आज वह पूरी तैयारी के साथ, भारी आतंक फैलाने का मनसूबा लेकर निकला। उसका पहला निशाना था, बाँदीपुर जाने वाली पहली बस और उसके बाद उस पहाड़ी क्षेत्र में लगने वाला साप्ताहिक बाजार। एक निश्चित योजना के अनुसार पहले से ही उसके आतंकवादी साथी बस में सवार होकर आ रहे थे, जो एक सुनसान जगह पर उतरते और तब फिर आस-पास की झाड़ियों में छिपे आतंकवादी बस में आक्रमण करते। शाहिद, सड़क से ऊँचाई पर एक टीले पर बैठा योजना को अंजाम दे रहा था। ग्यारह बज चुके थे। बस आने का समय हो चुका था। एकाएक शाहिद की नजर टीले के नीचे वाले रास्ते पर झुंड में चल रही महिलाओं पर पड़ी। सज-धजकर ये महिलाएँ शायद उस क्षेत्र में लगने वाले साप्ताहिक बाजार में ही जा रही थीं। उनके सजने-सँवरने के ढंग, पहनावे और आपसी बातचीत से स्पष्ट मालूम होता था कि ये महिलाएँ जंगलों पहाड़ों मे बसने वाली डोगरा जाति से हैं। इन्हीं महिलाओं के बीच एक तरुणी भी थी, अपने साथ की अन्य सभी सखियों से अलग। मासूम साँवला सुन्दर मुखड़ा, कत्थे रंग की साड़ी में लिपटा उसका शरीर, जंगल में ही खिलने वाले फूलों से सजे गजरे में उसके जंगली भौरों से काले केश। उस सुन्दर तरुणी की नजर शाहिद पर पड़ चुकी थी। वह एकटक शाहिद को ही देखती रास्ता चल रही थी। शाहिद ने झट से अपनी बंदूक जमीन पर रख दी, जैसे उसे शंका हुई कि कहीं वह लड़की उसके हाथ में बंदूक देखकर डर से चीख न पड़े और फिर उसका सारा बना- बनाया खेल चौपट हो जाय। वह शाहिद को इस कदर एकटक घूरे जा रही थी, मानो वे दोनों आँखों ही आँखें में बातें कर रहे हों। शाहिद उस मनमोहिनी बाला को जाते चुपचाप देखता रहा, आँखों ही आँखों में बातें करता रहा। जब उसका मौन भंग हुआ तो उसे खुद ही पता न चला कि उसने क्या-क्या बातें कीं। एक पल के लिए वह मदहोश हो गया था। उसके मन में आज फिर वह अनजानी सुरीली आवाज सुनाई देने लगी थी। उस स्वर्गिक आवाज की अनुभूति होते ही शाहिद विचलित होने लगा। उसे संदेह हुआ कहीं यह वहीं तरुण बाला तो नहीं जिसे मैंने गुनगुनाते हुए देखा था। शाहिद मीरपुर शहर की गलियों में सैकड़ों बार घूमा था, उसने अब तक हजारों सुन्दरियों को देखा था, एक से बढ़कर एक फैशनेबल कपड़ों के साथ, सुन्दर लिबास में गुड़ियों-सी; पर आज साधारण वेश में जिस डोगरा जाति की उस बाला को उसने देखा, शायद इससे पहले उसने एक ही नजर में मन को लुभा लेने वाली ऐसी सुन्दर तरुणी कभी नहीं देखी थी। जंगल के गाँव मे रहने वाली इस लड़की ने शाहिद को जितना आकर्षित किया, शायद ही कभी वह किसी लड़की को देखकर मोहित हुआ हो। न जाने मौन मुलाकाल में उससे क्या बातें कर ली कि वह उस तरुणी के प्रति आसक्त हो गया। उसकी यह मान्यता आज टूट गयी कि शहरों में ही सुन्दर लड़कियाँ हुआ करती हैं... उसे क्या पता, हीरा कोयले की खान में भी मिलता है।

बस आयी... रूकी। एक दो व्यक्ति बस से उतरे। सभी शाहिद के आदेश का इंतजार करने लगे। एक पल बीता तो सभी उत्सुकतावश शाहिद को ताकने लगे। बस चली गयी। शाहिद चुपचाप रहा। सभी को हैरानी हुई कि शाहिद ने यह कैस बना-बनाया प्लान बिगाड़ दिया। गुस्से में तमतमाये शाहिद के एक साथी ने पूछा- "तुमने बस में आक्रमण करने का आदेश क्यों नहीं दिया?"

शादिह– "बस, ऐसे ही, नहीं दिया।"

साथी ने फिर आँखें झपकाते हुए धीरे से हैरानी वश कहा– "कोई वजह?"

शाहिद– "कोई वजह नहीं; मेरी मर्जी, आदेश नहीं दिया बस।" वह झल्लाया।

सभी लौटने लगे, एक ने पूछा– "बाजार वाले प्लान का क्या होगा?"

'कैंसिल।' शाहिद ने गंभीरतापूर्वक संक्षेप में जवाब दिया।

शाहिद रास्ते भर सोचता जा रहा था। वह बाजार गयी होगी, मैं वहाँ विस्फोट करूँगा, कहीं उसे थोड़ी भी चोट आ गयी तो।"

शाहिद अपने क्षेत्र में इतना आतंक फैला चुका था कि सरकार इस क्षेत्र में विशेष सुरक्षाबल भेजकर क्षेत्र को आतंकी गतिविधियों से मुक्त करना चाहती थी। मिलिट्री वाले गाँव तक पहुँच गये थे। गाँव के ऊपर वाली पहाड़ियों में आतंकवादियों का ठिकाना था। यहाँ कभी भी मिलिट्री और आतंकवादियों के बीच भिड़ंत हो सकती थी। शाहिद की फोटो मिलिट्री के पास पहुँच चुकी थी। प्रत्येक फौजी को शाहिद की तलाश थी। दिन-दोपहर, आसपास के क्षेत्र में फौजियों का दौरा जारी था। अब शाहिद के लिए स्वतंत्र घूमना, यहाँ तक कि अपने ठिकाने से निकलना भी मुश्किल हो गया था। अब वह निरंतर अपने आतंकी गतिविधियों को अंजाम देने में सक्षम न था। एक तरह से वह लाचार और विवश हो गया था। दिन भर बैठे-बैठे तनहाई में अब उसका मस्तिष्क आतंकी प्लान बनाने में नहीं खपता। तनहाई के समय उसे अब वही सुरीली आवाज मन के कानों में सुनाई पड़ती। वहीं साँवला, सुन्दर मुखड़ा उसके मानस-पटल पर नृत्य करता रहता। ख्वाबों में बातें करना उसके दिल को सुकून देने लगा। उसके लिए अपने ठिकाने से बाहर निकलना खतरे से खाली न था, फिर भी वह दीवानगीवश हर मंगलवार को उसी रास्ते के किनारे झाड़ियों में छिपकर बैठा रहता, जिस रास्ते से ऊपर के पहाड़ी वाले डोगरा जाति के लोग सप्ताह में हर मंगलवार को गाँव के साप्ताहिक बाजार आया करते थे। उसे तलाश थी, आँखों की अतृप्त प्यास थी उस तरुणी को एक भर नजर और देख लेने की, जिसे वह अनजाने ही अपना दिल दे बैठा था। वह हर मंगलवार को सुबह होते ही उस रास्ते में छिपकर जा बैठता और बड़ी बेसब्री से उन महिलाओं में उस तरुणी को तलाशता। उसे तब तक चैन नहीं मिलता, जब तक वह उसे एक झलक देख न लेता। वह तरुणी हर मंगलवार को बाजार आती, पर उसे थोड़ा

भी आभास न होता कि उसका एक दीवाना भी है, जो उसकी प्यार में पागल हो गया है। जब कभी वह तरुणी किसी मंगलवार को नजर न आती तो शाहिद एकदम से तड़प उठता था।

यहाँ बताना जरूरी लग रहा है कि यदि शाहिद चाहता तो उसके एक इशारे पर वह लड़की अपहरण कर ली जाती और फिर शाहिद की उँगलियों के इशारे पर नाचती। पर शाहिद को उस लड़की से अनकहा प्यार था, वासना नहीं। शाहिद उस लड़की से प्यार कर बैठा था, पर अपनी काली करतूतों के कारण एकाएक सामने आकर बातें करने से डरता था। उसे भय था, कहीं वह लड़की उसकी हकीकत को जानकर उससे नफरत न कर बैठे, क्योंकि इतना तो वह जानता था कि प्यार, समर्पण है, जबरदस्ती नहीं।

एक मंगलवार को शाहिद उस तरुणी के इंतजार में रास्ते की उन्हीं झाड़ियों में बैठा रहा। दोपहर हो गयी। बहुत से चेहरे, जो उस लड़की के साथ आया करते थे, हर बार की तरह आये और उसी रास्ते बाजार गये। कुछ लोग बाजार से लौटने भी लगे थे। अब तक वह तरुणी नहीं आई, पर शाहिद की इंतजार की घड़ी समाप्त न हुई। इतने लंबे इंतजार से वह व्याकुल हो गया। उसे एक अजीब तरह की बेचैनी सताने लगी थी।

इंतजार करते-करते पश्चिमी क्षितिज पर नीला आकाश विदा होते हुए सूरज के कारण लालिमा में रँग गया था और अब वह लाल आकाश ऐसा आभास करा रहा था मानों पहाड़ पर कोई सुन्दरी उतर आयी हो, जिसके सुर्ख गुलाबी गाल खिलखिलाकर हँसने से और भी मनभावन हो उठे हों। लेकिन थोड़ी ही देर में ऐसा लगा मानो यह पहाड़ी नेपथ्य है और उस नेपथ्य में खिलखिलाकर हँसने वाली वह सुन्दरी अब पर्दे के पीछे छिप गयी और उसके छिपते ज्यों ही अँधेरा हुआ कि सफेद चूनर ओढ़े चाँद नयी दुल्हन की तरह धीरे-धीरे घूँघट हटाते हुए अपने मुखमंडल की श्वेत आभा से नेपथ्य रूपी घाटी को धवल चाँदनी से सराबोर करने लगा। इस धवल चाँदनी में शाहिद की व्याकुलता और तीव्र हो गयी। अंततः शाहिद उसी रास्ते चल पड़ा, जिस रास्ते में पहाड़ी वाले डोगरा जाति के लोग आया जाया-करते थे। वह चलता रहा... पर वह कहाँ जाए... रात्रि का पहर।

कहाँ ढूँढ़े उसे... न कोई नाम, न पता, न ठिकाना। वह इस निर्जन राह पर किससे पूछे कि वह कौन है और कहाँ से आती है। चाँदनी रात थी, पर मन उदास था। यह चाँदनी किस काम की; किसे लुभाती है यह चाँदनी कि जब चकवा ही उदास है चकवी के विरह में। अब तो बस सुबह का इंतजार है... उस आशा में कि चकवा को दिन के प्रकाश में चकवी मिल जायेगी। पर दिन के उजियाले में भी कहाँ ढूँढ़े वह उस तरुणी को। वह वापस लौट आया और फिर एक-एक दिन गिनता रहा सप्ताह भर।

कल मंगलवार है, पर अभी रात बाकी है, ऐ खुदा! तूने इतनी लंबी रात क्यों

बनायी? इतनी बेताबी। शाहिद की आँखों में देर रात तक नींद न आयी।

सुबह जब नींद खुली, तब तक धूप निकल आयी थी। बड़ी मुश्किल से एक-एक घंटा गिन-गिनकर दिन गुजारा था उसने इस मंगलवार के इंतजार में। उसे ऐसा आभास होता, मानो उसके इंतजार में उसने छह दिन नहीं छह साल गुजार दिये हों। बड़ी बेकरारी से गुजारा था उसने यह सप्ताह। फिर वही जगह... फिर शुरू हुआ उसकी राह देखने का वही बेचैनी भरा इन्तजार।

सभी परिचित चेहरे बाजार के लिए निकल गये, पर वह चेहरा न आया, जिसका उसे इंतजार था। लोग बाजार से लौटने लगे थे। अब नहीं सही जाती उसे अपने दिल की बेकरारी। वह झाड़ियों से निकलकर उन परिचित चेहरों के पीछे चल पड़ा, जिनके साथ वह अक्सर आया करती थी। रास्ते भर मन में तरह-तरह की शंकायें उठती-मिटती रहीं... कहीं वह बीमार तो नहीं पड़ गयी? कहीं उसका ब्याह तो नहीं हो रहा है, या संभवतः हो भी गया हो। नहीं-नहीं, मैं भी यह कैसी ऊटपटाँग बातें सोचने लगा। जरूर वह अपने किसी रिश्तेदार के घर गयी होगी... नहीं भी गयी होगी तो शायद उसे बाजार आने की आवश्यकता नहीं पड़ी होगी। संभवतः घर का कोई अन्य सदस्य बाजार कर जाता होगा। कहीं उसने मुझसे डरकर तो बाजार आना नहीं छोड़ दिया। लेकिन उसने तो मुझे एक बार ही देखा है। हो सकता है उस दिन मेरे हाथ में बंदूक देख ली हो।

वह इसी उधेड़बुन में गाँव पहुँच गया। गाँव के नाम पर दूर-दूर पर चार-छह घर थे। लोग अपने-अपने घर को जाते गये। अब वह सोचने लगा– रास्ते का मैं अकेला राही बच जाऊँगा, मैं कहाँ जाऊँ, रात तो बितानी ही होगी। चलो किसी के घर चलकर ठहर जाता हूँ... पर क्या मुझ अजनबी को कोई पनाह देगा। क्यों नहीं देगा पनाह, उसे जीना भी है या नहीं। ओफ्फ! मैं भी क्या सोचने लगा। फिलहाल तो मैं एक साधारण इंसान हूँ, दस्ते का कमांडर नहीं। न न किसी के घर में रहना ठीक नहीं, पोल खुल जायेगी। मिलिट्री वाले भी यहाँ आते रहते होंगे, कभी किसी ने पहचान लिया तो...। वह एक आम के पेड़ के नीचे जाकर खड़ा हो गया। सोचा-चलो यहीं रात गुजारी जाय। पर अगले ही क्षण मन में आया कहीं किसी ने पूछ लिया कि यहाँ खड़े होकर क्या कर रहे हो तो क्या जवाब दूँगा मैं। वह झटपट पेड़ पर चढ़ गया और एक तने का सहारा लेकर आराम करने लगा। उसे अपनी इस दीवानगी पर हँसी भी आई–कहीं नींद आ गयी तो गिर मरूँगा।

रात भर शाहिद सो न सका... ऊपर से जंगली मच्छरों का डंक झेलता रहा। गाँव के मुर्गों ने बाँग देकर सुबह का आह्वान किया। नींद से बोझिल आँखें कभी खुलतीं तो कभी बंद होतीं। तभी सामने वाले घर का किवाड़ खुलने की आवाज आयी। शाहिद थोड़ा सतर्क हुआ। देखा तो देखता ही रह गया। एक पल के लिए तो उसे विश्वास ही नहीं हुआ अपनी आँखों पर। कहीं वह नींद में स्वप्न तो नहीं देख रहा। नींद से बोझिल

आँखों में एकाएक न जाने कहाँ से इतनी चमक आ गयी। कभी-कभी अनजाने में भी सही निशाना लग जाया करता है। यह तो वही है जिसकी उसे तलाश थी। वह किवाड़ खोलकर अँगड़ाई लेती बाहर आयी। अभी तुरंत नींद से जागा, अलसाया मुखड़ा, भोर की चाँदनी में इतना मनमोहक लगा कि चाँद भी इस अनुपम सुन्दरता को देख ईर्ष्यावश लज्जित होकर बादलों में कहीं छुप गया। ऐसे मनभावन दृश्य की शाहिद ने कल्पना तक न की थी। नींद में ऊबते-डूबते शाहिद को एक पल के लिए अपने पर विश्वास ही न हुआ। वह सोच में पड़ गया कि स्वर्ग की किसी अप्सरा की अदाओं का प्रत्यक्ष अवलोकन कर रहा है या फिर कोई स्वप्न देख रहा है... या फिर धरती पर ही वास्तविक दृश्य देख रहा है। उस लड़की ने इधर-उधर देखा, फिर अंदर चली गयी।

अंदर से आती सर-सर की आवाज से मालूम हुआ, शायद वह घर में झाड़ू लगा रही थी। एक अन्य अधेड़ उम्र के व्यक्ति; शायद वे उसके पिता थे, हाथ में पैना लिए घर से बाहर आये, दुआरे पर बँधे बैलों को पुआल डाला और थोड़ी ही देर मे बैलों के गले से रस्सी खोलकर हल में जोता और फाल लेकर चल पड़े। जाते-जाते उन्होंने कहा– "बेटी, आज तराई वाला खेत जोतने जा रहा हूँ, खाना बनाकर बारह बजे तक पहुँचा देना खेतों पर।" थोड़ी ही देर में वस्तुएँ स्पष्ट दिखने लगी थीं। तारे छिपने लगे थे, सूर्य के आगमन से चाँद शरमाकर अपना गोरा मुखड़ा छिपाने लगा था। भोर हो गयी। पक्षियों के सम्मिलित कलरव से वातावरण बड़ा लुभावना हो गया था।

कुछ देर में वह तरुणी हाथ में कपड़े और कमर में घड़ा रखे निकली तो उसकी नजर आम के पेड़ के नीचे खड़े शाहिद पर एकाएक पड़ी। पहते तो वह सकपकाई, फिर ठिठक गयी। इतनी सुबह कौन अजनबी द्वार पर खड़ा है भला; किससे मिलना है उसे, कुछ बोलता भी नहीं। मुझे क्या पड़ी है, जो किसी अनजान को टोकूँ। जरूर वह कोई गड़बड़ आदमी है या फिर मुसीबत में है। यदि मुसीबत में होता तो सहायता की याचना न करता? कहीं गूँगा तो नहीं; पर गूँगा भले बोल नहीं सकता, मुँह से आवाज निकालकर इशारा तो कर सकता है। मुझे ही एकटक घूरे जा रहा है, जाने क्या नीयत है उसकी। खैर, शक्ल से तो बुरा नहीं लगता; जो भी हो, मुझे क्या, यह सोचकर वह अपनी राह नदी की ओर चल पड़ी। शाहिद के कौतूहल का ठिकाना न था। वह बिना कुछ आगे-पीछे सोच, उस तरुणी के पीछे चल पड़ा, जैसे वह उस तरूणी के रूप को देखकर सम्मोहित हो गया हो।

वह तरुणी बाला पहाड़ी के तराई वाले झरने पर गयी, मुँह-हाथ धोकर नहाने के लिए वह जैसे ही ठंडे पानी में उतरी, ठंड से सिहर उठी। पानी के छींटे ले-कर अपने किसी लोकगीत को गुनगुनाते हुए जलक्रीड़ा करते हुए आत्मविभोर हो उठी। जब वह अपने हाथों में पानी ले-लेकर अपने सुन्दर मुखड़े पर छींटे डालती तो ऐसा जान पड़ता था, मानो वह मोतियों से स्नान कर रही हो। वह जल में मधुर किलोल करती बलखाती

रही। पहाड़ी की दोनों चोटियों के बीच ऊँचाई से चट्टानों पर गिरकर छिन्न-भिन्न होती विशाल जलराशि एक मनोरम दृश्य उपस्थित कर रही थी। आस-पास की चट्टानों से टकराकर बिखर रहे छोटे-छोटे जल-कण हवा के झोंकों में मदमस्त होकर नृत्य-सा कर रहे थे। आसपास का क्षेत्र ऊँचे-ऊँचे पेड़ों से घिरा था। पेड़ों की पत्तियों की फुनगी से टपकते रातभर ठंड से ठिठुरे ओसकण, सूर्य की रश्मियों के स्पर्श से झिलमिलाते मोतियों से टपक रहे थे। इन पेड़ों पर शायद कबूतरों का बसेरा था, जो इस वक्त अपने घोंसलों से निकलकर फड़फड़ाते हुए पहाड़ी की चोटी तक जाते और अँगड़ाई लेकर वापस लौट आते। दो-चार सफेद कबूतर कम ऊँचाई पर ही पंख फड़फड़ाकर इधर से उधर उड़ रहे थे, मानो अभी उनका नया जन्म हुआ हो और वे अपना पंख फैलाकर आकाश में नये जन्म का उत्सव मना रहे हों। चट्टान पर गिरकर छिटकती जल बूँदें सूर्य की रक्तवर्णी रश्मियों से विभिन्न रंगों में रंजित होकर चमक रही थीं। सच में ऐसा लग रहा था मानो मोतियों की बारिश हो रही हो। इस शांत मनोरम वातावरण में बीच-बीच में चिड़ियों का मधुर कलरव मंगलगान लग रहा था।

शाहिद एक पल के लिए भ्रमित हो उठा। क्या यही स्वर्ग है! शाहिद इस मनोरम दृश्य को ध्यानमग्न देख रहा था। उसने कई बार अपने ख्वाबों में स्वर्ग की कल्पना की थी, पर आज वह दृश्य उसके सामने प्रत्यक्ष हो उठा था। झील पर नहाती वह तरुणी शाहिद के लिए मानो स्वर्ग की कोई परी थी। शाहिद के मुख से अनायास ही निकल पड़ा– "वाह! यह स्वर्ग।" जब वह तरुणी नहाकर कपड़े बदलने लगी, तब एकाएक उसकी नजर शाहिद पर पड़ी, जो उसे एकटक देखे जा रहा था। वह शर्म के मारे लाल हो गयी। वह अपने हाथों में कपड़े लिये सिकुड़ गयी, जैसे छुईमुई छेड़ने पर सिकुड़ जाती है। तरुणी के मुखड़े पर पानी की बूँदें अब भी शेष थीं, जो नवकिरणों का स्पर्श पाकर और झिलमिला उठी थीं। उस समय वातावरण में अजीब-सी मस्ती छाई हुई थी, जो आँखों के रास्ते सीधे दिल में उतर रही थी।

इस निर्जन सुनसान स्थान में अकेले किसी युवक को देखकर कोई भी तरुण बाला भय के मारे बेहाल हो जाती, पर यहाँ यह बात न थी... उसे इस अजनबी युवक से थोड़ा भी भय न हुआ। वह शर्म से अपने कपड़े और अंगों को समेटने लगी। शायद प्रेम करने वाली आँखें, प्रेमी की आँखों को सहज ही पहचान लेती है और यही कारण था कि उसे जरा भी भय न हुआ। शाहिद उस तरुणी को इसी मुद्रा में कुछ देर मदहोश देखता रहा। दोनों की आँखें मौन बातें करती रहीं। इस तरह अर्धनग्न सुन्दर सुडौल शरीर वाली युवती को देखकर अनायास ही वासना का जाग उठना स्वाभाविक है, वह भी इस निर्जन स्थली में। पर यहाँ लेशमात्र भी वासना का विचार न था, यहाँ तो बस समर्पण था; एक निश्छल प्रेम, स्वच्छ, वासना रहित प्रेम। तभी शाहिद को अचानक खयाल हुआ कि वह ठंड से काँप रही है और उसके रहते वह शायद कपड़े न बदलेगी।

यह सोचकर शाहिद बिना कुछ कहे तुरंत वहाँ से चला गया। शाहिद के जाने के बाद उसने इत्मिनान से कपड़े बदले और घड़े में पानी भरकर वापस चल पड़ी। रास्ते भर उसके जेहन में शाहिद की तस्वीर उभरती मिटती रही। उसे बड़ी जिज्ञासा हो रही थी कि आखिर यह सुन्दर युवक कौन है। यह चेहरा उसे देखा-देखा सा लग रहा था। काफी देर दिमाग पर जोर डालने के बाद उसे थोड़ी याद हो आयी, जब उसने बाजार जाते समय एक मंगलवार को उसे झाड़ियों में पीछे से घूरते देखा था।

बुध, बृहस्पति, शुक्र, शनि, रवि, सोम और आज मंगलवार है। शाहिद ने खूब अच्छी तरह से नहा-धोकर अच्छे कपड़े पहने। बालों को कुछ देर तक बहुत ही सलीके से सँवारा, जूते पहने और फिर निकल पड़ा इंतजार के तप में। अभी थोड़ी ही देर हुई थी पहाड़ी के आदिवासी बाजार आने लगे थे। शाहिद एक-एक युवती को दूर से ही नजर टिकाए देखता रहा। इस बार उसे लंबा तप न करना पड़ा। वह अपनी सखियों के साथ खिलखिलाकर हँसती और बतियाती नजर आयी। शाहिद की तो बाँछें खिल गयीं। शाहिद झाड़ियों से निकलकर पगडंडी के किनारे पेड़ की छाया में बैठ गया। वह तरुणी नजदीक आयी। शाहिद को बैठा देख अचानक उसका चहकना एकाएक शांत हो गया। वह घबरा-सी गई। रात उसने भी ख्वाबों में प्रेममय मीठी-मीठी बातों के ढेर सारे भंडार सँजोए थे। वह सहेलियों से कट कर किनारे आ गयी और शाहिद के सामने खड़ी हो गयी। दिल की धड़कनें तेज चलने लगीं। उसे समझ में न आया कि वह क्या बोले, बात कैसे शुरू करे। आखिर वह कुछ न बोल सकी। ख्वाबों में सजाई गयी बातों का सारा खजाना गड़ा का गड़ा रह गया। वह जैसे ही जाने को उन्मुख हुई, शाहिद ने उसे पुकारना चाहा... पर वह भी एकाएक मुँह फाड़े खड़ा रह गया। किस नाम से उसे पुकारता भला वह।

शाहिद उसी जगह प्यासा बैठा रहा। सूर्य पश्चिम की ओर ढलने लगा था। बजरिया लौटने लगे थे। शाहिद ने देखा वह भी सखियों के साथ लौट रही थी। वह सहेलियों से घिरी हुई थी। इस भीड़ में उससे बातें करना ठीक न था। इस बार भी शाहिद उससे बातें न कर सका और वह बावली तरुणी शाहिद की दीवानगी पर मुस्कुराते हुए सामने से गुजर गयी, एक मीठे क्षणिक स्वप्न की भाँति।

शाहिद के कुछ खास साथी हसन, मजीद और अकरम उसके इस प्रेम-प्रकरण को जानने लगे थे। यहाँ यही चारों तो अपने थे, जिनसे कोई बातें छिपती न थीं। जब शाहिद भूखा-प्यासा मुर्झाया चेहरा लिए बंकर में लौटा तो हसन ने पूछा– ''क्यों जनाब, तपस्या भंग हो गयी क्या; चेहरा उतरा हुआ है, कुछ वरदान-सरदान मिला कि नहीं।'' उसने मजाक किया। अकरम ने हलुए की प्लेट शाहिद के सामने रखते हुए कहा– ''ले, पहले अपना यह उपवास व्रत तोड़, बातें फिर बाद में।''

शाहिद चुपचाप बैठ गया, तभी मजीद बोला– ''अरे यार, तू भी कैसा प्रेमी है,

जो उस नाचीज के लिए भूखा-प्यासा दिन भर रास्ते में बैठा रहता है; तू कहे तो उसे उठाकर तेरे कदमों में डाल देता हूँ।'' शाहिद चुप रहा। मजीद फिर बोला– ''मेरी भी तीन चार प्रेमिकाएँ हैं; जिस पल बुलाऊँ, मजाल है वह न आयें... किसकी शामत आयी है... जो मेरी बात टाल दे। मजाल है कोई जुबां भी लड़ा दे... आज तक किसी की हिम्मत भी न हुई कि मेरी बातों की कोई आनाकानी भी करे।'' मजीद जोश में बोलता जा रहा था। शाहिद का मौन भंग हुआ। वह बोला– ''तुम गलती से वासना को प्यार समझ बैठे हो; यह तुम्हारी भूल है, जो तुम इस वासना को प्यार कहते हो। वे लाचार लड़कियाँ तुम्हारे प्यार के प्रभाव से नहीं आतीं, बल्कि तुम्हारे भय से चली आती हैं... प्यार तो वह है जिसमें वह बिना बुलाये चली आयें, उसमें बुलाने की कोई आवश्यकता नहीं।''

मजीद– ''अजी महाशय, तू कब से प्यार-मुहब्बत का विशेषज्ञ हो गया?''

शाहिद– ''जबसे मुझे प्यार हुआ है।''

मजीद– ''अच्छा, आज आयेगी मेरी एक प्रेमिका, उसी से पूछ लेना वह मुझसे प्यार करती है या नहीं।''

शाहिद– ''मैं भी जानता हूँ कि वह भय के मारे क्या बोलेगी; लेकिन तू इतना समझ ले कि उनका हृदय तुम्हारे लिए नहीं धड़कता बल्कि तुम्हारे भय के कारण उनका हृदय थरथराकर काँपता है। यह वासना, जिसे तुम प्यार समझते हो, यह उनकी चाहत या इच्छा नहीं, यह उनकी मजबूरी है।''

मजीद– ''बस... बस कर अपनी यह पंडिताई और जाकर रास्ते में इंतजार कर वर्षों तक; जब वह मिले तो हाथ पसारकर भीख माँगना अपने प्यार की... ओ प्रिये! इस प्यार के भिखारी को अपने प्यार की भीख दे दे।'' उसके इस डायलाग पर सभी साथीगण ठहाका लगाकर हँस पड़े। शाहिद निर्द्वंद्व भाव से चुपचाप बैठा रहा। जब ठहाका शांत हुआ तो उसने कहा– ''यह इंतजार, इंतजार नहीं, बल्कि एक तप है, इबादत है... और जब उसका प्यार मिल जाएगा जो वह भीख नहीं तपस्या का वरदान होगा, इबादत का फल होगा। त्याग के बिना तो प्रेम कोरी वासना है, स्वार्थ है; त्याग के बिना यह प्रेम निष्प्राण हो जाएगा।''

मजीद– ''अच्छा बाबा, अब सर दर्द होता है, अब तो बंदकर अपनी प्रेम चालीसा; जा त्याग दे अपने को उसकी इबादत में, कुर्बान हो जा उसके प्रेम की खातिर, मुझे क्या।'' मजीद ने अपनी प्लेट उठायी और दूसरी तरफ चल दिया। उसके जाते ही अकरम बोला– ''देख प्यारे, प्यार का इतना लंबा चक्कर छोड़ दे; यदि शॉर्टकट में प्यार होता है, तो कर ले, हमें अपना भी तो काम देखता है... यदि तुम इस तरह बकवास प्यार के चक्कर में उलझे रहे, तो हमारे मकसद का क्या होगा। इधर इतने

दिनों में कुछ काम हुआ भी नहीं। उस दिन बस और फिर बाजार का प्यार तुम्हारे प्रेम चक्कर में ही बर्बाद हो गया; ऊपर से तुम्हारी शिकायत आयी है कि हमारा दस्ता किसी काम को अंजाम नहीं दे रहा है और हम मुफ्त की रोटियाँ तोड़ रहे हैं। मैंने जवाब में लिख भेजा है कि अभी मिलिट्री वाले छाये हुए हैं इसलिए काम को अंजाम देना खतरे से खाली नहीं। अबकी जब शिकायत आयेगी तो साफ लिख भेजूँगा कि हमारे एरिया कमांडर को प्यार का भूत सवार है जो उतारते नहीं उतरता; लिख दूँगा वह किसी लड़की के प्रेम में पागल है; तब तुझे गोली दाग दी जाएगी, पागल करार देकर।''

''तुझे जो करना हो कर देना।'' शाहिद अकुलाकर बोला।

अकरम– ''तू क्या समझता है, मैं तुम्हारा दोस्त हूँ तो ऐसा नहीं करूँगा... हमें नमक खिलाने वालों की भी तो सुनना है। अल्लाह क्या कहेंगे नमक से गद्दारी करने पर। और हाँ, एक विशेष सूचना आई है कि हमें एक खास युद्ध के लिए तैयार रहना है। यह युद्ध कब, कहाँ और किसके विरुद्ध लड़ना है, यह वक्त आने पर बता दिया जायेगा। हमें हमेशा सावधान और तैयार रहना होगा, किसी भी समय युद्ध का आदेश हो सकता है या किसी भी क्षेत्र में भेजा जा सकता है।'' शाहिद बिना कुछ बोले बंकर से बाहर निकल आया।

सप्ताह भर इंतजार करना शाहिद को असह्य-सा लगने लगा। एक ही दिन में वह व्याकुल हो उठा। दूसरी ही रात उठकर वह चल पड़ा प्रिय-दर्शन को। जब उस तरुणी ने सुबह उठकर किवाड़ खोला तो एकाएक उसकी नजर आम के पेड़ के नीचे बैठे शाहिद पर पड़ी। वह अगल-बगल देखकर शाहिद के समीप आकर एकाएक पूछ बैठी– ''तुम यहाँ क्यों आये हो?''

'कुछ बुरा किया?' शाहिद ने मासूमियत से पूछा।

''मैं यह नहीं कहती, पर यहाँ इस वक्त तुम्हें किसी ने देख लिया तो मेरी बड़ी बदनामी होगी।'' दोनों मौन रहे। कुछ ही पल बाद फिर वह तरुणी बोली– ''दोपहर में बाबूजी को खाना खिलाने के बाद मैं उस पीपल के पेड़ के पास मिलूँगी।'' उसने दूर एक पीपल के वृक्ष की ओर इशारा किया। जब वह घर के अंदर जाने को मुड़ी तो शाहिद ने पूछा– ''मैं तुम्हें किस नाम से पुकारूँ?''

'लूका' कहकर वह तरुणी तेजी से घर के अंदर चली गयी। शाहिद, लूका नाम की माला जपता हुआ गाँव के बाहर उस पीपल वृक्ष के नीचे जा बैठा।

दोपहर हो गयी। शाहिद सिर उठा-उठाकर चारों ओर देखता रहा, जैसे-जंगल में हिरण थोड़ी सी आहट पाकर सिर ऊँचा करके इधर-उधर देखने लगता है। न जाने किस रास्ते से लूका आयेगी। लूका अपने अवकाश प्राप्त पिता, मास्टर दीननारायण को भोजन कराकर निश्चिंत हुई। तत्पश्चात उसने बालों में सुगंधित तेल लगाया, बड़े

सलीके से उसने बालों को सँवारा। उसने वही नीली साड़ी पहनी, जिसे वह बाजार जाते समय अक्सर पहना करती थी। आईने के सामने एक बार फिर उसने अपने आपको निहारा, कान की बाली को ठीक किया, फिर अपना आँचल लहराकर स्वयं अपनी सुन्दरता पर इतरा पड़ी। उसने अपने हिस्से के भोजन को कपड़े की एक पोटली में बाँधा और फिर चल पड़ी उस बूढ़े वृक्ष की ओर।

बेसब्री से इंतजार करते शाहिद को दूर से ही लूका, नीली साड़ी पहने, हाथ में पोटली लिये अपनी ओर आती दिखाई दी। लूका को अपनी ओर आते देख शाहिद खुशी से मतवाला हो गया। उसे लगा जैसे आज उसके इंतजार की घड़ियाँ सदा के लिए समाप्त हो गयीं, उसकी इबादत पूरी हो गयी; उसकी तपस्या सफल हुई और अब वरदान का सुनहरा पल आ पहुँचा है। देखते ही देखते लूका नजदीक आ गयी। शाहिद को लगा जैसे जेठ में बारिश हो रही हो। गर्मी से झुलसी लता पानी मिल जाने से जैसे ताजी होकर खिल उठी हो। लूका आज बहुत सुन्दर दिख रही थी। शाहिद, लूका को उसी वेशभूषा में देखकर झूम उठा, जिस वेशभूषा में उसने लूका को बाजार जाते समय पहली बार देखा था। उसके नजदीक आने पर शाहिद के दिल-दिमाग में फिर वही अनजाना स्वर झंकृत होने लगा, जिस स्वर के याद होने मात्र से ही वह मदहोश हो उठता था। लूका सामने आकर खड़ी हो गयी। दोनों एक-दूसरे के सामने कुछ पल बातें शुरू करने के आसरे मौन खड़े रहे। तभी लूका ने कहा– ‘‘शायद तुम सुबह से कुछ खाए नहीं होगे, इसलिए मैं तुम्हारे लिए खाना लायी हूँ; पहले खाना खा लो, फिर बातें होंगी।’’

शाहिद– ‘‘क्या तुम मुझ अजनबी को जानती हो?’’

लूका – ‘‘नहीं तो।’’

शाहिद– ‘‘फिर भी मुझ पर इतना विश्वास करती हो।’’

लूका– ‘‘पता नहीं क्यों, तुम्हें देखकर मेरे मन में अविश्वास जैसी कोई बात आयी ही नहीं।’’

शाहिद– ‘‘मुझे पूरी तरह जाने बिना तुम्हारा मुझ पर विश्वास करना उचित होगा?’’

लूका– ‘‘हाँ, मैं तुम्हें हैसियत से, नाम से, जाति से नहीं जानती, पर तुम्हारी आँखों से तुम्हारे दिल को पढ़कर तुम्हें जरूर जान चुकी हूँ।’’

शाहिद– ‘‘अच्छा तो बताओ कैसा हूँ मैं।’’

लूका– ‘‘अच्छे हो, प्यारे हो, मासूम हो और थोड़े नटखट हो।’’ वह मुस्कुरायी। कुछ देर की चुप्पी के बाद लूका ने पूछा– ‘‘तुम मुझे कैसे जानते हो?’’

शाहिद– ‘‘मैं तुम्हारे बारे में कुछ भी नहीं जानता, बस आज सुबह ही तुम्हारा

नाम तुम्हीं से जान पाया हूँ।''

लूका– ''तो फिर मेरे पीछे इस कदर दीवाने होकर यहाँ तक कैसे चले आये।''

शाहिद– ''यह तो मैं भी नहीं जानता कि मैं यहाँ कैसे आ पहुँचा; बस जानता हूँ कि शायद मुझे यहाँ पहुँचना ही था, पहुँच गया... हो न हो यह ऊपरवाले की मर्जी हो।'' दोनों फिर मौन एक-दूसरे को देखने लगे। तभी शाहिद ने मौन तोड़ने के खयाल से पूछा– ''मैंने तुम्हें उस दिन झील पर सुनसान में अकेले नहाते देखा था, क्या तुम्हें भय न हुआ?''

लूका– ''एक इंसान को दूसरे इंसान से कैसा डर भला?''

शाहिद– ''क्या तुम्हें बुरा भी न लगा?''

लूका– ''नहाते देख लिया तो इसमें बुरा क्या।'' वह शर्म से आँखें नीचे कर बात को टालने के खयाल से एक पल मौन के बाद फिर बोली– ''भूख लगी होगी, खाना खा लो।''

शाहिद– ''क्या तुमने खाना खाया?'' लूका कुछ न बोली। शाहिद को इस चुप्पी का अभिप्राय समझते देर न लगी। उसने फिर कहा– ''खुद भूखा रहकर किसी अजनबी को अपने हिस्से का भोजन खिलाना, इसका क्या मतलब।''

लूका– यह तो मैं नहीं जानती; पर अजनबी हमारे अतिथि होते हैं और अतिथि को भगवान-स्वरूप मानकर उसना सेवा सत्कार करना ही हमारी संस्कृति, धर्म व पूजा है।

'वाह!' अनायास ही शाहिद की जुबां से निकल पड़ा।

शाहिद– ''यदि तुम्हें एतराज न हो तो तुम भी साथ में थोड़ा खा लो।''

लूका– ''साथ खा लूँ! भगवान को जूठन न पड़ेगी भला।''

शाहिद– ''यदि तुम सच्चे दिल से अतिथि को भगवान मानती हो, तो यह तुम्हारे भगवान स्वरूप अतिथि का परम आदेश है कि तुम साथ भोजन करो।''

लूका– ''मुझसे यह पाप न कराओ।''

शाहिद– ''क्या तुम्हें अपने भगवान के आदेश की अवहेलना का पाप न लगेगा!''

लूका– ''यह कैसे धर्म संकट में डाल दिया तुमने।''

शाहिद– ''तो मैं समझूँ कि तुम सच्चे दिल से अतिथि को भगवान स्वरूप नहीं मानती।'' लूका को उसका कोई जवाब न सूझा। वह शाहिद को ताकती रह गयी। लूका को आगे न कुछ कहते बना न कुछ करते। वह लजाती सकुचाती साथ बैठकर

खाने लगी।

आजकल शाहिद का ज्यादा समय लूका के साथ ही कटने लगा। अब तक उसे आतंक मचाने में मजा आता था, पर अब आतंकी गतिविधियों से मुख मोड़, प्रेमरस में आत्म-विभोर रहने लगा। उसका अब दस्ते के कामकाज में मन न लगता था। उसके साथियों ने लाख समझाने की कोशिश की; वे उसे हर तरह से समझाकर थक चुके कि वह लूका का खयाल छोड़कर अपने दस्ते के काम को अंजाम दे, पर वह अब तो प्रेम दीवाना है, किसी की कुछ सुनने को राजी ही नहीं। उसके दोस्तों ने तरह-तरह के प्रलोभन दिये, प्रेम से समझाया और अन्त में यहाँ तक कि मार डालने की धमकियाँ भी दीं, फिर भी शाहिद प्रेम-पथिक ही बना रहा। लाख अड़चन के बाद भी वह अपने रास्ते से डगमगाया तक नहीं। वह रोज सुबह उठकर, नहा-धोकर लूका से मिलने चल पड़ता, फिर तो शाम होने के बाद वापस लौटता। उसे अब तनिक भी दस्ते से लगाव न रह गया था। उसके इस रवैये को देख उसके सहभागियों ने आपस में विचार-विमर्श कर एक तरकीब निकाली। उन्होंने लूका को एक पत्र लिखा। पत्र में लिखा था–

"लूका, हम जेहादियों को तुमसे कोई दुश्मनी नहीं; हमें दस्ते की ओर से एक पत्र लिखना पड़ रहा है, कारण कि शाहिद हमारे दस्ते का एक सक्रिय और सफल सदस्य है, पर अब तुम्हारे यौवन से मुग्ध होकर दस्ते को बिलकुल भूल गया है और हम यह कदापि नहीं चाहते कि शाहिद जेहाद से विमुख होकर दस्ते के मकसद को भुलाकर तुम्हारे वाहियात प्रेम चक्कर में अपना और दस्ते का वक्त बरबाद करे। यदि तुम अपनी और शाहिद की खैरियत चाहती हो तो शाहिद को भूलकर उसे अपने प्रेम-पाश से मुक्त कर दो; उसे ऐसा दुत्कारो कि वह सीधा हमारे दस्ते में लौट आये। हम यह भी जानते हैं कि इस प्रेमलीला में तुम्हारी कोई गलती नहीं, शाहिद ही पागल है तुम्हारे रूप यौवन को देखकर। बस, तुमसे इतना ही कहना है कि यदि तुम हमारी बात मानो तो सलामत रहोगी, अन्यथा अंजाम मौत है, सिर्फ मौत।"

तुम्हारे शुभचिंतक...

हम 'जेहादी'

इस पत्र को पढ़कर लूका को यह जानकर भारी दुःख हुआ कि शाहिद एक आतंकवादी है... फिर भी लूका को अपने प्रेम पर इतना विश्वास था कि वह इस आतंक की मानसिकता को कुचलकर मानवता का सबक सिखा सकेगी, प्यार का पाठ पढ़ा सकेगी। यह सोचकर उसने यह चुनौती सहज स्वीकार कर ली, क्योंकि इस बहाने उसे यह परखने का मौका मिल गया कि प्रेम में ज्यादा शक्ति है या नफरत में।

अगले दिन शाहिद के आते ही लूका ने कहा– "मुझे एक पत्र मिला है।"

शाहिद– "बड़ी अच्छी बात है, कहाँ से आया है?"

लूका– "लिखने वालों ने अपना पता-ठिकाना नहीं लिखा।"

शाहिद– "लिखने वाले का नाम?"

लूका– "यह भी नहीं मालूम, पर हैं तुम्हारे अपने ही।"

शाहिद– "मेरे अपने, हाँ, माँ है, पर वह तो ठहरी अनपढ़, चिट्ठी तो लिख नहीं सकती; कुछ रिश्तेदार हैं, पर किसे जरूरत आ पड़ी मुझे चिट्ठी लिखने की... संभवतः उन्होंने भी नहीं लिखा होगा... हाँ, यहाँ मेरे तीन चार दोस्त हैं, यदि लिखा होगा तो उन्हीं में से किसी ने मजाक किया होगा... क्या लिखा है?"

लूका, शाहिद की ओर पत्र बढ़ाते हुए बोली– "लो खुद ही पढ़ लो।" बेचारा अनपढ़ शाहिद भला क्या पढ़ता। उसने पत्र को ऊपर से नीचे देखा, अक्षरों पर नजर फेरा, अंततः काले अक्षर भैंस बराबर। झट कह दिया ठीक ही तो लिखा है।" लूका चकरायी, अरे यह शाहिद क्या कह रहा है, मजाक तो नहीं करता।

लूका– "शाहिद तुम भी..."

शाहिद– "अरे नाराज क्यों होती हो, कुछ बुरा लिख है क्या?" शाहिद ने अटकलबाजी की।

लूका– "इसका मतलब पूरी चिट्ठी नहीं पढ़ी।"

शाहिद अपनी कमजोरी छिपाते हुए बोला– "हाँ पढ़ लिया।"

लूका– "आखिरी पंक्ति पढ़ा तुमने?"

शाहिद ने अटकल लगाते हुए कहा– "ठीक ही तो है, कुछ बुरा तो नहीं लिखा।"लूका खीझ उठी, बोली– "यहाँ मेरी जान आफत में पड़ी है और तुम कहते हो बुरा नहीं लिखा है।"

शाहिद गंभीर होकर बोला– "तुम्हारी ओर यदि कोई बुरी नजर से देख भी ले तो मैं उसकी आँखें निकाल लूँ।"

लूका– "और यहाँ मुझे जान से मारने की धमकी दी गयी है, फिर भी तुम कहते हो बुरा नहीं लिखा।"

शाहिद गरज पड़ा– "किसने लिखा है ऐसा, चीर डालूँगा उसे मैं।" लूका को आश्चर्य हुआ शाहिद ऐसा क्यों कह रहा है।"

शाहिद उठ खड़ा हुआ। आँखों में फिर वहीं उग्रता। लाल-लाल आँखें। आँखों में तैरती विनाश की काली छाया, तनी भौंहें, गुस्से से काँपते होंठ, गालों और कनपटी की मांसपेशियों के बीच उभरी नसें। शाहिद ने अपने गुस्से को काबू करने की कोशिश करते हुआ पूछा- 'लूका सच बताओ क्या लिखा है उसमें?' लूका कुछ असामान्य-सी स्थिति में बोली तुम्हारे ही हाथों में तो चिट्ठी है, खुद क्यों नहीं पढ़ लेते।' शाहिद चुप ही

रहा। पर लूका को अनुमान हो गया कि शायद शाहिद पढ़ नहीं सकता। शाहिद की आँखें गुस्से के आक्रोश में और आक्रामक लगने लगी थीं। उसके उस रूप को देखकर लूका भी सहम गयी। लूका ने सोचा, पत्र की वास्तविक बातें बतलाकर वह बेकार में विनाश को न्योता दे बैठेगी। जाने क्या कर बैठेगा यह गुस्से में। उसने स्थिति को सँभालते हुए अँधेरे में तीर मारा, बोली – "लिखा है, सच्चे प्रेम की परख त्याग से होती है और इसमें प्राणों का कोई मोल नहीं होता, इसलिए तो प्रेमीजन अपने प्यार के लिए आत्मोत्सर्ग तक करने में तनिक भी नहीं हिचकते।' शाहिद ने आशातीत भाव से पूछा– 'और कुछ लिखा है?'

लूका निश्चिंततापूर्वक बोली– "बस इतना ही।" शाहिद का तो जैसे सातवें आसमान का गुस्सा पलभर में जमीन पर चित गिर गया।

शाहिद– "मैंने सोचा कुछ और है; पर ऐसा अबूझ मजाक कभी मत करना।" अँधेरे में चलाया तीर सही निशाने पर लगा। लूका का शक सही था, उसने पाया कि शाहिद वास्तव में अनपढ़ है।

लूका बड़े प्यार भरे शब्दों में बोली– "कल से स्लेट और खड़िया लेकर आना।"

शाहिद– 'क्यों?'

लूका– "क्योंकि कल से मैं तुम्हें पढ़ना-लिखना सिखलाऊँगी।"

शाहिद– "मैं कोई बच्चा हूँ?"

लूका– "हाँ बिलकुल नवजात... अकल से।" दोनों हँस पड़े।

...दूसरे दिन शाहिद को लूका के पास जाने में झिझक हो रही थी, पर बिना लूका से मिले दिल को कहाँ सुकून था। वह दौड़ा चला आया लूका के पास।

लूकप– "आ गये! कहाँ है तुम्हारी स्लेट?"

शाहिद– "कहाँ से लाता मैं स्लेट?"

लूका– "तब तो मैं तुमसे बात नहीं करती।"

शाहिद– "अरे, क्यों मुफ्त में सरदर्द लेती हो, बूढ़ा तोता नहीं सीखता।"

लूका– "यह मैं भी जानती हूँ।"

शाहिद– "तो फिर..."

लूका– "मगर तुम तोता तो नहीं न।"

शाहिद– "हाँ मनुष्य हूँ, फिर भी पढ़ना-लिखना क्या जरूरी?"

लूका– "बुद्धि के लिए, सभ्यता के लिए, सामाजिकता के लिए और

जीवनयापन के लिए, हर जगह तो पढ़ाई की ही जरूरत है।''

शाहिद– ''ये पढ़ाई-लिखाई बेकार है; ये बुद्धि सभ्यता, सामाजिकता सब बकवास हैं... पढ़-लिख जाने मात्र से किसी को रोटी मिल जाती है भला?''

लूका– ''पढ़ाई का संबन्ध रोटी से नहीं, बल्कि समाज में सभ्य तरीके से रोटी कमाने के साधन से है।''

शाहिद मुँह बिचकाकर बोला– ''उँह! पढ़ा तो भी खाया, न पढ़ा तो भी खाया। मुझे देखो; अनपढ़ हूँ, रोटी खाता हूँ या नहीं।''

लूका– ''तुम मेरी बात नहीं समझे; पढ़ाई का संबन्ध रोटी से नहीं, बल्कि समाज में इज्जत से रोटी कमाने से है। जरा सोचो, तुम किस तरीके से रोटी कमाते हो।'' शाहिद सकपकाया, पर लूका, शाहिद के उत्तर की अपेक्षा किए बगैर आगे बोली– ''ऐसे तो एक कुत्ता भी पेट भर लेता है; द्वार-द्वार दुत्कार झेलकर, लात खाकर या किसी असहाय की रोटी छीनकर। कभी-कभी किसी घर में घुसकर चोरी से खा-पी लेता है, तो कभी असह्य भूख की तृप्ति करने के लिए मैला भी खा लेता है। अपना पेट भरना बड़ी बात नहीं, अपना पेट तो सभी प्राणी, यहाँ तक की नाली का कीड़ा भी भर लेता है। देखो एक बैल भी पेट भरता है, पर इसे भरने के लिए बुद्धि के अभाव में हल खींचता है... धूप में, वर्षा में कड़ी मेहनत करता है, फिर भी डंडे की मार पड़ती है; तब इसी जगह यह पढ़ाई-लिखाई अहम है। यदि मनुष्य बुद्धिहीन रहे तो फिर मानव और जानवर में अंतर ही क्या रह जाएगा। बुद्धि के अभाव में मानव, पशु और दानव मात्र रह जाता है। इसी बुद्धि को पढ़ाई-लिखाई विकसित करती है, उसे सभ्य और सामाजिक बनाती है। तुम स्वयं अपने को क्यों नहीं देखते, तुम्हें कैसे सिर्फ रोटी के चंद टुकड़ों पर नचाया जा रहा है; तुम्हें आजतक सिवा रोटी के और क्या मिला? न तुम्हारी कोई सभ्यता है, न तुम्हारा कोई समाज है; उलटे तुम इस समाज से दूर घने जंगलों में, ऊबड़-खाबड़ पहाड़ियों में, गुफाओं में दर-दर अन्य रोटी के भूखे दानवी प्रवृत्ति वालों के साथ इस समाज से भागते फिरते हो, कानून के भय से छुपे रहते हो। कहाँ, कब, कैसे होगा इस जिन्दगी का अंत, कभी सोचा है तुमने? आखिर कब तक भाग-छिपकर जियोगे इस तरह; सिर्फ रोटी के लिए?'' शाहिद ने लज्जित– सा सिर झुका लिया। एक बार शाहिद का अंतरमन ललकारा–लड़खड़ाती जुबान से अपना नाम लेने वाले का सिर कलम कर देने वाला शाहिद, आज बैठा-बैठा एक साधारण अबला से अपनी और दस्ते की फटकार सुन रहा है... सोचते हुए कि क्या यह कायरता है या फिर प्यार की विवशता है, या प्यार की ताकत।'' शाहिद नजरें चुराये रहा। लूका फिर बोली– ''आखिर यहाँ भी लोग मेहनत मजदूरी से रोटियाँ कमाते-खाते हैं, पर इस समाज के भगोड़े नहीं। घने जंगलों में भी जंगलियों की अपनी एक सभ्यता, अपना समाज होता है... और तुम्हारा...?'' लगा अब लूका रो पड़ेगी। शाहिद, लूका की आँखों में भर

आये आँसू को देख भावुक हो उठा। उसने बहुत सी औरतों की आँखों में आँसुओं की बहती हुई धार देखी थी, चीखते-चिल्लाते, गर्दन कटते, गोलियों से क्षत-विक्षत होते लोगों की कारुणिक, हृदय विदारक मार्मिक चितकारें सुनी थीं, हृदय को आह्लादित कर देने वाली मासूमों की सिसकियाँ सुनी थीं; पर इतना न पसीजा था उसका हृदय, जितना की लूका की आँखों में दो बूँद आँसू देख पसीजा था। उसके आँसुओं में न जाने क्या भाव थे। वह मन ही मन सोच पड़ा– 'लूका क्यों रोती है? मेरे लिए? समाज में उपेक्षित एक आतंकवादी के लिए? सिर्फ इसलिए कि वह मुझसे प्यार करती है? शायद यही तो मेरी भी भावुकता का कारण है।'

लूका अपने आँचल से आँसू पोंछ सामान्य होकर बोली– ''तुम उनकी कठपुतली बनकर रह गये... ये यमदूत, जैसे चाहें तुम्हें रोटी के प्रलोभन पर नचाते रहेंगे, वे तुम्हें जैसी भाषा सिखलाएँगे वैसी ही बोलोगे; उनका रट्टू तोता बनकर रह गये हो तुम। न तुम रोटी से आगे सोच सकते हो न कुछ पढ़कर दुनियादारी को समझ सकते हो। शाहिद, तुम्हें बुरी लगती होगी मेरी बात, पर यह एक अटल सत्य है और सत्य कड़वा होता है।'' लूका एकाएक चुप हो गयी। शाहिद को लगा जैसे अभी-अभी वह किसी स्वप्न से जाग पड़ा हो।

शाहिद– ''लूका, मेरे बारे में तुम्हें इतना सबकुछ कैसे मालूम है? मैंने तो तुम्हें अपने नाम के अलावा और कुछ नहीं बतलाया... फिर? क्या गाँव वालों ने या फिर किसी और ने बताया है?''

लूका– ''यह सब मैं इसी पढ़ाई की कला से जान पायी।''

शाहिद- ''मेरे बारे में इतना कुछ जानते हुए भी तुमने कभी भी मेरी शिकायत नहीं कि। न कभी कटु वचन कहा, न धिक्कारा, न ही मुझसे दूर जाने या छुटकाना पाने की कोशिश की।''

लूका– ''प्यार का दूसरा नाम विश्वास है। और जहाँ अटल विश्वास है, वहाँ ईश्वर है और फिर जहाँ ईश्वर है, वहाँ किसी अनिष्ट का भय नहीं रह जाता है, बस मंगल ही मंगल होता है। मैंने तुमसे प्यार किया है, सिर्फ प्यार; यही कारण है कि मैंने आज तक तुम्हारे बारे में यह जानने की कोशिश ही नहीं की– कि तुम्हारा घर-परिवार, काम, ठिकाना क्या है; बस तुम पर विश्वास करती हूँ। मेरे पिताजी ने सिखाया है– यदि किसी की जिन्दगी, किसी अन्य की जिन्दगी सँवारने में काम आ जाय, वही सच्ची जिन्दगी है। मुझे पता है तुम्हारा काम तुम्हारी मजबूरी है, बुरे वक्त की काली छाया है। मैंने तो तुम्हें उसी दिन परख लिया था, जब तुमने मुझे झील पर अकेली नहाते देखा था। उन आँखों में प्यार था, वासना नहीं। मुझे पता है तुम्हारे अंदर एक सुन्दर दिल है, एक नेक इंसान... मासूम शाहिद।''

शाहिद- ''मुझे मतिभ्रम तो नहीं हो रहा, कहीं मैं दिग्भ्रमित तो नहीं हो रहा हूँ?''

लूका– ''नहीं, यह सुमति है; इसलिए तो कहती हूँ, कुछ पढ़-लिख लो, सही निर्णय कर पाओगे जिन्दगी के हर मोड़ पर।'' लंबी चुप्पी के बाद शाहिद गहरी साँस के साथ अँगड़ाई लेता हुआ गंभीर माहौल को खुशनुमा बनाने के खयाल से मसखरी करते हुए बोला– ''हाँ, यह तो तय है कि पढ़े-लिखों से बातों में नहीं जीता जा सकता, सीधी बात को उल्टी, और उल्टी बात को सीधी।'' लूका ने भी चुटकी लेते हुए कहा– ''उल्टे दिमाग में सीधी बात नहीं अटती; पहले दिमाग सीधा करो... चलो बोलो, क।''

शाहिद- ''क, ख, ग, घ... यह तो मैं भी जानता हूँ।''

लूका– ''बस इतना ही; आगे बोलो।''

शाहिद- ''इतना काफी है।''

लूका– ''ठीक है, इतना भी तो लिख दो। स्लेट तो लाये नहीं; खैर, यह लो बन गयी तुम्हारी स्लेट।'' लूका जमीन पर हाथ से धूल को समतल करते हुए बोली।

शाहिद- ''लिखना नहीं आता।'' लूका ने जमीन पर उँगली से 'क' अक्षर बनाकर कहा– ''चलो, इसी अक्षर पर अपनी उँगली घुमाओ; आज के लिए यह धरती ही तुम्हारी स्लेट और तुम्हारी उँगली ही तुम्हारी खड़िया है।''

शाहिद- ''यह उँगली जमीन पर रगड़ने के लिए नहीं, बंदूक का ट्रिगर दबाने के लिऐ है।'' लूका जबरदस्ती शाहिद का हाथ पकड़कर जमीन पर लिखे 'क' अक्षर पर चुभाने लगी। लूका के कोमल स्पर्श से शाहिद का अंग-अंग रोमांचित हो उठा। आह! कितना कोमल स्पर्श है। शाहिद बेकाबू हो गया... हाथ की उँगलियाँ जैसे अपने आप, लिखे अक्षरों पर घूमने लगीं। क्या इतना आनंद आता है पढ़ाई करने में। यदि ऐसा है, तो ऐ खुदा! तूने इतने सारे अक्षर क्यों नहीं बनाये कि इसी तरह लूका मेरा हाथ पकड़कर जीवनभर मुझे लिखना सिखाती रहे। लूका जमीन पर दो तीन बार हाथ पकड़कर लिखे अक्षर पर उँगली घुमवाने के बाद बोली– ''अब अपने से लिखो।''

शाहिद- ''यदि तुम मुझे अगला अक्षर फिर इसी तरह हाथ पकड़कर सिखाओगी तब।''

लूका– ''पहले इसे तो लिखो, फिर तो ऐसे-ऐसे बावन अक्षर लिखाऊँगी मैं।''

शाहिद- ''बस, सिर्फ बावन; क्या पढ़ाई-लिखाई इतनी छोटी होती है... तो फिर लोग क्यों पढ़ाई-लिखाई में पच्चीस-छब्बीस साल लगाते हैं? मैं तो चार छह दिनों में सीख जाऊँगा बावन अक्षर लिखना; कहीं ऐसा तो नहीं कि आगे के अक्षर कठिन होते हों?

लूका– ''नहीं, बिलकुल आसान है।''

शाहिद झट से बोला– "तब तो छब्बीस साल की पढ़ाई सप्ताह भर में ही पूरी कर लूँगा, तब तो मैं भी सब कुछ जान जाऊँगा, है न?" लूका खिलखिलाकर हँस पड़ी। इसी हँसी ने तो शाहिद को लूका का प्रेम-दीवाना बना रखा है।

लूका- "अरे बुद्धू छब्बीस साल में वे सिर्फ बावन अक्षर ही नहीं सीखते, बल्कि इन्हीं बावन अक्षरों के माध्यम से दुनिया का इतिहास, दुनिया का भूगोल, राजनीति, गणित, विज्ञान, अंग्रेजी; इसके अलावा भी वे बहुत कुछ पढ़ते-सीखते हैं।"

शाहिद ने बड़ी मासूमियत वे पूछा– "क्या यह सब जरूरी है सीखना?"

लूका– "जरूरी नहीं तो क्या वे सभी पागल हैं, जो दिन-रात किताबें चाटते रहते हैं।"

शाहिद- "कभी-कभी देखता हूँ बूढ़े भी पढ़ते-लिखते हैं; क्या वे भी सीखते हैं ये सब?"

लूका– "उफ्फ! तुम जैसे दिमाग के उल्लू को कैसे समझाऊँ।"

शाहिद- "अच्छा बताओ, आदमी कितनी उम्र तक पढ़ सकता है?"

लूका– "पढ़ाई तो असीम है, इसके लिए पूरा जन्म भी कम है।"

शाहिद- "तब तो मुझे जीवनभर तुमसे पढ़ना है।"

लूका– "बतकही होती रही तो इस जन्म में सात अक्षर भी न सीख सकोगे।" शाहिद ने झट जमीन पर धूल समतल कर 'क' लिख दिया।

लूका खुशी से बोली– "वाह! 'क' लिखना तो जान गये, अब आगे लिखो 'ख'।" उसने शाहिद का हाथ पकड़कर जमीन पर 'ख' लिखा। फिर क्या था 'ग', 'घ'... 'ज्ञ' तक का सफर होने लगा।

लूका– "बस अब इतना ही... जितना पढ़ना जानते थे, लिखना भी जान गये।

शाहिद अतृप्त-सा बोला– "अब और नहीं सिखाओगी?"

लूका– "अब शाम होने वाली है, घर के सारे काम पड़े हैं; बाबूजी भी खेतों से थके हारे आते होंगे, बाकी अब कल।"

शाहिद- "कल जल्दी आ जाऊँ?"

लूका– "नहीं, दोपहर के पहले नहीं; मुझे घर के काम भी तो करने हैं।"

शाहिद- "सुबह आता हूँ; दोनों मिलकर करेंगे काम, फिर तुम मुझे पढ़ा देना।"

लूका ने नखरे करते हुए कहा– "बर्तन साफ करवाऊँगी और कपड़े धुलवाऊँगी।"

शाहिद- "मंजूर है।"

लूका– "पढ़ने को इतने उतावले, अभी तो जमीन पर उँगली नहीं चल रही थी।" लूका जाने को उठ खड़ी हुई। लूका के जाने के बाद शाहिद जमीन पर धूल को बार-बार साफ करता और बार-बार लिखता-मिटाता रहा... जैसे लूका के लिखे अक्षर इसी धूल में कहीं खो गये हों और वह उन्हें एक-एक करके ढूँढ़ निकाल रहा हो। वह उन अक्षरों को बनाने-मिटाने में ऐसा तल्लीन हो गया, मानो जमीन में लिखे उन अक्षरों को दिमाग के सहारे धीरे-धीरे दिल में उतार रहा हो। और इस तरह कह सकते हैं कि शाहिद की शिक्षा की नींव इन अक्षरों के साथ इस धरा पर रखी जा चुकी थी।

शाहिद और लूका का मिलना-जुलना जारी रहा। अक्सर वे गाँव के बाहर एकांत में उसी पीपल वृक्ष के नीचे मिलते रहे। उनका आपसी प्रेम दिनों दिन प्रगाढ़ होता गया। लूका, शाहिद को लगन से पढ़ाती रही। अब वह एक प्रेमिका के साथ शाहिद की योग्य शिक्षिका भी थी। दो महीने होते-होते शाहिद काफी कुछ पढ़ना-लिखना सीख चुका था।

तीन

अचानक एक दिन ऊपर से आदेश हुआ–

'युद्ध की पूरी तैयारी हो चुकी है। यह युद्ध एक विशेष क्षेत्र में लड़ा जाना है। युद्ध शुरू होने से पहले हम सभी को एक गुप्त क्षेत्र में मिलकर युद्ध की नीति तय करनी है।'

तुम्हारा

जेहादी कमाण्डर

जो शाहिद चुटकियों में लोगों के प्राण हर लेता था, उसे अब मार-काट, खून-खराबे से नफरत होने लगी थी। लूका के प्रेम ने उसके अन्दर सोये हुए मोह-माया को जगा दिया था। बात-बात पर प्राण की बाजी लगा देने वाले शाहिद को भी न जाने क्यूँ अब अपने प्राण का मोह होने लगा था। अब वह भी शरीफ इंसान की तरह मेहनत की रोटी खाना चाहता था। अब वह लूका के साथ प्रेमपूर्वक मेहनत की रोटी खाने के सपने देखने लगा था। लेकिन दुर्भाग्य, कि अभी वह लोगों के खून से सनी आतंक की रोटी खा रहा था... वह नमक खा रहा था आतंक फैलाने वालों का। शिक्षा पा चुका था क्रूरता की, प्रतिज्ञा कर चुका था हर परिस्थिति में रोटी देने वालों के साथ वफादारी करने की। आखिरकार उसे इस रोटी और नमक का कर्ज तो चुकाना ही था। अब उसे पछतावा हो रहा था कि अपने बचपन की नादानी में उसने अपने सुनहरे सपनों को साकार करने के लिए गलत कदम उठा लिया था। उसे क्या पता था कि यहाँ अपने सपने सजाने के लिए दूसरों के हँसते-खेलते सपनों के महल को खाक में मिलाना पड़ता है। पर 'अब पछताये होत क्या जब चिड़िया चुग गयी खेत' वाली कहावत उसके जीवन मे चरितार्थ हो रही थी। लूका के प्रेम ने उसे मनुष्यता का पाठ पढ़ा दिया था; इसी कारण उसे दिल से युद्ध पर जाने की इच्छा न थी... परन्तु अब युद्ध पर जाना, खून खराबा करना उसका शौक नहीं, बल्कि उसकी विवशता थी; आतंक मचाना अब उसका उसूल नहीं था, सिर्फ उसकी मजबूरी थी।

बुराई का खंडहर बाहर से जगमगाता महलों-सा नजर आता है, जो लोगों को लुभाता है, सुन्दर सपने दिखाता है। इस खंडहर में प्रवेश करने के अत्यंत सुगम, सुन्दर

जगमगाते रास्ते नजर आते हैं और लोग इसे ही सुख-शांति व उन्नति का रास्ता समझकर ठगे जाते हैं। इस खंडहर में जाने के तो रास्ते चारों ओर से खुले नजर आते हैं, पर यहाँ से निकलने के सभी रास्ते बंद हो जाते हैं और वह भूलवश ठगा जाने वाला मानव, उसी खंडहर के अंदर, बाहर निकलने के लिए तड़पता, छटपटाता रह जाता है। अंततः विवश होकर उसी खंडहर में वह अपनी जीवन-लीला समाप्त कर लेता है। शाहिद भी नादानीवश आतंक के भयावह खंडहर में घुस गया था। जिसने इस खंडहर के माहौल, नियमों व कार्यों के अनुकूल अपने को कर लिया तो ठीक है; लेकिन जिसे यहाँ के अंदर की परिस्थितियाँ रास न आयीं और वह ऊबकर यहाँ से निकलना चाहे, तो वह न तो यहाँ का रहता है न वहाँ का... वह यूँ ही अंदर ही अंदर तड़पता, चिल्लाता, बिलखता-बिलबिलाता रह जाता है; फिर वहीं समाप्त हो जाता है।

लूका से मिलने के पूर्व हिंसा और आतंक शाहिद का फर्ज था। फिर उसने हिंसा को फर्ज से ज्यादा शौक समझा। शिकार करना जैसे किसी का शौक होता है और वह अपने शौक की हवस मिटाने के लिये निरीह प्राणियों का वध कर वाहवाही लूटता है। शाहिद विनाश का एक सहज खेल खेलता था, प्राणी उसके लिए जैसे मिट्टी के खिलौना मात्र थे। उसके लिए हिंसा मनोरंजन प्रदान करने वाला मात्र एक तमाशा था; जैसे कोई शरारती बच्चा खेलते-खेलते खिलौने का हाथ-पैर तोड़ डालता है, या फिर खीझकर और गर्दन मरोड़ कर फेंक देता है। पर अब शाहिद के लिए हिंसा उसकी मजबूरी थी, एक अनैतिक सजा जान पड़ती थी। उसकी मनोदशा देखकर ऐसा लग रहा था जैसे- किसी अबोध बच्चे से परंपरावश जबरदस्ती किसी निरीह पशु की बलि करायी जा रही हो, जिसके साथ वह खेलना चाहता हो।

युद्ध की सूचना के बाद शाहिद कई बार लूका से मिला था, पर उसने अपने युद्ध में जाने की बात नहीं बतायी थी। युद्ध के लिए जाने से पहले वह लूका से मिला। शाहिद के मुरझाये चेहरे को देखते ही लूका ने पूछा– ''आज मायूस लगते हो, तबियत तो ठीक है!''

शाहिद हताशपूर्ण स्वर में बोला– ''आज मैं जिस मोड़ पर खड़ा हूँ, वह मोड़ भी पराया है और बिना अपनी मर्जी चलने वाले यह पैर भी; यहाँ अपनी तबियत और मर्जी नहीं चलती; यदि ऊपर से आदेश हो जाय तो तबियत को भी आदेश का पालन करना पड़ता है।''

लूका– ''तुम क्या बोले जा रहो हो, मेरे पल्ले कुछ नहीं पड़ता।'' उसने जिज्ञासापूर्ण भाव से पूछा।

शाहिद- ''तुम तो जानती ही हो कि मैं क्या हूँ...''

लूका– ''हाँ जानती हूँ, तुम एक इंसान हो, प्रेमी जीव।'' वह इठलायी।

शाहिद– "इसके अलावा मैं कुछ और भी हूँ?" वैसे लूका शाहिद के बारे में सबकुछ जान चुकी थी। इस समय शाहिद के कहने का अभिप्राय भी समझ रही थी, पर उसे शाहिद को आतंकवादी शब्द से संबोधित करते संकोच हो रहा था। वह बात को टालने के खयाल से बोली– "तुम मेरे प्यारे से दोस्त हो बस, मैं और कुछ नहीं जानती।"

शाहिद– "तुम सब जानती हो लूका; पर यह सच थोड़ा कड़वा है, जिसे तुम बोलना नहीं चाहती, किन्तु सच तो सच ही है।" न जाने किस अज्ञात प्रेरणावश शाहिद, दिल में आये युद्ध में जाने की बात लूका से करने का साहस न कर सका। वह भलीभाँति जानता था कि अहिंसा, प्रेम व आदर्श मानवता की शिक्षा देने वाली लूका उसके युद्ध में जाने की बात कभी बर्दाश्त नहीं कर सकेगी। उसे भय था कि युद्ध में जाने की बात कहकर कहीं लूका का प्यार न खोना पड़े। यह अलग बात थी कि युद्ध में वह जीवित बचे भी या नहीं। फिर भी संस्कारी लूका के सामने अनैतिक युद्ध में जाने की बात कहने में काफी नीचता महसूस हो रही थी। यह कोई धर्मयुद्ध न था कि लूका आदर्श युद्ध कहकर सहर्ष धर्म-रक्षा के लिए युद्ध में जाने को विदा कर देती। यह तो एक आतंकी युद्ध था, कुकर्म था, जो लूका के आदर्श और संस्कार के विरुद्ध था।

शाहिद भीषण द्वंद्व में पड़ गया था। वह चाहकर भी इस युद्ध से इंकार नहीं कर सकता था। वह जानता था अपने दोस्तों के वहशीपन को। युद्ध में शायद वह बच भी जाय, पर युद्ध से इंकार करना तत्क्षण मौत के मुँह में जाना था। सम्भवतः लूका के प्राण भी संकट में आ फँसें। शाहिद की मानसिक स्थिति बहुत विचित्र हो गयी थी। वह स्पष्ट निर्णय नहीं कर पा रहा था कि वह क्या करे। न ही वह लूका को युद्ध में जाने की बात बता सकता था, न ही युद्ध से इंकार कर सकता था। शाहिद को आंतरिक बेचैनी उलझाये जा रही थी। वह आज अन्यमनस्क लूका से विदा होकर अपने गुप्त स्थान में लौट आया। यहाँ पहुँचते ही उसकी बेचैनी और बढ़ गयी। उसका मानसिक द्वंद्व और सक्रिय हो उठा। वह द्वंद्व में फँसा व्याकुल होकर इधर-उधर टहलने लगा। उसे समझ में नहीं आ रहा था कि अब वह क्या करे। वह द्वंद्व में उलझा सोचने लगा– कल युद्ध के लिए निकलना है। वह लूका से संकोचवश जाने की बात भी न कर सका। क्या एकाएक इस तरह बिन कहे निकल जाना ठीक होगा। अचानक गायब हो जाने से क्या लूका चिंचित न होगी। यदि युद्ध से जीवित लौटा तो उससे मिलूँगा ही; पर यदि मारा गया तो वे बेचारी न जाने कब तक मिलने की राह देखती रहेगी। नहीं नहीं, बिन बताये जाना उचित नहीं... पर किस मुँह से कहता कि मैं युद्ध में जा रहा हूँ, आतंकी युद्ध में। क्या उसे बुरा न लगेगा? पर अब क्या करूँ? रात भर का समय है। बहुत देर दिमाग फिराते उसे एकाएक सूझा– क्यों न लूका को एक पत्र लिखकर सूचित कर दे। आखिरकार उसने मझधार से पार पाने का रास्ता खोज ही निकाला। पत्र लिखने की

सूझ से शाहिद को एक अद्भुत मानसिक तृप्ति प्राप्त हो रही थी... उसके चेहरे पर आंतरिक प्रसन्नता की चमक दिखायी पड़ रही थी, यह सोचकर कि वह कागज-कलम की भाषा सीख चुका है। लूका से यह कागजी भाषा सीखने पर मन ही मन उसका आभार व्यक्त कर रहा था। वह बड़े उत्साह के साथ पत्र लिखने बैठा। उसने लड़खड़ाते हाथों से पत्र लिखना शुरू किया–

प्रिय लूका!

मेरा प्यार मिले।

लूका, तुम तो जानती हो कि मैं एक आतंकवादी हूँ। शायद मेरा आतंकवादी होना ही हमारे प्यार की सबसे बड़ी बाधा है। लूका, तुमसे मिलने से पहले ये युद्ध, मार-काट, खून-खराबा मेरे लिए मनोरंजन मात्र था। मैं शोक से विनाश-लीला रचता था; तबाही फैलाना मेरा बाएँ हाथ का खेल था। यह मात्र एक शौक था... पर तुमसे मिलने के बाद मैंने जाना प्रेम जैसी भावना को, दया को, दर्द को। अब यह युद्ध न चाहते हुए भी लड़ना पड़ रहा है। इसका स्पष्ट कारण है– मैंने नादानीवश लालच में आकर जो गलती की, यह उसी गलती की सजा है। मैं चाहूँ तो युद्ध न लड़ूँ, पर युद्ध से इंकार करना निःसंदेह अपनी मौत के साथ तुम्हारी भी मौत को निमंत्रण देना होगा। मुझे अपनी कोई चिंता नहीं, मुझे तुम्हारी चिंता है; मजबूरन मुझे युद्ध में शामिल होना पड़ रहा है। मैं नीच तुम्हारे प्यार के काबिल नहीं था, पर यह मेरा सौभाग्य है क मुझे तुम जैसी देवी का प्यार मिला; तुम्हारा यह थोड़े समय का प्यार मेरी जिन्दगी से बढ़कर है... मैं धन्य हुआ, तुम्हारा प्रेम पात्र होकर। युद्ध में जाने की बात मैं तुमसे कहते-कहते न कह पाया, शायद तुम्हारे सामने ऐसी बातें करने का मुझमें साहस नहीं... भला एक दानव, एक देवी के सामने कैसे नजरें मिला सकेगा, कैसे मुँह खोलने की निर्लज्जता कर सकेगा। लूका, युद्ध से जीवित लौटा तो फिर मिलूँगा... हो न हो यह हमारा अंतिम संवाद हो; खुदा हाफिज...

तुम्हारा प्यार

शाहिद

पत्र लिखने के दौरान ही वहाँ मजीद आ गया था। शाहिद को कागज पर कलम चलाते देख, उसकी आँखें फटी की फटी रह गयीं। शाहिद, पत्र लिखने में इतना तन्मय हो गया था कि उसे पता भी न चला कि कबसे मजीद पीछे खड़ा फटी-फटी आँखों से कागज-कलम को घूरे जा रहा है। पत्र लिखना समाप्त करते ही शाहिद की नजर एकाएक मजीद पर पड़ी।

शाहिद- "अरे मजीद, कबसे खड़ा है यहाँ?"

मजीद– "पहले यह बता कि तूने यह जादू कब सीखा?"

शाहिद– "यह जादू, लूका की प्रेरणा और मेरी मेहनत है।"

मजीद– "कुछ दिन पहले तक तो तुम अँगूठा छाप थे, अचानक...।"

शाहिद– "अचानक नहीं, दो महीने से मेरे प्रति लूका का प्यार, प्रेरणा और त्याग का प्रतिफल है यह जादू।"

मजीद– "चलो अच्छा हुआ, इस प्यार के बहारे तुम पढ़ना-लिखना तो सीख गये।"

शाहिद– "यह कोई प्यार का बहाना नहीं, हकीकत है कि मैं लूका से बेहद प्यार करता हूँ।"

मजीद– "तुम्हारी यह बकवास सुनकर सिरदर्द हो आता है।"

शाहिद– "इसमें बकवास-सी कोई बात तो नहीं।

मजीद तैश में आकर बोला– "बकवास नहीं तो और क्या; जो काम चुटकी बजाते ही हो जाय, उसे क्यों तालियां पीट-पीटकर जगजाहिर करते हो। चौबीसों घंटे सुरक्षा से घिरे लोगों को उठा लाये और तुम्हें इस नाचीज लड़की के लिए हाथ-पाँव मारना पड़ रहा है; उठा क्यूँ नहीं लाते इसे, क्यों इसके चक्कर में अपना काम-धाम भूलकर अपने को बरबाद करने पर तुले हो; हमारे पास क्या लड़कियों की कमी है, एक से एक सुन्दर लड़कियाँ पड़ी हैं; यदि तुम्हें वही पसंद हो तो अभी उठाकर डाल देता हूँ तुम्हारे कदमों में।

शाहिद– "यह काम क्या मैं नहीं कर सकता था; पर मैं वासना का नहीं, प्यार का भूखा हूँ।"

मजीद– "ये प्यार और वासना सिर्फ कहने-सुनने का अंतर हैं, चीज एक ही है।"

शाहिद– "नहीं मजीद, प्यार ऐसे विकसित नहीं होता है; त्याग माँगता है यह प्यार।"

मजीद– "प्यार प्यार प्यार, जपते रहो माला।" वह उठकर चला गया। शायद उसने पत्र को लिखते समय ही पढ़ लिया था, इसलिए वह जाते-जाते बोल गया– "सावधान रहना बच्चू, यह पत्र यदि किसी दूसरे साथी के हाथ लगा तो सुबह तक तुम्हारी लाश भी न देख सकूँगा।"

मजीद– 'क्यों?'

मजीद– "इसमें लिखा जो है, युद्ध करने की इच्छा नहीं, यह मजबूरीवश ढोया जाने वाला एक भार है; यदि यह करीमन खां को पता चला तो तुम्हें तन्दूरे में पकाकर खा जाएगा।" वह चलता बना। यह बात सत्य थी कि यदि यह पत्र किसी के हाथ लग

जाता तो युद्ध में जाने से पहले ही वह मारा जाता।

शाहिद आधी रात में उठा और चल पड़ा पागलों की तरह लूका को पत्र डालने। काली, अँधेरी सुनसान रात में उसे सिर्फ अपने पैरों की आहट सुनाई पड़ रही थी। घनघोर जंगली पहाड़ी से होकर शाहिद गाँव में पहुँचा। हाँ यही है वह आम का पेड़, यह रहा लूका का घर। रात में आवाज देना उचित नहीं, फिर कैसे दूँ उसे यह चिट्ठी; फेंक दूँ आँगन में... नहीं-नहीं, कहीं मास्टर दीननारायण जी ने उठा लिया तो आफत आ पड़ेगी बेचारी पर। फिर क्या करूँ? समय भी नहीं, सुबह तक लौटना है। धीरे-धीरे दरवाजा खटखटाऊँ... नहीं, पड़ोसी जाग जायेंगे... समय में नहीं आता, समय नष्ट करना मूर्खता है। हाँ यह ठीक रहेगा। उसने अपनी सूझ से पत्र को लूका के द्वार पर रखकर ऊपर से एक छोटे चपटे पत्थर से ढक दिया। इसे जरा बीच द्वार में रख दूँ, सुबह-सुबह पहले उठकर वही तो झाड़ू लगाती है, बीच में पत्थर पड़ा देखकर जरूर उठाएगी। हाँ यह ठीक होगा। वह बीच द्वार में पत्र पत्थर से ढककर लौट पड़ा। जाने अब इस पावन धरा के दर्शन फिर कभी होगें भी या नहीं, थोड़ा पीपल बाबा के दर्शन कर लूँ। इस पीपल वृक्ष के नीचे आते ही उसे लगा, अब लूका किसी ओर से आ पड़ेगी। वह उस राह को कुछ पल मदहोश-सा निहारता रहा, पर लूका न आयी। वह तरस कर रह गया लूका की एक झलक पाने की कल्पना से। जाने कब अब लूका को एक झलक देख सकूँगा, जाने कब उसकी कोयल-सी सुरीली मधुर आवाज सुनने को मिलेगी। तरस न जायेंगे मेरे कान उसकी मधुर बोली सुनने को। उसकी बातें सुनने को व्याकुल कान कहीं बहरे तो न हो जायेंगे, कहीं मैं उसकी याद में पागल तो न हो जाऊँगा। वह अपने आपसे सवाल करता रहा। वह भावुक हो चला था, उसकी आंतरिक वेदना फूट पड़ी थी। दिल भर आया, आँखों से आँसू छलक पड़े। गला रुँध आया। उसने मन ही मन प्रार्थना की- हे पीपल बाबा! लूका तुम पर पूर्ण विश्वास करती है, उसी विश्वास से मैं यहा आया हूँ; उसका विश्वास बनाये रखना और हम दोनों को विरह सहने की शक्ति प्रदान करना, नहीं तो कहीं तड़पकर हमारे प्राण न निकल जायँ। पुनः तुम्हारे दर्शन का अभिलाषी हूँ।'' उसने पीपल वृक्ष को घुटने टेककर प्रणाम किया और फिर लौट पड़ा अपने गुप्त ठिकाने की ओर।

चार

1971 का यह आखिरी महीना और आखिरी महीने का पहला दिन... सुनसान अँधेरी काली रात। हाड़ कँपा देने वाली कड़ाके की ठंड, जिस पर बर्फीली हवाओं की क्रूर यातनाएँ, जैसे- किसी के शरीर से छुरी द्वारा चमड़ा उतारा जा रहा हो।

आकाओं के आदेशानुसार शाहिद अपने दस्ते के चुनिंदा साथियों के साथ पूर्वी पाकिस्तान की ओर कूच कर गया। बर्फ की पहाड़ियों को लाँघते हुए, भारतीय सीमा पार करते ही पाकिस्तान मिलिट्री ने शाहिद का गर्मजोशी के साथ स्वागत किया और अपने मिलिट्री वाहन में बैठाकर, जहाँ पहले से ही इन ट्रकों में पाकिस्तानी फौजी व अन्य अतांकवादी बैठे हुए थे, साथ लेकर चल पड़े गन्तव्य की ओर।

गंतव्य था– फर्ज नमक का। एक मजबूरी, एक अनचाहा कार्य, एक महासमर। ट्रक से उतरते ही दो सिपाही शाहिद को साथ लेकर कंट्रोल रूम तक गए। वहाँ उसे कुछ आवश्यक निर्देश दिये गये, फिर जरूरत के सामान और हथियार।

इन अँगुलियो को आज फिर से बंदूक की ट्रिगर दबानी पड़ेगी और फिर मानवता का संहार। हाय! यह कैसी बेबसी। उसे बरबस ही लूका की याद हो आयी। लूका मुझे माफ करना, आज फिर से ये अँगुलियाँ कलम की जगह ट्रिगर...। उसके काँपते हाथों की अँगुलियाँ बड़ी मुश्किल से बंदूक थाम पायीं। यह युद्ध भारत और पूर्वी पाकिस्तान (अब बांग्लादेश) की मुक्ति के लिए लड़ा जा रहा था।

4 दिसंबर 1971, महाकल का ताण्डव प्रारंभ हो गया। इस घमासान में दोनों तरफ से बारूद के गोले आग उगलने लगे। भारतीय सेना ने भी प्राणों का मोह त्याग कर, काल को सिर में धारण कर लिया। दोनों ओर से बमों, गोलियों और तोपों की गड़गड़ाहट से दसों दिशाएँ कंपायमान हो उठीं। दोनों ओर से लड़ाके, परकटे पक्षी की तरह गिरकर लुढ़क रहे थे। तोपों के बड़े-बड़े गोले, जमीन पर पड़ते ही किसी लावे की भाँति फूटकर छिटक पड़ते थे। इस लावे की चपेट में पड़ते ही लड़ाकों के चिथड़े उड़ जाते। कहीं शरीर से अलग होकर हाथ-पैर छिटकते, तो कहीं शरीर की छत-विक्षत बोटियाँ छिटक पड़तीं। सबमें हैवानियत सवार हो चुकी थी। अब किसी को अपने

प्राणों का तनिक भी मोह न था। न जाने काल कितने दिनों का भूखा था, जो एक-एक कर सभी को निगलने को आतुर हो उठा था। न जाने यह काल कब अघायेगा, कब डकारेगा।

पाकिस्तानी लड़ाके अपने ऊपर लड़ाकू यान मिग को देखकर विमानभेदी गोले इस तरह लगातार बरसा रहे थे, जैसे पेड़ पर पके आम को देखकर बच्चे ढेला मारते हैं। एक गोले से लड़ाकू विमान क्षत-विक्षत होकर शाहिद की नजरों के सामने ही गिरा। पैराशूट के सहारे मिग से कूदे पायलट को पाकिस्तानी फौजियों ने इस तरह दबोच लिया, जैसे बाज छोटी चिड़िया को दबोच लेता है। पायलट ने अपनी पिस्तौल निकाल आत्मरक्षा का प्रयास किया, पर वह अकेला कब तक इन बर्बरों के सामने टिक पाता। पायलट को बंदी बनाकर यातनागृह में भेज दिया गया। पाकिस्तानी अफसर, मिग के इस पायलट से शायद भारतीय वायुसेना का भेद जानना चाहते थे।

शाहिद को कतई युद्ध की इच्छा न थी। उसे अब खून से नफरत-सी होने लगी थी। वह युद्धभूमि के दायित्वों को भूलकर अल्लाह से युद्ध-समाप्ति की दुआ कर रहा था। शाहिद को भारतीय सैनिकों पर फायर करते न देख, बगल में खड़े एक अन्य आतंकवादी ने कहा– "आप तो शाहिद हो न! आपकी वीरता के कारनामों की चर्चा बहुत सुन रखी है, पर आप तो इस वक्त बंदूक चलाने के काबिल भी नहीं लग रहे, न जोश, न फुर्ती!"

एक अन्य आतंकवादी– "घर का कुत्ता घर पर ही उछलकूद कर तेजी दिखाता है; बाहर की वास्तविकता से पल्ला पड़ते ही इनकी वीरता और बहादुरी काफूर हो जाती है, हा...हा...हा..." आस-पास के सभी लोग हँस पड़े। उनकी व्यंग्यात्मक हँसी सुनकर शाहिद के जी में आया कि वह अभी बंदूक घुमा कर अपनी वीरता सिद्ध कर दे। पर वह चुपचाप अपमान का जहर पीकर रह गया। लूका के प्रेम में अपने प्राणों के मोह ने उसे ऐसा करने से रोक लिया।

आज शाहिद पर पहली बार अपने प्राणों का मोह हावी हो सका था। बात-बात पर मौत का ताण्डव नृत्य करने वाला शाहिद बड़ी कठिनाई से अपने अपमान का घूँट पी सका। आज उसे प्राणों की कीमत समझ आयी। आज उसे ग्लानि हो रही थी कि उसके हाथों मारे जाने वाले निर्दोष भी किसी के प्रेमी होंगे, किसी की आँखों के तारे, कलेजे के टुकड़े और अंधों की लाठी होंगे। 'ओफ्फ! आज तक मैंने कैसे-कैसे मौत के खेल खेले हैं... काश! मुझे पहले होश आया होता कि यह 'जेहाद' का फर्ज नहीं, बल्कि आतंकवाद का जहर है। काश! मैं पहले समझ गया होता कि जेहाद के नाम पर दिलों में नफरत के बीज बोये जा रहे हैं। हाय! यह कैसा जेहाद है; यह तो मात्र राजनीतिक कुचक्र है, जो धर्म की आड़ में अब तक मानवता को लहूलुहान करता रहा है। यह वह 'जेहाद' कतई नहीं हो सकता, जिसका जिक्र पवित्र कुरान शरीफ में किया

गया है। यह तो महज कौमी षड्यंत्र है, धर्म के नाम पर कुटिल कूटनीति।

युद्ध-स्थली में शाहिद की निष्क्रियता देख उसके जेहन में क्रूरता का जहर भरने के मनसूबे से उसे यातनागृह में चले आने का आदेश हुआ। वह यातनागृह में आकर सब कुछ देखता रहा। यातनागृह क्या है? हृदयविदारक चीखें और गर्जना, दरिन्दगी का ताण्डव, यातनागृह से निकलती ताजे खून की धार, नालियों में सड़ते इंसानी मांस की बजबजाती बदबू। यातनागृह में भारतीय सैनिकों पर दरिंदगी का कहर जारी था। ऐसी यातनाएँ कि हैवान भी इनकी बर्बरता देख थर्रा उठे। यहाँ तक यातना भोग रहे कुछ ऐसे भी अमन प्रेमी थे, जो देश का गद्दार करार दिये गये थे। भारतीय जवान टूटते रहे, पर झुके नहीं। वाह रे भारत माँ के लाल! हर यातना पर जब तक होश रहता भारत माँ के जयकारे से वह क्षेत्र गूँज उठता था। जय हिन्द, जय हिन्द, भारत माता की जय! वन्दे मातरम! वन्दे मातरम् भारत माता के यह जयकारे आततायियों को बर्दास्त न हुये और उन्होंने बर्बरता और कायरता का परिचय देना आरंम्भ कर दिया। दरिंदों ने अपनी बौखलाहट शांत करने के लिए भारतीय सैनिकों के शरीरों को काट डाला। नाक-कान काट लिये, आँखें निकाल लीं... और तो और बेहयाई की हदों को पार कर लिंग तक काट डाले। पहले नादानीवश शाहिद भी दरिंदगी का खेल-खेल चुका था। उसने भी बात-बात पर सैकड़ों जानें एक साथ ली थीं; पर इस समय हैवानियत के इस नंगे नाच को देखकर वह भी दहल उठा था।

कई दिन तक लगातार चले इस खूनी खेल का आखिर अंत हुआ। पूर्वी पाकिस्तान, पाकिस्तान से स्वतंत्र होकर बाँग्लादेश बना और युद्धबंदी की घोषणा हुई। सभी अपने-अपने दस्ते में लौट आये थे। यहाँ अपने-अपने दस्ते में हिसाब लिया जा रहा था, कि इस जंग में कितने लोग और कौन-कौन मारा गया।

यद्यपि यह युद्ध पाकिस्तानी सेना हार गयी, जिसकी तरफ से शाहिद युद्ध में शामिल था; पर शाहिद आज खुश था। वह महसूस कर रहा था कि युद्ध करके उसने नमक का कर्ज तो चुका ही दिया, अब वह अपने गाँव लौटकर माँ और लूका के साथ रूखी ही सही, पर मेहनत और ईमान की रोटी खायेगा, लूका से ब्याह रचायेगा और शांतिमय जीवन जियेगा। तभी उसे एक बुरी खबर मिली कि मसूद युद्ध में मारा गया है। उसे बड़ा दुःख हुआ, पर कर भी क्या सकता था। वह तो रो भी न सका क्योंकि अन्य साथी आँखों में आँसू देखकर उसकी खिल्ली उड़ायेंगे। हाय! यह कैसा जंजाल है, जहाँ कोई किसी का नहीं। कैसे अभागे लोग यहाँ हैं, जिन्हें घर-परिवार, सगे संबधियों और इंसानी रिश्तों से कोई लगाव नहीं। कैसा भावशून्य संसार है यह। कौन-सी खुशियाँ मिलती हैं लोगों को यहाँ आकर। इतने हृदय-शून्य निर्मोही तो प्रेत भी न होते होंगे। यह प्रेतों का बसेरा नहीं तो और क्या है। उसे आज स्पष्ट मालूम हुआ कि यह 'जेहादी संगठन' कोई धार्मिक संगठन नहीं, यह पाकिस्तान द्वारा पोषित एक

आतंकवादी संगठन है, जो हिन्दुस्तान में तबाही मचाने और भारत का स्वर्ग कहे जाने वाले कश्मीर को हथियाने के मंसूबे से संचालित किया जा रहा है। आज उसने महसूस किया कि इस संगठन में शामिल दबे-कुचले और लाचार लोग मेरी ही तरह पैसों के लालच में छले गये हैं। ये गरीब अशिक्षित भोले-भाले लोग 'जेहाद' के जामे के अंदर राजनीतिक षड्यंत्र के कुचक्र में फँसकर, नादानीवश अपनी ही भारत माता की छाती में खूनी ताण्डव करते हैं। जिस माँ के स्तनों का दूध पी जीवन पाया, नादानीवश उसी माँ की छाती पर चढ़कर खून की धार बहाने का कुकृत्य करते हैं। हाय! यह कैसी नादानी है, कैसा दुर्भाग्य है। यह राजनीतिक जेहाद और कुछ नहीं, बल्कि वहशी राजनीतिज्ञों के नापाक मनसूबों की पूर्ति कराने का एक साधन मात्र है।

शाहिद वापस लौट आया, उस पहाड़ी वाले गाँव में, जहाँ लूका रहा करती थी। लूका से मिलने की तीव्र उत्कंठा जागृत हो उठी। हृदय और मन एक ही भावावेश में गोते लगाने लगे, मन में तरह-तरह की भावनाएँ उठने-मिटने लगीं। मिलन के उन क्षणों की कल्पना कर वह अनायास ही मुस्कुरा पड़ता। वह सोचने लगा, पता नहीं कैसा अद्भुत क्षण होगा वह। उसके मन में उमंगे हिलोरें ले रही थीं, किसी चाँदनी रात में उठने वाली समुद्री लहरों की भाँति। कैसे मिलूँगा मैं लूका से... क्या मुझे देख दौड़कर लिपट जाएगी या फिर शरमाकर छुईमुई-सी हो जायेगी? क्या वह नखरे भी दिखाएगी... पता नहीं कैसा क्षण होगा वह, या संभव हो मैं खुशी से पागल हो जाऊँ। कितना अच्छा होता यदि लूका से मिलते वक्त मिलने वाली खुशी को मापने का कोई पैमाना होता।

शाहिद इन्हीं भावनाओं में खोया हुआ, दोपहर के समय लूका से मिलने जा पहुँचा, जब वह अपने पिता मास्टर दीननारायण जी को भोजन कराकर निश्चिंत हुआ करती है। शाहिद उसके घर के समीप खड़े होकर कोई युक्ति ढूँढ़ने लगा, जिससे कि लूका किसी तरह घर से बाहर निकले। घर में जाकर आवाज देना उचित न था, पर उसके उतावलेपन ने घर के बाहर खड़े होकर घंटों उसके बाहर निकलने की आशा देखना स्वीकार न किया। तभी अचानक घर का बाहरी दरवाजा खुला। लूका, बैलों को पानी पिलाने के लिए बाल्टी में पानी लिये निकली। शाहिद की तो जैसे मुँह माँगी मुराद पूरी हो गयी हो। नाँद में पानी उड़ेलने से पहले ही उसकी नजर शाहिद पर पड़ी, जो एकटक उसे ही देखे जा रहा था। शाहिद को उम्मीद थी कि लूका मुझे देखते ही दौड़कर मेरे गले से लिपट जायेगी, पर ऐसा कुछ न हुआ। लूका तटस्थ रही, उसने शाहिद को टोका तक नहीं। उफ़ मिलन की यह कैसी नीरस घड़ी है। सोचा था लूका के गुलाब की पंखुड़ियों से होठों की मुस्कुराहट, आहत दिल तो तर कर देगी, पर इस चाँद-से मुखड़े में इतनी मलिनता। ग्रीष्म में बारिश की आशा लिए शाहिद को सावन में भी अकाल के लक्षण दिख पड़े। उसके सारे मनसूबों पर पानी फिर गया। मिलन की कल्पनाओं का महल, बालू की भीत निकला। कहीं लूका के यह नखरे तो नहीं, या

वास्वत में यह मुझसे नाराज है। वह लूका के समीप आकर बोला– ''ऐसा गुमान क्यों?''

''मैंने प्यार किया था शाहिद से; उस शाहिद से जो आतंक से तौबा कर चुका था, पर ये मेरी भूल थी, कोई आतंकवादी आतंक से तौबा हरगिज नहीं कर सकता और न ही वह प्यार कर सकता है किसी से, क्योंकि आतंक ही उसके संस्कार होते हैं।'' लूका गंभीर होकर बोली।

''नहीं लूका यह मेरी मजबूरी थी, कर्ज था नमक का मुझ पर।'' वह अपराधबोध से ग्रसित होकर बोला।

''मजबूरी महज एक बहाना है; तुम्हें पता भी है तुम क्या कर आए हो?'' लूका ने घृणित भाव से पूछा। लूका की यह भावना देख शाहिद एकदम गंभीर हो उठा, जैसे वह अभी बिलखकर रो पड़ेगा। वही शाहिद जो कई बार आर्मी को झेल चुका था; जिसने गोले-बारूद झेले थे, पर कभी भी उसकी अब जैसी स्थिति नहीं हुई थी। कभी भी उसकी आँखों में आँसू नहीं देखे गये थे, किन्तु यह कैसी माया है कि लूका के इस तिरस्कृत वाक्य को सुनकर वह भावुक हो उठा। उसने रुआँसे स्वर में कहा– ''हाँ मैं जानता हूँ, मैंने अपनी ही जन्मभूमि के खिलाफ युद्ध किया है, अपने ही भाइयों का कत्ल किया है, अपनी ही माँ की छाती पर गोली दागी है मैंने... लेकिन बस, यह मेरी आखरी मजबूरी थी लूका।''

लूका– ''ऐसी कौन सी मजबूरी थी, जो तुम्हें अपनी ही जन्मभूमि के खिलाफ युद्ध करना पड़ा?''

शाहिद– ''तुमने शायद वह पत्र नही पढ़ा, जिसे मैं तुम्हारे दरवाजे पर छोड़ गया था।''

लूका– ''हाँ पढ़ी थी।''

शाहिद– ''उसमें मैंने स्पष्ट लिखा था कि युद्ध से मुँह मोड़ने का अर्थ होगा मौत को निमंत्रण देना; मैंने तो खैर पहले ही सर पर कफन बाँध लिया है, पर मेरे साथ-साथ तुम्हारी भी जान का डर था। मैंने इस पर बहुत सोचा, लेकिन शायद तुम्हारी नजरों में सही मार्ग न चल सका। तुम्हारी क्या यही भूल थी कि तुमने मुझसे प्यार किया है; मुझ पापी के कारण तुम्हें एक काँटा भी चुभे, यह मैं बर्दाश्त नहीं कर सकता।''

लूका– ''तुम तो मौत का ताण्डव करने वाले हो, फिर एक छोटे से काँटे की चुभन का भय कैसा?''

शाहिद– ''हाँ लूका, मैं ने बहुत से विनाश के ताण्डव किये हैं, पर तुम्हें एक काँटा भी चुभे, मुझे बर्दाश्त नहीं; सच तो यह है कि अब तुम्हारे भले संस्कारों के सम्पर्क से मुझमें मानवता जाग्रत हो गई है। तुम विश्वास करो या न करो, पर तुम्हारे

कारण ही इस आतंक से तौबा करने की प्रेरणा मेरे अन्दर जाग्रत हुई है। तुमसे मिलने से पहले तक मैं आतंक फैलाकर वाहवाही लूटता रहा, क्रूर हँसी हँसता रहा; पर तुम्हारे सम्पर्क में आकर अब मैं उस मनहूस घड़ी को कोस रहा हूँ, जब बचपन में बकरियां चराता हुआ एक आतंकवादी से प्रलोभित हुआ था। प्रलोभनवश दस्ते में शामिल होना नादानी थी मेरी... और तब की नादानी की सजा अब मिल रही है। मेरी अंतरआत्मा हर पल मुझे तिल-तिल कर कोस रही है। काश इस घुटन को मैं तुमसे बयां कर पाता। किन्तु अब उस नादानीवश पाली महत्त्वाकांक्षा की सजा मैंने युद्ध में शामिल होकर काट ली है। जेहाद नाम के उस नमक को अदा करने के लिए ही युद्ध में शामिल होना पड़ा, सिर्फ यह सोचकर कि युद्ध के बाद मैं कर्ज मुक्त हो जाऊँगा, इस पाप के दलदल से अलग हो जाऊँगा; मुझे न चाहते हुए भी अपने जमीर के खिलाफ युद्ध करना पड़ा। यदि मैं युद्ध में शामिल न होता तो मेरी और साथ-साथ तुम्हारी भी जिन्दगी खतरे में थी, क्योंकि मेरे बगावत का कारण वे तुम्हें समझते हैं। मैंने अपनी जिन्दगी बचाकर कोई बड़ा कार्य नहीं किया, उल्टा अपने पाप की गठरी और भारी किया; पर संतोष होता है, युद्ध से इंकार न करके तुम पर कोई आँच न आने दिया। अब मैं इस दलदल से निकलना चाहता हूँ लूका... अब, जब मैं इस दलदल से निकलना चाहता हूँ, तो तुम अपना हाथ खींचकर इसी दलदल मे बिलखने के लिए छोड़ देना चाहती हो। दया करो इस अभागे पर लूका, मुझे बचा लो।'' लूका ने देखा शाहिद के चेहरे पर आत्मग्लानि के भाव स्पष्ट झलक रहे थे। लूका अब तक चुप थी। लूका की इस चुप्पी से शाहिद और आहत हो उठा। वह गहरे विषाद में डूबा हुआ बोला– ''तुम मुझे पाप के इस दलदल में अकेला बिलखने के लिए छोड़ देना चाहती हो, इसकी मुझे कोई शिकायत नहीं; वैसे मुझ पापी को यह सजा भी कम ही है। मैं तुम पर अपना कोई हक नहीं जताता, न ही प्यार का वास्ता देता हूँ, क्योंकि मैं घृणा के योग्य हूँ, सिर्फ घृणा के योग्य।'' वह किसी बच्चे की भाँति दोनों हाथों से अपना चेहरा ढककर बिलख पड़ा।

किसी पुरुष की आँखों में आँसू आ जाना साधारण बात नहीं होती है। वह किसी गहरी वेदना, विषाद या पश्चात्ताप के आँसू होते हैं। शाहिद की आँखों में आँसू देख लूका द्रवित हो उठी। आज शाहिद के आँसू स्वयं कह रहे थे, यह अब लौट चला है। उसके आँसुओं में सच्चाई थी। शाहिद के आँसुओं से लूका के मन की मलिनता धुलती रही। उसे फख्र हुआ कि वह किसी शैतान को अपने हाथों, अपने प्यार से इंसान बना सकी है, उसे खुशी हुई कि उसके शिक्षा और संस्कारों का सदुपयोग हुआ है।

कई दिन बीत गये। शाहिद अपराधबोध व संकोचवश लूका से न मिला। शाहिद के न मिलने से लूका को बेचैनी सताने लगी। उसे शंका हुई, कहीं शाहिद मेरी फटकार से क्षुब्ध होकर फिर से आतंकी रास्ता तो अख्तियार न कर बैठा। वह अपनी बेचैनी न दबा सकी। आखिरकार मंगलवार को लूका, शाहिद से मिलने की कामना लेकर

सहेलियों के साथ बाजार जाने को निकल पड़ी। सच्चा प्यार रंग लाया। रास्ता अगोरते शाहिद को जब दूर से ही सहेलियों के साथ आती लूका दिखी तो जैसे ग्रीष्म में बारिश हो गयी हो, मानो धरती के तृण तृण पुलक उठे हों। कुम्हलाया चेहरा खुशी से झूम उठा, उसकी तो बाँछें खिल गईं। लूका अपने इष्टदेव से प्राथना करती रास्ते के दोनों बगल देखती रही थी, जाने कहाँ शाहिद दिख पड़े। हे भगवान! मुझे आज शाहिद से मिला दे, पूरे दिन निर्जला उपवास कर व्रत रखूँगी, नारियल-मिश्री चढ़ाऊँगी। भगवान ने जैसे उसकी विनती सुन ली। शाहिद झाड़ियों के पीछे उसी टीले पर बैठा रास्ते पर टकटकी लगाये दिखाई पड़ा, जहाँ से वह अक्सर लूका का बाजार आते-जाते दर्शनों के लिए इंतजार किया करता था। शाहिद की नहर लूका पर ही टिकी थी। लूका, शाहिद के नजदीक आते ही बोली– "यहाँ बैठे क्या कर रहे हो?"

शाहिद– "जो पहले किया करता था, तुम्हारी एक झलक पाने को।"

लूका– "तुम्हें मालूम था कि मैं आज बाजार आने वाली हूँ?"

शाहिद– "आज न सही कभी न कभी तो आती ही।"

लूका– "तब तक तुम इंतजार करते रहते मेरा?"

शाहिद– "और क्या करता, कोई उपाय भी तो नहीं इस दिल के दर्द को मिटाने का।"

लूका– "यदि मैं कभी आती ही नहीं, तब?"

शाहिद– "तब क्या, मेरी जिन्दगी यूँ ही इंतजार करते न कटती।"

लूका– "इतनी चाहत है मेरी?" शाहिद को चाहत का पैमाना बताने के लिए कोई शब्द न सूझा, सारे पैमाने छोटे दिख पड़े। उसने चुपचाप आँखें बँदकर एक लंबी साँस ली, जैसे कोई गूँगा गुड़ खाकर उसकी मिठास का बखान नहीं कर सकता। लूका गंभीर हो उठी, बोली– "बड़ा दर्द होता है न शाहिद! क्या करती, मैं भी इस दिल की बेचैनी को न झेल सकी। मिलन की आस लिए दौड़ी चली आयी; पर तुम्हें इतनी बेकरारी झेलने की क्या जरूरत थी, मिलने क्यों नहीं आ गये?"

शाहिद– "कालिख पुता चेहरा लेकर तुमसे मिलने में अपनी करतूतों के कारण बड़ा संकोच होता है लूका; आत्महीनता के कारण मैं तुमसे मिलने का साहस नहीं कर सका। दिल में जब दर्द होता है, इस दर्द को, बेचैनी को यहीं बैठकर तुम्हारे आने की आशा लिए दिल को सुकून देने की कोशिश करता रहता हूँ... लूका, क्या तुम्हें मुझ पापी से मिलते घृणा नहीं होती?

लूका– "सुबह का भूला शाम को लौट आये, फिर उससे मिलने से घृणा करना उसके प्रति अन्याय न होगा!"

शाहिद– "लूका मैं किस मुँह से माफी माँगू, मैं तो इस काबिल भी नहीं।"

लूका– "मेरी ओर से तुम्हारे प्रति मेरे दिल में कोई मैल नहीं" वह कुछ पल रुककर फिर बोली– "सहेलियाँ आगे निकल जाएँगी अब चलती हूँ; तुम एक दिन भी नही मिलते तो मुझे काफी बेचैनी होती है... कल मैं... उसी बूढ़े पीपल के नीचे दोपहर में तुम्हारा इंतजार करूँगी।" यह कहकर लूका चली गयी।

अगले दिन लूका अपने सारे काम से निवृत्त होकर दोपहर में जा पहुँची बूढ़े पीपल की छाँव में। पता नहीं क्यों, आज बूढ़े पीपल की छाँव तले ऐसा लग रहा था जैसे दादाजी की गोद में बैठे किसी नन्हें को दादा की रेशम-सी कोमल सफेद दाढ़ी के स्पर्श से गुदगुदी हो रही हो। एक नन्हा, पिता के डर से अपने दिल की जो बात पिता से नहीं कर पाता, वही बात दादा की गोद में बैठा निर्द्वन्द्व सहज ही कह देता है। लूका भी अपने दिल की बातें और दिल में उमड़ रहे प्यार के जज्बात को बूढ़े पीपल से कह देना चाहती है। शाहिद के इंतजार में अभी कुछ ही देर हुई थी कि शाहिद किसी तृष्णामयी मृग की भाँति दौड़ता-फाँदता बूढ़े पीपल के पास आ पहुँचा। लूका ने हाथ पकड़कर उसे अपने पास बिठा लिया। शाहिद ने तो जैसे जन्नत पा ली हो। तेज साँसें थम-सी गयीं और सारा शरीर रोमांचित हो उठा। कुछ देर तक दोनो शांत बैठे रहे, फिर लूका ने चुप्पी तोड़ी– "आज यूँ रूठे बच्चों की तरह गुमसुम-सा क्यों बैठे हो, कुछ बोलते क्यों नहीं?"

शाहिद– "क्या बोलूँ?"

लूका– "कुछ भी।"

शाहिद– "बस दिल को दिल से बातें करने दो; ये दो दिल आपस में जितनी प्यार भरी मीठी बातें कर लेते हैं, जुबां से शायद उतनी गहरी बातें न हो सकेंगी।

लूका– "मेरे दिल के कान बहरे हैं, अब तक तुम्हारे दिल ने क्या कहा, कुछ सुनाई नहीं पड़ा।" वह इतराई।

शाहिद– "दिल के न तो कान होते हैं न जुबां, अनुभूति ही इनकी संपूर्ण ज्ञान इन्द्रियाँ हैं; अनुभूति के माध्यम से ही ये सारे संवाद कर लेते हैं।"

लूका– "तुम तो अब दार्शनिक-सी बातें करने लगे हो और दिल की भी बातें समझने लगे हो।"

शाहिद– "हाँ लूका, तुम्हारे ही प्यार और प्रेरणा से यह पत्थर-दिल और दिमाग जाग सका है।

लूका– "ऐसा तो नहीं कि शाम होते ही फिर सो जाय?"

शाहिद– "नहीं, मेरी जिन्दगी सो सकती है पर यह दिल नहीं।" वह दृढ़तापूर्वक

बोला- अच्छा लूका, तुम मेरा एक काम करोगी?''

लूका– ''ना बाबा, मुझे बंदूकें चलाना नहीं आता।''

शाहिद– ''तुम तो मुझे चिढ़ाने लगी।''

लूका– ''अच्छा बाबा, नही चिढ़ाती, बोलो क्या काम है।''

शाहिद– ''लूका तुम मेरी माँ के पास एक पत्र लिख दो कि मैं इसी सप्ताह घर लौट रहा हूँ।''

''और मुझे कब ले जाओगे?'' लूका ने नखरा करते हुए कहा।

शाहिद– ''बस मुझे अबकी घर जाने दो, माँ से माफी माँगूँगा, उसे मनाऊँगा फिर तुम्हारे बारे में बताऊँगा और झटपट एक छोटा-सा घर बनाऊँगा और तब भेजूँगा माँ को यहाँ तुम्हारे पिताजी के पास रिश्ते की बात करने... फिर एक दिन बारात लेकर आऊँगा तुम्हें ब्याह ले जाने।'' लूका शरमाकर बगले झाँकने लगी। शाहिद ने अपने जेब से एक कागज निकालते हुए कहा– ''मैंने उस घर का नक्शा भी तैयार कर लिया है, देखोगी?''

''हाँ हाँ क्यों नहीं देखूँगी अपने घर का नक्शा; घर देखूँ या न देखूँ नक्शा, तो देख ही लूँ।'' लूका ने ताना कसते हुए कहा।

शाहिद– ''कैसा घर है?''

लूका– ''घर नहीं है, घर का नक्शा है।'' दोनों एक-दूसरे को देखकर मुस्कुरा पड़े।

''अच्छा बताओ, घर की दीवारें चाँदी की होंगी या मिट्टी की?'' उसने शाहिद को फिर छेड़ा।

शाहिद– ''अभी तुम्हें जरूर मजाक लगता होगा, पर देख लेना एक दिन तुम्हें उसी नये घर में ब्याह ले जाऊँगा।'' उसने आसमान की ओर ताकते हुए एक लंबी आह की, जैसे वह आसमान को साक्षी मानकर यह कह रहा हो।

लूका– ''मुझे तुम पर खुद से ज्यादा भरोसा है।'' और उसने अपना सिर शाहिद के सीने से टिका लिया। कुछ पल चुप्पी के बाद लूका फिर बोली– ''शाहिद, तुमसे अलग होने का दिल तो नहीं चाहता, पर मुझे जाना होगा, पिताजी इंतजार करते होंगे।'' वह जाने को उद्यत हुई।

शाहिद– ''अच्छा कब तक लिख दोगी चिट्ठी?''

लूका– ''तुम खुद क्यों नहीं लिख लेते?''

शाहिद– ''गलती हो जाएगी तो पढ़ने वाले हँसेंगे।''

लूका– "दो महीने लगातार पढ़ाई की, सब भूल गये क्या?"

शाहिद– "भूला तो नहीं, पर दो महीने में पण्डित भी तो नहीं हो गया; वैसे मुझ अनपढ़ को पढ़ाकर तुमने बेकार की हुज्जत मोल ली।"

लूका– "बेकार क्यों; जब मैं घर का काम करूँगी तो अपने बच्चों को कौन पढ़ाएगा।" वह यह कहकर खिलखिलाते हुए भाग खड़ी हुई।

"बावली लड़की।" शाहिद बुदबुदाया।

पाँच

शाहिद का पत्र जरीना को मिला। जरीना की तो जैसे ईद हो गयी। शाहिद के जनम पर भी शायद वह इतनी खुश न हुई थी। काँपते हाथों से वह पत्र लेकर सबीना के पास जाकर उतावलेपन में बोली– "देख बेटी, शाहिद की चिट्ठी आई है, पढ़कर सुना तो जरा क्या लिखा है इसमें।" सबीना उत्सुकतावश पत्र खोलकर पढ़ने लगी।

पूजनीय माताजी!

सादर प्रणाम।

जरीना बीच में ही बोल पड़ी– "ऐ सबीना, यहाँ यह माताजी क्यों लिखा है, अम्मीजान क्यों नहीं लिखा? डाकिया शाहिद की चिट्ठी बताकर कहीं किसी दूसरे की चिट्ठी तो न दे गया?"

सबीना– "लगता हे उसने किसी दूसरे से चिट्ठी लिखवाई है। उसने अपनी ही भाषा में लिख दी होगी शायद।"

जरीना– "अच्छा आगे पढ़।"

मैं यहाँ महफूज हूँ, अल्ला ताला से दुआ करता हूँ कि तुझे सुकून मिले।

"अरे बेटा, मुझे तुम्हारे बगैर सुकून कहाँ?" वह मन ही मन बड़बड़ाई।

अम्मी काफी दिन हो गये तुझे देखे, तरस गयी हैं आँखें तुझे देखने को।

"अरे बेटा आँखें तो पथरा गयी है तुझे देखे बगैर" वह फफककर रो पड़ी।

अम्मी जबसे मैं घर से गया हूँ, तबसे आज तक एक रात भी चैन की नींद न सो सका हूँ, तरस गया हूँ मैं तुम्हारे ममतामयी आँचल के आगोश में सिर रखकर निश्चिंत सुकून की नींद सोने को। अम्मी मैं तुझे बिना बताए तुझसे दूर चला आया, अम्मी मुझे माफ कर देना, अब मैं सबकुछ छोड़कर तुम्हारे पास आ रहा हूँ, हमेशा के लिए; फिर कभी तुमसे दूर न जाऊँगा, यह मेरा वादा है।

इस वाक्य से तो जैसे, जरीना की हज हो गयी।

अम्मी इसके पहले मैं तुझे कोई पत्र न लिख सकता था, कारण तो तुम जानती ही हो; पर अब मैं कुछ-कुछ पढ़ने-लिखने लगा हूँ... इस पत्र को मैंने खुद अपने हाथों लिखा है। अम्मी तुम अपना खयाल रखना, मैं इसी सप्ताह घर पहुँच जाऊँगा।

तुम्हारा बेटा,

शाहिद

"आ जा बेटा, आ जल्दी लौट आ।" जरीना अनायास ही बोल पड़ी। शाहिद के घर आने की बात से सबीना की बाँछें खिल गयीं। उसका वर्षों का इंतजार खत्म होने वाला था। उसने अल्लाह का शुक्रिया अदा किया और बेसब्री से शाहिद को देखने की कामना करने लगी। खुशी से मतवाली जरीना सारे घर की सफाई और पुताई करने लगी। चीनी, सेंवई एवं उसके पसंद की खाद्य सामग्रियों का इंतजाम होने लगा। बेटा कमाकर परदेश से आने वाला है। न जाने कैसा दिखता होगा अब। जाने किस पल आ जाय और अम्मी कहकर गले लग जाय। जरीना का हृदय बेटे को गले लगाने के लिए आतुर हो उठा।

शाहिद आज वापस अपने घर जाने वाला था। जाने से पहले वह लूका से मिलने गया। शाहिद को एकाएक अपने सामने देखकर लूका बोल पड़ी– "क्यों महाशय, आज सुबह-सुबह ही दर्शन दे रहो हो!"

"यूँ ही मिलने चला आया।"

"आज कुछ खास बात है क्या, बड़े खुशमिजाज लग रहे हो।"

"हाँ, बात तो कुछ खास ही है।"

"मैं तुम्हें देखते ही जान गयी थी आज जरूर कुछ खास बात होगी, तभी तो तुम बूढ़े पीपल के नीचे दोपहर में आने के बजाय सुबह-सुबह घर में भागे चले आये हो; क्या खास बात है बताओ तो सही?"

"बताता हूँ बताता हूँ, जरा दम तो लेने दो; भागा चला आया हूँ।"

"पहले बताओ तो, फिर दम लेते रहना।"

"अधीर क्यों होती हो?" इतने में मास्टर दीननारायण आ गये।

वह एक सीधे-सादे, पढ़े-लिखे समझदार इंसान थे। सरलता, सादगी और सबके साथ अपनेपन का व्यवहार ही उनकी पहचान थी। पहले वे इसी गाँव में पढ़ाते थे, पर वे अब अवकाश प्राप्त हो चुके हैं। पेंशन और थोड़ी-बहुत खेती-बाड़ी से जो भी मिलता उसी में अपना भरण-पोषण करते हैं और साथ ही साथ लोगों की मदद भी किया करते हैं। गाँव में बड़ा इज्जत-सम्मान है उनका, एक बोली पर लोग जान देते हैं। कहने को तो इस गाँव का मुखिया कोई और है, पर गाँव के सारे लड़ाई-झगड़ों का

निपटारा और गाँव के सभी भाइयों के बीच बँटवारा उन्हीं के हाथों हुआ करता है। बड़े शांत स्वभाव के प्रेमी जीव हैं वे। उनकी सच्चाई और ईमानदारी में अब तक तिल भर का भी दाग नहीं है, यही कारण है कि गाँव के लोगों ने लूका को कई बार शाहिद के साथ हाथों में हाथ डाले बगीचों, झीलों के किनारे और पहाड़ियों पर घूमते देखा है। अक्सर वे बूढ़े पीपल की छाँव में जो झील के किनारे है, बैठे बातें करते देखे जाते हैं, पर किसी की नीयत चूँ करने तक की न हुई। उनका थोड़ा बहुत मनमुटाव था तो बस इस गाँव के मुखिया से, क्योंकि मास्टरजी के रहते मुखिया जी की कोई पूछ न थी।

मास्टर दीननारायण ने घर में प्रवेश करते ही शाहिद को बैठे देखकर पूछा– "अरे बेटा शाहिद, तुम कब आये?" मास्टरजी के मुख से अपना नाम और बेटा शब्द का संबोधन सुनकर शाहिद अचम्भे में पड़ गया। मास्टरजी को देखकर उसे भय हुआ कि अभी डाँट-फटकार मिलेगी और लूका के सामने बेइज्जत होना होगा, हो सकता है इतने दिनों के प्यार का सिलसिला भी मिट्टी में मिल जाय। वह मारे शंका के भयभीत हो गया था, पर मास्टरजी के मुख से ऐसे सरल, अपनत्व भरे शब्द सुनकर उसे बड़ा आश्चर्य हुआ। सोचा था सर पर ओले पडेंगे, लेकिन बारिश की शीतल बूँदें उसे तपन से निजात दिला गयीं। मास्टरजी के एक ही वाक्य से वह इतना प्रभावित हुआ कि वह मुँह फाड़े उन्हें देखता ही रह गया। वह ऊहापोह में उनके सवालों का जवाब देना भी भूल गया। शाहिद की लटकी सूरत को देखते ही मास्टर दीननारायण को हँसी आ गयी। भला क्यों न वह हक्का-बक्का होता; सोचा था साँप होगा, पर यह तो अपनी सुरक्षा की लाठी निकली। शाहिद को आश्चर्य हो रहा था कि मास्टर जी उसका नाम कैसे जान गये, कैसे पहचान लिया कि वह शाहिद है। उसे थोड़ा भय भी हुआ कि बकरे की बलि से पहले उसे पूजा जाता है, कहीं यह वही पूजा तो नहीं। मास्टरजी ने फिर अपना प्रश्न दुहराया– "बेटा शाहिद इतनी सुबह-सुबह तुम यहाँ!"

शाहिद को लगा कि अब सच्चाई छुपाना खुद के गले को छुरी के नजदीक लाना होगा। उसने सहमते हुए कहा– "हाँ मास्टरजी, लूका से मिलने चला आया।"

मास्टरजी ने अपनत्व जताते हुए कहा– "अरे बेटा, गैरों की तरह ये मास्टरजी क्यों कहते हो, क्या पिताजी नहीं बोल सकते; पिताजी बोलने में शायद तुम्हें परेशानी या अटपटा लगेगा, अब्बा हुजूर ही बोल लेना।" वह ठहाका लगाकर हँस पड़े। शाहिद को एक और झटका लगा। इन्हें तो मेरी जाति के बारे में भी पता है, निश्चय ही इनसे हमारा प्यार छुपा नहीं होगा; क्या इन्हें यह भी पता है कि मैं एक आतंकवादी हूँ।

"जी आप मुझे कैसे जानते हैं?" शाहिद ने सहमते हुए पूछा।

"कुछ दिनों पहले तक मैं सबको पढ़ाया करता था और अब चराया करता हूँ; दुनिया किस गति से चल रही है, यह सब मुझे पता है। लूका ने मुझे सबकुछ बता दिया है; अब मुझे क्या, जिन्दगी तुम्हें मिलकर जीना है... जिसमें लूका खुश रहे, वही मेरी

खुशी है।'' इतना कहकर मास्टर दीननारायण अपने कमरे में चले गये।

मास्टर दीननारायण नये विचार के आदमी थे। जमाना बदल रहा है। वह जमाने के अनुसार चलना चाहते थे। उन्होंने कभी किसी जाति-पाति का भेद न किया था। वे किसी जाति विशेष के पक्षधर न होकर मानवता के पक्षधर थे। लूका का मुस्लिम समाज में विवाह हो, इसमें उन्हें कोई ऐतराज न था। लूका और शाहिद को साथ देखा तो उन्हें वे दिन याद हो आये जब उन्होंने भी जवानी में किसी गैर जाति की लड़की से प्यार किया था, लेकिन इस समाज ने उनके इस प्यार को स्वीकार न किया। जाति का दम्भ देकर इस समाज ने उन्हें और उनके प्यार का तिरस्कार कर दिया, जिससे मास्टरजी ने प्यार किया था, वह आज भी जीवित है और कुँवारी है। दीननारायण (दिनू) उसे एक दिन जरूर ब्याह ले जाएगा, इस आशा में वह आज बूढ़ी हो चुकी है। मास्टर दीननारायण ने तो जाति और समाज से घबराकर सामाजिक और पारिवारिक दबाव में अपनी ही जाति में शादी कर ली, पर वह प्रेम दीवानी अपने प्रेम के परवाने चढ़ी आज भी मुसीबतों से जूझ रही है। दीननारायण के अपने ही जाति में बेमन की शादी से यह परिणाम हुआ कि शादी के कुछ ही वर्षों बाद उनका पारिवारिक स्तम्भ डगमगा गया। पति-पत्नि में विचारों का मेल न हो सका और एक दिन महल रूपी परिवार का एक स्तम्भ भरभराकर गिर पड़ा। आपसी कलह से तंग आकर लूका की माँ ने आत्महत्या कर ली। तब से मास्टर दीननारायण घर में रहते हुए भी साधु हो गये थे। इस तरह की सजा जाति बंधन के कारण वे अपनी लूका को नहीं देना चाहते थे। आज जब भी उनकी अपनी पूर्व प्रेमिका से मुलाकात होती है, वे अंदर ही अंदर चीत्कार उठते हैं। आज भी उनकी प्रेमिका जो अब साध्वी हो चुकी है, उनकी नजरों के सामने घूमती रहती है। मास्टर दीननारायण ने दूसरी शादी न की, उन्होंने अपना सम्पूर्ण तन-मन-धन और समय लूका को सर्वगुण सम्पन्न बनाने में लगा दिया था।

"बेटी हो सकता है आज मैं दोपहर तक न लौटूँ, तुम खाना खा लेना और शाहिद को भी खिला देना।'' धोती-कुर्ता पहने यह कहते हुए वे कमरे से बाहर आये और अपना छाता लेकर घर से निकल पड़े। मास्टर दीननारायण को अब तक मालूम न था कि शाहिद एक आतंकवादी है। लूका ने भी अपने पिता को यह बात नहीं बतायी थी। लूका का मानना था कि शाहिद नादानीवश आतंकवादी हो गया था, पर वह अब आतंकवादी नही है, वह एक बिलकुल शरीफ इंसान हो चुका है। लूका की नजर में शाहिद एक प्रेमी है, सिर्फ एक सच्चा प्रेमी।

दोपहर हो गयी। दोनों ने साथ मिलकर खाना खाया। शाहिद ने विदा माँगी– "लूका तुम्हारे साथ बैठे समय का कुछ पता ही न चला; एक बज चुके, देर होगी घर जाने में, मुझे अब विदा करो।''

लूका– "ऐसे विदाई न होगी, नेग लगेंगे।''

“बोलो भी तो, क्या नेग लगते हैं विदाई में?”

“चलो उस बूढ़े पीपल बाबा के पास और उनको साक्षी मानकर वादा करो कि तुम बहुत जल्द डोली लेकर मुझे यहाँ से विदा करा ले जाओगे।”

“दुल्हन बनने की इतनी बेताबी हो रही है तो चलो अभी ले चलता हूँ।”

“पैदल ले जाओगे?”

“इतनी जल्दी डोली का इंतजाम तो न हो सकेगा, यदि पीठ पर सवार होती हो तो ले चलता हूँ।”

“न बाबा न, कुछ रीत-रस्म, लोक-लाज है कि नहीं, लोग देखेंगे तो क्या कहेंगे; ब्याह करके दुल्हन को दूल्हे की पीठ पर सवार होकर ससुराल जाते देखे-सुने हो कभी।”

“प्रेमियों की यही तो खास बात है कि दुनिया की परवाह किये बगैर दीवानेपन में नये-नये इतिहास रचते रहते हैं, हर प्रेमी का एक अलग इतिहास होता है।” दार्शनिक मूड में शाहिद ने कहा।

वे दोनों प्रेम-वार्तालाप में मग्न उस पीपल वृक्ष के पास पहुँच गये। लूका पीपल की छाँव तले दूसरे वृक्ष के तने से पीठ टिकाकर अधलेटी-सी बैठ गयी। खाना खाने के बाद शाहिद को आलस्य लगने लगा था। वह लूका के आगे आकर उसकी गोद में सिर रखकर लेट गया। लूका का अंग-प्रत्यंग रोमांचित हो उठा। उसे शाहिद का सिर अपने गोद मे रखने में अद्भुत आनंद की अनुभूति हो रही थी। वह शाहिद के सिर के बालों को अपनी अँगुलियों से सहलाने लगी। मदहोश पड़ा शाहिद आँखें मूँदकर इस स्पर्श-सुख के सुखानुभूति को आत्मसात करने लगा। दोनों नहीं जानते थे स्वर्ग के सुख को; पर वे इस समय इसी मृत्युलोक में अलौकिक स्वर्गिक सुख का अनुभव कर रहे थे। लूका के मुखमंडल पर परम् सुखशांति और सुकून की आभा झलक रही थी। वह भी आँख मूँदकर इस अद्भुत आनंद का पान करने लगी, मानो प्यास से व्याकुल कोई ठंडे पानी की एकाध बूँद से ही तृप्त हो लेना चाहता हो। दीवाने हुए इन युगल प्रेमियों को अन्य प्रेमियों की तरह ही दुनिया की कोई खबर न थी। वे दोनों तो अपने ही आनन्द में डूबे, आनन्द रस से सराबोर हो रहे थे। यदि इंसानों को ऐसे ही क्षण नसीब हों तो फिर वह स्वर्ग की कामना क्यों करें। वे युगल प्रेमी एक-एक पल को अपने रोम-रोम में आत्मसात कर रहे थे। जब मनुष्य खाली हाथ होता है तो उसे किसी चीज के छिन जाने का भय नहीं होता, किन्तु जैसे ही वह कुछ पा लेता है उसी के साथ उसे प्राप्य के छिन जाने का भय भी पैदा हो जाता है। यही हाल लूका का था। लूका आँखें बंद किये ही धीरे से बोली– “शाहिद यदि इस समय मैं मर जाऊँ तो तुम्हें दुःख होगा भी?”

शाहिद– “तुम्हीं तो मेरी प्राण हो, अब तुम ही बताओ जब मेरे प्राण ही न रहेंगे

तो सुख क्या और दुःख क्या।''

लूका– ''इतना प्यार करते हो मुझसे।''

शाहिद– ''प्यार कितना करता हूँ यह तो जुबां से बयां कर नहीं सकता; बस इतना कह सकता हूँ, मैं तुम्हें अपने प्राणों से ज्यादा प्यार करता हूँ। यह भी कहने की बात नहीं, तुम मेरे प्यार को खुद अनुभव कर सकती हो, अहसास कर सकती हो।''

लूका– ''जब मुझे इतना प्यार करते हो तो मेरी एक बात मानोगे?''

शाहिद– ''अब तो बस तुम्हारी ही बात मानूँगा, जान भी देनी पड़े तो अपना अहोभाग्य समझूँगा।''

लूका की आँखें ऐसे खुलीं जैसे किसी बिच्छू ने उसे डंक मार दिया हो। वह आहत स्वर में बोली– ''ओफ्फ! ये क्या बातें करते हो, मेरी तो बस एक ही तमन्ना है कि तुम जीते रहो, मेरी उम्र भी तुम्हें लग जाय... मेरे प्राण तुमसे पहले निकलें, ताकि मैं हमेशा सुहागन रहूँ।''

शाहिद गंभीर स्वर में बोला– ''देखो लूका, तुम तो जानती ही हो कि मैं एक आतंकवादी हूँ; मेरी जिन्दगी का कोई भरोसा नहीं, न जाने कब किधर से छाती को भेदती हुई कोई गोली निकल जाय।''

शाहिद की इस बात से लूका व्याकुल होकर तड़प उठी, जैसे किसी ने खौलता तेल उस पर उड़ेल दिया हो। वह पूरे आत्मविश्वास से भरकर गंभीर स्वर में बोली– ''बाबूजी कहते हैं सच्चा कर्म ही तप है और मैंने आज तक ऐसा कोई कर्म नहीं किया जो पाप हो; मेरे उसी सद्कर्म के तप का फल तुम्हें मिले; मैं इस पीपल बाबा को साक्षी मानकर कहती हूँ कि भले ही गोलियाँ तुम्हारे छाती को भेदरकर निकल जायँ, पर तुम्हें कुछ न होगा।'' लूका में उस समय इतना आत्मविश्वास भरा था मानो वह कह रही हो पानी को भेदकर इन गोलियों के निकल जाने से पानी को क्या फर्क पड़ेगा।

शाहिद– ''तुम्हारा आत्मविश्वास देखकर तो मुझे ऐसा लगता है जैसे मृत्यु मुझे छू तक न सकेगी।''

लूका– ''हाँ शाहिद, मैं ऐसा ही चाहती हूँ; तुम्हारी दीर्घायु की पीपल बाबा से कामना करती हूँ... किन्तु डर है उस सत्य से कि हमारे साँसों की संख्या तो ऊपर से ही तय होकर आती है... हाँ यदि इंसान अमर होना चाहे तो अपने शरीर से नहीं, कर्म से अमर हो सकता है; शरीर से तो खुद भगवान भी अमर नहीं हो सके हैं, उन्हें भी इस धरा में शरीर धारण कर मरना पड़ा है। हमें ऐसा ही कर्म करना चाहिए, जिससे अमरत्व मिले। यदि हम हमेशा सत्कर्म करें, हमेशा अच्छे कर्म करें तो हम जरूर अमर रहेंगे। बाबूजी ने हमें अब तक यही बताया है कि हम सभी प्राणी इस धरती में आते हैं, बचपना गुजारते हैं, जवानी, धनार्जन और परिवार में ही उलझे रह जाते हैं और एक दिन बुढ़ापे

का कष्ट झेलते हुए इस दुनिया से विदा हो जाते हैं। हमारी जिन्दगी यूँ ही गुजर जाती है, हमारा नामोनिशां इस धरती से मिट जाता है। हमें जानने वाला कोई नहीं होता; लोगों को पता भी नहीं चल पाता कि फलाँ नाम का व्यक्ति इस धरती में आया भी था। यही दशा अन्य सभी जीवों की है। हम अन्य छोटे जीवों, कीड़ों-मकोड़ों की तरह ही अपनी जीवन-लीला समाप्त कर देते हैं, इस धरती पर हमारा कोई अस्तित्व नहीं रह जाता है। मैं चाहती हूँ कि हमारा जीवन इन छोटे जीवों की तरह निस्सार न हो। हम अमर रहें एक प्रेमी बनकर, सच्चे मानव बनकर। हम देवता बनकर पूजे न जायँ, पर एक इंसान बनकर इस दुनिया में याद तो किए जायँ। हमें ऐसा ही कर्म करना चाहिए, जिससे हमारा अमरत्व बढ़े, हम मरकर भी अमर रहें। मैंने एक आतंकवादी से प्यार नहीं किया, मैंने एक शाहिद नाम के इंसान से प्यार किया है, न ही मैंने किसी धर्म, किसी जाति से प्यार किया है। शाहिद यदि तुम वास्तव में मुझसे प्यार करते हो तो तुम मुझे इस हाड़-मांस के शरीर से नहीं, तुम मुझे हमेशा के लिए कर्म से, नाम से प्यार करो, ताकि हम दोनों हर युग में एक सच्चे प्रेमी के नाम से याद किए जायँ; लैला-मजनूँ की तरह जब तक यह धरती रहे, हम हमेशा इस धरती पर एक-दूसरे से प्यार करते रहें। यदि तुम मेरी एक बात मानोगे तो अब तक नादानीवश तुमने जो किया सो किया, अब तुम एक शरीफ इंसान की तरह मेहनत की रोटी खाओ, भला करो, सद्कर्म करो; इस कार्य के लिए मैं हमेशा तुम्हारे साथ हूँ। हम दोनों सद्कर्म कर अमर हो जायँ यही मेरे प्यार का पारितोषिक होगा और मेरी इच्छा भी। तुम उस दिन मेरे सबसे करीब होगे, जब तुम सद्कर्म पथ पर हमेशा के लिए चल पड़ोगे।'' लूका गंभीर स्वर में शून्य पर नजरें टिकाये बोले जा रही थी।

शाहिद को लग रहा था जैसे उसे कोई महात्मा स्वयं उपदेश दे रहे हों। वह लूका की बातों को किसी योगी महात्मा की बात मानकर गाँठ बाँधता जा रहा था। वह उसे उपदेश नहीं, आज्ञा मानकर सर-आँखों पर धारण कर लेना चाहता था। उसे लगा जैसे उसके मन-मस्तिष्क और शरीर में नये खून का संचार हो रहा हो। वह उत्साहित होकर उठ बैठा, जैसे कोई तपस्वी सिद्धि प्राप्त कर उठ रहा हो। वह लंबी साँस लेकर आहें भरता हुआ बोला– ''हाँ लूका तुम ठीक कहती हो, मैं नादानीवश लोभ में आकर अपने चमचमाते सपनों को साकार करने के लिए ठगा गया था; अब मुझे लगता है, मेरे वे सपने कोरे सपने ही हैं... लेकिन मुझे इस बात से परम संतोष होता है कि मैं छलकर भी नहीं छला गया, क्योंकि जब मैं छलकर आतंकवादी बना, तभी तो तुम तक पहुँच सका; उन मायावी सपनों को छोड़कर अब तुम जैसा सच्चा साक्षात् सपना जो मिल गया है।

लूका मुस्कुराते हुए बोली– ''सुबह का भूला शाम को घर लौट आये तो भूला नहीं कहलाता। अब तो मेरा एक ही सपना है, तुम जल्दी से घर जाकर मेरे लिए एक

डोली ले आओ बस, फिर आगे के सपनों को हम दोनों मिलकर अपने हाथों सजाएँगे। एक छोटा-सा घर होगा, घर में आँगन और आँगन में सुन्दर-सुन्दर, नन्हे-नन्हे फूल खिलेंगे।''

''बस बस! माली को इतने आगे की बात नहीं सोचनी चाहिए, कहीं सूखा पड़ गया तो।'' शाहिद अचानक ही बोल पड़ा था। एकाएक शाहिद को समय का ख़याल आया। सूर्य पश्चिमी आकाश में तेजी से ढल रहा था। वह बोला– ''लूका तुमसे दूरी सहन नहीं होती, पर पास आने के लिए दूर जाना ही पड़ेगा; तुम अपने पीपल बाबा से मेरे लिए वर माँग दो कि बाबा मुझे तुमसे जुदाई की पीड़ा सहने की शक्ति प्रदान करें।''

लूका– ''विरह पीड़ा तो मुझे भी होगी, तुम भी मेरे लिए यही वर माँग दो।'' लूका दुल्हन की तरह सिर पर आँचल डालकर पीपल बाबा से मन्नतें माँगने लगी। वह आँचल हटाकर शाहिद से पुनः बोली– ''पीपल बाबा को साक्षी मानकर वादा करो कि तुम जल्द वापस आओगे।''

''मैं शाहिद, पीपल बाबा को साक्षी मानकर वादा करता हूँ कि मै बहुत जल्द वापस आऊँगा।'' उसने दोनों हाथ पीपल बाबा की ओर बढ़ाकर कहा।

लूका– ''ये हमारे गाँव के पीपल बाबा हैं; जितना लोगों का अपने आप पर विश्वास नहीं, उतना इन पीपल बाबा पर है; लोग बड़ी श्रद्धा भक्ति से यहाँ मन्नतें माँगते हैं। हमारे गाँव की बहुंत सी शादियाँ इस पीपल मंडप की छाँव में सम्पन्न हुआ करती हैं... मैं इंतजार करूँगी तुम्हारा इसी पीपल की छाँव में।

शाहिद– ''अच्छा मैं अब चलता हूँ; अब और नेग बाकी तो न रहा?'' लूका मुस्कुरा पड़ी। दोनों गले मिले। शाहिद ने लूका का हाथ चूमा और फिर जुदा हो गया। लूका ने मुस्कुराकर शादिह को विदा किया। शाहिद कुछ आगे जाकर मुड़ा। देखा, लूका उसे ही एकटक देखते हुए आँखों में विरह-वेदना के आँसू रोके खड़ी मुस्कुरा रही थी।वह शाहिद को आँखों से ओझल होते दर तक देखती रही। उसके ओझल होते ही वह अपनी भावनाओं पर काबू न कर सकी। विरह वेदना से भरे नयन छलक पड़े और वह फफककर रो पड़ी।

शाहिद, तरुणाई की उमंग और प्यार की खुशबू लिए अपने निवास स्थान पर लौट आया। घर जाने की तैयारी किया, फिर चल पड़ा करीमन खां के पास अपने पैसे लेने। करीमन खां शाम के समय चाय पी रहा था। शाहिद ने वहाँ पहुँचते ही सलाम किया– ''अस्लाम वालेकुम!''

करीमन खां– ''वालेकुम सलाम! कहो शाहिद कैसे आना हुआ?''

शाहिद – ''जी मैं घर जा रहा हूँ, घर जाने तक के कुछ पैसे चाहिए और जाने की इजाजत भी।''

करीमन खां– "घर जाने तक के ही क्यूँ? घर से आने के लिए, खाने-पीने के लिए, सभी खर्चे दिए जाएँगे और अलग से आपकी तनख्वाह भी दी जाएगी; अभी हिसाब करके तुम्हारे हिस्से के सभी रुपये पाई-पाई दे देता हूँ, पर तुम्हें घर जाने की इजाजत नहीं।"

शाहिद– "पर क्यूँ?"

करीमन खां– "छुट्टी नहीं मिलेगी।"

"आपने तो पिछले सप्ताह ही कहा था कि मेरी छुट्टी मंजूर की जा चुकी है।"

"हाँ कहा था, पर अब कैंसिल हो गयी हैं।"

"मैंने घर जाने की पूरी तैयारी कर ली है, माँ को आने की खबर भी भिजवा दिया है।"

"तैयारियाँ कर लेने से कोई गंतव्य तक नहीं पहुँच जाता।"

"यह तो मेरे साथ नाइंसाफी है।"

"नाइंसाफी कैसी, तुम जिसका दिया खाते हो, उसके लिए पैर पर खड़ा रहना ही होगा।"

"आज तो मैं किसी हालत में नहीं रुकने वाला।"

"यहाँ व्यक्तिगत मर्जी नहीं चलती, यहाँ नमक का कर्ज अदा करना पड़ता है; तुम यहाँ से किसी भी तरह नहीं जा सकते, यही दस्ते का फैसला है, दस्ते के कायदे-कानून तुम्हें मानने ही पड़ेंगे... हाँ यदि तुम भागकर जाना चाहते हो तो जा सकते हो, पर किसी भी समय तुम्हारे शरीर पर अपने ही साथियों की गोली धँस सकती है।" करीमन खां जानता था कि शाहिद घर जाकर दुबारा नहीं लौटने वाला। वह यह भी जानता था कि वह लूका के प्रेम में पागल हो गया है और लूका ने उसे दूसरा पाठ पढ़ा रखा है। उसे भय था कि इस तरह के तेज-तर्रार आतंकवादी का दस्ते से अलग हो जाना एक न एक दिन उसके लिए, दस्ते के लिए घातक सिद्ध हो सकता है, क्योंकि शाहिद आतंकियों के सारे भेद जान चुका था। इसी भय से करीमन खां उसका रास्ता बंद कर देना चाहता था। शाहिद चुपचाप खड़ा- खड़ा गुस्से का घूँट पीता रहा। करीमन खां शाहिद को समझाते हुए बोला– "देखो मियाँ, तुम तो अच्छी तरह जानते हो कि आज तक कोई भी दस्ते से अलग होकर जीवित वापस न जा सका है, यहाँ तक कि उसकी लाश भी वापस नहीं जाती है और जिसने भी दस्ता छोड़कर जीवित घर जाने की नादानी की, वह अपने ही साथियों के हाथों मारा गया है... यहाँ नमक का कर्ज अदा करते-करते लोग मर जाते हैं या नमक हरामी करने पर मारे जाते हैं; यही हमारे दस्ते का उसूल है, क्योंकि हम कदापि यह नहीं चाहते कि यहाँ से कोई जीवित बचकर जाए, ईमानदारी

और इज्जत की जिन्दगी जिए और दुनिया के सामने हमारी नंगी तस्वीर पेश करे। इस दलदल में आने के बहुत से सुगम रास्ते हैं, पर निकलने का कोई रास्ता नहीं। देखो बरखुरदार, तुम्हें शायद पता नहीं कि मैंने यहाँ खूब पैसे कमाये। मैं खुद यहाँ से इस जहन्नुम से निकलना चाहता हूँ, पर इस हकीकत से भी वाकिफ हूँ कि यहाँ से तो मेरी लाश भी नहीं निकल सकती, यह मजबूरी ही हम आतंकवादियों की नियति है।''

शाहिद– ''लेकिन करीमन खां...''

बीच में ही करीमन खां ने बात काटकर कहा– ''बस, कोई फायदा नहीं बहस का, कोई नहीं सुनने वाला तुम्हारी दलीलें; तुम्हें भली-भाँति मालूम है कि इस युद्ध में हमारी करारी हार हुई है, हमारे हुक्मरान बौखलाए हुए हैं; हम इस समय ऐसा कोई कदम नहीं उठाना चाहते जिससे हमें अपने आकाओं का कोपभाजन होना पड़े... हम ऐसा कोई भी कार्य नही करेंगे, जिससे अब तक की बनायी गयी प्रतिष्ठा मे दाग लगे। फिलहाल अंतरराष्ट्रीय दबाव के कारण हम हिन्दुस्तान से सीधे मुँह नहीं लड़ सकते, किन्तु हमें इस हार का बदला लेना है। हम धीरे-धीरे हिन्दुस्तान में ही आतंक फैलाएँगे, तबाही मचाएँगे और इस काम के लिए हमारे आका ने तुम्हें चुना है, तुम अपने दस्ते का संचालन करोगे।''

शाहिद– ''अब मैं इस दस्ते से अलग होना चाहता हूँ।''

करीमन खां– 'क्यों?'

शाहिद– ''क्योंकि मैं अपनी ही मातृभूमि की छाती पर और छुरा नहीं चला सकता; अब तक जो किया वह मेरी नादानी थी, मूर्खता थी, कोरे सपनों को साकार करने की भूल थी।''

करीमन खां– ''मुझे मालूम था तुम यही कहोगे; मुझे तो तुम पर उसी दिन शक हो गया था, जब बस और बाजार में विस्फोट करने का प्लान उस लड़की के चक्कर में पड़कर चौपट कर दिये थे। इसके बाद तुम्हें कई कार्य सौंपे गये, पर एक भी कार्य सफल न हुआ। तुम्हें पता भी है कि तुम क्या कर रहे हो; तुम अपने दस्ते से द्रोह कर रहे हो, विद्राही हो तुम हमारे लिए; हमारे दस्ते में नमक से द्रोह के लिए मृत्युदंड सुनिश्चित है; यदि तुम्हारी जगह दूसरा कोई और होता तो मैं कब का गोली मार चुका होता।''

''मार दो गोली, पर अब मुझसे यह नहीं होगा।''

करीमन खां– ''तुम शायद भूल रहे हो कि तुम्हारी नसों में अब हमारा नमक दौड़ रहा है; साफ पानी में काला रंग घुल जाने के बाद और कोई दूसरा रंग नहीं चढ़ता। देखो शाहिद, तुम अपनी ज़िद पर अड़े रहे तो हानि तुम्हारी ही है, मैं तुम्हें अपना समझकर समझा रहा हूँ; यदि तुम दस्ता छोड़ते हो, तो तुम क्या सोचते हो, तुम्हें यहाँ से मुक्ति मिल जाएगी? यहाँ इस दलदल में एक बार जो फँस गया वह कभी नहीं निकल

सकता; तुम इस दलदल में जितना छटपटाओगे, जितना निकलने की कोशिश करोगे, उतने ही गहरे धँसते चले जाओगे, न तुम घर के रहोगे न घाट के। इस मार्ग में आने के बाद इसी मार्ग पर चलो तो कुछ राहत मिलेगी; यदि इतनी दूरी जय कर लेने के बाद वापस लौटोगे, तो न तुम वापस लौट पाओगे न लक्ष्य तक पहुँच पाओगे, बस यूँ ही मार्ग पर भटकते रह जाओगे... यदि तुम यहाँ से नाता तोड़ना चाहते हो तो तुम्हें सच बताता हूँ कि यह सम्भव नहीं।''

शाहिद– ''तुम अपना होने की बातें करते हो, तो क्या अपना होना यही होता है कि खुद दलदल में फँसे होने के बावजूद अपनों को भी दलदल में घसीट लाये; यदि अपना कहते हो तो क्या मुझे इस दलदल में फँसाए रखने की जगह निकलने में मदद करोगे।''

करीमन खां– ''इसलिए तो कहता हूँ, दलदल में फँसे रहो तो जीवित रहो, इस दलदल से निकलते ही बाहर बैठे भूखे शेर तुम्हें खा जायेंगे।''

''मैं समझा नहीं तुम क्या कहना चाहते हो।''

''तुम यहाँ से चले तो जाओगे, पर जाओगे कहाँ? संगठन के लोग तुम्हारे घरवालों को एक-एक कर मारेंगे; यदि इस बीच तुम लौट आये तो ठीक है, नहीं तो अंत में तुम भी मारे जाओगे, बसा-बसाया सारा घर उजाड़ डालेंगे ये; यहाँ से भागने वाले हर किसी के साथ ऐसा ही होता है, यही कारण है कि चाहकर भी अब तक नहीं भाग सका।''

शाहिद– ''मेरा घर बसा ही कब जो उजाड़ डालेंगे।''

करीमन– ''बसा नहीं, पर बसने वाला है; खुदा न करे तुम्हारा घर बसने से पहले ही उजड़ जाय। उस लड़की लूका को जिसे तुम जान से ज्यादा चाहते हो, जिसके लिए तुम दस्ते से अलग हो रहे हो; तो क्या तुम उसके साथ भली-भाँति सुरक्षित और खुशहाल जिन्दगी व्यतीत कर सकोगे? संगठन के लोग उस लड़की को जिसे तुम अपना प्राण समझते हो, प्राण न हर लेंगे?'' लूका के बारे में ऐसी बातें सुनकर शाहिद बौखला गया, पर विवश खड़ा कड़वा घूँट पीता रहा। करीमन खां प्यार भर लहजे में फिर बोला– ''देखो शाहिद, हम जेहादियों का कोई घर नहीं होता है; यदि होता भी है तो नाता तोड़ लिया जाता है... और तुम जिस तरह एक डोगरा जाति की लड़की के दीवाने हो, यह एक जेहादी होने के नाते हमारे उसूल के खिलाफ है; यदि तुम शारीरिक सुख भोगना चाहते हो तो हर रात तुम्हें नयी-नयी लड़कियाँ भेंट की जायेंगी।''

शाहिद को लगा जैसे करीमन खां ने उसे गंदी गाली दे दी हो। वह तड़पकर बोला– ''मैंने सैकड़ों प्राण हरे हैं, बुरे कार्य किये हैं, पर कम से कम लड़कियों के बारे में घृणित ख्याल नहीं रखता; जहाँ तक लूका का प्रश्न है, तो मैंने लूका से प्यार किया है

और उससे निकाह करूँगा।''

करीमन खां को जैसे वार करने का मौका मिल गया हो, बोला– ''तुम्हें पता भी है कि वह आदिवासी डोगरा जाति की हिन्दू लड़की है?''

शाहिद– ''मैंने लूका से प्रेम किया है, उसकी जाति से नहीं; सच्चे प्रेम में जाति बँधन का कोई अस्तित्व नहीं... फिर तुमसे मैं दरख्वास्त करना चाहूँगा कि यदि तुमको जाति का इतना ही खयाल है तो इन छोटी-छोटी जातियों में न उलझकर सम्पूर्ण मानव जाति के विषय में सोचो।'' करीमन खां को लगा कि निश्चय ही उस लड़की ने इस अनपढ़ को पढ़ा-लिखाकर पंडित बना दिया है।

''तुम मुसलमान होकर ऐसी बातें करते हो।''

शाहिद– ''मैं नहीं जानता कि मैं हिन्दू हूँ या मुसलमान, न ही इस जाति बंधन को मानता हूँ और न ही इस बन्धन से बँधना चाहता हूँ। मेरी एक ही जाति है, मानव जाति। हिन्दू को मुसलमान या ईसाई बनाना या धर्म के नाम पर अपनी रोटी सेंकने वाले धर्म के ठेकेदारों का काम है, जो किसी हिन्दू को तलवार के बल पर, उल्टी-सीधी नमाज पढ़वाकर और कुरान के एक दो कलमें रटाकर मुसलमान बना लिया करते हैं, या किसी मुसलमान के गले में तुलसी माला डालकर और माथे पर चंदन का तिलक लगाकर हिन्दू बना दिया गया... या फिर किसी को गिरजे में बपतिसमा दिलाकर ईसाई बना दिया जाता है। तब क्या ऐसा करने पर उसके खून का रंग बदल जाता है या चेहरा या फिर दिमाग बदल जाता है; यह सब जातीयता का ढोंग है, अपने-अपने राजनीतिक स्वार्थ-सिद्धि के लिए लड़ने-लड़ाने का एक अचूक सूत्र है।''

करीमन खां बौखलाकर बोला– ''मैं एक मुसलमान हूँ और एक सच्चा मुसलमान, इस्लाम और अपनी जाति की तौहीन कभी बर्दाश्त नहीं कर सकता।

शाहिद– ''करीमन खां, क्या तुमको मालूम भी है कि तुम एक सच्चे मुसलमान हो या वर्षों पहले तलवार की नोक पर या फिर धन या पद के लोभ में मुसलमान बनाये गये हिन्दू हो; मैंने तो कभी तुमको पाक कुरान की सभी शर्तों का पालन करते नहीं देखा, मुझे तो लगता है तुम सिर्फ जाति का दंभ भरने वाले आतंकी हो, मूर्ख हो... न तो तुम सच्चे हिन्दू हो न ही सच्चे मुसलमान, दोगली जाति के लोग हो तुम; सच्चा हिन्दू या मुसलमान, जाति-धर्म का दंभ भरा नहीं करते।

'खामोश!' करीमन खां गरजा। उसने अपनी बंदूक शाहिद पर तान दी, किन्तु शाहिद अविचलित निर्भय खड़ा रहा। ''उसी चुड़ैल ने तुझे इस्लाम के खिलाफ भड़का रखा है।'' करीमन खां बड़बड़ाते हुए वहाँ से तमतमाता हुआ चला गया।

उधर स्थिति को नाजुक होते देखकर अन्य जेहादियों ने करीमन खां को समझाया कि शाहिद को अब ताकत से नहीं तर्क से समझाना होगा; अभी युद्ध में हमारी कमर

टूटी हुई है, यदि इस बीच जेहादी साथी भड़कने लगे तो आफत हो जायेगी, इसलिए शाहिद को शांति से ही समझाना होगा। उन्हें विश्वास था कि यदि शाहिद फिर से नमक का वफादार हो गया तो इस नाजुक समय में अपने आतंकी अनुभव से बड़े-बड़े कामों को अंजाम दे सकता है। वह बहादुर भी है और अपने कर्तव्य के प्रति ईमानदार भी, बशर्ते कर्तव्य उसके दिल को जँचना चाहिए, इस कारण जैसे ही हो उसे समझाने में ही भलाई है।

करीमन खां को समझ में न आ रहा था कि वह शाहिद को किस तरह समझाये। बहुत मंथन के बाद उसे धर्म में ही कुछ आशा की किरण दिखायी पड़ी। उसे लूका को ही चारा बनाकर शाहिद के सामने फेंकने की एक कुटिल चाल सूझी। उसे पता था कि लूका उसकी कमजोरी है और उसे पूरी उम्मीद हो उठी कि शाहिद इससे अवश्य हाथ आ जायेगा। करीमन खां जानता था यदि लूका को यूँ ही इतनी आसानी से अपनाने की अनुमति दी जाय तो शाहिद को कहीं शक न हो जाय, इसलिए उसने धर्म की आड़ लेकर कहा कि– ''जब तक लूका इस्लाम कबूल नहीं करती, तुम उससे निकाह नहीं कर सकते, निकाह से पहले उसे इस्लाम कबूल करना होगा; यदि वह ऐसा नहीं करती है तो यह इस्लाम के खिलाफ होगा।''

शाहिद– ''क्यों इस्लाम को नंगा करते हो; इस्लाम को हर बात में मुद्दा बनाते तुमको शर्म नहीं आती। क्या तुमने कभी कुरान पढ़ी है? क्या कुरान में जाति भेद कर लड़ाने और तलवार के बल पर अन्य जाति को जबरन मुसलमान बनाने का आदेश है? क्या कुरान में बच्चों की हत्या, महिलाओं का बलात्कार करने का आदेश है? यदि ऐसा ही तुम्हारा धर्म है तो मैं नहीं मानता ऐसे धर्म को।

यह अंतिम वाक्य सुनकर करीमन खां तैश में आकर चिल्लाया– ''शाहिद अब तुम सीधा बगावत पर उतर आये हो; पानी सर से निकल चुका है, अपनी जुबां को लगाम दो वरना...'' अन्य जेहादियों ने करीमन खां को शांत कराया और समझाया यह तैश आत्मघाती सिद्ध हो सकता है अतः शांति से काम लें।

अब शाहिद की भी आवाज कुछ ऊँची होने लगी थी। ''तुमने कितनी ही बेबस और लाचार लड़कियों की इज्जत से जबरन खेल खेला, क्या यही इस्लाम है तुम्हारा; क्या आतंक और तबाही मचाना ही तुम्हारा इस्लाम है; इस्लाम के विरुद्ध चलने वाले इस्लाम की दुहाई दें, यह तो यही हुआ कि एक शेर शाकाहारी होने का दंभ भरे... यह किस प्रकार का परस्पर विरोधी इस्लाम है तुम्हारा?''

''तुम लड़की के प्यार में अंधे और जज्बाती हो गये हो।''

''प्यार किसी को अन्धा नहीं बनाता; यदि ऐसा है तो दुनिया का प्रत्येक मनुष्य अँधा है, क्योंकि वह कहीं न कहीं देश से, समाज से, परिवार में माँ-बाप से, रिश्तेदारों

से, भाई-बहन, पति या पत्नी और खुद की संतान से प्यार करता है; प्यार से तो अन्धों को भी दृष्टि मिल जाया करती है... रही मेरे अन्धेपन की बात, तो मैं भी कुरान का ज्ञान रखता हूँ, पढ़ा-सुना है मैंने कुरान के सार को, हमारे कुरान ने तो जाति वर्ग नहीं बनाया, न ही जबरन किसी को इस्लाम कबूल करने की आज्ञा दी।''

''जिसे चार अक्षर पढ़ना तक नहीं आता, उसने कुरान पढ़ी।'' करीमन खां ने व्यंग्य किया।

''मेरे उसी प्यार ने मेरी बंद आँखों को खोला है, मुझे पढ़ने की दृष्टि दी है, ज्ञान का प्रकाश दिया है।''

''तो जरूर उस लड़की ने तुम्हें अपने मोहजाल में फँसाकर इस्लाम के विरुद्ध पाठ पढ़ाया है।''

''मुझे किसी ने कोई पाठ नहीं पढ़ाया; भले ही मुझे इस्लाम का पूरा ज्ञान नहीं, पर सभी धर्मों के सार को जानता हूँ... कुरान, बाइबल, गीता सभी धर्मग्रंथों का और सभी धर्मों का एक ही सार है, एक ही उद्देश्य है... और वह है प्राणीमात्र का कल्याण।''

''लूका के प्यार ने तुझे इस्लाम द्रोही बना दिया है।''

''यह सच है कि मैंने लूका से बेहद प्यार किया है और इसी प्यार की बदौलत मैंने इस्लाम से भी प्यार करना सीखा है। हिन्दू होकर भी उसने हिन्दू धर्म की अच्छाइयों को नहीं बतलाया, बल्कि मुझे इस्लाम की अच्छाइयों से रूबरू कराया और क़ुरान की राह चलने को प्रेरित किया। काश! तुम भी इस्लाम की सच्चाइयों को जान पाते तो शायद दुनिया में इतनी नफरत के बीज न बोते। तुम जिस दिन सच्चा इस्लाम जानोगे उसी दिन यह जाति-धर्म सब भूलकर मानवता के प्रेमी हो जाओगे। तुमने इस भँवर की रटी-रटायी मानसिकता से बाहर निकलकर देखने की कभी कोशिश की? जेहाद के नाम पर चलाये जा रहे इस कौमी दुकान से बाहर झाँककर देखोगे तो तुमको सच्चाई दिखायी पड़ेगी। इस कौमी षडयंत्र में अनपढ़, गरीब, लाचार, रोटी के भूखों को इस कदर उलझा दिया जाता है कि उन्हें कभी इसकी हकीकत देखने या सोचने का मौका भी नहीं मिलता। इनकी मानसिकता को इस कदर तैयार किया जाता है कि वे इस जंजाल में उलझकर जिन्दगी भर वही राग अलापते रह जाते हैं जो इनके जेहन में पैदा किया जाता है। किन्तु तुम तो इस हकीकत से अवश्य वाकिफ होगे कि धर्म के नाम पर लड़ने वाले कोई और होते हैं; धर्म की आड़ में वे अपना स्वार्थ सिद्ध करते हैं... यह उनका धर्मानुराग नहीं, बल्कि स्वार्थ-सिद्धि का अचूक साधन है। जब-जब उन्हें अपनी कुर्सी खतरे में दिखाई पड़ती है, तो जेहाद की बातें शुरू कर देते हैं; धर्म-जाति के नाम पर लड़ने-मरने वाले हम होते हैं और वे महलों में रंगरलियाँ मनाते हैं, विजयी उत्सव

मनाते हैं, हमारी लाशों के ढेर पर। पूरी कीमत वसूल करते हैं वे हमारी गरीबी का, भूख का... वे हमेशा चाहते हैं कि हमारी गरीबी कायम रहे, ताकि उनकी हुकूमत बरकरार रहे; तभी तो वह अनाज की जगह बारूद पैदा करते हैं। तुम नजर उठाकर गौर से देखो इस जेहादी दस्ते में कोई महलों से उठकर नहीं आया है बंदूक ढोने। यह जेहाद इतना पाक है, धार्मिक कार्य है तो फिर क्यों नहीं करते ऐसे पुण्य का कार्य वे महलों के राजकुमार। यहाँ तो बस भूखों, नंगो और अनपढ़ों की भीड़ है, जो रोटी के चंद टुकड़ों की खातिर जेहादी हो गये हैं। हमारे मुल्लाओं ने खुद के वर्चस्व के लिए ऐसी ही व्यवस्था खड़ी कर रखी है। इन मुल्लाओं ने तो इस्माल को भी नहीं बख्शा; जेहाद के नाम पर उसे भी नीलाम करने पर उतारू हैं; हाय! अब मुल्लाओं से कौन बचाये इस्लाम को। ये खूनी खेल और यह षड़यंत्र क्या इसलिए कि हम अनपढ़ मूर्ख हैं, जो धर्म को नहीं जानते? हम इस्लाम और जेहाद का ढोल कंधे में लटकाये कठपुतली बने हुए हैं, जो आकाओं और मुल्लाओं के सुर और ताल पर नाचते रहते हैं। जरा सोचो, कौन सा धर्म दूसरे धर्म वालों से नफरत करने को कहता है, कौन-सा धर्म अपने महिमामंडन के लिए दूसरे जाति व धर्म वालों का खून बहाने का उपदेश देता है? धर्म बनाए गये हैं मानवता के कल्याण के लिए; सुख-शांति के लिए। यदि कोई धर्म, मानवता के विनाश का, अशांति का, खूनी खेल का उपदेश देता है, तो वह धर्म नहीं, अवश्य कोई शैतानी चाल है, जो धर्म के नाम पर मानवता का अहित करता है। आज बहुत से अन्तरराष्ट्रीय झगड़ों का कारण सिर्फ यह जाति और धर्म हैं। अच्छा होगा कि हम अपने मानव धर्म को जानें, मानवता का कल्याण करें, यही हमारा सच्चा धर्म और धर्म के प्रति अनुराग होगा। अच्छा होगा हम अपनी शक्ति का उपयोग जाति और धर्म के नाम पर अलगाववाद को समाप्त करने के लिये करें, यही हमारे जीवन और शक्ति का सदुपयोग होगा। यदि हम भी जाति और धर्म का दंभ रचें, तो यह हमारा दुर्भाग्य होगा, जीवन और शक्ति का दुरुपयोग होगा। हम अपनी समय, शक्ति और बुद्धि का सदुपयोग करें, इसका उपयोग विकास के लिए करें; न कि विनाश के लिए।''

करीमन खां को शाहिद का ये उपदेश कोरा बकवास मालूम पड़ा, जैसे कसाई के सामने बकरे के मिमियाने का कोई औचित्य नहीं। करीमन खां को समझते देर न लगी की शाहिद अब हाथ से पूरी तरह निकलने वाला है, उस पर जेहाद का रंग फीका होकर कोई और ही रंग चढ़ गया है। अनपढ़ शाहिद अब विद्वानों-सी बातें करने लगा है, इसे बातों से या तर्क से समझाकर रास्ते पर लाना संभव नहीं। करीमन खां को शाहिद से कहीं ज्यादा गुस्सा उस डोगरा जाति की आदिवासी लड़की लूका पर आ रहा था, जिसने शाहिद को ऐसा पाठ पढ़ाया था। इतने में हड़बड़ाते हुए नसरत अली (नये जेहादी) ने आकर करीमन खां और शाहिद को सलाम किया।

करीमन खां– ''क्यों नसरत, इतने हड़बड़ाये हुए क्यों हो?''

नसरत अली– ''आगा खां ने खबर भिजवायी है कि शाहिद को एक मिशन पर जाना है, सो तैयार रहें।'' शाहिद को यह सुनकर लगा, जैसे जल में ही किसी मछली को दाग दिया गया हो। नसरत अली चला गया।

करीमन खां– ''तुम्हें तैयार रहना होगा मिशन पर जाने के लिये।''

शाहिद– ''नहीं जा सकता मैं।''

करीमन खां– ''देखो शाहिद, समय बहुत नाजुक है; युद्ध में हार हुई है, सभी बौखलाये हुए हैं, इस समय तुम्हारा हठ कहीं तुम्हारे विनाश का कारण न बन जाय।''

''मुझे अपने विनाश की कोई परवाह नहीं।''

''यह मैं जानता हूँ; पर तुम्हारे साथ और भी तो कोई है।'' करीमन खां का संकेत लूका से था। इस अनकही धमकी से शाहिद हताश-सा हो गया। उसे भय हुआ कि लूका के बताये रास्ते पर चलकर कहीं वह लूका को ही न खो दे।

करीमन खां– ''अभी युद्ध में बहुत से साथी मारे गये, हजारों घायल अस्पताल में पड़े हैं और इस विकट परिस्थिति में तुम्हारा साथ न देना, दस्ते से अलग हो जाना, कतई ठीक नहीं; मैं तुम्हें विश्वास दिलाता हूँ कि सप्ताह भर के इस मिशन को पूरा करने के बाद मैं तुम्हें आजाद करा दूँगा, बशर्ते तुम मिशन को सफलतापूर्वक अंजाम दो; यही तुम्हारी आजादी की कुंजी है; यदि इस समय तुम अपनी जिद पर अड़े रहे, तो तुम्हें कुछ न हाथ लगेगा; तुम अपने साथ-साथ लूका की और अपनी माँ की मौत के जिम्मेवार स्वयं होगे। अब फैसला तुम्हारे हाथों में है, तुम चाहो तो सप्ताह भर काम को सफलतापूर्वक अंजाम देने के बाद दस्ते से हटकर चैन की जिन्दगी जिओ या फिर अपने हठ में अड़े रहकर अपनी प्रिया और माँ के कातिल कहलाओ।'' शाहिद बड़े बुरे चक्कर में फँस गया। उसे समझ में नहीं आ रहा था कि इस दुविधा में वह किस रास्ते को अपनाये? शाहिद आतंकवादियों की क्रूरता से परिचित था; वह अच्छी तरह जानता था कि यदि वह मिशन को अंजाम नहीं देता है तो लूका को, माँ को, यहाँ तक कि उसे भी मौत का शिकार होना पड़ेगा। यदि वह इस काम को करता है, तो उसकी आत्मा उसे धिक्कारती है। क्या करे वह इस समय। वह बड़े ही विचित्र द्वंद्व में उलझ गया था। उसने सोचा-काम कर ही लिया जाय। जहाँ इतने दिन काम किया, वहाँ एक सप्ताह और सही, जान तो बची रहेगी; यहाँ से आजादी तो मिलेगी... फिर कभी खतरा तो न रहेगा। उसके मस्तिष्क में लूका का चेहरा था। लूका इस काम के लिए मना कर रही थी; पर वह किसी भी हालत में लूका को खोना नहीं चाहता था। उसने काँपते लफ़्ज़ों में करीमन खां को अपनी मंशा बताई– ''ठीक है, मैं तैयार हूँ।''

शाम को शाहिद मिशन पर जाने को तैयार खड़ा था। करीमन खां के इशारे पर बहुत से जवान उसके पीछे आकर खड़े हो गये। करीमन खां ने दस्ते की कमान शाहिद

के हाथों सौंपी, फिर उसके एक आदेश से वे सभी रवाना हो गये। शाहिद के सामने जहाँ एक ओर करीमन खां का विकराल चेहरा था, वहीं दूसरी तरफ लूका का मासूम मुखड़ा। उसे जितना भय करीमन खां की धमकियों से था, उससे कहीं बढ़कर लूका के उस मासूम चेहरे से।''

शाहिद के मिशन पर विदा होते ही इधर रात में लूका के विरुद्ध षड्यंत्र रचा जाने लगा। षड्यंत्र में शामिल आगा खां के हाथों में शराब की गिलास थी। वह लड़खड़ाती जुबान से बोला– ''मुझे इस मिशन की सफलता में संदेह है, क्योंकि शाहिद इस मिशन मे जबरन, बेमन से सिर्फ अपनी आजादी के मकसद को पूरा करने गया है।''

नसरत अली– ''यह बात तो सोलहों आने सच है।''

करीमन खां– ''इस सबकी जड़ वह लड़की लूका है, जिसने हमारे सबसे जाँबाज लड़ाके को अपने रूप के जाल में फँसाकर निकम्मा बना दिया है।''

एक नया जेहादी– ''वह लड़की कोई साधारण लड़की नहीं, वह तो कहीं हमसे ज्यादा चालाक निकली, जो शाहिद के दिमाग में कूट-कूटकर भरे हुए नफरत को, आतंक को निकालकर, अपना ज्ञान भरने में सफल हो गयी।''

दूसरा नया जेहादी– ''मास्टर की बेटी है, हम जैसे अनपढ़, जाहिल थोड़े है वह।''

तीसरा नया जेहादी– ''यह सब बातें नहीं हैं, बस उसके रूप-यौवन का जादू है।''

करीमन खां– ''यदि शाहिद रूप का पुजारी होता, तो उन रूपसी बालाओं को वह दुत्कार न देता, जिन्हें मैंने उसे वश में करने के लिए भेजा था, वह तो प्रेमानुरागी है।''

आगा खां– ''तो क्या वाकई वह लड़की गुणवती है, जिसने शाहिद जैसे निर्दय का दिल दया से भर दिया।''

एक अन्य जेहादी– ''हाँ लड़की तो गुणवान है, चर्चा होती है उसके गुणों की आसपास के गाँव में।''

आगा खां– ''तो क्यों न उसके गुणों को ही निचोड़ लिया जाय।'' वह कुटिलतापूर्ण हँसी हँसा।

करीमन खां– ''हाँ यही ठीक रहेगा, न रहेगी बाँस, न बजेगी बाँसुरी; ऐसा होने से शाहिद खुद ब खुद रास्ते पर चला आयेगा।'' वहाँ बैठे सभी आतंकियों ने क्रूर ठहाका लगाकर इस विचार से अपनी-अपनी सहमति जतायी और सभा बर्खास्त हुई।

छह

शाहिद के घर लौटने की खबर से जरीना खुशी से पागल हो रही थी। कभी-कभी वह अपने बिगड़े हुए स्वास्थ्य पर भी खीझ उठती थी। कमबख्त तबियत को भी इन्हीं दिनों बिगड़ना था। तबियत खराब रहने के बावजूद वह काफी खुश थी। सबीना भी शाहिद के इंतजार में पलकें बिछाये बैठी रहती, क्योंकि शाहिद अब उसके खयालों में अक्सर आने लगा था। वह हमेशा उसके आगमन की तैयारियों में ही व्यस्त रहने लगी थी। घर की सफाई बार-बार करती, अस्त-व्यस्त पड़े सामानों को व्यवस्थित करती और उपलब्ध वस्तुओं से हमेशा सजाने-सँवारने की कोशिश करती रहती थी। वह रोज सुबह शाहिद के आगमन की आशा लिये उठती, ढंग से सफाई-लिपाई करती, मन से खाना बनाती और नहा-धोकर सिर में सुगंधित तेल डालकर बालों को रोज नये-नये कलात्मक ढंग से सँवारा करती थी। उसका सारा दिन इन्हीं व्यस्तताओं में गुजर जाया करता था।

रोज-रोज के ये किस्से और कोरा इंतजार मन को उबाने लगे थे। सप्ताह कब का खत्म हो चुका था, फिर भी दोनों आशा का दामन थामे रोज उगते सूर्य के साथ शाहिद के आने की आशा में उत्साहित हो उठती थीं; फिर जैसे-जैसे सूर्य पश्चिम आकाश में झुकता जाता था, उनकी आशाएँ धूमिल होती जाती थीं और सूर्य के डूबते ही उन्हें निराश और उदास होना पड़ता था। घर के काम के बाद फुरसत के क्षणों में वे दोनों दरवाजे के पास बैठकर प्रत्येक आने-जाने वाले राहगीरों में शाहिद को ढूँढ़ा करती थीं।

हर रोज की तरह आज भी दोनों ने शाहिद के आने की आशा में उत्साहित होकर घर को ढंग से सँवारा-सजाया। दोपहर होने को थी... पता नहीं क्यों, आज दिल को करार न था। आज उनका दिल कह रहा था, हो न हो आज शाहिद अवश्य आयेगा। इसी आशा में दोनों ने अब तक खाना नहीं खाया था। जरीना बेसब्र होकर बोली– ''बेटी सबीना, तू अच्छी तरह चिट्ठी पढ़ना जानती है न! चिट्ठी मे तो यही लिखा है न कि वह इस सप्ताह के अंत तक आ जाएगा?''

सबीना– ''हाँ खाला, लिखा तो ऐसा ही है; पर सप्ताह तो कब का बीत चुका,

आज तक शाहिद की कोई खबर नहीं।"

"रास्ता लम्बा है बेटी, यात्रा मे तो देर-सवेर होता ही है।" जरीना ने अपने आप को झूठी तसल्ली दी। न जाने क्यों सबीना को आज बड़ी बेचैनी हो रही थी। वह बार-बार दरवाजे से निकलकर इधर-उधर झाँकती, फिर घर में पुनः आकर टहलने लगती। शाम तक वह इतना बेचैन हो गयी कि उससे यहाँ रहा नहीं गया। वह जरीना से बोली– "खाला, पता नहीं क्यों आज मुझे अच्छा नहीं लग रहा, बड़ी बेचैनी होती है, जरा घर से हो आऊँ? कल सुबह जल्द ही चली आऊँगी।"

जरीना– "घर की याद आती होगी; जा अम्मी अब्बा से मिल आ; लेकिन बेटी सुबह जरा जल्दी आना, इन दिनों मेरी तबियत का भरोसा नहीं।" सबीना, जरीना से इजाजत लेकर अपने घर को रवाना हो गयी।

...शाम हो चुकी थी और इधर शाहिद ने अपने ही इलाके में सप्ताह भर खूब उथल-पुथल मचायी। उसके आतंक ने सारे इलाके को भयभीत कर दिया। वह इस समय यह सोचकर खुश था कि आज उसके मिशन का अंतिम दिन है। आज बाँदीपुर के रेडियो स्टेशन और बस स्टैंड को खाक में मिलाने के बाद उसका काम समाप्त हो जायेगा... फिर वह लूका के साथ अपने गाँव में अपनी माँ के पास चैन की जिन्दगी गुजारेगा... बस, अब सिर्फ रातभर की बात है, फिर बाकी का समय प्यार, शांति और सुख में व्यतीत होगा।

अँधेरा हो चुका था। इसी समय उसके एक साथी ने उसे खबर दी कि उसके दस्ते के सभी साथी मिशन पर जाने के लिये तैयार खड़े हैं। शाहिद ख्वाबों की दुनिया से निकलकर हकीकत की दुनिया में आया। उसने अपने दस्ते को मिशन की नीतियाँ, कार्य और विधि बताकर टुकड़ों में बाँटकर आगे बढ़ने का आदेश दिया और सफलता की शुभकामनाएँ भी। कुछ देर में दस्ते की एक टुकड़ी बस स्टैंड पर आक्रमण करने में सफल हुई और देखते ही देखते बस स्टैंड को तहस-नहस कर दिया गया। अभी आतंकियों ने अपना ताण्डव नृत्य शुरू किया ही था कि वहाँ मिलिट्री आ गयी। कुछ ही देर में वहाँ से आतंकवादियों के पाँव उखड़ने लगे। शाहिद समझ गया कि अब यहाँ टिक पाना संभव नहीं, क्योंकि मिलिट्री की संख्या अब यहाँ बढ़ती ही जा रही थी। उनका अगला मकसद बाँदीपुर के रेडियो स्टेशन को उड़ाना था। वह अच्छी तरह जानता था कि यदि वह काम अभी न हो सका तो फिर कभी संभव नहीं हो सकेगा, अतः इस कार्य को तत्काल ही अंजाम देना आवश्यक हो गया। शाहिद के लिए तो यह कार्य और भी जरूरी था, क्योंकि वह इस मिशन को सफल कर यहाँ से, इस आतंकी जीवन से आजाद हो जाना चाहता था। इस मिशन की सफलता में ही लूका की सुरक्षा निहित थी। उसने तुरंत अपने दस्ते को रेडियो स्टेशन की ओर बढ़ने का आदेश दिया। आदेश पाते ही आतंकवादी दौड़ पड़े रेडियो स्टेशन पर आक्रमण करने को। लेकिन

ओफ्फ! यहाँ की स्थिति कुछ और ही थी। मिलिट्री वालों को शायद उनके प्लान का पता चल गया था। यहाँ पहले से ही मिलिट्री मौजूद थी। यहाँ आतंकवादियों के पहुँचते ही अंदर से उन पर गोलियाँ चलने लगीं। आतंकवादी इस परिस्थिति से बेखबर, मोर्चा न सँभाल सके। बहुत से आतंकवादी मारे गये। जो गिने चुने थे, वे भी अब हिम्मत हार चुके थे। शाहिद ने वक्त की नजाकत को समझकर वहाँ से जान बचाकर भागने में ही बुद्धिमानी समझी। रात के अँधेरे में आतंकवादी भागने लगे। शाहिद भी मिलिट्र वालों से बचता हुआ भागने लगा। तीन-चार फौजी उसके पीछे दौड़े। शाहिद उन पर गोलियाँ बरसाता, बम फेंकता हुआ आगे भागने लगा। मिलिट्री वाले बच-बचकर शाहिद पर गोलियाँ दागते रहे। शाहिद भागते-भागते एक गाँव में घुस गया। वह गाँव उसका अपना गाँव था- 'चंद्राल'... पर उसे होश भी न रहा कि अपने गाँव को पहचान सके। अँधेरे के कारण भी कुछ स्पष्ट दिखायी न पड़ रहा था। वह पीछा कर रहे तीन-चार फौजियों पर वार करता, बचता-बचाता भागता रहा। भागते-भागते वह एक पेड़ की आड़ लेकर मिलिट्री वालों पर वार करने लगा। मिलिट्री वाले भी एक घर की आड़ लेकर शाहिद पर गोलियाँ बरसाने लगे। काफी देर तक दोनों तरफ से गोलियाँ चलती रहीं, पर किसी को कोई सफलता नहीं मिली। शाहिद के लिए पेड़ की आड़ छोड़कर भागना खतरे से खाली न था। यही स्थिति उन सैनिकों की थी... घर की आड़ छोड़ी कि गोली धँसी जिस्म में। पूरी रात रुक-रुककर गोलियाँ चलती रहीं, इसके बावजूद दोनों पक्षों में से किसी ने भी जान का जोखिम उठाने का साहस न किया। दोनों पक्ष आमने-सामने थे। शाहिद पेड़ की आड़ में सुरक्षित था, तो फौजी घर की आड़ में। शाहिद समझ गया कि मिलिट्री वाले उसे उलझाकर उसका समय बर्बाद करना चाह रहे हैं, ताकि थोड़ी देर में उजाला हो जाय। शाहिद स्पष्ट जानता था कि यदि उजाला हो गया तो यहाँ से भाग निकलना कदापि संभव नहीं। इस वक्त पेड़ के पीछे से निकलकर भागना भी संभव न था। मरता क्या न करता... उसके पास अब एक ही उपाय बचा था, घर सहित उन चारों को उड़ा देना। शरीर के अगल-बगल से साँय-साँय गोलियाँ निकलती ही जाती थीं। उसने बैग से बम निकाला और फेंका उस घर पर, जहाँ चारों सैनिकों ने आड़ ले रखी थी। अगले ही क्षण वह घर एक खंडहर में तब्दील हो गया। वातावरण में धूल और धुँआ छा गया। चारों फौजी धमाके के साथ ही मारे जा चुके थे। वह विजयी जोश और गर्व के साथ पेड़ की आड़ से निकलकर आगे बढ़ा, तभी उसके कानों में दर्द भरी कराहपूर्ण आवाज पड़ी– "बेटा शाहिद!"

"ओफ यह कैसी कारुणिक पुकार है!" शाहिद चौंका सोचा भ्रम है। तभी खयाल आया कि उस पेड़ का, जिसके पीछे वह छुपा हुआ था। ओफ्फ! यह तो वही पेड़ है, जिसमें माँ मुझे बचपन में झूला झुलाया करती थी। उसके होश उड़ गये। 'नहीं...!' वह चिल्ला उठा।

"हाय मैंने यह क्या कर डाला, अपने ही हाथों अपना घर उजाड़ डाला या अल्लाह!" वह दाँत दाबकर रह गया। हृदय गहरी वेदना में डूब गया, सारा शरीर शिथिल पड़ गया। चित्त हाहाकर कर उठा और एकाएक मति शून्य हो गयी। वह खंडहर में तब्दील हो चुके घर की तरफ चिल्लाते हुए दौड़ा 'अम्मी!'... एक मार्मिक चीख गूँज उठी वातावरण में। वह शायद प्रत्युत्तर की आस में था, पर उसे कोई प्रत्युत्तर न मिला। नजरें पड़ीं तो उसकी माँ खून से लथपथ पड़ी थी। उसका आधा शरीर घर के मलबे से ढका था। दिख रहा शरीर झुलसकर काला पड़ गया था और उससे बह रही खून की धाराएँ ऐसे मालूम पड़ रही थीं जैसे काले पहाड़ से लाल पानी का झरना फूट पड़ा हो। उसके प्राण अब तक अटके हुए थे... शायद जरीना के प्राण शाहिद के दीदार का अपना अंतिम अरमान पूरा कर लेना चाहते थे। शाहिद को देखते ही जरीना की आँखें पथरा गयीं।

प्राण-पखेरू उड़ गये जरीना के। 'हाय अम्मी! अनजाने में मेरे हाथों यह कैसी अनहोनी हो गयी... जिसने मुझे जना, जीवन दिया, जान से ज्यादा चाहा; सारा प्यार, सारी ममता वार दी मुझ पर, इसका सिला मैंने यह दिया... या खुदा मेरे हाथों यह कैसा पाप हो गया!" शाहिद तड़प उठा। वह गहरी अंतःवेदना से व्यथित होकर अपनी माँ का सिर अपने गोद में ले कर बिलखने लगा, विलाप करने लगा।

सुबह हो चुकी थी। सबीना वापस जरीना के पास आयी और वहाँ का नजारा देखा तो आँखें फटी की फटी रह गयीं। खंडहर में तब्दील हो चुके उस घर में शाहिद, मृत माँ का सिर गोद में लिए सिर झुकाये बैठा था। चारों ओर से लोगों की भीड़ इस हृदय-विदारक नजारे को देख रही थी। वहाँ खड़े सभी लोगों की बोलती बंद थी... बस आपसी कानाफूसी चल रही थी और तरह-तरह की अटकलें लगायी जा रही थीं। किसी को कुछ समझ में नहीं आ रहा था कि यह सब अचानक कैसे हुआ और यह मामला क्या है। किसी ने शाहिद को टोका तक नहीं, न ही इस घटना के विषय में कुछ पूछने की जुर्रत की। सबीना के तो होश उड़ गये थे। शाहिद को इस दशा में देखकर वह हैरान हो गयी। उसने शाहिद से मिलन के जिन क्षणों की कल्पना की थी, ये क्षण उसके काल्पनिक क्षणों से एकदम विपरीत थे। फिर भी शाहिद को देखकर जहाँ उसकी आँखों को थोड़ा सुकून मिला, वहीं दूसरी ओर अपनी मुँहबोली मौसी जरीना का मृत शरीर देखकर हृदय चीत्कार उठा। यह कैसी स्थिति थी उसकी, आग और पानी साथ-साथ। इतने में ही फौजियों की कई गाड़ियाँ एक साथ आकर रुकीं। फौजी दौड़ पड़े बंदूक ताने, भीड़ की ओर और भीड़ छँटने लगी। देखते ही देखते फौजियों ने शाहिद पर बंदूक तान दी। तभी कर्नल के0के0 धीरेन्द्र की आवाज कड़की– "ले चलो साले को!" एक फौजी ने तुरंत शाहिद को हथकड़ी से जकड़ दिया। कुछ फौजियों ने जरीना का शव उठाया, तो कुछ ने अपने मारे जा चुके साथी फौजियों की लाशों को उठाया। सबीना यह सब चुपचाप देखती रह गयी।

आतंकवादियों का भेद जानने के लिये शाहिद को खूब टॉर्चर किया जाता। टॉर्चर से वह कई घंटों तक बेहोश पड़ा रहता। होश आने पर फिर से उसे भयंकर यातनाएँ दी जातीं, पर शाहिद ने फौजियों को कुछ नहीं बताया। आखिर सप्ताह भर की कठोर यातनाओं के बाद से जेल में बंद कर दिया गया। शाहिद सोचने लगा था कि अब उसकी बाकी की जिन्दगी इन्हीं काल-कोठरियों में दफन हो जायेगी, यहाँ से बच निकलने का कोई उपाय नहीं। अब क्या करे वह...। लूका, आस लगाये, बूढ़े पीपल के नीचे इंतजार करती बैठी होगी, उसकी आँखें हर पल मुझे ढूँढ़ती होंगी। क्या वह ये भी सोचती होगी कि मैं सच्चा प्रेमी न निकला, भाग आया मौका देखकर...। अवश्य ही वह मुझे धोखेबाज समझती होगी। शाहिद यह सोचकर बेहद परेशान था कि शायद लूका उसे गलत समझ बैठेगी या हो सकता है मेरे साथ-साथ लूका की जिन्दगी भी तबाह हो जाय। इस तरह के अंदेशे मन में बार-बार उठने से वह बेचैन हो उठा। उसे समझ में नहीं आ रहा था कि अब वह करे तो क्या करे।

सात

महीने बाद शाहिद को आज सुबह अनायास ही बूढ़े पीपल बाबा का खयाल हो आया। उसने आँखें बंद करके मन ही मन पीपल बाबा से प्रार्थना की– "हे पीपल बाबा! अब तक तो मैंने किसी ईश्वर, अल्लाह का खयाल न किया, न ही कभी प्रार्थना/इबादत की और न ही कभी सहायता माँगा; पर आज मैं तुमसे सहायता माँगता हूँ, मदद करो बाबा, रास्ता बताओ। हे बाबा! बस एक बार तुम मुझे यहाँ से निकाल दो मैं अपने सारे पाप धो डालूँगा, जीवन भर प्रायश्चित करूँगा। जब तक मेरे पाप धुल न जायेंगे, तब तक मेरे प्राण न निकलेंगे; इतने भारी पाप की गठरी लेकर मैं नहीं मरना चाहता। हे बाबा! लूका को मेरी मजबूरी बता दो कि मैं समय पर न पहुँच सका। हे बाबा, आज पहली बार मैंने किसी खुदा को, ईश्वरीय सत्ता को याद किया है। यदि मैं अकेला होता तो कदापि मैं पापी आपसे सहायता न माँगता, पर मेरे साथ-साथ उस बेचारी लूका का क्या होगा। हे बाबा रहम करो, रहम करो इस अभागे पर। ये बाबा भी शायद नेक बंदों की सहायता करते हैं, मुझ अभागे पापी की सहायता भला क्यों करने लगें।" वह विलाप करता हुआ सिसक पड़ा। तभी उसे आभास हुआ जैसे लूका ने उसे पुकारा हो। उसे लगा बाबा ने उसकी याचना सुन ली हो। वह मन ही मन धन्य-धन्य कह उठा, लेकिन लूका की यह करुण पुकार सुनकर उसके मन में तरह-तरह की शंकाएँ उठने लगीं। वह व्याकुल होकर इधर-उधर टहलने लगा।

वह किसी भी तरह से जेल से भाग निकलने का उपाय सोचने लगा और शायद इसी को इत्तफाक कहते हैं कि दूसरे ही दिन उसे जेल से भाग निकलने का मौका मिल गया। वह किसी भी परिस्थिति में यह मौका गँवाना नहीं चाहता था। राज मिस्त्री, जेल की ऊँची चारदिवारी की मरम्मत कर रहा था। कई कैदी ईंट गारा-सीमेंट ढो-ढोकर राजमिस्त्री के पास पहुँचा रहे थे। इस जगह की सुरक्षा के लिए कई जवान बंदूकें ताने तैनात थे। शाहिद भी एक तसले में सीमेंट उठाकर राजमिस्त्री के पास पहुँचाने लगा। उसे काम करते देख एक सिपाही ने रोककर व्यंग्य किया– "तू मेहनत करेगा, आश्चर्य है! पहले कभी मेहनत की रोटी खाई है तूने? तुझे तो लूट-मार, छीन-झपट वाली रोटी अच्छी लगती होगी, आदत जो है, मेहनत की रोटी हजम कर पाएगा तू?" आसपास

के सभी सिपाही हँस पड़े थे।

शाहिद– ''इसलिए तो अब पश्चाताप करना चाहता हूँ।''

दूसरा सिपाही बड़े गर्व से बोला– ''जेल के अन्दर आते ही अच्छे-अच्छों की हेकड़ी गुम हो जाती है; बस इतने में ही ऊँट आ गया पहाड़ के नीचे... सिमेंट ढोएगा? ढोकर देख, कैसा मजा आता है मेहनत करने में।''

एक अन्य सिपाही हँसा– ''हा हा हा इससे काम होगा भला! कोई नहीं, कर कोशिश कर, मेहनत करके पसीने की रोटी खाने की आदत डाल ले, यदि यहाँ से निकलोगे तो काम आयेंगी ये आदतें।'' परिस्थितियों का आंकलन करता हुआ शाहिद चौथी बार सीमेंट लेकर दीवार पर चढ़ा और देखते ही देखते दीवार की दूसरी तरफ कूद गया। फिर क्या था, सिपाहियों की भाग-दौड़, अफरा-तफरी और कोलाहल। नसीब, शाहिद के साथ था। वह बचकर भाग निकलने में कामयाब हो गया और पुलिस खाक छानती रह गयी।

जेल से भागकर शाहिद सीधा लूका से मिलने चल पड़ा। वह लूका से नाराजगी भरे प्रश्नों की अपेक्षा कर उन प्रश्नों के जवाब ढूँढ़ता जा रहा था। उसे लूका से मिलने में हीनभावना के कारण भारी संकोच हो रहा था। उसे भय हो रहा था कि वह लूका के प्रश्नों का जवाब कैसे देगा। क्या लूका उसके जवाब पर विश्वास कर सकेगी; क्या वह उसे और उसकी बेबसी को समझ पायेगी; क्या वह उसके मजबूरी में उठाये गये कदम को उचित ठहरायेगी या फिर झुँझलाकर मुँह फेर लेगी? नहीं-नहीं, लूका ऐसी नहीं है, वह मेरी मजबूरियों को जानकर मुझे जरूर माफ कर देगी। हालाँकि मैंने उसके वादों को तोड़ा है, पर यह तो मैंने उसी के लिए किया। बस अब करीमन खां को खबर भिजवा दूँगा कि उसका काम मैंने पूरा कर दिया है और अब मैं उसके वादे के मुताबिक दस्ते से अलग होकर आजाद हो गया हूँ। इन्हीं विचारों में मग्न वह लूका के गाँव पहुँच गया। इच्छा हुई लूका से घर पर मिले, पर एकाएक याद आया पीपल के छाँव में मिलने का वादा था। अच्छा होगा पहले वहीं देख लूँ, पर क्या वह इतने दिनों तक रोज वहाँ जाकर मेरी राह देखती होगी। मिलन की उत्कंठा लिए वह तेज गति से बूढ़े पीपल की ओर भागा जा रहा था। पहला दीदार कैसा होगा, यह सोचकर मन ही मन सकुचा रहा था। क्या वह दौड़कर मुझे गले लगा लेगी या फिर शरमाकर सिर झुका लेगी? अगले ही पल भय से सशंकित हो उठा कि कहीं लूका उसे देखते ही गुस्से में झिड़ककर चली न जाय। जैसे-जेसे वह पीपल के पेड़ के नजदीक आता जाता था, मन अनेक शंकाओ-आशंकाओं से घिरता जा रहा था, हृदयगति तेज होती जा रही थी। मन में तरह-तरह की भावनाएं उठ मिट रही थीं। वह इन्हीं भावनाओं–शंकाओं–आशंकाओं की बदली से घिरा हुआ बूढ़े पीपल के नीचे आ पहुँचा और उत्सुकतावश इधर-उधर देखने लगा। जब लूका दिखाई न पड़ी तो उसका मन अज्ञात भय से डरने लगा।

उसने जेल से लौट आने के लिए हाथ जोड़कर पीपल बाबा का शुक्रिया अदा किया और वापस आने को मुड़ने ही वाला था कि अचानक उसकी नजर एक क्षीण शरीर वाले बाबा पर पड़ी, जो बूढ़े पीपल की निकल आयी उलझी जड़ों के बीच ध्यानस्थ योग मुद्रा में बैठा था; जो स्वयं एक मोटी जड़ के समान दिख रहा था। गौर से देखे बिना उसकी उपस्थिति अज्ञात-सी थी। बाबा को देख शाहिद को लगा जैसे यह चेहरा जाना-पहचाना सा है, पर फिर भी वह स्पष्ट पहचान न सका। बाबा को और आसपास की परिस्थितियों को देखकर सहज ही जाना जा सकता था कि बाबा कई दिनों से भूखे-प्यासे, एक ही आसन में ध्यानमग्न बैठे हैं। बाल और दाढ़ी में सूखे तिनके लटक रहे थे, आसन के आसपास और गाद में सूखे-पत्ते गिरे पड़े थे। शाहिद ने सोचा यदि लूका यहाँ आती होगी तो इस बाबा को जरूर पता होगा, क्यों न उससे लूका के बारे में पूछ लिया जाय। उसने गौर किया तो बाबा अब भी ध्यानमग्न थे, सोचा तप में बाधा डालना उचित नहीं, क्यों न थोड़ा इंतजार कर लिया जाय। थोड़ी ही देर में उसे सब्र न रहा और वह बाबा से पूछ बैठा– "हे बाबा आप यहाँ कितने दिनों से हैं?" बाबा मौन रहे। उसने सोचा बाबा शायद लीन हैं तप में, विघ्न पैदा करना अनुचित है, पर उसे सब्र कहाँ रहा। थोड़ी देर बाद वह पुनः पूछ बैठा– "बाबा आपने किसी लड़की को यहाँ आकर कुछ समय बिताते देखा है कभी?"

यह सुनकर बाबा की चेतना लौटी "उस लड़की ने तो जिन्दगी का अपना सफर पूरा कर लिया, अब उसे पास समय कहाँ जो यहाँ आकर व्यतीत करे।"

शाहिद को बाबा की बात समझ में न आयी पर उनकी आवाज से वह चौंक पड़ा। सूरत से तो वह मास्टर दीननारायण को पहचान ही न सका था। ये तो मास्टर दीननारायण हैं। पर आश्चर्य! ये यहाँ साधू वेश में। बढ़ी हुई दाढ़ी, बिखरे हुए बाल, माथे पर चंदन का लेप... यह क्या दशा है इनकी। एक पल के लिए तो शाहिद अचंभे में पड़ गया। वह मास्टर दीननारायण को पहचान चुका था, फिर भी संदेहवश पूछ बैठा– "बाबा, आप तो मास्टर दीननारायण हैं न?"

दीननारायण– "हाँ, मैं दीननारायण ही हूँ।"

शाहिद– "मास्टर जी आप यहाँ इस वेश में।"

"योगी दीननारायण का तो अब यही वेश है बेटा, मास्टर जी नहीं रहा अब; मास्टर दीननारायण तो बेटी के साथ उसी दिन मर गया।" इस क्षण न चाहते हुए भी योगी पुनः बाप बन गया था। उसकी बूढ़ी आँखों से आँसू छलक पड़े। शाहिद को शंका हुई, मास्टर जी कहीं पागल तो नहीं हो गये, जाने कैसी-कैसी अशुभ बातें करते हैं। फिर भी मौत की बात सुनकर उसने अपनी घबराहट को काबू में करते हुए पूछा– "आप ये क्या कह रहें है, मेरी समझ में तो कुछ नहीं आ रहा।"

दीननारायण– ''क्या समझना चाहते हो तुम?''

शाहिद– ''बाबा आपकी इस दशा का कारण जानना चाहता हूँ।''

दीननारायण गहरी साँस लेते हुए गंभीर स्वर में बोले– ''क्या करता, अकेला हो गया था, गम बर्दाश्त न कर सका, आ गया पीपल बाबा की शरण में।

शाहिद ने हैरान होकर पूछा– ''अकेला हो गया? मास्टर जी लूका तो घर में है न?''

'नहीं।' उन्होंने दृढ़ और गंभीर स्वर में कहा।

शाहिद पर जैसे वज्रपात हुआ। शाहिद ने हड़बड़ाते हुए पूछा– ''मास्टर जी आप मुझे पहचान तो रहे हैं न?''

''हाँ मैं तुम्हें खूब अच्छी तरह पहचानता हूँ, मौत के सौदागर हो तुम; एक खूंखार आतंकवादी हो, जिसने मेरी भोली-भाली लूका को छला है... उसे अपने झूठे प्रेम जाल में फँसाया और एक दिन तुमने उसकी बर्बादी की दास्तान लिख दी।'' जर्जर शरीर में मानो यह कड़क आवाज इसी पल की प्रतीक्षा में जमा बची पूँजी की तरह किसी कोने मे बंद पड़ी थी।

शाहिद तड़पकर बोला– ''मास्टर जी; आप ये क्या कह रहे है!''

''चुप! आज मैं जो कह रहा हूँ वही सत्य है; तू एक धोखेबाज प्रेमी है। लूका समझती थी कि तुम एक निहायत शरीफ इंसान हो, पर तुम मौका देखकर भाग खड़े हुए। तुम्हारे जाने के बाद लूका रोज यहाँ आकर घंटों तुम्हारा इंतजार किया करती थी, पर एक दिन तुम्हारे ही आतंकी साथियों ने उसे उठा लिया, उसे भूखे भेड़ियों की तरह नोचा। लूका यह सदमा सहन न कर सकी। हम गरीबों की और अमानत ही क्या है सिवाय अपनी इज्जत आबरू के। वह यह सदमा बर्दाश्त न कर सकी और एक दिन उसने आत्महत्या कर ली। अब मैं अकेला क्या करता उस घर में... कौन है मेरा इस संसार में; सारा संसार तो लुट गया। दुःख असह्य हो उठा तो यहाँ चला आया, तब से यहीं हूँ। मरने से पहले वह तुम्हारे नाम का एक पत्र छोड़ गयी थी, जो मुझे इसी पीपल के तनों के बीच मिला। देखा तो उस पर तुम्हारा नाम था। मेरे पास अब यही एक भार रह गया था, अब इस पत्र के भार से भी मुक्त होता हूँ।'' यह कहते हुए उन्होंने पत्र आगे बढ़ा दिया। शाहिद ने काँपते हाथों से पत्र लिया, जैसे वह नींद में हो। वह बिलकुल मौन था। उसे होश न था कि वह कहाँ है, क्यों है और क्या हो रहा है। उसके अंतःकरण से एक ही आवाज उठ रही थी कि उस भोली-भाली मासूम लूका की मौत का जिम्मेदार मैं हूँ। पत्र, शाहिद को सुपुर्द करके बाबा दीननारायण अपने आसन पर बैठ पुनः मंत्रोच्चारण करने लगे, जैसे वे वास्तव में सभी भारों से मुक्त हो गये हों। शाहिद की आँखों में आँसू न थे। आँसू आते ही कहाँ से... अभी उसके हृदय में दुःख

और आत्मग्लानि का ज्वालामुखी जो फूट पड़ा था और उसी ज्वालामुखी की गर्मी में उसके आँसू सूख चुके थे। काश! इस समय कोई उसकी छाती चीरकर दर्द से तड़पते कलेजे को निकाल देता तो शायद उसे दर्द और भीषण बेचैनी से एक साथ राहत मिल जाती।

(प्रिय पाठकों! मेरे पास वे शब्द नहीं जो किसी प्रेमिका की मौत के बाद प्रेमी की मानसिक दशा का वर्णन कर सकें; यह मैं इस अनुभव के आधार पर लिख रहा हूँ कि माँ-बाप, भाई-बहन, बेटा-बेटी, पति-पत्नी आदि तमाम सम्बन्धों से दूर रहकर आपका मानस उतना उद्वेलित नहीं होता, जितना कि एक प्रेमिका या प्रेमी से दूर रहकर। और जहाँ प्रेमी या प्रेमिका हमेशा-हमेशा के लिए एक दूसरे से दूर हो जायँ, उस वक्त उनकी मानसिक दशा क्या होती होगी, यह मेरी अनुभूति से परे है। शब्दों के अथाह सागर में से मैं इस दशा का वर्णन करने के लिए थोड़े भी शब्द निकाल पाने में असमर्थ हूँ। मेरे हिसाब से इस दशा की तो बस अनुभूति ही की जा सकती है और वह भी सिर्फ सच्चे प्रेमी-प्रेमिका ही वह अनुभूति कर सकते हैं। मैं यहाँ आप पाठकों को वे उपयुक्त शब्द नहीं दे पाया, जिससे शाहिद की उस वर्तमान दशा का सटीक चित्रण हो पाता, इसलिए मैं आपसे माफी चाहता हूँ, मुझे क्षमा करें और गर आपने अपने सच्चे प्रेम में विछोह झेला हो, तो उस अनुभव को शाहिद की पीड़ा में अनुभव करें –लेखक)

जब शाहिद की बेहोशी टूटी, तब तक सुबह की धूप निकल आई थी। उसे बेहोशी का खयाल न था। होश में आते ही उसे लूका की कमी महसूस हुई। लूका के बगैर इस जीवन की कल्पना कर वह मायूस हो गया। जाने क्या-क्या सपने सजाये थे उसने लूका के साथ इसी पीपल पेड़ के नीचे। सपने तो बस सपने थे, पर अब लूका भी एक मधुर सपना बनकर रह गयी थी। उसके मन-मस्तिष्क में लूका की यादें फिर से उमड़ने लगीं। उसे लगा, यदि ये यादें आती रहीं तो फिर से वह बेहोश हो जायेगा। एकाएक उसका दिल बोल पड़ा– अच्छी तो हैं ये यादें... या तो बेहोश रहो या फिर यादों में ही मस्त रहो। वह उठ बैठा और हाथ जोड़कर पीपल बाबा से अपना दुख-दर्द बाँटने की चेष्टा करने लगा। अब तो बस लूका की यादों में ये पीपल बाबा ही प्रत्यक्ष रह गये थे, जिन पर वह श्रद्धा व विश्वास रखता था। लूका के बाद शायद वह पीपल बाबा को ही अपने दुःख-सुख का साथी समझने लगा था।

वह हाथ जोड़कर रोते हुए पीपल बाबा से बोला– "हे पीपल बाबा! आज मैं तुम्हारी छाँव में खड़ा हूँ, मुझे रास्ता दिखाओ; अब मैं जी कर क्या करूँ! लूका ही तो मेरी पथ-प्रदर्शिका थी, वह मेरी प्राण थी, लूका के बिना अब मैं मर चुका हूँ, उसके बगैर मेरा कोई अस्तित्व नहीं। हे बाबा तुम ही बताओ, अब मैं जिंदा लाश होकर क्या करूँ! अब मेरे जीने का कोई प्रयोजन शेष नहीं। लूका के बगैर मैं नहीं जी पाऊँगा बाबा, तुम मुझे भी क्यों नहीं मार डालते बाबा, क्यों नहीं मार डालते। लूका तो चली

गयी, पर उसने जाते हुए मुझे वर्षों तक जीने का आशीर्वाद क्यों दिया; क्या यह मेरे कुकर्मों का शाप है। मैं तड़प-तपड़कर इतने दिन कैसे जी पाऊँगा बाबा, कैसे! बाबा यह हृदय की तपन मुझसे सही नहीं जाती, मैं भी अब मरूँगा, मैं दाग लूँगा खुद के सीने पर गोली। लूका...!!!'' वह चीखते हुए बिलख पड़ा।

शाहिद को रोते-बिलखते देख बाबा दीननारायण बोले – ''पाप का प्रायश्चित किये बिना मरना चाहते हो, यह तुम्हारी कायरता है; लूका ने तो कभी कोई बुरे कार्य नहीं किये हैं, फिर भी उसे मृत्युदण्ड मिला; निश्चय ही यह तुम्हारे पापों के कुकर्मों का परिणाम है। यह जानते हुए कि तुम एक आतंकवादी हो, कुकर्मी हो, फिर भी उसने कभी तुम्हारी शिकायत न की; तुम्हें भला ही कहा, तुमसे बेहद प्यार किया; क्या यही प्यार का प्रतिफल मिलना था उसे? आतंकवादी जानते हुए भी उसने तुमसे इसलिए प्यार नहीं किया कि तुम उससे प्यार करते थे, बल्कि इसलिए किया कि उसका प्यार, उसका संस्कार, उसका जीवन किसी पथभ्रष्ट का जीवन सँवार सके, उसे हैवान से सच्चा इंसान बना सके। उसने तुम्हें इंसान बनाने के लिए अपनी जान की कीमत चुकायी है, क्या तुम चाहते हो कि उसका यह बलिदान निर्मोल चला जाय! उसने तुम्हारे पापों का दण्ड वरण किया है और तुम्हें अपने सुकर्मों के तप का पुण्य दे गयी; क्या लूका के इस कर्ज को चुकाना नहीं चाहते तुम! कितना प्यार किया था उसने तुमसे, जो तुम्हारे दंड को अपने ऊपर झेला है, क्या तुम्हारा यह कर्तव्य नहीं कि तुम उसकी भावनाओं की कद्र करो। यदि तुमने उससे सच्चा प्यार किया है, तो उसके प्रति त्याग करो, क्योंकि त्याग ही प्रेम का आधार है और पराकाष्ठा भी।''

शाहिद– ''अब आप ही कहें कि मैं उसके प्रति क्या त्याग करूँ; मैं तो इस प्यार की खातिर जान देने से भी नहीं हिचकूँगा।''

बाबा दीननारायण– ''लूका का यह धर्म नहीं कि वह खुद के लिए किसी की जान का सौदा करे; जान देना उसके प्रति त्याग नहीं बल्कि तुम्हारा स्वार्थ होगा, उसकी भावनाओं का अपमान होगा।''

शाहिद– ''बाबा आपकी बातें मुझे समझ में नहीं आ रहीं।''

बाबा दीननारायण– ''यदि तुम अब भी लूका से सच्चा प्यार करते हो, लूका के मरणोपरांत इस प्रेम का उत्कर्ष चाहते हो, तो तुम्हें बहुत बड़ा त्याग करना पड़ेगा।''

शाहिद– ''बाबा मैं अपने इस प्रेम का उत्कर्ष हर कीमत पर चाहता हूँ, ताकि लूका की इच्छानुसार हमारा यह प्रेम अमर हो जाय, मैं इसके लिए सबकुछ त्याग करने को तत्पर हूँ।''

बाबा दीननारायण– ''तो तुम आज से अपनी सारी बुराई छोड़कर लूका के सिद्धान्तों के अनुसार जियो, अपने पाप का प्रायश्चित करो, उसकी शिक्षाओं पर अमल

करो, उसकी भावनाओं को अपने दिल पर महसूस करो, उसके द्वारा तुम्हारे लिए प्रशस्त किये गये सद्मार्ग पर चलो, उसकी सदिच्छा की पूर्ति करो। तुम्हें याद हो कि उसकी हार्दिक इच्छा क्या थी; क्या इन इच्छाओं की पूर्ति उसके प्रति त्याग न होगा? शायद तुम्हें खयाल नहीं, किन्तु लूका ने मुझे बताया था कि तुम उस दिन लूका के सबसे करीब होगे, जिस दिन सत्कर्म कर अमर हो जाओगे।'' शाहिद के सामने वे सारे दृश्य उपस्थित होने लगे, जब वह लूका से अंतिम बार मिला था। उसे लगा जैसे लूका स्वयं उसके सामने उपस्थित हो गयी है और उसका मार्गदर्शन करना चाहती है। उसकी नजरों के सामने एकाएक वह अंतिम क्षण उपस्थित हो गया, जब लूका, शाहिद को मुस्कुराती हुई विदा कर रही थी। शाहिद एकाएक बोल उठा, जैसे वह साक्षात् लूका से बातें कर रहा हो– ''हाँ लूका, अब मैं ऐसा ही करूँगा; मैं जिऊँगा, सत्कर्म करूँगा, मेहनत करके खाऊँगा, तुम्हारी सदिच्छाओं की पूर्ति करूँगा और अपने पापों का प्रायश्चित करूँगा... मैं तुम्हारे प्यार का कर्ज अदा करूँगा और एक दिन सन्मार्ग पर चलते हुए तुम्हारे करीब पहुँच जाऊँगा लूका, तुम्हें बहुत-बहुत धन्यवाद, तुमने मुझे मेरी जिन्दगी का मकसद दे दिया है।'' कहते-कहते वह बिलखकर रो पड़ा और दोनों हथेलियों से अपना चेहरा ढककर जमीन पर घुटने टेक, सर के बल गिर पड़ा। शाहिद का पश्चाताप देखकर बाबा दीननारायण की आँखों में आँसू छलक पड़े। वे उठकर शाहिद के माथे पर हाथ फेरने लगे।

शाहिद को इधर-उधर भटकते हुए चार दिन हो गये थे। वास्तव में लूका उसकी जान थी, उसके बगैर वह जिन्दा लाश हो गया था, न खाने का ठिकाना न सोने का। जब कभी भी वह तनहाई में बैठता, पागल की तरह लूका का लिखा हुआ पत्र निकालकर पढ़ने लगता। अब तो उसके पास लूका की अंतिम निशानी उसके हाथों लिखा गया वह पत्र ही रह गया था। आज वह बाबा दीननारायण से विदा लेने के मकसद से मिलने गया था, पर इस समय वे बूढ़े पीपल के नीचे न थे। थोड़ी देर इंतजार किया, फिर वह पत्र निकालकर पढ़ने लगा–

प्रिय शाहिद!

तुम्हारे नाम पहला और अंतिम पत्र है। मैंने जिन्दगी में अपनी ओर से हर तरह के पाप से बचने की कोशिश की और बची भी, किन्तु आज मैं आत्महत्या करने जा रही हूँ। आत्महत्या महापाप है, यह जानते हुए भी आत्महत्या करने को बाध्य हूँ। मेरे आत्महत्या करने का कारण शायद तुम जरूर जानना चाहोगे। मैंने अकारण यह कदम नहीं उठाया और न ही मेरा तुम्हें धोखा देने का इरादा है... सच्चाई यह है कि मैं तुम्हारे ही अपने आतंकवादी साथियों द्वारा छली गयी, उनके हवस का शिकार बनी। हम गरीबों के पास एक आबरू ही तो सबसे बड़ा धन होता है; जब तुम्हारे साथियों ने मेरे इस धन को लूट ही लिया तो मैं निर्धन तुम्हारे लायक अपने आपको न समझ सकी।

यदि तुम विश्वास करो तो इसमें किसी का कोई दोष नहीं, क्योंकि मैंने तुमसे सच्चा प्यार किया है, इसलिए पीपल बाबा से मैंने तुम्हारे सारे पापों का फल माँग लिया था और अपने पुण्य का फल तुम्हें देने की प्रार्थना की थी, ताकि तुम्हारा जीवन धन्य हो सके। शायद पीपल बाबा ने मेरी प्रार्थना स्वीकार कर ली है या फिर मेरी नियति ही यही थी। मैं तुमसे माफी चाहती हूँ कि तुम्हारे साथ जिन्दगी न गुजार सकी और न ही तुम्हारे सपनों में शरीक हो सकी। मुझे विश्वास है, हम इस जन्म में न सही, पर इस जन्म में तुम्हारे सद्कर्मों के प्रताप से अगले जन्म में जरूर मिलेंगे... अलविदा!

तुम्हारी लूका

पत्र पढ़ते-पढ़ते शाहिद की आँखों से आँसू छलक पड़े। वह मन ही मन लूका से बातें करने लगा– "लूका, तुमने मुझ अनपढ़ को पढ़ाया, आतंकवादी जानते हुए भी प्यार किया, मुझ भटके हुए को राह दिखायी और मैंने तुम्हें क्या दिया; पलभर की खुशियां भी तो न दे सका, उल्टा मैं तुम्हारे त्याग-तपस्या के बदले तुम्हारी मृत्यु का जिम्मेवार हुआ। मैं अभागा धन्य हो गया तुम जैसी देवी को पाकर। लूका तुम मेरे लिए साक्षात देवी थीं, तुम मेरी पथ प्रदर्शिका हो, तुम ही मेरी गुरु हो।"

बाबा दीननारायण की आवाज से उसका ध्यान टूटा, बोले– "बेटा तुम यहाँ हो।"

शाहिद– "आज मैं अपने मिशन पर जा रहा हूँ बाबा, आपसे आशीर्वाद लेने आया हूँ; आज मैं इन पीपल बाबा को साक्षी मानकर यह प्रतिज्ञा करता हूँ कि मैं यहाँ जरूर आऊँगा... लेकिन तब आऊँगा, जब मैं अपने मकसद में कामयाब हो जाऊँगा।"

"बेटा तुम किस मकसद की बात कर रहे हो मैं समझा नहीं।"

"बस अब तो एक ही मकसद है बाबा, लूका की हार्दिक इच्छाओं की पूर्ति करना, सत्कर्म और सुमार्ग पर चलकर मेरी तरह भटके साथियों को सही राह दिखाना; यही मेरा लूका के प्रति सच्चा प्यार का प्रमाण होगा।" यह कहकर शाहिद ने मास्टरजी और पीपल बाबा को हाथ जोड़कर नमन किया। बाबा दीननारायण ने पीपल बाबा के आशीर्वाद स्वरूप, तनों में लगे अबीर–सिंदूर को शाहिद के ऊपर छिड़ककर सप्रेम विदा किया। शाहिद वीर योद्धा की तरह नवउत्साह में भरकर निकल पड़ा, लूका के दिखाए प्रशस्त मार्ग पर।

आठ

इधर आतंकवादी दस्ते को पता चल गया था कि शाहिद मिलिट्री के हाथों पकड़ा गया है। उन्हें भय था कि शाहिद फौजियों की मार से कहीं उनके पते-ठिकाने उगल न दे, फिर भी शाहिद जैसे निष्ठावान पर उन्हें पूरा भरोसा था। उन लोगों के विचार में शाहिद लूका के आकर्षण में पड़कर बहक गया था, अन्यथा शाहिद जेहादियों का सरताज था। अपने दस्ते की खातिर, नमक की खातिर वह अपनी जान की भी परवाह न करता था। लूका के प्यार में पड़कर शाहिद शक की दृष्टि से देखा जाने लगा था, इसलिए वे अपने ठिकाने बदलने की तैयारी कर रहे थे, यह सोचकर कि यदि शाहिद ने पता ठिकाना बता दिया होगा तो किसी भी समय इन ठिकानों पर मिलिट्री अटैक कर सकती है। वे सभी बैठकर विचार-विमर्श कर ही रहे थे कि अपना नया ठिकाना कहाँ बनायें ताकि सुरक्षित रहकर अपने काम को आसानी से अंजाम दे सकें। तभी अचानक वहाँ शाहिद आ पहुँचा। शाहिद को उपस्थित देख सबकी आँखें खुली की खुली रह गयीं। एक पल के लिए तो जैसे किसी को विश्वास ही न हुआ हो। शाहिद को एकाएक देखकर करीमन खां को घबराहट-सी हुई। वह झूठी प्रसन्नता दिखाते हुए बोला– ''ओह शाहिद, कैसे हो! कहाँ से आ रहे हो?''

शाहिद– ''बस भटकता हुआ आ गया।'' करीमन खां सहित कई लोगों को भय हुआ कि कहीं इसे लूका की मौत का पता न चल गया हो। करीमन खां ने पूछा– ''सुना था जेल में हो और अभी अचानक यहाँ?''

शाहिद– ''हाँ ठीक ही सुना था, मैं जेल में ही था।''

''तो फिर यहाँ कैसे...''

''भाग आया।''

''हमें नाज है तुम पर, कि तुम एक सफल जेहादी हो और विश्वास है कि तुम एक दिन अपने मकसद में जरूर कामयाब होगे, नाम रोशन करोगे; तुम्हारा नाम आदर से लिया जायेगा जेहाद के इतिहास में। मैं समझ गया कि तुम एक काबिल, चालाक और कर्तव्यनिष्ठ शख्स हो, देखते जाओ महीने भर में तुम्हारी प्रमोशन कैसे कराता हूँ; अब

तुम्हें जगलों में बंदूक लटकाये भटकने की जरूरत नहीं, सिर्फ बैठे-बैठे आदेश दोगे... अब आराम भी रहेगा और पैसे भी खूब मिलेंगे।

शाहिद– "मैं अपने मकसद में कामयाब होऊँगा, यह तो मुझे भी विश्वास है; मैंने प्रतिज्ञा भी की है अपने मकसद को पूरा करने की और मैं इसी विश्वास से यहाँ आया हूँ।"

'शाबास!' बीच में ही करीमन खां बोल पड़ा। साथ ही साथ उपस्थित सारे लोग खुश हो गये क्योंकि वे जानते थे कि शाहिद की प्रतिज्ञा खाली नहीं जा सकती। उन्हें ऐसा लगा जैसे उनके अन्दर एकाएक शक्ति का संचार हो गया हो।

शाहिद– "लेकिन अब मुझे न तो प्रमोशन की जरूरत है, न पैसों की और न ही ऐशोआराम की।"

करीमन खां– "ऐसा क्यों भाई!"

"क्योंकि अब मैं जेहादी नहीं।" इस कथन से सभी चौंक पड़े। वे सोचने लगे शायद शाहिद को लूका की मौत का पता चल गया हो।

करीमन खां– "तुमने जेहाद के कई बड़े-बड़े काम किये हैं; आतंक फैलाया और कहते हो जेहादी नहीं, तुम मजाक तो नहीं कर रहे?"

"नहीं, मैं जेहादी था; अब नहीं।"

"अभी-अभी तो तुमने कहा कि तुमने अपने मकसद में कामयाब होने की प्रतिज्ञा की है।"

"हाँ, मैं अभी भी कहता हूँ, मैं अपने मकसद के लिए ही जी रहा हूँ; लेकिन अब मेरा मकसद बदल गया है।"

"मैं जानना चाहता हूँ क्या है तुम्हारा मकसद?"

"सद्मार्ग, सत्कर्म और अहिंसा।"

"क्यों तुम पागलों सी बातें करते हो?"

"यह तो तुम्हारी सोच और दिमाग पर निर्भर करता है कि मैं पागलों-सी बातें करता हूँ या एक इंसान की तरह।"

"तुम वास्तव में पागल हो गए हो, दस्ते के द्रोही हो गये हो।"

"तुम्हारी समझ में शायद ऐसा ही हूँ।"

"इसका अर्थ तुम्हें शायद लूका के बारे में भी खबर है..."

"हाँ, मुझे सब खबर है।"

"मुझे अफसोस है।"

"अफसोस क्यों, खुशी क्यों नहीं हैं?"

"क्या बकते हो, तुम्हें गम है और हमें खुशी होगी भला।"

"ये दिखावटी सहानुभूति तुम अपने पास ही रखो; मुझे पता है कि आतंकवादी किसी के नहीं होते; मैं जानता हूँ कि वे कितने निर्दय, कुटिल, प्रपंची और रक्तपिपासु होते हैं।"

"तुम्हें पता भी है कि तुम एक जेहादी को गाली दे रहे हो, अपने-आपको गाली दे रहे हो।"

"यह तो मैं नहीं जानता कि मैं किसे गाली दे रहा हूँ और क्या कर रहा हूँ; पर अब मैं जेहादी नहीं जो अपने आपको गाली दूँ। मुझे यह भी पता है कि लूका की मृत्यु का कारण तुम हो, तुम्हारे इशारे पर ही उसकी इज्जत लूटी गई, यह सब तुम्हारा ही रचा षड्यंत्र है।"

"यह तुम क्या बकते हो!" करीमन खां आँखें लाल करके बोला।

"मैं सत्य कहता हूँ, तुमने ही मेरी लूका को मुझसे छीना है... तुमने सोचा होगा लूका को बर्बाद कर तुम मुझे अपने हाथों की कठपुतली बनाये रखोगे, पर तुम्हारा यह सोचना व्यर्थ गया, क्योंकि लूका ने मुझे वह मंत्र दे दिया है, जिससे मेरी आँखें खुल गयीं, मुझे इस दलदल से आजादी मिल गयी।" वहाँ पर सभी उपस्थित लोग सोचते थे कि लूका के बर्बाद हो जाने पर शादिह जेहादी दस्ते में हमेशा के लिए वापस आ जायेगा, पर यहाँ तो मामला ठीक आशा के विपरीत हुआ।

करीमन खां– "तब तो तुमने फौजियों को हमारे सारे पते-ठिकाने जरूर बता दिये होंगे?"

"नहीं मैंने ऐसा नहीं किया।" शाहिद ने जवाब दिया।

"मैं कैसे तुम पर विश्वास करूँ?" करीमन खां ने कहा।

"यह तो तुम्हारे विश्वास पर है, करो तो ठीक न करो तो भी ठीक; वैसे यह जान लो मैं कभी झूठ नहीं बोलता।" शाहिद की सच्ची जुबान से करीमन खां परिचित था। उसकी इसी ईमानदारी पर तो वह खुश था।

करीमन खां– "शाहिद, अब तक जाने अनजाने जो हुआ सो हुआ, मैं विश्वास दिलाता हूँ अब आगे से तुम्हें कोई तकलीफ नहीं होगी; पुराने सारे गिले-शिकवे भूलकर आज हम सभी फिर से दस्ते में स्वागत करते हैं तुम्हारा।"

शाहिद– "अब मेरे लिए तुम्हारे द्वारा दिया गया हर एक प्रलोभन, तुम्हारी तमाम दलीलें और यहाँ तक कि तुम्हारी धमकियाँ सब बेकार हैं; अब मैं अंजाम के भय से परे

हूँ। तुम्हें जितनी तकलीफें देनी थीं, वो तो तुम पहले ही दे चुके हो; मेरा जो अंजाम होना था, वह तो होकर ही रहा, अब इस लाश को किसी पीड़ा या मृत्यु से भय नहीं। वैसे अब मेरे पास शेष ही क्या रहा, जिसके बर्बाद हो जाने का भय हो; सच अब मेरा कोई कुछ नहीं बिगाड़ सकता।''

करीमन खां– ''शाहिद, दस्ते में बहुत कम लोगों को ऐसा अवसर नसीब हो पाता है, इस अवसर को हाथ से मत निकलने दो।''

शाहिद– ''शाहिद अब फिर दस्ते में शामिल हो जाय, लूका और अम्मी की मौत को भुला दे, अपने पवित्र प्रेम को कलंकित करे, उसे धोखा दे... शाहिद फिर से कठपुतली बन जाय, जिसे जब जहाँ जैसे चाहे आकर कोई भी नचा जाय, तो यह कदापि संभव नहीं।''

करीमन खां– ''शाहिद अब तुम कठपुतली नहीं, केन्द्रीय कमांडर बना दिये जाओगे; आखिर जेहाद के लिए तुमने जान पर खेलकर दस्ते क़ी इतनी सेवा जो की है; अब तो स्वयं तुम्हारे हाथों सैकड़ों कठपुतलियाँ होंगी, जो तुम्हारे एक इशारे पर जान देने को हर पल तैयार खड़ी होंगी।''

''जान देने के लिए, या जान लेने के लिए?'' शाहिद ने व्यंग्य किया।

करीमन खां– ''तुम उस नाचीज लूका के लिए इतना नाराज हो; हमारे पास एक से एक बढ़कर सुन्दर लड़कियाँ हैं, तुम जिसे चाहो और जितना चाहो भोग सकते हो।''

''बसऽऽऽ अब और मेरे प्यार को गाली मत दो; यह तुम्हें पहले भी बता चुका हूँ कि मैं चाहे जितना भी बुरा हूँ, पर नारी जाति के विषय में ऐसी घटिया मानसिकता नहीं है मेरी। नारी का सम्मान तो मैं तब भी करता था, जब मैं दानव था, आतंकवादी था, मेरा जमीर जब सोया हुआ था। कान खोलकर सुन लो; अब मैं तुम्हारे किसी भी प्रलोभन में नहीं पड़ने वाला।'' शाहिद ने गुस्से में भरकर कहा।

''मैं तुम्हें फँसा नहीं रहा बल्कि तुम्हारे भले की बात कर रहा हूँ।'' करीमन खां ने गुस्से को दबाते हुए कहा।

''अब तक क्या भला किया तुमने? घर-द्वार, माँ-प्रेमिका सब कुछ तो छीन लिया, मुझसे मेरी ही मातृभूमि पर आतंक का ताण्डव कराया, अपने ही भारत माँ की छाती पर छुरा चलवाया। यहाँ मुझे इतना गिरा दिया गया था कि जिस माँ ने मुझे जन्म दिया, जीवन दिया, मैंने उसी का जीवन छीन लिया। तुम आतताई हो, भूखों और बेरोजगारों को फुसलाकर उनसे जेहाद और धर्म के नाम पर, कुरान का वास्ता देकर अपनी राजनीतिक रोटियाँ सेंकते हो; उन्हें अपने कुटिल षड्यंत्र के जाल में धीरे-धीरे इस कदर जकड़ लेते हो कि वह कभी निकल ही न पायें। जो यहाँ से निकलने की जितनी कोशिश करता है, वह उतना ही उलझला चला जाता है। पाकिस्तान के इस

घृणित षड्यंत्र को मैं खूब समझता हूँ। जब तक हम जिंदा होते हैं, तब तक तुम्हारे लिए जान देते हैं,अपने ही घरों में आग लगाते हैं और मन जाने पर हमारी लाश को कुत्ते, चील नोच-नोचकर खा जाते हैं, घर वालों को खबर तक नहीं होती। तबाही, रक्तपात, बलात्कार, मासूम बच्चों की हत्या, क्या यही इस्लाम की सीख है!'' शाहिद दस्ते के बीच निर्भीक होकर शेर की तरह गरज रहा था। सारा दस्ता शाहिद को हतप्रभ देख रहा था। करीमन खां को अब समझ में आ गया था कि शाहिद उसकी पकड़ से बहुत दूर निकल चुका है; अब वह अपनी मातृभूमि की बातें करता है, अब किसी भी हाल में उसे वश में करना संभव नहीं।

यदि शाहिद जीवित रहा तो सारा बना-बनाया खेल बिगड़ सकता है। एक के इंकलाब से दस्ते में शामिल बाकी जेहादी भी इंकलाब बोल उठेंगे। शाहिद का जीवित रहना दस्ते के लिए घातक सिद्ध हो सकता है। शाहिद के जीते जी किसी भी जेहादी योजना को निश्चिंतता पूर्वक अंजाम देना संभव नहीं। शाहिद हमारे लिए भय का सबब बनकर बेचैन किये रहेगा, क्यों न शाहिद को रास्ते से ही हटा दिया जाय, न रहेगा बाँस न बजेगी बासुरी।

करीमन खां को पता था कि शाहिद ने जो कह दिया वह करेगा ही। उसे किसी भी हाल में यह मंजूर न था कि यहाँ से उसके पाँव उखड़ जायँ, पाकिस्तान के मंसूबे पर पानी फिर जाये। वह गुस्से से आगबबूला हो उठा था और इसी गुस्से में उसने शाहिद पर गोली दाग दी। दस्ते के सभी लोग स्तब्ध रह गये। सभी एक-दूसरे का मुँह ताकते हुए मूक थे। पर, चूँकि करीमन खां ने गोली न चाहते हुए अनमने मन से मुँह फेरकर चलायी थी इसलिए गोली शाहिद के कन्धे पर लगी थी। गोली दागने के बाद करीमन खां वहाँ से झपटते हुए चला गया था और उसके साथ ही दस्ते के ज्यादातर लोग भी तितर-बितर हो गये थे। बाकी बचे उसके तीन दोस्त मजीद, हसन और अकरम, जो उसके सुख-दुःख के भागीदार थे, तीनों उस पर जान देते थे, इस घटना से लगा कि गोली उन्हें भी लग गयी हो। वे पहले से ही लूका के साथ ऐसी घृणित घटना से चिढ़े हुए थे। उन्होंने शाहिद को उठाया और इलाज के लिए ले गये। चूँकि गोली शाहिद के मजबूत कन्धे पर ही धँसी थी, इसलिए थोड़ी सी मशक्कत के बाद गोली निकाल ली गयी। जब शहिद होश में आया तो उसके पास तीनों दोस्त खड़े थे। शाहिद लेटा हुआ टुकुर-टुकुर देख रहा था। तभी अकरम ने कहा- ''क्यों जी मेहमान, दुनिया की खबर तो है न तुम्हें!''

शाहिद– ''हाँ जी मेजबान, मैं दुनिया में ही हूँ।'' सभी हँस पड़े।

मजीद– ''हमें पहचानते हो न, कहीं एक ही झटके में भूल तो नहीं गये।''

शाहिद– ''इस मामूली से झटके में अपने दिल के टुकड़ों को कैसे भूल सकता हूँ भला।''

मजीद– "अच्छा ये बताओ, अब सही रास्ते पर आओगे या नहीं?"

शाहिद– "हाँ भाई, मैं थोड़ी देर के लिए रास्ता तो भटक ही गया था, पर अब तो सही रास्ते पर ही हूँ।"

हसन– "तो दे दूँ खुशखबरी करीमन खां को?"

शाहिद– "करीमन खां के लिए कौन-सी खुशखबरी हो सकती है?"

हसन– "यही कि तुम्हारा पागलपन अब ठीक हो गया है; करीमन खां हँसेंगे, कहेंगे कि एक ही गोली में सुधर गया।"

शाहिद– "यदि तुम करीमन खां की नजर में सुधरने की बात करते हो, तो मैं नहीं सुधरा और यदि तुम्हारी नजरों की सोच सही है, तो मैं तुम्हारी नजरों में भी नहीं सुधरा।"

हसन– "यानि की तुम दस्ते का काम नहीं करोगे?"

शाहिद– "नहीं; मैं किसी आतताई किसी आतंकवादी की नजरों में नहीं सुधरा, उसके लिए मैं बिगड़ गया हूँ, रास्ता भटक गया हूँ... लेकिन मैं तो अपनी लूका की नजरों में सुधर गया, बाबा दीननारायण की नजरों में सुधर गया, पीपल बाबा की नजर में सुधर गया और सबसे बड़ी बात अल्लाह की नजरों में सुधर गया हूँ।"

हसन– "ओफ्फ! मैं तो समझा था तुम्हारा पागलपन ठीक हो गया है, पर मुझे क्या मालूम था कि तुम पहले थोड़े पागल थे, अब पूरे पागल हो गये हो।"

शाहिद तेज आवाज में बोला– "हाँ हाँ मैं पागल हो गया हूँ; मैं पूरा पागल हो गया हूँ और पागल ही रहना चाहता हूँ। मैं तुम्हारें लिए नहीं सुधरना चाहता; तुम्हारी नजरों में सुधरकर आतंक, रक्तपात और हिंसा का तांडव नहीं करना चाहता। अब घृणा होती है बुराई से, हिंसा और बर्बादी से। मैं कपूत बनकर अपनी मातृभूमि की छाती पर और घाव नहीं कर सकता। जिस मिट्टी में लोट-लोटकर बड़ा हुआ, उस मिट्टी को अपने ही भाइयों के खून से नहीं सानना चाहता। जहाँ का अन्न खाकर पला-बढ़ा उस धरती को लाशों से अब और नहीं पाटना चाहता; जहाँ का जल पिया, उसमें अब और रक्त नहीं मिलाना चाहता। अरे हसन! जिस धरती में जन्म लिया, उसी धरती की छाती फाड़ते हो, माँ के स्तनों को बंजर बनाते हो, अपने ही धरती के भाइयों को मौत की नींद सुला देते हो... बस, अपने थोड़े से स्वार्थ के लिए, सिर्फ बित्ते भर पेट के लिए, इस मिट्टी से निर्मित शरीर के सुखों के लिए, आराम भोग-विलास के लिए। देखो जमीन पर, यह भी मिट्टी है, जिसने हमारे पैरों को आधार दिया है, उसके साथ ही गद्दारी करना क्या हमारा पवित्र कुरान सिखाता है?

हसन खीझकर बोला– "बस करो! तुम्हारे इन उपदेशों से कान पके जा रहे हैं;

गेरुआ पहनकर महात्मा बन जाओ और गली-गली उपदेश सुनाते फिरो।''

शाहिद–''गेरूआ पहनना ही महात्मा का परिचय नहीं; हाथ में बंदूक लेकर भी महात्मा बना जा सकता है।''

तीनों दोस्त यह सोचकर हँस पड़े कि कहीं शाहिद वास्तव में पागल तो नहीं हो गया।

शाहिद– ''तुम लोग मुझे पागल समझकर शायद हँस रहे हो, लेकिन देख लेना, यही पागलपन मुझे मेरी लूका तक पहुँचा देगा, मुझे आसमान की ऊँचाइयों तक पहुँचा देगा... मेरा यही पागलपन मेरी अमरता का रास्ता है।''

अब उन तीनों के लिए तो जैसे संदेह ही न रहा शाहिद के पागलपन पर।

हँसते हुए मजीद ने पूछा– ''पर बंदूक हमारे महात्मा के हाथों में किस काम की, प्रसाद के लिए चिड़िया मारोगे क्या, तीनों ठहाका लगाकर हँस पड़े।

शाहिद गरजा– ''बंदूक, मारने के लिए नहीं, बचाने के लिए होगी, अहिंसा के लिए होगी।''

हसन– ''हाथ में बंदूक और अहिंसा, यह बात समझ में नहीं आई; आखिर हाथ में बंदूक लेकर कैसी अहिंसा?''

शाहिद– ''यह बंदूक अपना निशाना बनायेगी उन आतताइयों को जो निहत्थों, महिलाओं, बूढ़ों और बच्चों को मारकर अपनी कायरता छुपाने के लिए धर्म की आड़ लेकर अपनी वीरता सिद्ध करते हैं; यह बंदूक अपना निशाना बनायेगी उन दहशतगर्द ताजपोश दरिंदों को, जो अपने थोड़े से स्वार्थ के लिए इंसानों के खून से होली खेलकर खुशियाँ मनाते हैं; यह बंदूक अपना निशाना बनायेगी धर्म को बदनाम करने वाले नकाबपोश वहशी ठेकेदारों को, जो दूसरों का घर उजाड़कर महलों में रँगरेलियाँ मनाते हैं।''

हसन– ''और इन सबको मारना क्या हिंसा न होगी?''

शाहिद– ''नहीं, यदि एक ही हत्या से सैकड़ों हत्याएँ रुकती हैं। हजारों बेगुनाहों की रक्षा होती है, तो वह हिंसा नहीं अहिंसा है, किसी हत्यारे की हत्या करना अहिंसा है।''

मजीद– ''शाहिद, तुम्हारा यह सपना व्यर्थ है, सिर्फ एक पागलपन है; मेरी मानों और छोड़ दो इन सपनों में उड़ना। ख्वाबों में तो कोई भी उड़ लेता है, पर उसकी हकीकत है कि उसका पाँव धरती पर ही रहता है; हकीकत को जानो; लौट आओ दस्ते में... तुम्हें शायद मालूम है कि हर पंछी की यही इच्छा रहती है कि वह खुले आकाश में उड़ता रहे, पर उसे दाने के लिए धरती पर आना ही पड़ता है।''

शाहिद– ''मै आकाश की नहीं धरती की ही बातें करता हूँ, आकाश में तो तुम सब उड़ते हो आतंक का पंख फैलाये; सुनहरे सपने सजाकर और धरती पर आकर क्रूरता के चोंच से निर्दोषों के प्राण चुग जाते हो। लेकिन यह विडंबना तो देखो, दाना तुम चुगते हो और पेट किसी और का भरता है, सपने किहीं औरों के साकार होते हैं, मकसद किन्ही औरों के पूरे होते हैं। यह मत भूलों कि कुकर्मों की उड़ान ऊँची नहीं होती, न ही स्थायी ही। तुम आकाश के झिलमिलाते तारों को देखकर ललचायी आँखों से ऊपर ही देखते रह जाते हो। तुम्हें पता भी नहीं चलता कि तुम धरती में धँसते जा रहे हो, जब गहराई तुम्हें डुबोने लगती है तब तुम्हें अहसास होता है कि तुम गर्दन से नीचे तक दफन हो चुके हो और फिर चाहकर भी तुम नहीं निकल पाते... बस पछतावा ही रह जाता है तुम्हारे तकदीर में। तुम्हें यहाँ क्या मिलता है आतंक और रक्तपात से? माँ–बाप, सगे-संबधी, भाई-बहन, देश-गाँव यहाँ तक की तुम स्वयं को खो देते हो। तुम्हें यहाँ बड़े-बड़े सपने दिखलाकर लाया गया था; तुम जरा गौर से सोचो, क्या तुम्हारे ये सपने सच हुए? मैं भी आया था यहाँ पैसा कमाने, सुनहरे सपने लेकर; सोचा था मैं भी उड़कर आकाश के झिलमिलाते तारे तोड़ लाऊँगा... पर क्या है आज मेरी हकीकत; यही कि मैंने खुद अपने हाथों से अपनी अम्मी के प्राण हर लिया, लूका को खो दिया, अपना जमीर खो दिया और अन्त में सबकुछ खोकर मेरे हाथ आखिर क्या लगा मेरे भाई! खुद की चलती-फिरती लाश में तब्दील हो गया हूँ मैं अब तो लूका के प्रेम में झिलमिलाते सपने भी न रहे, जिनमें डूबकर थोड़ी देर खुशनुमा पल गुजार लेता था।'' शाहिद की आँखों से आँसू छलक पड़े थे। इसी क्षण उसके अंतःकरण से आवाज-सी आयी कि – ''वीर सबकुछ खोकर भी नहीं रोते, उनकी एक ही गति होती है और वह है वीरगति।'' शायद यह लूका की प्रेरणा थी। शाहिद ने तुरंत आँसू पोंछ डाले। शाहिद की इन बातों से आज उसके तीनों साथी भी बेहद प्रभावित हो चुके थे। उन्होंने भी आज राजनीतिक जेहाद की इस हकीकत को बारीकी से जानने की कोशिश की और खुद के बारे में भी निर्णय लेने को मजबूर हो गये।

हालाँकि हसन और मजीद का मन पूरी तरह से बदल चुका था, परन्तु अकरम चाहते हुए भी अपने आपको इस लड़ाई से अलग नहीं कर पा रहा था। उसके दिलो–दिमाग मे एक फाँस सी गड़ी थी, जिसके कारण वह उफनकर बोला– ''देखो शाहिद, तुम्हारा यह इल्जाम बिलकुल गलत है कि लोग यहाँ बहला फुसलाकर और सपने दिखाकर लाये जाते हैं... मुझे तो किसी ने नहीं बहलाया, न ही सपने दिखाये; यहाँ तो मैं स्वेच्छा से अपने इंतकाम के लिए आया हूँ।''

शाहिद– ''आखिर हमें भी तो बताओ, किस इंतकाम को हासिल करने के लिए इस दस्ते का सहारा लिया है तुमने?''

अकरम– ''जानना ही चाहते हो मेरे दस्ते में शामिल होने की वजह को ध्यान

देकर सुनो और फिर बताओ कि क्या मेरा दस्ते के लिए काम करना गलत है? मेरे अब्बा हुजूर भी तुम्हारी तरह पागल थे... सच कहा जाय तो यह पागलपन का विचार मास्टर दीननारायण के ही कारण उत्पन्न हुआ था। मेरे अब्बा पढ़ाते थे गाँव के स्कूल में मास्टर दीननारायण के साथ। उन दोनों के विचार ऐसे मिलते थे, जैसे-प्रयाग में गंगा-यमुना। उन दोनों की दोस्ती बचपन से ही थी। साथ-साथ पले बढ़े और पढ़ाई भी साथ ही हुई। गाँव से बाहर जाकर कॉलेज की पढ़ाई भी दोनों ने साथ-साथ ही की। वे दोनों प्रेमी जीव थे। जवानी में प्रेमालाप करते फिरते थे। इसी कॉलेज की पढ़ाई के दौरान वे देश की राजनीति से भी रूबरू हुए। कुछ ही दिनों में वे गाँधी जी के भक्त हो गये और अंग्रेजों के खिलाफ जमकर लोहा लिया, जिस वजह से उन दोनों की पढ़ाई बाधित हो गयी। वे पुनः अपने गाँव लौट आये। गाँव आते ही उनकी नौकरी स्कूल में लग गयी। जब उनकी ड्यूटी दूसरे-दूसरे स्कूलों मे लगी तो वे नौकरी छोड़ने को तैयार हो गये। हार मानकर कलेक्टर को दोनों की नौकरी एक ही स्कूल में स्थानांतरित करनी पड़ी। स्कूल के साथ-साथ उन्होंने देश की स्वतंत्रता के लिए भी लोगों को जागरूक किया, जलसे जुलूस आदि की अगुआई की। जल्द ही वे दोनों इस क्षेत्र में प्रसिद्ध हो गये। उनकी प्रसिद्धि का कारण स्वतंत्रता सेनानी से कहीं ज्यादा उनकी दोस्ती थी। वे एक दूसरे का आदर किया करते थे ओर उनके दिल में एक-दूसरे के धर्म के प्रति काफी आस्था और सम्मान था। जाति– सम्प्रदाय अलग होते हुए भी आस-पास के क्षेत्र में दोस्ती की ऐसी मिसाल और कहीं न थी।

इसी दौरान मास्टर दीननारायण को एक मुस्लिम लड़की भा गयी। फिर क्या था, वे दोनों आपस में प्यार कर बैठे। भले ही मास्टर दीननारायण जातीय एकता के नारे लगाकर आदर्शवादी हो गये थे, पर वे जातीयता की जड़ता से वाकिफ थे। उन्होंने अपने दिल की बात मेरे अब्बू से कही। अब्बा हुजूर ने उन्हें आश्वस्त किया और कहा यदि तुझे मुस्लिम लड़की पसंद आ गयी है, तो मेरे लिए हिन्दू लड़की तलाश कर दे, ताकि हम दोनों दोस्त अन्तरजातीय विवाह कर जातीयता की जड़ता को तोड़ने की पहल कर एक मिसाल कायम करें, इससे समाज में एक नई जाग्रति आयेगी और लोगों को इस अंतरजातीय विवाह से प्रेरणा भी मिलेगी, जो हमारी राष्ट्रीय एकता को मजबूती प्रदान करेगी। ये विचार मास्टर दीननारायण को भी भाये। मास्टर दीननारायण ने झट एक हिन्दू लड़की तलाश कर ली और तुरन्त ही अब्बू की शादी करा दी। विरोध तो हुआ, पर कोई विशेष अड़चन न आयी। शादी के बाद उन दोनों की दोस्ती और अधिक गहरी हो गयी। मेरी अम्मी मास्टर दीननारायण को राखी बाँधा करती थी और अब्बा तो पहले से ही मास्टर दीननारायण के दोस्त और भाई बने बैठे थे। अम्मी मुझे मास्टर दीननारायण को मामा कहने को कहतीं और अब्बा कहते चाचा कहो। मैं दोनों का कहना मानकर शरारतवश चाचा या मामा अलग-अलग न कहकर चाचा और मामा को एक साथ मिलाकर 'चामा' कहा करता था और आज भी मैं उन्हें चामा कहकर ही

पुकारता हूँ। चामा संबोधन में मुझे दो रिश्तों की मिठास एक साथ मिलती है।

अब्बा की शादी के वर्ष भर बाद तक मास्टर दीननारायण का प्रेम-प्रसंग चलता रहा। फिर वह समय भी आया, जब मास्टर दीननारायण का विवाह अपनी प्रेमिका के साथ एक निश्चित तिथि को होना तय हुआ। फिर तो दोनों दोस्तों की खुशियों के क्या कहने थे। इसी बीच अचानक एक दिन मास्टर दीननारायण ने इस शादी को कुछ दिनों के लिए टाल देने की बात कही। कारण था, इन दिनों राजनीतिक सरगर्मियाँ चरम पर थीं। हर जगह, हर रोज आंदोलन और प्रदर्शन और ऊपर से अंग्रेजी हुकूमत की क्रूरतापूर्ण दमनात्मक कार्यवाहियाँ। अंग्रेजों की इस दमनात्मक नीति में हर रोज स्वतंत्रता सेनानियों की हत्या, फाँसी और जेल हो रही थी। इस कार्यवाही में मास्टर दीननारायण भी वांरटी हो गये थे। अंग्रेजों को उनकी तलाश थी। मास्टर दीननारायण का यहाँ रहना खतरे से खाली न था, अतः वे दूसरे शहर जाकर भूमिगत होकर अपनी लड़ाई जारी रखे हुए थे। इसमें मेरे अब्बा हुजूर का उन्हें काफी सहयोग मिलता रहा। वे कदापि नहीं चाहते थे कि इन परिस्थितियों में उनकी शादी हो। जाने कब अंग्रेजों की गोलियों का शिकार हो जायें.या फाँसी पर लटका दिये जायें। उनकी जिन्दगी का कोई भरोसा न था। हालाँकि उनकी प्रेमिका इन परिस्थितियों में भी शादी के लिए सहर्ष तैयार थी, पर दीननारायण नहीं चाहते थे कि वे किसी की जिन्दगी को नाहक वैधव्य की खाई, मे ढकेल दें। इन दोनों दोस्तों ने स्वतंत्रता के इस संघर्ष में अपनी ओर से कोई कसर न छोड़ी, क्योंकि वे एक दूसरे से आश्वस्त थे कि यदि इनमें से कोई एक मारा भी गया, तो परिवार दूसरा सँभाल लेगा।

लगातार डेढ़ वर्ष तक यह संघर्ष चलने के बाद अपना देश आजाद हो गया और दुर्भाग्य से देश का विभाजन भी हो गया। इन दोस्तों को स्वतंत्रता से जितनी खुशी मिली, उससे कहीं ज्यादा दुःख देश के विभाजन से हुआ।

अब जाकर मास्टर दीननारायण को फुरसत मिली। मास्टर दीननारायण अपनी प्रेमिका से शादी की तैयारी में थे। इसी वक्त समाज में साम्प्रदायिकता का विरोध बढ़ गया, जातीयता पनपने लगी, साम्प्रदायिकता सर उठाने लगी, हिन्दू मुसलमानों के बीच अकसर दंगे होने शुरू हो गये। इसी कारण दीननारायण की, मुस्लिम लड़की के साथ शादी से दोनों संप्रदायों को आपत्ति हो गयी। दोनों दोस्तों ने शादी के लिए लाख उपाय किये... बहुत कोशिश की, दोनों संप्रदायों से बात की, हाथ जोड़े, मिन्नतें कीं, पर असफल रहे। यहाँ तक कि दोनों ओर से तलवारें निकल आयीं। जब खून-खराबे की समीावनाएँ बढ़ गयीं तो हार मानकर दीननारायण को अपनी प्रेमिका से शादी का ख्याल दिल से निकाल देना पड़ा। इसी अफरा–तफरी में दीननारायण की शादी उनके परिवार और समाज के दबाव से अपनी ही जाति की लड़की से जबरदस्ती कर दी गयी। इधर दीननारायण की शादी हो जाने पर दीननारायण की प्रेमिका ने कसम खा लिया कि

वह आजीवन अविवाहित रहेगी और सच... आज तक उसने वह कसम कायम रखी हुई है।

जैसे ही देश का बँटवारा हुआ, दोनों दोस्त कुछ लोगों की आँखों में खटकने लगे। उन कट्टरवादी लोगों ने सांप्रदायिकता को मुद्दा बनाकर एक साजिश के तहत उन्हें अपनी-अपनी बिरादरी से अलग करवा दिया। कुछ ही दिनों में कश्मीर में पाकिस्तान की कुटिल चाल से आतंकवाद फैलने लगा। वे दोनों दोस्त कश्मीर में इस आतंकवाद के बुरे परिणाम को पहले से ही जानते थे... फिर क्या था, वे दोनों आपस में विचार-विमर्श कर निकल पड़े गाँधी के अहिंसावाद का मंत्र जाप करने। वे दोनों निहत्थे आतंकवादियों से मिलते, उन्हें समझाते और सही मार्ग दिखाने का प्रयास करते। इस बीच पाकिस्तानी कट्टर आतंकवादियों को उनकी सुधारात्मक कार्यवाहियों का पता चला। वे कट्टरपंथी अच्छी तरह जानते थे कि इन दोस्तों के रहते उनकी आतंकी योजनाओं पर पानी फिरता रहेगा। क्षेत्र के बहुत से लोग उनके प्रति श्रद्धा रखते थे, अतः उन्हें मालूम था कि उन दोनों पर सीधा वार करने से यहाँ के जेहादी बनने वाले भड़क उठेंगे। इसलिए उन्होंने एक जाल बिछाया उन्हें फँसाने के लिए। पाकिस्तान से आतंक फैलाने आये आतंकवादियों ने उन दोस्तों से बैर रखने कुछ सांप्रदायिक लोगों को मोटी रकम देकर आसानी से अपने मंसूबे के लिए राजी कर लिया। वैसे भी साम्प्रदायिक मानसिकता वाले दबंग लोग इनके अंतरजातीय विवाह और दोस्ती से चिढ़े हुए थे। अतः एक दिन मानवता के पुजारियों को गाँव के इन दबंगों ने एक योजना के तहत रात में पकड़कर मिलिट्री के हवाले कर दिया और आतंकवादी होने का तथा कई आतंकी गतिविधियों को अंजाम देने का सशक्त आरोप भी उनके मत्थे जड़ दिया। मिलिट्री वालों ने आतंकवादी गतिविधियों और उनके पते-ठिकाने पूछने के लिए दोनों को खूब पीटा। दोनों दोस्तों ने मिलिट्री वालों से कहा कि वे गाँधीजी का अनुसरण कर आतंकियों के पास अहिंसा का मार्ग अपनाने के लिये समझाने जाते थे, उन्हें सुमार्ग दिखाने जाते थे; पर मिलिट्री वाले उनके इस पागलपने पर विश्वास न कर सके और मिलिट्री वालों की कठोर यातनाएँ मेरे अब्बा हुजूर न सह सके, उन्होंने जेल में ही दम तोड़ दिया। अम्मी इस सदमे को बर्दाश्त न कर सकीं... ऊपर से सांप्रदायिक कट्टरपंथियों के ताने; वह भी मुझे छोड़ गयी। मैं अकेला हो गया। कुछ दिनों बाद मास्टर दीननारायण जेल से रिहा कर दिये गये। मास्टर दीननारायण मुझे अपने घर ले गये और पिता का प्यार भी दिया। मुझे संतोष हुआ कि अपने पिता के न रहने से पिता के प्यार में कमी न हुई। मुझे वहाँ लूका जैसी प्रिय बहन भी मिली... लेकिन मेरा उस परिवार मे जाना उस परिवार के लिए घातक सिद्ध हुआ। दीननारायण मुझे सगा बेटा मान बैठे। लूका की माँ, मास्टर दीननारायण के इस रवैये से नाखुश थी। लूका के जन्म के बाद मास्टर दीननारायण का सारा प्यार लूका और मुझे मिलता रहा और यह बात लूका की माँ को स्वीकार न थी। मास्टर दीननारायण भी शायद दिल से अपनी

पत्नी को प्यार न कर सके। आये दिन छोटी-छोटी बातों पर कहासुनी होती रहती थी, उनके विचार मेल न खाते थे। एक दिन जब मास्टर दीननारायण ने बेटा मानकर मेरे नाम से कुछ जमीन खरीदी, तो हद ही हो गयी। शायद इसी बात से अपना तिरस्कार समझकर लूका की माँ ने आत्महत्या कर ली। इस हादसे के कुछ ही समय बाद जातीयता का प्रभाव इतना बढ़ गया कि दोनों जाति के संगम से बना यह परिवार दोनों संप्रदायों के तीखे प्रहारों से धीरे-धीरे टूटता गया। एक तो वे दोस्त की मौत से आधा टूट चुके थे, अब पत्नी की मौत ने उन्हें बैरागी बना दिया। परिवार में तंगी, अव्यवस्था फैल गयी। मास्टर दीननारायण, घर-परिवार से उदासीन हो गये। अब उनमें संघर्ष की और क्षमता न रही। नौकरी तो कब की छूट चुकी थी। परिवार की आर्थिक स्थिति भी जर्जर हो गयी। और तब मैंने अंतिम राह अपनायी... मैंने प्रण लिया कि देवताओं के घर उजाड़ने वाले राक्षसों को मैं मार डालूँगा, उनसे बदला लूँगा; यही मेरा इंतकाम है, यही मेरा लक्ष्य है।'' वह एकदम से गंभीर हो चुका था। आँखे लाल–लाल हो गयीं, मानो अब इन आँखों से अँगारे बरस पड़ेंगे।

शाहिद धीरे से बोला– ''तुम्हारे पिता आतंकवाद को खत्म करना चाहते थे और तुम खुद एक आतंकवादी बन बैठे, क्या इससे तुम्हारे पिता की रूह को तकलीफ न होगी?''

अकरम– ''आतंकवाद मेरा लक्ष्य नहीं, इंतकाम मेरा लक्ष्य है, एक पिता का मुझ पर कर्ज है।''

शाहिद– ''अहिंसा के पुजारी का कर्ज हिंसा से चुका रहे हो?''

अकरम– ''मैं तर्क करना नहीं चाहता, मुझे तो बस अपने इस उबलते खून को ठण्ढक चाहिए और ये ठण्ढक इंतकाम के बाद ही मिलेगी।''

शाहिद– ''ठीक है, खून को ठण्ढा करने के लिए खून बहाओ, लेकिन यह कभी तुमने सोचा है कि तुम बदला लेने के लिए दस लोगों को मारोगे, उन दसों के पुत्र तुम्हारी तरह इंतकाम की आग में अन्य दस-दस को मारेंगे और फिर उन सौ के बेटे भी तो बदला चाहेंगे; वे भी मारेंगे दस-दस को... तब क्या तुम्हारे अब्बा हुजूर की रूह को शांति मिलेगी? तुम्हारे इस इंतकाम से आतंकवाद रुक जायेगा या पनपेगा?

अकरम गरजकर बोला– ''शाहिद, बस करो! मैंने कहा न मुझे तर्क नहीं करना।''

शाहिद– ''भाई, सत्य को सत्य कहना गलत है क्या... और वैसे भी तर्क का निष्कर्ष सत्य ही होता है; हो सकता है कि तुम अपने विचार में ठीक कर रहे हो; वैसे हर रास्ता किसी न किसी मंजिल पर पहुँचता है और हमारी–तुम्हारी मंजिल तो एक ही है, पर रास्ते जरूर अलग-अलग हैं और जानते हो क्यों, क्योंकि रास्ते में तमाम चौराहे हैं,

जो ज्ञान के अभाव में भटकाव पैदा करते हैं।

अकरम– "तो क्या मैं रास्ता भटक गया हूँ?" वह तपाक से बोला।

शाहिद– "यह भी तुम्हें तय करना है कि तुम किस रास्ते पर हो, क्योंक चौराहे पर कुछ सही मार्ग बताने वाले होते है और कुछ गलत मार्ग बतलाने वाले या उन्हें खुद पता नहीं होता कि कौन सही रास्ता है और कौन-सा गलत; ऐसे लोगों से रास्ता पूछने पर वे कहेंगे मैं जिस रास्ते पर हूँ वही सही रास्ता है, तुम भी इसी रास्तें पर चलो, अब मंजिल तक पहुँचना तुम्हारी होशयारी है।

अकरम परेशान होता हुआ बोला– "देखो शाहिद, मुझे भरमाओ मत, मैं अपनी प्रतिज्ञा से नहीं डिगने वाला।"

शाहिद– "मेरा काम प्रतिज्ञा से डिगाना नहीं, बल्कि प्रतिज्ञा में एक दोस्त की तरह सहायक बनना है; बशर्ते प्रतिज्ञा सही हो।"

अकरम– "तो क्या मैंने गलत प्रतिज्ञा कर रखी है?"

शाहिद– "यह तो मैं नहीं जानता और न ही दूसरा कोई जानेगा; यदि सौ लोगों से पूछोगे तो तुम्हारे पास सौ उत्तर हो जायेंगे। यह भी तुम्हें ही तय करना है कि तुमने सही प्रतिज्ञा की है या गलत और यदि तुम मुझसे रास्ता पूछना चाहोगे तो... सुनो– क्या पिता के अच्छे रास्ते पर चलना तुम्हारा फर्ज नहीं? उनके सद्‌गुणों को अपनाना और विकसित करना तुम्हारा फर्ज नहीं? पिता की हार्दिक इच्छाओं की पूर्ति करना क्या तुम्हारा कर्तव्य नहीं? एक पिता अपने पुत्र से क्या आशा रखता है; वह चाहता है कि हमारा बेटा सपूत हो, आगे चलकर हमारा नाम रोशन करे, हमारा और हमारे विचारों का सम्मान करे। क्या तुम ऐसा करोगे तो उन्हें प्रसन्नता न होगी? क्या तुम्हारे ऐसा करने से तुम्हारे पिता की रूह को शांति न मिलेगी?"

अकरम– "हाँ, यह तो मैं जानता हूँ और वही तो कर रहा हूँ।"

शाहिद– "मैंने अभी कहा चौराहे अनेक हैं, मंजिल पर पहुँचने के लिए रास्ता खुद को तय करना है; तुम जिस रास्ते पर हो क्या तुम्हारा अंतःकरण तुम्हें इस रास्ते पर चलने की गवाही देता है? जरा सोचो अकरम, तुम आहत होकर आतंकवादी बने, तुमसे आहत होकर कोई और आतंकवादी बनेगा... तुम सताए गये थे, तुम किसी और को सताओगे, अनाथ बनाओगे, खून बहाओगे, तो फिर उनमें और तुममें क्या अंतर है; जानवर के साथ तुम भी तो जानवर हो गये। यदि कोई नशे में तुम्हें गाली देता है, तुम भी गुस्से में उसे गालियाँ देते हो तो उसमें और तुममें क्या फर्क रह गया; उससे अधिक बुरे तो तुम हुए, जो होश में होकर भी गालियाँ दी। कोई बैल तुम्हें सींग मारे और यदि तुम उसके सींग पर कुल्हाड़ी से प्रहार करो तो उससे ज्यादा बुद्धिहीन प्राणी तो तुम कहलाये जो बुद्धिजीवी मानव होकर भी उस बुद्धिहीन पशु को कष्ट दिया।"

अकरम– ''तो मैं क्या करूँ शाहिद, क्या करूँ?'' वह माथा पीटते हुए बोला।

शाहिद– ''यदि तुम सच्चे पुत्र का फर्ज अदा करने चाहते हो, तो अपने पिता की इच्छा की पूर्ति करो, उनके अधूरे काम को पूरा करो।''

अकरम– ''शाहिद, मुझे तो कुछ समझ में नहीं आ रहा है कि अब मैं कौन-सा मार्ग अपनाऊँ।''

शाहिद– ''देखो अकरम, मैं तो बस इतना जानता हूँ कि बुराई का परिणाम बुरा ही होता है; बुराई से दूर रहो, भला करो, भला सोचो तो खुद का भला होगा।''

अकरम– ''मुझे तो मेरे अंदर बुराई ही बुराई नजर आने लगी है, मैं तो इतना गिर गया कि सगी बहन से भी प्यारी लूका को न बचा सका। उस दिन की साजिश मुझे मालूम थी; करीमन खां ने मुझे भी वहाँ जाने को कहा था, पर मैंने कलेजे पर हाथ रखकर इंकार कर दिया था। एक भाई की आँखों के सामने कैसे होता यह घृणित कार्य। उस दिन से करीमन खां मुझसे बिगड़ा हुआ है; शायद उसे हमारे रिश्ते का पता न था। उस दिन जब करीमन खां ने अन्य जेहादियों को इस कुकर्म के लिए भेजा तो मेरी रूह काँप उठी, पर मैं इस प्लान के खिलाफ एक शब्द भी न बोल सका, क्योंकि मेरे बोलते ही मुझे गोली मार दी जाती। सच कहता हूँ शाहिद, उस दिन से आज तक मैं अपने आपको कोसता आ रहा हूँ। यदि लूका को बचाते हुए मेरे प्राण चले जाते, तो शायद मुझे इस तरह ग्लानि में न जीना पड़ता। शाहिद, मैं नहीं जानता था कि तुम उसी लूका से प्यार करते हो, जिसे बचपन में ही छोड़ मैं दूर चला आया था। उसे मैं बचा सकता था, पर इस दस्ते के बंधन में बँधकर न बचा सका। शायद लूका मुझे माफ न करेगी; जीते जी तो उसके लिए कुछ न कर सका, शायद अब उसके लिए कुछ कर सकूँ।''

शाहिद– ''सद्मार्ग पर चलकर ही लूका के लिए कुछ किया जा सकता है, पर यह मार्ग बहुत कठिन है, बहुत कष्टकारक है; फिर भी यदि तुम सदमार्ग को ही अपनाना चाहते हो तो बाबा दीननारायण और पीपल बाबा का आशीर्वाद अवश्य ले लो।''

अकरम– ''बाबा दीननारायण?''

शाहिद– ''हाँ वही मास्टर दीननारायण, जो अब बाबा दीननारायण हो गये हैं; लूका की मृत्यु के बाद वे बूढ़े पीपल के नीचे बैठे ईश्वर भक्ति में मग्न रहने लगे हैं, अब लोग उन्हें मास्टर दीननारायण नहीं, बाबा दीननारायण कहते हैं।''

अकरम– ''वही पीपल वृक्ष, जो गाँव भर के देवताओं का वासस्थान है?''

शाहिद– ''हाँ हाँ वहीं।''

अकरम– ''नहीं शाहिद, मैं बाबा दीननारायण के पास नहीं जा सकता; मैं तो उसी दिन से उन्हें मुँह दिखाने के काबिल नहीं, जिस दिन मैं उनके घर से भाग निकला

था और अब लूका की मौत का बोझ लिए कैसे मुँह दिखाऊँ उन्हें, किस मुँह से माफी मागूँगा मैं!''

शाहिद– ''बाबा दीननारायण वास्तव में नारायण हैं; इसका प्रमाण है कि यह वह नहीं जानते थे कि मैं एक आतंकवादी हूँ... लूका की मौत के बाद जब उन्हें मालूम हुआ कि मैं आतंकवादी हूँ, यहाँ तक कि लूका के मौत का जिम्मेवार भी, तब भी उन्होंने मुझे माफ कर दिया; माफ तो किया ही, बेटा कहकर आशीर्वाद भी दिया।''

अकरम– ''नहीं शाहिद नहीं, जब तक मैं माफी माँगने के काबिल नहीं हो जाता, उनके दर्शन न करूँगा, यही मेरा प्रण है।''

मजीद उनकी बातों से प्रभावित होकर बोला– ''मुझे एक बात समझ में नहीं आती, कि भलाई का फल भला होगा और बुराई का फल बुरा होगा इसकी क्या गारंटी है?''

शाहिद– ''तुम दुनिया के किसी भी व्यक्ति को देखो, जिसने भला किया उसका भला हुआ; उनका नाम आदर और श्रद्धा के साथ लिया जाता है, किन्तु बुरे लोग हमेशा दुत्कारे जाते हैं।''

हसन– ''पर अकरम के पिता ने हमेशा भला किया, फिर भी उनके साथ अन्याय हुआ।''

शाहिद– ''जरा गौर करना, इस जहां में एक न एक दिन मरना ही है, किन्तु उन्होंने अच्छा काम किया और मारे गये, आज वे मरे नहीं अमर हो गये हैं; शायद तुम लोगों को नहीं पता पर लूका ने मुझे बताया था, स्वतंत्रता सेनानियों में अकरम के अब्बा जिया खान और मास्टर दीननारायण का नाम बड़ी श्रद्धा के साथ लिया जाता है। भारतीय थल सेना ने जो आतंकवादी होने का आरोप उन पर लगाया था, वह मास्टर दीननारायण के जेल से रिहा होने के तुरंत बाद ही उन्हीं थलसेना के अफसरों के द्वारा जाँच के आधार पर बेबुनियाद घोषित कर दिया गया था। उन्होंने स्पष्ट कहा था कि– ''हमें अफसोस के साथ कहना पड़ रहा है कि जिया खान और मास्टर दीननारायण जैसे निष्ठावान देशभक्तों को एक सोची-समझी साजिश के तहत उनके दुश्मनों और पाकिस्तान के एजेंटों की मिलीभगत से फँसाया गया था। तत्पश्चात आर्मी के एक बड़े ऑफीसर ने रेडियों पर पूरे देश के सामने दिवंगत जिया खान से माफी माँगी थी और उनके परिवार को एक माफीपत्र भी भेजा था; साथ में सम्मान-पत्र और हर्जाना राशि भी।''

''हाँ, उसी राशि से तो मास्टर दीननारायण ने मेरे नाम से जमीन खरीदी थी। उन्होंने मुझे खुद बताया था और वह माफी वाला पत्र एवं सम्मानपत्र आज भी मास्टर दीननारायण सँभालकर रखे होंगे, क्योंकि कई बार मैंने उनको उस पत्र को पढ़कर

अकेले में रोते देखा था। वे उस पत्र से ऐसे बाते करते थे, जैसे वे साक्षात मेरे अब्बा से बातें कर रहे हों... कई बार तो मैंने उस पत्र को दोस्त कहकर संबोधित करते और अपना दुखड़ा सुनाते देखा था।'' अकरम ने कहा।

शाहिद– ''लूका ने मुझे यह भी बताया था कि जब भी स्वतंत्रता सेनानियों की कोई सभा, मिलन-समारोह या राष्ट्रीय समारोह आदि कार्यक्रम आयोजित होते हैं, तब खास तौर पर मास्टर दीननारायण को अवश्य आमंत्रण-पत्र भेजकर बुलाया जाता है। आज जब भी उस क्षेत्र में स्वतंत्रता सेनानियों की बात होती है, तो सबसे पहले अकरम के अब्बा जिया खान और मास्टर दीननारायण याद किये जाते हैं। जब-जब स्वतंत्रता संग्राम का इतिहास पढ़ा जायेगा, तब तब वे स्वतंत्रता सेनानी के रूप में याद किया जायेंगे। भारतीय स्वत्रंता संघर्ष के इतिहास में वे अमर हो गए हैं। इस क्षेत्र में भी उनका नाम हमेशा गूँजता रहेगा। बहुत संभव है, आने वाले समय में उनके नाम पर कोई स्कूल, कॉलेज, अस्पताल या नगर का नाम हमेशा के लिए स्थापित हो जाय।''

अभी अकरम को अपने गौरव का पता चला। इतने बड़े स्वतंत्रता सेनानी, देशभक्त, अहिंसा प्रेमी, आतंकवाद विरोधी का पुत्र स्वयं एक आतंकवादी है। इस वक्त उसे अपनी गलत सोच और तुच्छ उद्देश्य पर शर्म आ रही थी। वह मन ही मन धन्य-धन्य कह उठा, जो शाहिद ने उसे गिरने से बचा लिया। आज उसे इस आतंक से, इस अमानवीय कुकृत्य से घृणा हो आयी थी।

मजीद– ''शाहिद यह सब मैं मानता हूँ, लेकिन आज तक हमने जो देखा है कि जो भले लोग हैं उनका जीवन कष्टमय और संघर्षमय है, उनकी स्थिति तो बुरे आदमी से भी गयी गुजरी है... जो बुरे लोग हैं उन्होंने धूर्तता कर, बेईमानी कर, लूट-खसोट कर काफी तरक्की की है, फिर हम यह सद्कर्म और ईमादारी का ढोल गरदन में लटकाये क्यों जियें?''

शाहिद– ''अल्लाह सबका पालनहार है, सबका पिता है; वह किसी से कोई पक्षपात नहीं करता है... उसने विधान बना रखा है कि अच्छे काम करने वालों को जन्नत और बुरे काम करने वालों को जहन्नुम नसीब हो। इस दुनिया में बाहर से दिखावा है कि बुरा करने वाला धनी और सुखी है... किन्तु वह कितना अभागा है, जो अपना कर्म खराब कर पाप की गठरी तैयार कर रहा है। जो ज्ञानी हैं, वे इन कर्मों के फलों को जानते हैं, इसलिए वे बुराई करने से बचते हैं, लेकिन जो मूर्ख हैं, वह इस कर्मफल को नहीं जानते। यहाँ राजनीतिक जेहाद के चक्कर में फँसे सभी अभागे हैं, मूर्ख हैं। यदि यहाँ आकर लोग सच्चा जेहाद करते हैं, धर्म का कार्य करते हैं, तो फिर धर्म के कार्य में पैसों की लालसा क्यों! आखिर, गरीब और रोटी के भूखों ने ही धर्म का कार्य करने का ठेका क्यों ले रखा है? महलों मे रहने वाले यह धार्मिक कार्य क्यों नहीं करते? तुम्हीं देखो, क्या यहाँ है कोई सम्पन्न घराने का? यहाँ सभी लाचार, बेरोजगार और अनपढ़

पड़े हैं, जिन्हें जेहाद की उल्टी-सीधी परिभाषा रटाकर मरने-मारने के लिए कुछ कुटिल स्वार्थी लोगों के मकसद की पूर्ति का साधन बनाकर छोड़ दिया गया है। क्या हम मेहनत कर इज्जत की दो रोटियां नहीं कमा सकते? यदि नहीं, तो अपाहिज हैं हम, लानत है हमारे इस शरीर पर।''

अकरम– ''काश! तुम मुझे पहले ये रास्ता बता दिये होते तो आज मुझे इतना पछताना न पड़ता, इतनी बेचैनी न होती; सच, दोस्त का मतलब मुझे आज मालूम हुआ; दोस्त वही जो दोस्त को कुमार्ग से निकालकर सद्मार्ग में ले चले। अब तक हम दोनों की दोस्ती कच्ची थी, बुरी थी, आतंक पर आधारित थी, यह कभी भी एक ही झटके में टूट सकती थी; पर आज हमारी दोस्ती सच्ची है, पक्की है, जो श्रद्धा और प्रेम पर आधारित है, मैं आज तुम्हारा दोस्त बनना चाहता हूँ।'' अकरम ने दोस्ती के लिए शाहिद की तरफ हाथ बढ़ा दिया। शाहिद को लगा, उठकर उसे गले लगा ले, पर वह असमर्थ था। कंधे पर ताजे घाव जो थे।

काफी देर तक चले तर्क-वितर्क और उसके निष्कर्षों को सुनकर मजीद और हसन को भी आज शाहिद की बातें किसी विद्वान की सी बातें लग रही थीं; पर उनके अन्तर्मन का पाप अभी दूर नहीं हुआ था। वह पाप और पुण्य को नहीं समझ पा रहे थे, इसलिए उन्होंने दस्ते में वापस लौट जाना उचित समझा... लेकिन इधर अस्पताल में शाहिद का पड़ा रहना उन सबके लिए खतरा साबित हो सकता था, क्योंकि आर्मी को पता चल चुका था कि शाहिद किसी अस्पताल में है। यहाँ किसी भी समय छापा पड़ सकता था। जगह-जगह शाहिद के पोस्टर चस्पा कर दिये गये थे। आर्मी वाले तब से और बौखला गये थे, जब से वह जेल से भाग निकला था। उन तीनों की सहायता से शाहिद वहाँ से हटा लिया गया और एक गुप्त स्थान पर पहुँचा दिया गया था, जहाँ वह कुछ दिन आराम से रह सकता था।

मजीद और हसन दस्ते में वापस लौट आये थे और उन्होंने अकरम के बारे में उसके दोस्त मुजीम और उसके साथियों को बता दिया था, जो उसके गाँव के आस-पास के ही थे और अकरम और शाहिद से विशेष लगाव रखते थे, जिस कारण मुजीम और उसके तीन-चार साथ छुप-छुपाकर अकरम और शाहिद के गुप्त ठिकाने पर पहुँचने लगे और चुपचाप अकरम और शाहिद की मदद भी करने लगे।

इस बात की भनक करीमन खां को लग चुकी थी, अतः अब अकरम, मुजीम और उनके साथियों के लिए निश्चित हो गया था कि उन्हें देखते ही करीमन खां गोली मार देगा और हुआ भी ऐसा ही; करीमन खां ने ऐलान कर दिया कि शाहिद और उसके साथियों को देखते ही गोली मार दी जाय। यह कार्य विशेष रूप से मजीद, हसन और अन्य दो नये खूंखार आतंकवादियों को सौंपा गया, क्योंकि करीमन खां जानता था कि मजीद और हसन की दोस्ती शाहिद से अच्छी थी और ये लोग ही उसका पता जल्द

लगा सकते हैं। करीमन खां की इस चयन में सबसे बड़ी कूटनीति यह थी कि वह इनके बीच की घनिष्ठाा को तोड़कर आपसी मतभेद बढ़ाना चाहता था, ताकि भविष्य में इनके शाहिद की बातों में आने की संभावना खत्म हो जाय।

करीमन खां के इस ऐलान से मजीद और हसन को भय हुआ कि कहीं करीमन खां को यह मालूम न हो गया हो कि उन्होंने भी शाहिद को गुप्त स्थान में पहुँचाने में सहायता की थी। ऐलान के बाद दोनों को चैन न था। वे इस भय से व्याकुल थे कि करीमन खां को उनकी गद्दारी का पता चल चुका था और संभवतः वह उन्हें शाहिद को मारने का कार्य सौंपकर उनकी परीक्षा ले रहा था। मजीद ने इस भय की व्याकुलता से निजात पाने की एक तरकीब निकाली। इस तरकीब से आम के आम गुठलियों के दाम मिल जाते। वह अपनी महत्त्वाकांक्षा की पूर्ति के लिए इस तरकीब को हाथ से जाने नहीं देना चाहता था, पर इस कार्य के लिए हसन का सहयोग आवश्यक था, इसलिए वह हसन के पास पहुँचा और बोला– "सुना है भाई तुम्हारी तरक्की हुई है?"

हसन– "तरक्की क्या होगी भाई, मारे भय के व्याकुल हूँ, कि कहीं हमारी पोल-पट्टी तो नहीं खुल गई।"

"कैसी पोल-पट्टी?" मजीद ने पूछा।

हसन– "अरे, वही हमने जो शाहिद की सहायता की थी और उसका ठिकाना जानते हुए भी अनजान बन बैठे हैं।"

मजीद– "मैं भी तबाह हूँ इसी चिंता से, अब तो अल्ला बचाए इस बला से।"

हसन– "तब तो बेवजह फँसे हम दोनों उस पागल की बातों में।"

मजीद– "ऐसी भी दोस्ती क्या जो हमारे ही जान पर बन आये।"

हसन– "अब तो फँस चुके।"

मजीद– "वैसे मुझे अभी-अभी एक तरीका सूझा है इस मुसीबत से उबरने का।"

"अरे भाई बताओगे भी..." हसन ने उतावला होते हुए कहा।

मजीद– "इस बारे में तो एकांत में बैठकर ही बात करें तो अच्छा रहेगा।"

हसन– "तो देर क्यों, चलो नदी के किनारे।" दोनों नदी के किनारे रेत पर जा बैठे।

मजीद– "देख हसन, लगता है करीमन खां को हम दोनों पर शक हो गया है; मुझे लगता है, वह हमारी बातें जानता है और शाहिद को मारने की जिम्मेवारी देकर हमारी परीक्षा ले रहा है।"

हसन– "संभवतः तुम सही कह रहे हो।"

मजीद– "संभवतः नहीं, एकदम निश्चित।"

हसन– "तो अब हम करें भी तो क्या करें?"

मजीद– "क्यों न हम इस मौके का फायदा उठा लें।"

हसन ने जिज्ञासा भरे स्वर में पूछा– 'मौका?'

मजीद– "हाँ, एक सुनहरा मौका; क्यों न हम शाहिद का पता बताकर करीमन खां की हमारे प्रति जो शंका है, उसे दूर कर दें; इससे हमें भय से मुक्ति मिल जायेगी और करीमन खां को हमारी वफादारी पर विश्वास भी दृढ़ हो जाएगा, उसकी नजरों में हम स्थान बना लेंगे, संभवतः हमें कुछ ईनाम भी मिल जाय।"

हसन– "मजीद, तुम शाहिद के प्रति ऐसी सोच रखते हो; वह दोस्त है हमारा।"

मजीद– "ऐसा दोस्त किस काम का, जो हमारे लिए मुसीबत खड़ी कर दे।"

हसन– "उसने तो हमें नहीं फँसाया, उसने तो सहायता तक नहीं माँगी हमसे; हमने तो अपनी इच्छा से, उसके मना करने के बावजूद उसकी सहायता की है, इसमें उसकी क्या गलती।"

मजीद– "जो भी हो, अपनी सफाई पेश करने का ऐसा मौका फिर नहीं मिलने वाला, तरक्की का ऐसा मौका बार-बार नहीं मिलता... यह तो एक संयोग है, अल्लाह की मेहरबानी है; याद रख, आज वही व्यक्ति सफल है, जिसने उचित मौके का उचित लाभ उठाया।"

हसन को स्पष्ट मालूम हो गया कि पैसों के लिए मजीद कुछ भी कर सकता है। वह किसी भी हालत में इस मौके को हाथ से न जाने देगा। उसने सोचा यदि यह निश्चित ही है कि मजीद शाहिद का पता बता देगा तो वह व्यर्थ में अकेला मुसीबत क्यों मोल ले। पर यह भी सच है कि उसका अंतर्मन उसका साथ देने के लिए सहमत न था, किन्तु उसे इस बात का भय भी था कि चालाक मजीद कहीं उसे ही न फँसा दे। इसी डर की वजह से न चाहते हुए भी उसे मजीद के प्रति सहमत होना ही पड़ा।

अकरम और मुजीम ने शाहिद की तन-मन से सेवा की। वे इस दौरान शाहिद के सद्विचारों के रंग में ऐसे रँगे की अब उनका दामन मृत्यु के बाद ही छूट सकता था। स्वस्थ होते ही शाहिद, लूका की अज्ञात प्रेरणा से सक्रिय हो उठा। वह घूम-घूमकर आतंकवादियों को सद्मार्ग दिखाने का प्रयास करने लगा। जो आतंकवादी उसके सम्पर्क में आता, वह शाहिद से प्रभावित हुए बिना नहीं रह पाता। शाहिद सिर्फ इस विश्वास से आतंकवादियों को समझाने की कोशिश करता कि प्रत्येक व्यक्ति के हृदय में मानवता छुपी है; चाहे व्यक्ति कितना ही क्रूर क्यों न हो, पर उसका मस्तिष्क, हृदय से किसी न किसी नस के द्वारा जुड़ा होता है।

जब करीमन खां को शाहिद की इस नयी नीति का पता चला तो वह बौखला उठा। इस सुधारवादी नीति का प्रतिकार उसे नहीं सूझ रहा था। उसने पाकिस्तान लिख भेजा–

हमारे दिलोअजीज हुक्मरान

अस्सलाम वालेकुम!

आपको विदित हो कि अपने ही दस्ते का एक पुराना जेहादी 'शाहिद' तमाम जेहादियों के लिए मुसीबत बन बैठा है; उसने हमारी नाक में दम कर रखा है। वह जेहादियों से अकेले में मिलकर उनके हृदय में कर्तव्य, देशभक्ति, सच्चा इस्लाम जैसी भावनाएँ पैदा करता फिर रहा है। उसकी इन बातों से प्रभावित होकर कुछ जेहादी उसके अनुयायी भी हो गये हैं, जिस वजह से हमारे अपने ही दस्ते में अलगाव पैदा होता जा रहा है तथा हमारे मिशन एवं जेहाद के प्रति निष्ठा भी खत्म होती जा रही है, जिस कारण जेहादी गतिविधियां तेजी से मंद पड़ती जा रही हैं। हमने उसे कई बार मारने का प्रयास भी किया है, पर अभी तक उसे मारने में सफल नहीं हो सके हैं, जिसका कारण सिर्फ यही है कि हमारे अपने ही दस्ते के जेहादी उसकी बातों से अन्तर्मन से प्रभावित हैं और जिस वजह से उसे देख लेने पर भी कोई भी जेहादी निःसंकोच गोली चलाने से कतराता है... सच तो यह है कि हमारे अनपढ़ जेहादी भी उसकी बातों में आकर पाक कुरान की बातें करने लगे हैं, कुरान के उपदेशों पर तर्क करने लगे हैं, सच्चे कुरान की बातें करने लगे हैं। यदि यही हाल रहा तो वह दिन दूर नहीं, जब आप पाकिस्तानी हुक्मरानों के साथ हम मुल्लाओं की कुटिल नीति का पूरी घाटी में खुलासा हो जायेगा और तब हमारे रोटी के लाले पड़ जायेंगे। अब तक की हमारी की हुई मेहनत पर पानी फिर जाय, इससे पहले मैं आपसे दरख्वास्त करता हूँ कि जल्द से जल्द यहाँ पाकिस्तान की सेना में प्रशिक्षित कमांडो फोर्स की एक टुकड़ी भेज दी जाय, मैं उन्हें सीमा पार कर आने का रास्ता तलाश कर जल्द ही आपको सूचित करता हूँ।

अल्लाह हाफिज!

आपका करीमन खॉ।

इसी बीच मजीद और हसन ने शाहिद का ठिकाना खोज निकालने का दावा पेश किया। करीमन खां एक निश्चित योजना के तहत शाहिद को जिंदा या मुर्दा पकड़ने के लिए अपने दस्ते के विश्वासपात्र जेहादियों के साथ चल पड़ा। आज करीमन खां स्वयं दस्ते का संचालन कर रहा था। उसके इशारे पर बारूद के गोले शाहिद के ठिकाने पर आग उगल रहे थे। शाहिद अपने साथी अकरम, मुजीम एवं अन्य साथियों के साथ घिर चुका था। अकरम की चालाकी से शाहिद किसी तरह वहाँ से बच निकलने में सफल हुआ, किन्तु शाहिद को बचाने के चक्कर में मोर्चा सँभाले अकरम और उसके कुछ

साथियों को दुश्मन के एक गोले ने अपना शिकार बना लिया... किन्तु करीमन खां इस बार भी शाहिद को पकड़ने में असफल रहा। उसकी यह असफलता उसके पुरुषार्थ को धिक्कार रही थी।

इस अभियान मे हसन ने अल्लाह से दुआ की थी कि वह शाहिद के प्राण बख्श दे। शायद अल्लाह ने उसकी दुआ कबूल ली थी, पर उसके घनिष्ठ साथी अकरम की मृत्यु से उसे भारी दुःख हुआ, किन्तु उसने अपने इस दुःख को करीमन खां के सामने प्रकट न होने दिया।

अब तक पाकिस्तान से कमांडर नहीं भेजे गये थे, जिस कारण करीमन खां को पाकिस्तान पर भी गुस्सा आ रहा था। बड़े-बड़े सुरक्षा घेरे में रहने वाले लोगों को खत्म करना या अपहरण करना उसके बायें हाथ का खेल था, पर अपने ही द्वारा तैयार किये गये शाहिद को पकड़ने में नाकामयाब रहना उसकी अब तक की मेहनत पर कालिख पोत रहा था। इस कालिख को छुपाने तथा पाकिस्तानी कमांडो को अपने साथ लाने के लिए वह चार–छह दिन के लिए पाकिस्तान चला गया। पाकिस्तान जाते समय वह अपना कार्यभार मजीद के साथ एक अन्य पाकिस्तानी आतंकवादी को सौंप गया। मजीद अपनी इस उपलब्धि पर खुश था। उसे अपनी वफादारी का ईनाम तत्काल जो मिल गया था।

करीमन खां को पाकिस्तान जाने की खबर मिलते ही शाहिद सक्रिय हो गया। उसे सभी आतंकवादियों के साथ एक बार इकट्ठा मुखातिब होने का अच्छा अवसर मिल गया। वह यह भी जानता था कि करीमन खां उसे देखते ही गोली मार देने का आदेश देकर गया है; पर उसे पता था कि फिलहाल सारा संचालन उसके दोस्त मजीद के हाथों में है और कम से कम वह अपने हाथों उस पर गोली नहीं चलायेगा। उसने खबर भिजवाई कि वह उसके ठिकाने पर कल आ रहा है। मजीद सोचने लगा क्यों न उसे अपने हाथों मारकर यह साबित कर दूँ कि मैं रिश्ते और मोह के बंधन से परे हूँ। करीमन खां को खुश करने का इससे अच्छा मौका और क्या हो सकता है। वह यह सोचकर मन ही मन खुश था कि उसके ऐसा करते ही उसे यहाँ की कमान हमेशा-हमेशा के लिए सौंप दी जायेगी और फिर तो पैसों का अंबार लग जाएगा। उसने इस मनसूबे से सभी साथियों को आदेश दिया कि शाहिद जब यहाँ आए तो उस पर कोई गोली न चलाये।

दूसरे दिन शाहिद आत्मविश्वास से भरा, सीना ताने दस्ते के ठिकाने पर पहुँचा। उसका आत्मविश्वास देखकर एक बार मजीद भी नरम पड़ गया।

शाहिद– "वाह भाई मजीद, आजकल तो मोटे होते जा रहो हो!"

मजीद– "काम की बात करो, कहो क्यों आये हो यहाँ?"

शाहिद– ''इस क्षेत्र का कमांडर बनते ही आवाज भी मोटी हो गयी।''

मजीद– ''इस वक्त तुम मुझे दोस्त समझने की भूल मत करना।''

शाहिद– ''दोस्त? कैसा दोस्त; मैंने तो कभी तुमसे दोस्ती की ही नहीं; हाँ साथ रहा करते थे, बातें हुआ करती थीं।'' मजीद को लगा उसे उल्टा चाँटा पड़ा हो। उसने सोचा था शाहिद दोस्ती का हवाला देगा, रोएगा चिल्लाएगा, गिड़गिड़ाकर अपने प्राणों की भीख माँगेगा, पर यहाँ आकर तो वह दोस्त होने से ही इंकार कर रहा है।

मजीद– ''यह तो अच्छा ही है कि तुम दोस्त नहीं समझते।''

शाहिद– ''तुम जैसे पैसों के लालची के लिए दोस्ती का सच्चा अर्थ समझना बहुत कठिन है, तुम जैसों की दोस्ती बस अपने स्वार्थों की पूर्ति तक ही सीमित होती है।''

मजीद– ''तुम्हें मालूम भी है कि तुम्हें देखते ही गोली मारने का हुक्म है?''

शाहिद– ''हाँ, मुझे मालूम है, पर मैं यह भी जानता हूँ कि प्राण लेना तो ऊपर वाले के हाथ में है। हाँ, हो सकता है, ऊपर वाले ने तुम्हें मेरी जान लेने का माध्यम बनाया हो, यदि ऊपर वाले की ऐसी ही मर्जी है कि मैं तुम्हारे ही हाथों मरूँ, तो मरना ही पड़ेगा; इसमें मैं या कोई अन्य क्या कर सकता है।''

मजीद– ''मेरे हाथों में बंदूक है, ट्रिगर दबते ही तुम्हारे सर के चीथड़े उड़ जायेंगे।''

शाहिद– ''पर मेरा आत्मविश्वास कहता है कि तुम मुझ पर गोली नहीं चला सकते।''

मजीद– ''यह तुम्हारा झूठा आत्मविश्वास है।''

शाहिद– ''आत्मविश्वास झूठा नहीं होता, क्योंकि यदि विश्वास झूठा है तो वह आत्मविश्वास नहीं और यदि आत्मविश्वास है, तो झूठा नहीं; झूठ और आत्मविश्वास का संयोग नहीं होता... फिर भी यदि तुम्हें यह झूठा प्रतीत होता है, तो गोली चलाकर देख लो, कर दो मेरे सिर के चीथड़े।'' यह कहते हुए शाहिद ने मजीद की बंदूक की नली को अपने हाथ से पकड़कर अपने सिर पर लगा लिया। शाहिद का यह आत्मविश्वास देख वास्तव में मजीद डोल गया। उससे गोली न चलायी गयी।

एक अन्य पाकिस्तानी आतंकवादी जोश में बोल पड़ा– ''वाकई तू शेर है, जिसे मारने का साहस मजीद में नहीं; शायद इसीलिए मजीद से बंदूक नहीं चली, पर मैं तुझे छोड़ने वाला नहीं, मेरे पास है साहस तुझे मारने का।'' कहते हुए उसने शाहिद पर अपनी बंदूक तान दी।

शाहिद– ''तू मारने का साहस रखता है तो मैं मरने की हिम्मत रखता हूँ; बता

साहसी तू या फिर मैं?

बंदूक उससे भी न चली, वह तो बातों से ही परास्त हो गया। कहा जाता है कि साहसी व्यक्ति की आँखों मे आँखें डालकर देखने से अपेक्षाकृत कम साहसी व्यक्ति उसका अनुयायी होकर पीछे-पीछे चलने लगता है। यहाँ भी वही बात चरितार्थ हो रही थी।

मजीद साहनी न था, पर कूटनीतिज्ञ था। उसने शाहिद से कहा– "तुम्हें तो मारना ही होगा शाहिद, क्योंकि यह करीमन खां का आदेश है; यदि तुम यहाँ से जिंदा वापस चले जाओगे तो यहाँ मुसीबत आ जायेगी, करीमन खां हम सभी को गोली मार देगा। अब तो आदेश के खातिर नहीं, हमें अपने प्राणों की रक्षा के लिए मारना होगा तुझे।"

शाहिद– "क्या मिलेगा मुझे मारकर तुम्हें?"

मजीद– "हमें और क्या चाहिए, तुम्हें मारकर करीमन खां को खुश करेंगे, बदले में वह हमें पैसा देगा, हमें पैसे चाहिए। हम किसलिए यहाँ आते हैं, सिवाय पैसे कमाने के, हमें किसी भी तरह हर हाल में पैसे चाहिए।"

शाहिद– "मजीद पता है तुम्हें, वेश्या भी अच्छी रकम कमा लेती है अपना शरीर बेचकर, तो क्या तुम पैसों के लिए अपनी माँ, बहन या पत्नी को भी बेच दोगे?

'खामोश!' मजीद गरजा।

शाहिद– "लगी कलेजे पर।"

मजीद– "फिलहाल तुम्हें नहीं मार रहा, पर क्योंकि यहाँ से वापस भेजना भी खुद की मौत को निमंत्रण देना है, इसलिए तुम्हें बंदी बनाकर करीमन खां को सौंपना होगा, आगे वही जाने तुम्हारा हाल।"

शाम हो गयी थी। शाहिद को बंदी बनाने की खबर दस्ते में आग की तरह फैल चुकी थी। शाहिद एक समय पूरे दस्ते में सबसे दुर्दांत आतंकवादी था, उसके साहस को देख सभी आतंकवादी जोश में भरकर सीना ताने चलते थे, पर आज वह उसी गुप्त ठिकाने में रस्सियों से जकड़ा था। जैसे खुले शेर को कोई छुपकर भी देखने का साहस नहीं कर पाता, पर उसी पिंजड़े के शेर को लोग तमाशा बनाकर देखते हैं, पत्थर मारते हैं। शाहिद को एक बड़े पत्थर के सहारे बाँधा गया था। शाहिद के पकड़े जाने पर कुछ आतंकवादी खुश थे और शाहिद का मजाक उड़ा रहे थे, तो कुछ आतंकवादियों की आँखें झुकी हुई थीं। इससे साफ पता चल रहा था कि कुछ की सहानुभूति शाहिद के प्रति अब भी थी।

आधी रात को शाहिद में न जाने एकाएक कौन सी गुप्त शक्ति जाग्रत हो उठी। शायद यह लूका की प्रेरणा थी। वह शेर की तरह दहाड़ उठा– "ऐ शैतानो! मैं जानता

हूँ, आज नहीं तो कल मैं तुम्हारे हाथों मारा जाऊँगा, पर तुम्हारा क्या होगा... मुझे अपनी नहीं तुम्हारी चिंता सता रही है; ऐ मेरे भटके हुए भाइयों, न जाने तुम्हारी गति क्या होगी।'' शाहिद की यह दहाड़ सुनकर किसी ने कहा– ''प्राण त्यागने से पहले शेर गरजता ही है, इसे गरज लेने दो जितना चाहे।''

शाहिद फिर गरजा– ''याद रखो, इस दुनिया में तुम्हारा कोई नहीं है, न माँ, न बाप, न नाते-रिश्तेदार; यदि माँ है भी तो वह अपने नसीब को कोसती होगी कि उसकी कोख से तुम जैसे शैतान क्यों पैदा हो गये, जो दूसरी माताओं का कोख उजाड़ने मे ही अपनी बहादुरी और धर्म समझता है। पिता, अल्लाह से दुआ करते होंगे कि ऐसे शैतान का उठा ले। पिता अपने कपूत की करतूत देखने से पहले मृत्यु की कामना करते होंगे। तुम याद रखो, तुम्हारे मरने पर तुम्हारी लाश चील–कौए खा जायेंगे। अब तक तुमने अपनी आँखों से देखा होगा कि आतंकवादियों की क्या गति होती है। मसूद मारा गया, पर अब तब उसके घरवालों को पता भी नहीं कि वह मारा गया है। पिछले महीने ही चार पाकिस्तानी आतंकवादी मारे गये, पाकिस्तान ने उनकी लाश तक लेने से इंकार कर दिया; अकरम जैसा साथी अपने ही लोगों द्वारा मारा गया। तुम देख ही चुके हो कि मैं खुद अपने ही आतंकवादी भाईयों से कैसे तबाह हूँ; मैंने खुद इस जंजाल में पड़कर अपनी माँ को मार डाला। मरने के बाद हम जहन्नुम तो जायेंगे ही; पर अब तक जिंदा हैं, यह जीवन भी किसी जहन्नुम से कम नहीं। बेवजह के बहकावे में पड़कर इस कार्य से न तुम्हारा धर्म बनता है और न ही तुम्हें सुख चैन है। हर समय भागते रहना, छुपते रहना, हर पल मिलिट्री की गोलियों का भय, जंगल-जंगल भटकना, हत्याएँ करना, आतंक फैलाना और अंत में किसी न किसी दिन कुत्ते की मौत मर जाना। बहुत से आतंकवादी समझते हैं यह हमारा जेहाद देश के लिए लड़ा जाने वाला पुनीत कर्म है, तो यह तुम्हारी भूल है; यह राजनीतिज्ञों का निहायत एक गंदा प्रपंच है, जिसे वे अपने स्वार्थ सिद्धि के लिए, गद्दी के लिए इस्तेमाल करते हैं। वे हमारी भूख, हमारी गरीबी का गलत फायदा उठाते हैं, वे हम मूर्खों को आपस में लड़ाते हैं। हमारे जेहन में मानवता को नष्ट कर देने वाला क्रूर जहर भर देते हैं, जिसके बस में रहकर हमेशा लड़ते मरते रहते हैं। वे हमें पैसा देकर हमारा तमाशा देखते हैं, जैसे बाजारों में लोग अपने मजे के लिए मुर्गों के पैरों में छुरी बाँधकर उसे आपस में लड़ाते हैं और तमाशा देखकर खुश होते हैं। ये पाकिस्तान में बैठे सफेदपोश नेता पैसे देकर हमें नचाते हैं, खून खराबा कराते हैं, हमारी मूर्खता पर हँसते हैं। पाकिस्तान सरकार हम पर जो इतना खर्च करती है, यह वहाँ के गरीबों के पसीने की कमाई है, जिसे वह टैक्स के रूप में वसूलती है और सरकारी मुहर लगाकर जेहाद के नाम पर हमें परोसती है। बारूद पर खर्च किया जाने वाला यह पैसा यदि देश की उन्नति में खर्च किया जाय तो संदेह नहीं कि पाकिस्तान सहित हमारी घाटी में भी शांति और खुशहाली का साम्राज्य हो। यदि यहाँ पाकिस्तान का कोई व्यक्ति है, तो वह खुद सोचे कि हम पर किया जाने वाला

लाखों रुपया क्या किसी धर्म के ठेकेदार का है या किसी नेता का... यह पैसा पाकिस्तान की जनता से चूसा हुआ पैसा है; यदि इतना सारा पैसा पाकिस्तान के विकास के लिए लगाया जाता तो शायद पाकिस्तान इतना पिछड़ा देश नहीं होता, वहाँ इतनी गरीबी नहीं होती और न ही भूख से त्रस्त नवयुवक रोटी के लिए जेहाद का रास्ता अपनाते। इस पैसे के उपयोग से अगर स्कूल या विश्वविद्यालय खोले जाते तो वहाँ का हर एक नागरिक पढ़ा-लिखा शिक्षित होता, जिससे हर हाथ को रोजगार मिलता... फिर तुम्हीं सोचो कि क्यों कोई नवयुवक काँधे पर बंदूक टाँगकर घर-परिवार से दूर जंगल-जंगल आतंकवादी बनकर भटकता।

एक पाकिस्तानी आतंकवादी गरजते हुए बोला– "बकवास बंद करो! हमारे नेता और मुल्ला शिक्षा के विकास के लिए कृतसंकल्प हैं; तुमने सुना नहीं हमारे प्रधानमंत्री जी की घोषणा, देश के हर पंचायत में मदरसे खोल जायेंगे।"

शाहिद– "जानता हूँ कि मदरसे खोले जाते हैं, पर मदरसों का हाल तुमसे बेहतर और कौन जान सकता है, क्योंकि तुम खुद एक मदरसे के छात्र थे और यहाँ आने से पहले तुम भी किसी मदरसे में पढ़ाने जाते थे। बताओ तो सही उन मासूम बच्चों को क्या पढ़ाते थे? यही, गोली-बारूद, जेहाद; क्या इसी तरह की शिक्षा का समर्थन करता है इस्लाम?"

एक आतंकवादी– "तुम झूठा इल्जाम लगाते हो हमारे नेताओं और मुल्लाओं पर, हमारे नेता और मुल्ला हर वक्त पाकिस्तान के विकास की ही बातें करते हैं।"

शाहिद– "यही तो विडंबना है कि वे कहते कुछ और करते कुछ और हैं; उनकी बातें मात्र छलावा हैं, धोखा हैं। अच्छी-अच्छी विकास की बातें भोली-भाली जनता को छलने के लिए कही जाती हैं, अंतरराष्ट्रीय बिरादरी की आँखों में धूल झोंकने के लिए कही जाती हैं, अपनी काली करतूतों को छिपाने के लिए वे बातें कही जाती हैं, जैसे-दुर्गंध को छिपाने के लिए इत्र का प्रयोग किया जाता है... जबकि हकीकत यह है कि मक्कार किस्म के पढ़े लिखे चापलूस नेता और मुल्ला नहीं चाहते कि देश की जनता पढ़-लिखकर शिक्षित हो। यदि सभी लोग पढ़-लिखकर शिक्षित हो गये तो उनको कौन पूछेगा, उनकी जी हुजूरी कौन करेगा, उनकी राजनीति की दुकान कैसे चलेगी। चंद लोग अपने झूठे वर्चस्व के लिए सिर्फ स्वार्थवश जेहाद का गलत अर्थ में इस्तेमाल करते हैं। इन नापाक नेताओं मुल्लाओं ने दुनिया भर में इस्लाम को बदनाम कर रखा है। जिस कुरान के आगे हमारा सर झुकता है, जिसके सिद्धांत हमारे जीवन का आधार हैं, जिसकी इज्जत पूरी दुनिया करती है, उसी कुरान को इन चंद स्वार्थियों ने अपने हाथों नीलाम कर दिया।"

कुछ पाकिस्तानी आतंकवादी शाहिद की इन कड़वी बातों को बर्दाश्त नहीं कर सके और उन्होंने शाहिद पर बंदूकें तान दीं।

शाहिद ने उन्हें ललकारते हुए कहा– ''यदि मैंने गलत कहा तो मार दो गोली; लेकिन मारने से पहले एक बार जरा सोच लो कि मैंने सही कहा या गलत। यही तो हम मूर्खों की कमी है कि हम बिना सोच-समझे गलत कदम उठा लेते हैं, हम उनके अंधभक्त हो जाते हैं, जो हमारे जेहन में नफरत के बीच बोते हैं; फिर हम इससे हटकर कुछ सोच ही नहीं पाते। यदि अभी तुम जेहाद के बारे में सही तरीके से सोचना शुरू कर दो तो इसमें संदेह नहीं कि तुम अपनी बंदूकें फेंक दोगे। यदि तुम्हें वास्तविक दुश्मन से लड़ना है, तो वे ही तुम्हारे दुश्मन हैं, जो तुम्हारे दिलो-दिमाग में किसी के प्रति नफरत पैदा करते हैं, धर्म का झूठा और गलत अर्थ पेश करके हम गरीब नवयुवकों के हाथों में कलम की जगह बंदूकें थमा देते हैं। तुम बंदूकें उठाकर उनकी पढ़ाई पढ़ने लग जाते हो और धीरे-धीरे वे तुम्हें अलगाव, अमानुषिकता, क्रूरता एवं हैवानियत की दुनिया में हमेशा-हमेशा के लिए धकेल देते हैं। दिल पर हाथ रखकर सोचो कि क्या कुरान जैसी पाक किताब में हिंसा को सही ठहराया गया होगा? लूट-मार, बर्बादी, बलात्कार एवं मानव-मानव के प्रति घृणा क्या पाक कुरान का उपदेश हो सकता है? खैर, सच तो यह है कि तुम्हें तो खुद पता ही नहीं कि तुम्हारा धर्म क्या है; स्वार्थी नेताओं और मुल्लाओं ने जो तुम्हें बहका दिया, तुमने वही बिना विचार किये स्वीकार लिया और चल पड़े उनके बताये रास्ते पर। मेरे भटके हुए बन्धुओं! यदि तुम धर्म के मर्म को जानना चाहते हो तो तुम पाक कुरान का स्वयं अध्ययन करो, तब पता चलेगा कि स्वार्थी ठगों ने इस्लाम की गलत व्याख्या कर हमें कैसे बहकाया है... दूसरों की बहू–बेटियों की इज्जत लूटना, माताओं–बहनों की गोद सूनी कर देना, छोटे-छोटे बच्चों को अनाथ कर देना हमारे धर्म का लक्ष्य नहीं भाई और मैं पूरे विश्वास के साथ कह रहा हूँ कि ऐसा करके तुम्हें भी सुकून नहीं मिलता होगा; फिर जरा विचार करो कि अब तक किसकी रक्षा के लिए तुम लड़ते आये हो, किसकी भलाई के लिए कुर्बानियाँ देने को तैयार हो; जरा यह भी सोचो कि तुमने अब तक कितने भूखों को रोटियाँ दी, कितने बेरोजगार हाथों में ईमान का काम दिया, अब तक कितनों के आँसू पोछे। अब जरा सोचो कि तुम्हारे छेड़े गये इस जेहाद से क्या इन सभी बातों की पूर्ति होती है?

ऐ मेरे भटके हुए भाइयों, यह आज निश्चित जान लो कि भले का फल भला और बुरे का फल बुरा होता है। मुझे यह बोध हो गया है कि हम सब नादानीवश यहाँ आ फँसे थे; पर दुःख कि तुम अब भी नादान ही बने हो। वैसे इसमें भी तुम्हारा दोष नहीं, क्योंकि स्वार्थी राजनीतिज्ञों की कुटिल चाल से बचपन में ही हर जेहादी के दिमाग मे जो नफरत के बीज बो दिये गये हैं, उन्हें आसानी से बाहर निकाल फेंकना इतना आसान भी नहीं... लेकिन यह तुम्हारा दुर्भाग्य भी है कि तुम अब सब कुछ जानकर भी नफरत के इन बीजों को उखाड़ फेंकने के बजाय अपने अन्तर्मन में पाले हुए हो।''

शाहिद के इतने लंबे उपदेश से उन आतंकवादियों के मन में क्या प्रतिक्रिया थी,

यह तो अज्ञात है, पर देखने से ऐसा प्रतीत होता था जैसे किसी महात्मा के उपदेश को भक्तगण आत्मसात कर रहे हों, क्योंकि सभी स्तब्ध मौन खड़े थे।

शाहिद ने पलभर के विराम के बाद फिर बोलना शुरू किया– "मेरे भाइयो! याद रखो, मरने के बाद तुम्हें कयामत के दिन अपने गुनाहों का हिसाब देना होगा; उस समय तुम्हारे आका तुम्हें बचाने न आयेंगे और न ही तुम्हारा ये पैसा काम आएगा, उस दिन तुम बिल्कुल अकेले ही जाओगे। यदि तुम्हारा अंतर्मन जीवित है तो उससे पूछो कि तुम जो कर रहे हो क्या वह सही है। समय है सँभल जाओ, अन्यथा हाथ कुछ न आयेगा, सिवा अपने गुनाहों के बोझ के। याद है मुझे बचपन की वह मनहूस घड़ी, जब मैं भी लालच में पड़कर भरमाया गया था, मुझे कोरे सपने दिखाये गये थे। पर मुझे यहाँ से क्या मिला? कुछ मिलने के बजाय मुझे खोना पड़ा अपने गाँव को, देश को, माँ को और प्राणों से प्रिय अपनी प्रेमिका लूका को। सच तो यह है कि मैंने अपने धर्म को भी खो दिया। आज मेरे पास कुछ नहीं है, सिवाय पछतावे के।" शाहिद सिसककर रो पड़ा। वह सँभलकर फिर बोला– "एक दिन तुम भी कहीं न कहीं मारे जाओगे अपने ही दस्ते के लोगों से या आर्मी वालों से; तुम्हारे आगे-पीछे कोई नहीं रहेगा, तुम्हारी लाश लावारिस की तरह फेंक दी जाएगी झाड़ियों में और चील-कौए मजे लूटेंगे। अभी भी तुम्हें यह समझ मं आ जाना चाहिए कि तुम चंद रुपयों की खातिर अपनी ही माँ-बहनों की इज्जत से खेलते हो, अपने ही भाइयों के गले उतारते हो, अपनी ही मातृभूमि की गोद उजाड़ते हो। अपनी ही मातृभूमि पर खून की होली खेलते हो। और यह कुकर्म तुम पाकिस्तान की जेहाद नामक नापाक चाल में फँसकर कर रहे हो, इसे पहचानने की कोशिश करो।" शाहिद के संभाषण से बंकर में उपस्थित सभी आतंकवादी सन्न थे और इस सन्नाटे में गूँज रही थी सिर्फ शाहिद की आवाज। वह कह रहा था– "सुनो साथियों! आतंकवादी कभी अपनी मौत नहीं मरता, उसकी मृत्यु अकाल ही होती है; अगर किसी को अपनी मौत मिलती भी है, तो पूरी जिंदगी सड़ने के बाद, सलाखों के पीछे। तुम सब आतंक के पेशे से माना खूब धन कमाते हो, पर आखिर वह किसके लिए... अपने उन बच्चों के लिए न, जो तुम्हारा मुँह देखने के लिए हर पल तरसते रहते हैं। और जब एक दिन वे सुनेंगे कि तुम फौज की गोली से मारे गये, तो उनके अंदर का प्रतिशोध भड़क उठेगा। फिर वे भी इंतकाम के लिए यही आतंक का रास्ता अख्तियार कर लेंगे। मेरे भाइयो! क्या तुम चाहते हो कि जिस नारकीय जिंदगी को तुम भोग रहे हो, वह जिंदगी तुम्हारे बच्चे भी भोगें? नहीं न! तो यह समझ लो कीचड़ से कीचड़ साफ नहीं होता, उसके लिए साफ पानी की जरूरत होती है...।" यह कहकर शाहिद एकाएक चुप हो गया मानो, उसकी जिह्वा से वाणी समाप्त हो गयी हो।

शाहिद की इस फटकार से आतंकवादियों की क्रूरता मानो आज पौरुषहीन हो गयी थी। उसके लगातार इन संभाषणों से आतंकवादियों को ऐसा लगा जैसे वे अभी-

अभी गहरी नींद से, स्वप्न देखकर जाग पड़े हों।

वे वास्तव में आजतक हकीकत को समझ नहीं पाये थे। शाहिद की बातों में उनको सच्चाई नजर आयीं आज तक वे अपने आकाओं के पढ़ाये पाठ को ही रटते आए थे, पर हकीकत का पाठ उनको किसी ने आज पहली बार पढ़ाया था। आज उनके अंतर्मन का विवेक करवट लेने लगा था, वे अपने बारे में सोचने लगे थे। हसन ओर उसके कई आतंकवादी दोस्त शाहिद के सम्मोहन में पूरी तरह बँध गये थे। मजीद का क्रूर मिजाज भी ढीला पड़ गया था। उसे अपने कोरे सपने और महत्त्वाकांक्षा झूठे लगने लगे थे। आज मजीद को पहली बार गाँव में स्थित अपनी उस छोटी-सी दुकान की याद आने लगी थी, जिसमें वह हँसी-खुशी के गीत गुनगुनाया करता था... उसे आज गाँव की वह बूढ़ी दादी जो उम्र में तो पैसठ-सत्तर की थी, पर उसकी बोली आज भी वही थी जो चालीस वर्ष पहले रही होगी। वह कुबड़ी चलकर आती और 'लल्ला मजीद' पुकारती। मजीद उसके आत्मीय और प्यार भरे इस सम्बोधन में कई बार छला जाता। वह बूढ़ी कुबड़ी दादी कहती– ''यह मेरे बेटे की दुकान है, मजाल जो कोई उधारी खाकर हजम कर दे, मैं उसकी हजामत कर दूँगी।'' उसकी इसी बात पर तो मजीद न चाहते हुए भी नून-तेल दे दिया करता था। वह केवल कहती ही नहीं थी, बल्कि उसे पता भर लगना था कि फलाँ के पास चार महीने से उधारी है, वह उसके घर जाकर ऐसी खरी-खरी सुनाती कि वह पैसे चुका देने में ही भलाई समझता था। कई बार तो उसने खुद पैसे वसूलकर मजीद को दिये थे। यही कारण था कि उसके जीतेजी उसे नून-तेल की कभी कमी न हुई।'' ओफ्फ! कहाँ चली गयीं वह दया प्रेम की भावनाएँ और उसकी जगह यह कैसी क्रूरता और अमानुषिकता ने ले लिया है।'' अनायास ही मजीद के मुँह से ये शब्द निकल पड़े थे। मजीद रात भर सोचता रहा, अपने कर्म-कुकर्म मन के तराजू में तौलता रहा। उसे रातभर में पल भर के लिए भी नींद नहीं आई। सुबह होत ही उसने शाहिद के बंधन खोल दिये। यह देख शाहिद सहित अन्य आतंकवादियों को बड़ा आश्चर्य हुआ।

मजीद– ''तुमने मेरी आँखें खोल दी, जाओ मैं तुम्हें आजाद करता हूँ।''

शाहिद– ''तुम्हें पता भी है कि तुम यह क्या कर रहे हो?''

मजीद– ''जो भी कर रहा हूँ, पर यह पता है कि पाप नहीं कर रहा।''

शाहिद– ''यह जानकर कि तुमने मुझे छोड़ दिया है, करीमन खां तुम्हें जीवित न छोड़ेगा।''

मजीद– ''मैं भी यहाँ से जा रहा हूँ अपने गाँव। रात भर मैंने अपने बारे में खूब सोचा, अपने दिल की आवाज सुनी, अपने गाँव की पुकार सुनी; मेरा गाँव मुझे बुला रहा है... एक भटके को सही राह दिखाने के लिए तुम्हें धन्यवाद। अब यहाँ देर करना

ठीक नहीं, क्योंकि आज ही करीमन खां पाकिस्तान से आतंकवादी कमांडरों को साथ लेकर आने वाला है, यदि जीवित गाँव लौट पाया तो पत्र लिखूँगा।'' दोनों गले मिलकर अपने-अपने रास्ते चल पड़े। शाहिद के पीछे कई आतंकवादी चल पड़े। कुछ अपने गाँव जाने की तैयारी करने लगे और कुछ पाकिस्तान वापस जाने के लिए रवाना होना चाहते थे। आज यहाँ मातम-सा माहौल था। सभी दस्ते को छोड़कर जाने की तैयारी करने में जुट गये।''

एकाएक करीमन खां अन्य पन्द्रह पाकिस्तानी आतंकवादी कमांडरों के साथ आ धमका। यहाँ के बदले हुए सारे नजारे देखकर दंग रह गया। बंकर के प्रवेश-द्वार पर पहरेदार न था। सभी अपने-अपने गाँव घर जाने की तैयारी कर रहे थे, कुछ निकल पड़े थे। इस स्थिति को देखकर करीमन खां घबराया। उसके होश उड़े जा रहे थे। उसने कड़ककर पूछा– ''यह क्या हो रहा है?''

एक आतंकवादी– ''सभी अपने-अपने घर जा रहे हैं।''

करीमन खां– ''घर जा रहे हैं, आखिर क्यों?''

हसन– ''कल शाहिद यहाँ आया था और अभी कुछ देर पहले ही यहाँ से गया है, उसने सभी के सामने आप लोगों की पोल-पट्टी खोलकर रख दी।''

करीमन खां– ''हमारी पोल-पट्टी!''

हसन– ''हाँ, पाकिस्तान सरकार की पोल-पट्टी, आप लोगों के स्वार्थों की पोल-पट्टी, कुटिल राजनीतिक की पोल-पट्टी।'' हसन इतने ठाठ से सर उठाकर बोला कि करीमन खां को गुस्सा आ गया। उसे लगा जैसे हसन ने उसे आँखें दिखा दी हो। करीमन खां ने झट बंदूक उठाई कि हसन ने 'अल्लाह हो अकबर' कहकर युद्ध का ऐलान कर दिया। हसन ने करीमन खां पर गोली दाग दी। गोली करीमन खां के हाथ में लगी। पर पहले से ही सावधान पाकिस्तान से आये कमांडरों ने हसन को गोलियों से छलनी कर दिया। हसन अंततः 'अल्लाह हो अकबर' कहते हुए वीरगति को प्राप्त हुआ और उसकी यह अन्तिम आवाज बंकर में गूँज उठी और कुछ ही पल में देखते ही देखते बंकर में आपसी युद्ध छिड़ गया। बंकर बमों के धमाकों से गूँजने लगा और देखते ही देखते सारा का सारा बंकर बारूद के धुँए में समा गया।

इस आपसी युद्ध में करीमन खां बच निकला था। दो-तीन पाकिस्तानी कमांडर मारे गये, बाकी बंकर से निकल भागने में सफल रहे थे। बंकर में पहले से स्थित भारतीय आतंकवादी, जो एक नया सपना लेकर अपने घरों को लौटना चाहते थे, उनमें से बहुत बंकर में ही धमाकों का शिकार हो गये थे और कुछ बंकर से निकलने में सफल भी हो गये थे। विचलित व भयभीत करीमन खां ने साथ आए पाकिस्तानी कमांडरों को आदेश देते हुए कहा– ''यहाँ से दस्ता छोड़ गाँव लौटने वाला एक भी व्यक्ति जाने न

पाये, देखते ही उन्हें गोलियों से भून दो।'' उसके आदेश के बाद घने जंगल में गोलियों की तड़तड़ाहट और बमों के धमाके गूँजने लगे, पाकिस्तानी कमांडर विभिन्न दिशाओं में आतंकवादियों को ढूँढ़ने लगे। नजर आते ही वे उन्हें गोलियों से छलनी कर डालते।

बमों और गोलियों की आवाज से शाहिद को समझते देर न लगी कि करीमन खां बंकर में आ गया है और वहाँ की स्थिति जानकर बौखला गया है। घने जंगल में बमों और गोलियों की गूँज आर्मी के कान में पड़ते ही हाई अलर्ट जारी कर दिया गया था। हेडक्वार्टर को संदेश भेज दिया गया कि जंगलों में आतंकवादियों ने बमबारी शुरू कर दी है। हेडक्वार्टर ने तुंरत आदेश जारी किया कि हमलावर आतंकवादियों पर धावा बोल दिया जाय। फिर क्या था, आक्रमण के लिए तत्पर आर्मी आदेश पाते ही उसी दिशा को कूच कर गयी। एक ओर करीमन खां के कमांडर दनादन गोलियाँ चलाते, दूसरी तरफ से भारतीय सेना की बंदूकें आग उगलतीं और बीच में किंकर्तव्यविमूढ़ शाहिद था अपने कुछ साथियों के साथ। शाहिद के कुछ साथी पाकिस्तानी कमांडरों के हाथों मारे गये और कुछ बचे-खुचे भारतीय सेना की बंदूकों के शिकार हुए। गोलियां शाम तक चलती रहीं। करीमन खां ने देखा की आर्मी की संख्या बढ़ती जा रही है, तो वह अपने बचे खुचे कमांडरों के साथ मैदान छोड़ भाग खड़ा हुआ। शाहिद अंततः आर्मी के हाथों पकड़ा गया।

अगले दिन मजीद ने अखबार में देखा कि शाहिद आर्मी के हाथों पकड़ा गया है। वह अपने गाँव लौटना चाहता था, पर अब उसके सामने एक नया कार्य आ गया। आतंक से कराह रही इस धरती को शाहिद की जरूरत थी। मजीद जानता था, एकमात्र शाहिद ही आतंक से सिसक रही धरती के आँसू पोंछ सकता है, इसलिए शाहिद को जेल से मुक्त कराने का संकल्प कर वह बेहद संतुष्ट था। न जाने कहाँ से उसके तन-मन में एक नया जोश, एक नया उत्साह भर आया था। हो सकता है, यह नई स्फूर्ति इसलिए भी रही हो कि वह पहली बार किसी भलाई के काम को अंजाम देने को उतारू था। मजीद इसे अपने गुनाहों के प्रायश्चित का एक अच्छा अवसर मान रहा था। वह अच्छी तरह जानता था कि यदि शाहिद जेल में बंद रहा तो यह धरती फिर से धीरे-धीरे आतंक के साये में समा जाएगी; फिर वही कहानियाँ दुहराई जायेगी, जो हम लोगों पर बीती हैं और यूँ ही कभी न खत्म होने वाली विनाश लीला चलती रहेगी।

इस समय मजीद को लगा कि वह गाँव लौटकर भी शांति से न रह पायेगा क्योंकि शाहिद का मिशन वह अधूरा नहीं देखना चाहता था। वह शाहिद के मिशन के लिए अपनी कुर्बानी तक दे देने को तैयार था, इसलिए वह शाहिद को जेल से मुक्त कराने का उपाय सोचकर अपने पुराने और वफादार साथियों से मिला और उनसे प्रार्थना की, कि यह एक अच्छा मौका है, जिससे हम अपने पापों का प्रायश्चित कर लें। हमें अपनी कुर्बानी देकर शाहिद को जेल से निकालना होगा, क्योंकि हम सभी इस

दुनिया में रहकर उतना भला कार्य नहीं कर सकते, जितना कि शाहिद अकेला कर सकता है। हमें इस मौके को हाथ से न जाने देना चाहिए; हमें सरकार से शर्त रखनी चाहिए कि यदि सरकार शाहिद को छोड़ने को राजी हो, तो हम सत्रह आतंकवादी सशस्त्र आत्मसमर्पण के लिए तैयार हैं।

शाहिद, जेल में कर्नल के0के0 रघुवीर की मार से अधमरा हो गया था, मुँह से खून के थक्के आने लगे थे। कमरे की फर्श और दीवारों पर ताजे खून के छींटे यह बयां कर रहे थे मानो यह यातनागृह नहीं बूचड़खाना हो। शाहिद एक किनारे दीवार के सहारे बेहोश पड़ा था। इस वक्त शाहिद की शक्ल बड़ी मुश्किल से ही पहचान में आ रही थी। शाहिद के होश में आते ही कर्नल के0के0 रघुवीर ने आतंकवादियों के पते और ठिकाने फिर से पूछे। शाहिद अब तक जितना जानता था, पूरी ईमानदारी के साथ सही-सही बता चुका था, पर कर्नल को इतनी जल्दी भरोसा कहाँ होने वाला था, इसलिए वह शाहिद को क्रूर से क्रूर यातनाएँ देता रहा। शाहिद के बताए अनुसार आर्मी ने सभी बंकरों और ठिकानों पर छापामारी अभियान तेज कर दिया। हर जगह करीमन खां के पाँव उखड़ने लगे, उसके बहुत सारे आतंकवादी मारे गये एवं कुछ आर्मी के हाथों पकड़े भी गये। उन ठिकानों से भारी मात्रा में हथियार और गोला-बारूद बरामद किया गया। अब करीमन खां के लिए भारी मुसीबत आ खड़ी हुई। वह जान चुका था कि जेल में बंद शाहिद उसके सारे ठिकानों को पता उगल चुका है, अतः अब उसका यहाँ रहना खतरे से खाली न था। अतः उसे अब अपने बचे हुए साथियों के साथ बंकरों को छोड़ भूखा-प्यासा जंगलों में भटकना पड़ा, पेड़ों के नीचे सोना पड़ा और इस वजह से वह शाहिद के प्रति इतना बौखला गया कि यदि उसे शाहिद इस वक्त हाथ लग जाता, तो वह उसे कच्चा चबा जाता करीमन खां आज सोच रहा था कि एक समय शाहिद उसके सिर का ताज हुआ करता था और आज उसी के लिए मुसीबत का कारण बना बैठा है। शाहिद के बताये सभी ठिकाने सही निकले, इससे आर्मी को बड़ी सफलता मिली थी। आर्मी को लगा शाहिद को और भी बहुत कुछ मालूम है, अतः शाहिद से और दूसरी जरूरी जानकारी लेने के लिए उसे नये-नये तरीके से टॉर्चर किया जाने लगा।

कर्नल के0के0 रघुवीर– "बता और कहाँ छिपे हैं तेरे आतंकवादी साथी।"

उल्टा लटका शाहिद दर्द से कराहते हुए बोला– "आप मुझ पर विश्वास कीजिए, मुझे जितना मालूम था मैंने आपको सब सही-सही बता दिया, इससे ज्यादा मुझे और कुछ नहीं मालूम।"

कर्नल– "तुम आतंकवादियों के सरताज हो, सुना है यहाँ इस क्षेत्र में तुम्हारी ही चलती है?"

शाहिद– "मैंने पहले भी कहा है कि आतंकवादी था, अब नहीं।"

कर्नल– ''चोरी करते समय पकड़ा गया चोर भी अपनी सफाई में कहता है कि वह चोर नहीं है।''

शाहिद– ''आपका अनुभव ठीक है, पर मेरी प्रेमिका के साथ उन्होंने छल किया; उसने आत्महत्या कर ली, तब से मैं आतंकवादी गतिविधियों से अलग हूँ।''

कर्नल– ''आतंकवादी और प्रेम कहानी!'' वह हँसा। ''तुम्हारे पास तो लड़कियों की लाइन लगी होती है, फिर यह लड़की विशेष पर प्रेम कहानी।'' उसने व्यंग्य किया।

शाहिद– ''मैं जो भी हूँ या था, कम से कम स्त्री जाति के लिए मेरे दिल में सम्मान है और जहाँ तक प्रेम-कहानी का सवाल है तो क्या हम आतंकवादियों के दिल नहीं होते या हमारा दिल प्रेम से खाली होता है?''

कर्नल– ''तुम चाहे जितनी कल्पित कहानियाँ गढ़ लो, पर तुम हमारे दिल में अपने प्रति सहानुभूति पैदा नहीं कर सकते और न ही हम तुम्हारी इस तरह की मार्मिक बातों पर विश्वास कर किसी तरह की दया दिखाने वाले हैं, क्योंकि आतंकवादियों की क्रूरता की परख मुझे पच्चीस वर्षों से है।''

शाहिद– ''मुझे दया की भीख नहीं चाहिए कर्नल, मैं अपने पापों का प्रायश्चित करना चाहता हूँ, इससे अच्छा मौका और कब मिलेगा मुझे; मुझे तुम्हारी सहानुभूति नहीं, देश से द्रोह करने का दंड चाहिए।''

''तो ये ले दंड।'' उल्टे लटके शाहिद पर तड़ातड़ बेंत पड़ने लगे। असहनीय दर्द से शाहिद सिहर उठा। एक पल के लिए उसे लूका की याद हो आयी। उसे लगा जैसे लूका उसके क्षत-विक्षत घायल शरीर पर अपने स्नेहिल हाथ फेरकर उसका सारा दर्द खींच लेना चाहती हो। एकाएक उसका शरीर स्फूर्ति से भर आया। वह उत्साहित होकर गरजा– ''यदि सत्य बोलते हुए मेरे प्राण भी निकल जायँ तो भी मैं चुप नहीं रहने वाला कर्नल।'' शाहिद की यह ललकार सुन कर्नल को लगा, जैसे किसी अदना से चूहे ने शेर को युद्ध के लिए चुनौती दे डाली हो।

''तो ये ले, कब तक गरजता है, आज देख ही लूँ।'' यह कहते हुए कर्नल ने शाहिद के शरीर पर अंधाधुंध बेंत बरसाये।

शाहिद को लगा अब उसके प्राण नहीं बच पायेंगे। साँसें रुकने सी लगी थीं। उसकी दर्द भरी चीत्कार से सारा कमरा दहल उठा। इस कारुणिक दृश्य को देख आसपास खड़े पहरेदारों ने आँखें मींच लीं। उल्टा लटके शाहिद के शरीर से बहते खून की धार देख बहुत से सैनिक दहल उठे। यह दृश्य देखकर कइयों के माथे पर बल पड़ गये थे। शायद यह यातना की पराकाष्ठा थी। शाहिद का शरीर शिथिल, निढाल, उल्टा लटका हुआ झूल रहा था, पर मस्तिष्क अलौकिक चेतना से जाग्रत था। शाहिद

को लगा कि लूका एक क्षण को आयी और उसका फिर से माथा सहला गयी, मानो वह कह रही हो– "उठो! उठो यह सोने का समय नहीं।" शायद, इसी प्रेरणा ने अब तक उसे जीवित रखा था, अन्यथा शाहिद इतनी यातना सहकर जीवित रहना ही क्यों चाहता।

अदृश्य शक्ति से प्रेरित शाहिद के मस्तिष्क ने शरीर में शेष बची शक्ति को एकत्रित कर फिर दहाड़ना शुरू किया– "कर्नल! तुम्हारे जैसे बर्बर और अमानवीय वर्दीधारियों की वजह से अगर कोई आतंक का रास्ता छोड़कर सही रास्ते पर चलना भी चाहे तो चलने की हिम्मत नहीं जुटा पाता। जब किसी आतंकवादी को जेहाद के नाम पर पड़ोसी मुल्कों द्वारा चलाई जा रही घृणित राजनीति का पता चलता है, तो वह तुरंत अब तक अज्ञानतावश किये अपने गुनाहों को कबूलकर सच्चा इंसान बनना चाहता है, पर तुम्हारे जैसे निष्ठुर और मूर्ख वर्दीधारी उसे ऐसा नहीं करने देते।"

कर्नल अपने को निष्ठुर और मूर्ख सुनकर उबल पड़ा और फिर निर्दयतापूर्वक शाहिद पर बेंतें बरसाने लगा।

कर्नल जब थककर रुक गया तो शाहिद ने फिर कहना शुरू किया– "कर्नल! तुम्हें मेरे सत्य से डर लगने लगा है, इसलिए तुम कायरतापूर्ण कृत्य पर उतर आए हो। मैं जानता हूँ कि मुझ पर तुम्हारी अब यह प्रताड़ना मेरे आतंकवादी होने की नहीं है, बल्कि सच तो यह है कि तुम खुद के बचाव और सत्य के उजागर हो जाने के भय से मुझे मारना चाहते हो; तुम चाहते हो कि मेरी जुबान हमेशा के लिए बंद हो जाए, क्योंकि मेरी जुबान इस कालकोठरी के बाहर निकलते ही तुम्हारे अमानवीय कुकृत्यों को उजागर कर देगी। मैं तुम्हारी बेबसी बखूबी समझ रहा हूँ– तुम मुझे मार नहीं सकते और जिंदा भी नहीं रखना चाहते, तुम कायर हो कर्नल, कायर हो! सत्य का सामना करने की हिम्मत तुममें नहीं है, लेकिन सच जान लो कि मेरे जीते जी तुम्हारी काली करतूतों का यह सत्य दफन नहीं हो सकता।"

शाहिद के संकेत को कर्नल बखूबी समझ रहा था। शाहिद के इस सांकेतिक चेतावनी से कर्नल के0के0 रघुवीर अंदर से काफी डरा हुआ था। उसे समझ में नहीं आ रहा था कि अब वह क्या करें।

कर्नल– "आतंकवादी होकर सत्य की दुहाई देता है!"

शाहिद– "हाँ, यही तो मुश्किल है कि हमारी सत्य बातों को भी असत्य समझा जाता है और तुम जैसे सरकारी गुण्डों की असत्य बातें भी सत्य मान ली जाती हैं; जरा सोचो कि क्या यह वर्दी तुम्हें इसलिए मिली है कि तुम अपने असत्य को ढक सको?"

कर्नल– "क्या मतलब है तुम्हारा?"

शाहिद– "यह तो सही है कि मैं आतंकवादी था, लेकिन तुम अपने दिल से पूछो

कि क्या इस वक्त तुम आतंकवादी नहीं हो? क्या तुम एक वर्दीधारी आतंकवादी नहीं हो?''

कर्नल– ''तुझे पता भी है कि तू क्या बक रहा है।'' यह कहते हुए कर्नल ने पूरी ताकत से शाहिद पर फिर प्रहार किया।''

शाहिद– ''मुझे मारकर क्यों अपनी कायरता प्रदर्शित करते हो कर्नल।''

कर्नल– ''दर्द हो रहा है? बड़ा मजा आता है मुझे आतंकवादियों को दर्द का अहसास कराकर; चल बता और कहाँ-कहाँ हैं तुम्हारे ठिकाने, बता वरना अभी दिखाता हूँ तुझे मैं अपनी बहादुरी।''

शाहिद– ''जो बंकर खुद तुम्हारे शह पर बने हों उन्हीं का पता पूछना क्या यही बहादुरी है तुम्हारी? आज तक तो एक भी असली आतंकवादी पकड़ न सके, उल्टे पकड़े गये आतंकवादियों को निर्दोष नागरिक कहते हुए मोटी रकम लेकर छोड़ते रहे यह कैसी बहादुरी है तुम्हारी। किसी भले इंसान को खुद के बचाव के लिए आतंकवादी ठहराकर जेल में ठूँस देना, क्या इसी को तुम बहादुरी मानते हो? किसी निहत्थे पर स्वार्थ के लिए वार करना, प्रताड़ित करना यह कैसी बहादुरी का दंभ है तुम्हारा? झूठे फर्ज का ढोंग करते-करते थक जाओगे कर्नल। मैं जानता हूँ कि तुम्हें मालूम हो गया कि करीमन खां का आतंक अब यहाँ न रहा, करीमन खां के चंगुल में इस देश के जितने नौजवान थे, वे करीमन खां के नापाक इरादों को जानने के बाद, अपने घर को लौट गये या मारे गये। करीमन खां ने इसी देश के युवकों को जेहाद के नाम पर उल्टा-सीधा पाठ पढ़ाकर, अपने ही देश के खिलाफ संघर्ष के लिए तैयार किया और आतंक का खूनी खेल खेलता रहा। इस खेल में पाकिस्तान के साथ-साथ देशी गद्दारों की भागीदारी भी खूब रही, उन्हीं गद्दारों में से एक तुम भी हो। अब उसके पास बहुत कम पाकिस्तानी आतंकवादी बचे हैं, जिससे जेहाद के नाम पर यह ताण्डव करना संभव नहीं रहा। अब शायद जेहाद के नाम पर आतंकवाद फैलाने का उसका सपना साकार न होगा। जेहाद की राजनीतिक दुकान बंद हो चुकी है। करीमन खां दो चार पाकिस्तानी जेहादी एजेंटों के बल पर यह दुकान नहीं चला सकता, वह बहुत जल्द बचे-खुचे आतंकवादियों को लेकर पाकिस्तान लौट जायेगा या फिर इसी धरती पर चूहे की मौत मारा जायेगा। अब तक तुमने इस वर्दी को नीलाम कर बहुत धन इकट्ठा किया, पर अब जेहाद की दुकान बंद होते ही तुम जैसे गद्दारों को फूटी कौड़ी भी नहीं मिलने वाली। सच तो यह कि हम अशिक्षित और बेरोजगार होने के कारण अज्ञानतावश आतंकवादी बने, मगर तुम जैसे लोगों ने तो सिर्फ स्वार्थवश इस देश को नीलाम किया है, इसलिए तुम हमसे बड़े आतंकवादी हो, इसलिए अब देश का फर्ज निभाने का यह ढोंग तुम्हें शोभा नहीं दे रहा कर्नल के0के0 रघुवीर!

शाहिद का इतना कहना था कि कर्नल आगबबूला हो उठा और तब तक शाहिद

पर बेंते बरसाता रहा, जब तक की शाहिद बेहोश न हो गया। कर्नल के0के0 रघुवीर समझ चुका था कि शाहिद को बेंत की मार से चुप कराना मुमकिन नहीं और जान से मारना संभव नहीं। पसीने से तर-बतर कर्नल बेचैनी के साथ अपनी कुर्सी में धम्म से जा बैठा। उसे समझ में न आ रहा था कि वह शाहिद को बस में कैसे करे।

इधर मजीद अपने मिशन में कामयाब हो रहा था। पहली बार इतनी बड़ी संख्या में आतंकवादियों ने आत्मसमर्पण की बात करके भारत सरकार के कान खड़े कर दिये थे। भारत सरकार उनकी शर्त मानने को तैयार हो गयी थी, क्योंकि सरकार ने पाया कि एक के बदले सत्रह आतंकवादियों का आत्मसमर्पण घाटे का सौदा नहीं है। सरकार को उनका आत्मसमर्पण किसी षड्यंत्र से प्रेरित नहीं, बल्कि दिल की पुकार पर सच्चा समर्पण प्रतीत हुआ। भारत सरकार ने उदारता का परिचय देते हुए सत्रह आतंकवादियों के समर्पण के बदले शाहिद को रिहा करने की शर्त को मंजूरी दे दी।

कर्नल के0के0 रघुवीर, माथे पर हाथ रखे व्याकुल-सा अपनी कुर्सी पर बैठा हुआ था, तभी गार्ड ने आकर उसे एक पत्र थमाया। पत्र हेडक्वार्टर से था। खोलकर देखा तो उसमें शाहिद की रिहाई का ऑर्डर था। सरकार ने आतंकवादियों की शर्त मान ली थी। कल दोपहर मे ही सत्रहों आतंकवादियों के आत्मसमर्पण के बदले शाहिद को रिहा किया जाना था। कर्नल को चिंता हुई कि रिहा होने के बाद शाहिद उसके सारे काले कारनामों की बंद पोटली जमाने के सामने खोलकर रख देगा।

शाम हो चली थी। बहुत से अधिकारी दिन की ड्यूटी समाप्त कर अपने क्वार्टर जाने की तैयारी कर रहे थे और उनकी जगह रात में ड्यूटी करने वाले गार्ड, फौजी, ऑफीसर पहुँचने लगे थे। कर्नल चिंतामग्न अब भी कुर्सी पर बैठे-बैठे सिगरेट के धुँए से अपने चारों तरफ छल्ले बनाये जा रहा था। अब तक उसके दिमाग में कोई कारगर उपाय न सूझ सका था। अपनी चिंता को सिगरेट के धुँए में उड़ाते-उड़ाते उसने न जाने कितनी सिगरेटें फूँक दी, पर मोटी चमड़ी में कैद दिमाग मानो सुन्न पड़ गया था और किसी भी कारगर उपाय को सुझाने में नाकामयाब हो चुका था कि तभी अचानक उल्टा लटकाये गये शाहिद को होश आ गया और होश में आते ही शाहिद ने कराहते हुए कहा– "पानी-पानी...।"

अब तक कर्नल कुर्सी पर ही बैठा हुआ था। रात में उसे खाने-पीने तक की सुध न रही, जैसे कोई तपस्वी किसी एक बिंदु पर ध्यान टिकाये बैठा हो। शाहिद की कराह से वह विचलित हो उठा। शाहिद की कराह ने उसके मौन तप को भंग कर दिया था। शाहिद का कराहना, उसे उस अपशकुन की तरह लगा, जैसे यात्रा पर निकले यात्री को किसी सियार का रोना। कर्नल ने पहरेदारों को उसे पानी देने से मना कर दिया था। किसी फौजी ने आकर कहा– "साहब, आप आज क्वार्टर नहीं जायेंगे?" कर्नल कुर्सी से उठते हुए बोला– "नहीं, आज मुझे यहाँ विशेष पहरा देना है और मैं किसी भी तरह

की लापरवाही नहीं बरतना चाहता।''

फौजी– ''साहब, खाना यहीं भिजवा दूँ?''

कर्नल– ''नहीं, भूख नहीं है।''

''ओके साहब।'' कहते हुए फौजी ने एड़ियाँ उचकाकर सलामी दी और वहाँ से चलता बना। कर्नल की इन बातों से पास खड़े पहरेदारों को हँसी आ रही थी। इन सलाखों में बड़े-बड़े खूंखार आतंकवादी रह चुके थे, पर तब तो साहब ने पहरेदारी न की थी, पर आज बेहोश पड़े शाहिद की पहरेदारी में क्यों डटे हैं... जो साहब शाम शुरू होते ही शराब के पैग बनाना शुरू कर देते थे, उनको आज शराब से अरुचि थी।

सुबह-सुबह शाहिद की लड़खड़ाती जुबान फिर बुदबुदाने लगी– ''चाहे जो हो जाए, मैं लूका का सपना पूरा करूँगा, उसके सदिच्छाओं को जरूर पूरा करूँगा, अपने भटके हुए आतंकवादी भाइयो को नयी राह दिखाऊँगा; उन्हें सामाजिक रास्ते पर अवश्य लाऊँगा, चाहे इसके लिए मुझे अपनी कुर्बानी ही क्यों न देनी पड़े।''

कुछ देर चुप्पी के बाद शाहिद फिर बुदबुदाया– ''कर्नल, क्या तुम्हारी उच्च शिक्षा यही सिखाती है कि तुम रिश्वत खाओ, अपनी धरती माँ को बेचो, ईमान बेचो, पाप करो? तुमसें कहीं ज्यादा विद्वान तो तुम्हारे घर का वह अनपढ़ नौकर होगा, जो लालच में न पड़कर तुम्हारी एक सुई को भी हाथ नहीं लगाता होगा... पर लानत है तुम्हारी इस उच्च शिक्षा पर।'' शाहिद की इस फटकार से वह गुस्से से तमतमा उठा। उसने हवलदार को आदेश दिया– ''इस पीट-पीटकर फिर बेहोश कर दो, इसकी हेकड़ी अभी तक नहीं गयी।'' इस आदेश को सुनते ही शाहिद गरजा– ''सत्य से डर लगता है कर्नल! अपनी इस कायरता को छुपाने के लिए मेरी जुबान बंद कराना चाहते हो; तुम चाहे जितने डंडे बरसवाते रहो, पर कान खोलकर सुन लो कि जब तक मेरी यह जुबान है, मैं इसी तरह सत्य बोलूँगा।''

जुबान... शाहिद के इस वाक्य ने तो मानो कर्नल के सुन्न पड़ चुके दिमाग को चलायमान कर दिया। जिस उलझन में कर्नल काफी समय से उलझा था, उस उलझन को जाने-अनजाने शाहिद ने खुद सुलझा दिया था। कर्नल ने हवलदार को मारने से रोका और स्वयं उत्साहित होकर अपनी बंदूक की नाल से चाकू निकालकर बेसुध पड़े शाहिद की जुबान खींचकर काट डाली।

''अब पीटो, कैसे पीटते हो सत्य का ढोल!'' कर्नल ने अपनी सफलता पर कुटिल हँसी हँसते हुए कहा। जुबान कटी शाहिद की और सन्न रहा गया वह हवलदार, जो कर्नल के आदेश पर वहाँ आया था। वह सोचने लगा हाय! यह कैसी निर्दयता है... इस संवेदनहीनता को वह पशुता कहे या क्रूरता?

बेचारा शाहिद, पहले ही इतना दर्द झेल चुका था कि जुबान कट जाने के दर्द का

उसे अहसास भी न हो सका। इस वक्त वह कुछ बोलना चाह रहा था, पर मुँह से आवाज न निकलकर ताजा खून निकला, मानो वह लाल खून यकीन दिला रहा था कि आज सत्य का रंग सफेद नहीं, लाल है।

शाहिद ने जब अर्धबेहोशी की हालत में अपनी जुबान को अपने से दूर, कमरे के दूसरे किनारे पर तड़पते देखा, तब वह समझ पाया कि आखिर उसकी आवाज मुँह से क्यों नही निकल रही। खून में लिपटी वह जुबान उचक-उचककर तड़पते हुए मानो कह रही थी कि – अब मैं कभी सत्य नहीं बोल पाऊँगी। शाहिद एकाएक गरज उठा, जैसे उसे बिजली का करंट लगा हो। पर, उसकी गर्जना जुबान के बिना उस बन्द कमरे तक ही सिमटकर रह गयी। मुँह के अंदर रक्त का जम चुका थक्का, आँखों में विवशता भरे आँसू, आहत ह्रदय लिए दर्द से कराहता, दीवार के सहारे निढाल पड़ा उसका क्षत-विक्षत शरीर और शरीर से काटकर अभी-अभी अलग किया गया 'जुबान' नामक वह कटा अंग, जो अभी शाहिद के शरीर से दूर पड़ा तड़प रहा था... हाय, कैसा ह्रदय विदारक दृश्य था यह। इस -बर्बर दृश्य को क्या नाम दिया जाय।

अगले दिन मजीद सहित सत्रहों आतंकवादियों के सशस्त्र आत्मसमर्पण के बाद शाहिद रिहा कर दिया गया। कर्नल की क्रूर यातनाओं ने शाहिद के शरीर को वीभत्स और भयानक बना दिया था, उसके शरीर के तमाम अंगों में जगह-जगह भयानक घाव हो गये थे। सूजा हुआ चेहरा, बिखरे हुए बाल और लाल-लाल आँखें, जिनसे बहती मौन अश्रुधार के कारण उसका शरीर एक अजीब-सी आकृति में बदल गया था। वह दर्द से कराहते और रोते हुए मीरपुर की सड़कों से गुजर रहा था। उसे चारों तरफ से भिनभिनाती मक्खियाँ परेशान कर रही थीं, पर उन्हें उड़ाने तक की सुधि उसे न थी। सड़क किनारे खेल रहे बच्चे उसे देखकर भय से घर में दुबक जा रहे थे। सड़क के कुछ आवारा कुत्ते उसके पीछे-पीछे चलने लगे थे... शायद शाहिद को वे अपनी ही तरह परिस्थितियों का मारा समझकर उसके प्रति सहानुभूति प्रकट कर रहे थे, या फिर गंध दे रहे मांस के टुकड़ों की आस में उसके पीछे लग गये थे, कहना मुश्किल था।

न कोई मंजिल, न कोई ठिकाना, फिर भी वह चला जा रहा था, अनवरत किसी संन्यासी की तरह। खेत, खलिहान, मैदान और एक गाँव से दूसरा गाँव गुजरता गया। अब वह थककर किसी गाँव में पेड़ की छाँव में बैठ गया। कोई भला मानुष उसे पागल समझकर दो रोटियां फेंक गया। शाहिद ने महसूस किया कि परिस्थितियाँ मनुष्य को आवारा कुत्ते के समकक्ष खड़ा कर देती हैं। उसने फेंकी गयी रोटियों को भर नजर देखा। पेट खाली था, पर दिल भर आया। वह उठ खड़ा हुआ और फिर बेमंजिल अनजानी राहों पर चल पड़ा। भूख लगी थी, पर स्वाभिमान ने उन रोटियों को खाने से मना कर दिया था। रूखा-सूखा ही सही, पर माँ अपने हाथों से खिलाती थी डाँट-डाँटकर, ताकि उसका शरीर बने और आज माँ के बनाये उस शरीर की यह दुर्गति...

माँ देखती तो शायद बर्दाश्त नहीं कर पाती। पर अब देखने वाला भी तो कोई न रहा। माँ याद गयी, गाँव याद आया और इसके साथ ही फिर से एक बार उसकी आँखों में आँसू छलछला पड़े। अनायस ही उसकी आत्मा ने 'माँ' पुकारना चाहा, पर जुबां रहित मुँह ने साथ न दिया और वह सिर्फ माँ को याद कर रहे बछड़े की तरह रम्भा कर रह गया। उसने सोचा–हाय! यह कैसी बेबसी है कि अब तो वह माँ भी नहीं कह सकता। यह सोचकर उसका गला भर आया और दिल बैठ गया।

कहा जाता है परदेश में दुखी व्यक्ति को सबसे पहले अपनी माँ और जन्मभूमि ही याद आती है। शायद इसीलिए शाहिद अनजाने में ही चल पड़ा अपने गाँव चंद्राल की ओर। ज्यों-ज्यों वह अपने गाँव के नजदीक पहुँच रहा था, उसकी आत्मग्लानि बढ़ती जा रही थी, शर्म से सर गड़ा जा रहा था। जिस धरती माँ को उसने अपने हाथों वीरान किया था, वही धरती माँ आज उसे अपनी गोद में आश्रय देने के लिए मानो खींचे ले रही थी।

अगहन का महीना था। सूर्य पश्चिमी आकाश पर ढलते हुए लालिमा बिखेरने लगा था। गोधूलि की यह लालिमा किसी स्वप्निल संसार-सा दृश्य उत्पन्न कर रही थी। चरवाहे अपने मवेशियों के साथ लौट रहे थे। घर लौटते मवेशियों के गले की घंटियाँ दूर से ही टुनुर-टुनुर कर संध्या के स्वागत में स्वागतगान गा रही थीं। चिड़ियों का पेड़ों पर सामूहिक कलरव, अगहनी उत्सव का संदेश दे रहा था। युवतियाँ खेतों से धान का बोझा लिए, उसी तरह हिलोरें ले-लेकर बलखाती गीत गाती चली आ रही थीं, जैसे-खेतों में धान की बालियाँ हवा के जरा-से स्पर्श से हिलोरें लेकर झूमने लगती हैं। खेतों में धान की पकी हुई बालियाँ नतमस्तक हो अन्नपूर्णा देवी की स्तुति वंदना करती प्रतीत हो रही थीं। खलिहानों में धान के ढेर को देख किसान फूले नहीं समा रहे थे। प्रफुल्ल मन झूम-झूमकर अगहनी गाने गा रहे थे। यह अगहन महीना होता ही है सम्पूर्ण धन धान्य से पूर्ण, अन्नपूरित, मंगलमय, खुशियों का मौसम। गाँव के चारों तरफ पके धान के खेत ऐसा एहसास करा रहे थे मानो दादी माँ भूरी धोती पहनकर आँगन में बैठी हो। गाँव की वादियों और खेतों की क्यारियों में सरसों और सरगुजे के पीले फूलों से ढकी यह धरती ऐसी दिख रही थी मानो दादी माँ की नववधू अपने छापे की साड़ी के पीले आँचल से अपना सुन्दर मुखड़ा ढके हो। पीले सरसों के खेत मंथर गति से चल रही ठंढी पहाड़ी हवा के कोमल स्पर्श से ऐसे झूम उठते थे जैसे-किसी प्रेमी के प्यार भरे स्पर्श से प्रेमिका रोमांचित होकर होंठों पे मंद मुस्कान लिए झूम उठे। पीले सरसों की क्यारियों से घिरे गाँव के मनमोहक नजारे युवक-युवतियों के हृदय में अपने अज्ञात प्रियतम के प्रति मधुर सपने जगा रहे थे।

शाहिद अनवरत चल रहा था, खेत क्यारियों को पार करते हुए अनजानी राहों पर। लोग एक पल के लिए उसे देखते, फिर अपनी ही खुशियों में खो जाते। आखिर, चलते-चलते शाहिद आ पहुँचा अपने उस घर के समीप, जो कभी उसके लिए स्वर्ग

था, साथ देवी जैसी माँ थी। पर उसका अब वह घर किसी बेताल के खंडहर में तब्दील हो गया था, दीवार टूटकर जमीन में धँस गई थी। उस खंडहर में बड़ी-बड़ी घास और झाड़ियों ने अपना कब्जा जमा लिया था। शाहिद ने जब ठहरकर अपने उस बचपन के आशियाने को देखा तो उसे वह आँगन याद हो आया, जहाँ खेलकर उसका बचपन जवानी की दहलीज तक पहुँचा था। आज वही आँगन गहरी नींद में सोया हुआ लम्बी-लम्बी झाड़ियों से ढक गया था। क्या इस आँगन की नियति में फिर से जागना लिखा है? शाहिद के दिल ने नियति से यह सवाल पूछा। वह कमरा, जहाँ माँ उसे थपकियाँ देकर, लोरियाँ गाकर अपने आँचल तले सुलाया करती थी; वह बाड़े, जहाँ बँधी बकरियाँ सुबह-सुबह मिमियाँ कर शाहिद का सामीप्य पाने के लिए उसे जगाया करती थीं। वे तखते जहाँ शाहिद के कंचे और खिलौने हुआ करते थे। सारा बचपना उसने दो पलों में जी लिया। इतना प्यारा बचपना! अनायास ही उसके दिल ने आह भरी। अहा! कितना प्यारा, कितना मधुर यह ख्वाब था। अचानक उसके मुखमंडल पर प्रसन्नता की एक लहर दौड़ पड़ी। दो पल के लिए जिंदा कर गया यह ख्वाब। शाहिद भावुक हो उठा। दिल भर आया, आँखें डबडबा गयीं। उसने घुटनों के बल बैठकर अपनी मातृभूमि को चूम लिया। डबडबायी आँखों में आँसू न समा सके और आखिर टूट गया आँसुओं का बाँध। फिर क्या था... बच्चों की तरह सिसक-सिसककर खूब रोया... हृदय का सारा बोझ आँसुओं की धारा के साथ बह गया, मन हलका हो गया, हृदय की तपन कम हुई। रोते हुए उसे लगा था कि माँ ने उसे आगोश में लेकर अपने आँचल में भर लिया है। दिल को तसल्ली हुई। उसने एक लम्बी साँस ली और फिर वहाँ से उठकर वह गाँव की तरफ चल पड़ा।

वह गाँव के दूसरे छोर पर पहुँच गया, जहाँ मसूद का घर है। अँधेरा छाने लगा था। लोग ठण्ढ के मारे अपने-अपने घरों में चूल्हों के पास दुबक गये थे। शाहिद आज आकर वहीं खड़ा था, जहाँ से चला था अपने विनाश के पथ पर। शाहिद तो लौट भी आया, कुछ खोकर या पाकर... पर मसूद। शाहिद चिंचित था– कहाँ जाय? क्या करे? उसने देखा मसूद का घर आज भी वहीं खड़ा था, पर आज वह रौनक न थी; वह चमक न थी और न ही वे गायें दिखीं, जिनके थन से निकलता हुआ दूध बाल्टियों में गद गदागद गद की आवाज किया करता था। यह कैसा कालचक्र है, जिसने सब कुछ बदलकर रख दिया था।

शाहिद को अपनी स्थिति का ज्ञान हुआ। ठण्ढ के मारे वह काँप रहा था। उसने सोचा-फरीदा मौसी तो होगी... क्या इस हालत में पहचानेगी भी। फिर भी उसने दरवाजे के पास जाकर दरवाजा खटखटाया। 'कौन?' यह शायद सबीना की आवाज थी। दिल में आया, झट कह दे– "सबीना, मैं शाहिद, दरवाजा खोलो।" पर यह कैसी लाचारी। कटी जुबान से कहे तो कैसे कहे। 'कौन?' दुबारा अंदर से आवाज आयी, पर शाहिद अब कैसे इस कौन का उत्तर दे।

"सबीना बेटी, बिना जाने दरवाजा मत खोलना, जुग-जमाना ठीक नहीं।" अंदर से फरीदा की आवाज आयी। बेजुबान शाहिद कैसे अपना परिचय देता। उसने फिर दरवाजा खटखटाया। इस बार फरीदा कड़ी आवाज में खीझते हुए बोली– 'कौन है? बोलता क्यों नहीं, जुबान कट गयी क्या?" इस वाक्य ने शाहिद के दिल को बड़ा आहत किया। उसने जोर लगाकर कहा– "आऽआऽऽअऽऽऽ" मानो वह कहना चाह रहा हो, हाँ जुबान कट गयी है।

फरीदा– "अरे कौन मजाक कर रहा है!"

नसीम मियाँ अन्दर से चिल्लाये– 'अरे उससे फिलूज बकबक क्यों करती हो, जिसे जरूरत होगी खुलवा लेगा दरवाजा अपना परिचय देकर।" सबीना और फरीदा रसोई में चली गयीं। नसीम मियां के इस उत्तर से शाहिद को समझ में नही आ रहा था कि दरवाजा कैसे खुलवाये। रात्रि के साथ ठण्ढ बढ़ती ही जा रही थी। भूख और घावों का दर्द पहले से ही सता रहे थे। उसने अंतिम बार दरवाजा खटखटाया। जोरदार दरवाजे की खटखटाहट, गूंगे की सी आवाजें और फिर एकाएक घुप्प चुप्पी से नसीम मियाँ को शक हो गया कि कहीं यह आतंकवादियों की नयी चाल तो नहीं, जो गूंगों की नकल कर सहानुभूति से दरवाजा खुलवाना चाहते हों, या फिर वास्तव में कोई गूँगा या पागल है। चाहे जो भी हो, मुफ्त की कौन मुसीबत ले। उन्होंने धीरे से फरीदा और बेटी सबीना को हिदायत देते हुए कहा– "सावधान! किसी भी परिस्थिति में दरवाजा न खोलना, लगता है यह बदमाशों की चाल है। वे सब दिया बुझाकर चुपचाप बिस्तर पर लेट गये। नसीम मियाँ और फरीदा की धड़कनें तेज थीं, नींद आँखों से दूर। न जाने इन बदमाशों के मनसूबे क्या हैं? भयभीत फरीदा बोली– "पड़ोसियों को आवाज लगाऊँ क्या?"

नसीम मियाँ– "अरे चुपचाप सो जाओ, अल्लाह की दुआ से कुछ भी अनिष्ट न होगा।" सबीना सो रही थी। फरीदा झपकी लेती, अधखुली पलकों से कभी सोती कभी जागती... पर भयवश नसीम मियाँ की आँखों में नींद न थी।

शाहिद आधी रात तक ठण्ढ से ठिठुरता रहा, जब उससे ठण्ढ बर्दाश्त न हुई तो वह बगल के खलिहान में चला गया, यह सोचकर कि थोड़ी बहुत पुआल मिल जायेगी तो इस निगोड़ी ठण्ढ से निजात पाऊँगा। खलिहान के समीप जाते ही उसकी आहट से खलिहान पर सो रही कुतिया और तेज भौंकने लगी। शाहिद का ठण्ढ की मुसीबत से गला छूटना तो दूर, यहाँ पहले से ही एक और मुसीबत उसके स्वागत में स्वागतगान गा रही थी।पर मरता क्या न करता, ऐसे भी मौत वैसे भी मौत। वह धीरे-धीरे आगे बढ़ा। वैसे शायद कुत्ते किसी की लाचारी को समझने में मनुष्य से ज्यादा सक्षम हैं। कुतिया ने भौंकना बंद कर दिया। फिर क्या था, वह कुतिया जैसे मित्र हो गयी। कुतिया ने उसके आगे आकर डेरा डाल दिया जैसे उसने कह दिया हो, मैं यहाँ तुम्हारी रक्षा के

लिए तैनात हूँ। पुआल में घुसते शाहिद को पहले तो कुछ कुलबुलाहट हुई, पर थोड़ी ही देर में उसे ठण्ढ के प्रकोप से रहित मिल गयी। सुबह होते-होते शाहिद को नींद आ गयी थी। वह वहीं दुबका सोता रहा।

जब मुर्गों ने सुबह का आह्वान किया, तब कहीं जाकर नसीम मियँ के चित्त को निश्चितंता मिली। भला इस जागने के पहर में वे क्यों सोयेंगे, फिर भी खुमारी लेने और रात भर की थकान मिटाने के लिए कंबल के नीचे दुबके रहे।

चिड़ियों ने चहचहाना शुरू कर दिया था। सुबह हो गयी थी। सबीना अँगड़ाई लेती उठ बैठी। अब्बा को अब तक सोते देख सोचा–रात देर से सोये होंगे। उठकर वह बैलों के लिए पुआल लेने के लिए खलिहान गयी। कुतिया ने पुआल से निकलकर कुँइ-कुँइ कर दुम हिलाते हुए अपने दाता को अपनी उपस्थिति और वफादारी का प्रमाण दिया।

सबीना– "चल हट, खूब समझती हूँ तुझे; रात दरवाजे पर कोई चोर आया था, तब नहीं हुआ कि जरा भौंककर डराये और उसे भगाये; तब तो डर के मारे दुम समेटे बैठी थी छुपकर, अब चली आयी बड़ी वफादारी दिखाने... तब खलिहान छोड़ते नानी मरती थी क्या। आज खिलाती हूँ तुझे सबीना की फटकार सुन कुतिया पैरों से लिपटने लगी, जैसे वह प्यार जताकर कहना चाहती हो– तुम व्यर्थ चिन्ता करती हो, मेरे रहते तुम्हें भला चिन्ता करने की क्या जरूरत।

सबीना– "चल हट, पैरों में यह क्या लिपट रही है, गिरायेगी क्या।" वह पैरों से कुतिया को दूर कर पुआल समेटने लगी। तभी उसकी नजर शाहिद के जख्मी पैरों पर पड़ी। उसने थोड़ा और पुआल हटाया तो देखा कि एक विकृत शरीर पड़ा है। वह बदहवास हो उल्टे पाँव घर को भागी।

सबीना– "अब्बा अब्बा! वहाँ खहिलान में कोई मरा पड़ा है।" बिस्तर पर अर्धचेतन पड़े नसीम मियाँ का दिमाग कौंधा। झट उठे और खलिहान की ओर भागे। सबीना भी साथ चली।

"रात खलिहान पर ही कुत्ते भौंक रहे थे, जरूर कुछ अनहोनी हुई है, या अल्लाह!" फरीदा बड़बड़ाती हुई खलिहान की ओर भागी। वहाँ जाकर देखा तो पुआल की खोह में एक मृतप्राय शरीर पड़ा है।

फरीदा– "हाय अल्ला! यहाँ लाश।"

नसीम मियाँ– "चुप कर! अभी भीड़ लग जायेगी, फिर हमारे ही सर पर पड़ेगी आफत।" नसीम मियाँ गहरी चिंता में डूब गये। कुछ पल बाद किसी व्यक्ति को खलिहान की ओर आते देख नसीम मियाँ बोले– "फिरोज का बेटा जियाउल आ रहा है, हल्ला मत कर।" नसीम मियाँ पैरों से उस दिख रहे शरीर के भाग को आसपास के

पुआल से ढकने लगे। जियाउल नजदीक आते ही बोला– ''वालेकुम सलाम!''

जियाउल– ''कुतिया ने बच्चे दिये हैं क्या चाचा, किसे ढक रहे हो पुआल से?'' वह खलिहान की ओर जाने को मुखातिब हुआ। नसीम मियाँ तो जैसे ठण्ढे पड़ गये। यदि वह यहाँ पहुँच गया तो आफत आ जायेगी, पूरे गाँव में हल्ला हो जायेगा। वह किस मुँह से कहें कि इधर न आओ। नसीम मियाँ ने तुरंत बात बनाते हुए कहा– ''नहीं भाई, लगता है रात किसी ने मेरी पुआल चोरी की है।''

जियाउल– ''वाह! अब पुआल भी चोरी होने लगी, या अल्ला कैसा जमाना आ गया'' उसने सहानुभूति जतायी, फिर रुककर बोला– ''लेकिन चाचा तुम्हारी कुतिया के रहते चोरी; सुना है उसके रहते तुम्हारे खलिहान से कोई तिनका भी नहीं उठा ले जा सकता।''

नसीम– ''यह बात तो सही है, पर कल मैंने इसे ठण्ढ लगेगी यह सोचकर घर में ही बंद कर दिया था।''

जियाउल– ''अरे चाचा, जानवरों को भी ठण्ढ लगती है भला।''

नसीम मियाँ– ''अरे बेटा, ये भी तो प्राणी हैं।''

जियाउल– ''यह तो आपका उस कुतिया के प्रति प्यार है चाचा, अन्यथा इन पर जाड़ा, गर्मी, बरसात का कोई असर नहीं होता। अच्छा चाचा मैं चलता हूँ, पर अबकी जब भी कुतिया बच्चा दे, एक को मैं ले जाऊँगा।'' यह कहते हुए जियाउल वहीं से अपनी राह चला गया। उसके जाने के बाद ही नसीम मियाँ की साँसे थमीं, पर अगले ही पल फिर चिंता में पड़ गये।

फरीदा– ''अब क्या करें इस आफत को?''

नसीम मियाँ– ''अभी पड़ा रहने दो, रात को फेंक आयेंगे नाले में।''

फरीदा– ''मैं तो कहती हूँ पुलिस को बुला दो।''

नसीम मियाँ– ''पगला गयी हो क्या, कौन जवाब देगा उनके उल्टे-सीधे सवालों का... थाना- पुलिस कोई खेल है भला, उल्टे पैसे ऐंठ ले जायेंगे।''

उनकी आपस की चर्चा से शाहिद जाग गया था। वह पुआल हटाते हुए खोह से निकलकर खड़ा हो गया। पुआल में हलचल होते ही नसीम मियाँ चार कदम पीछे हट गये। तीनों की आँखें भारी आश्चर्य से खुली की खुली रह गयीं। शाहिद के खड़े होते ही लगा, जैसे कुचले और सड़े हुए शरीर में उसकी रूह फिर से प्रवेश कर गयी हो। उसकी काया किसी प्रेत का भ्रम करा रही थी। नसीम मियाँ भी उसके इस भयानक रूप को देखकर डर गये थे, पर उन्होंने अपने डर को छिपाते हुए कड़ककर पूछा– 'कौन?' शाहिद की ओर से कोई उत्तर न मिला।

नसीम मियाँ– "कौन हो तुम?" इस बार भी उन्हें कोई उत्तर न मिला। शाहिद अनुभव कर रहा था कि नसीम डरे-सहमे से हैं और उसकी चुप्पी उन्हें और विचलित कर रही है। वह हाथों से इशारा करते हुए बोला– "आऽआऽऽअऽऽऽ" शायद वह बताना चाह रहा था कि रात में वही था जो दरवाजा खटखटा रहा था।

फरीदा को अपने बेटे मसूद की याद हो आयी और अचानक उसका ममत्व जाग उठा। फरीदा की ममता को इस भयानक शरीर में मसूद दिखने लगा। फरीदा के भावुक हृदय में उसके प्रति सहानुभूति उमड़ पड़ी। वह पश्चाताप के साथ कहने लगी– "ओह! बेचारे पर किसी निर्दय ने अपनी क्रूरता दिखायी... मेरी भी मति भ्रष्ट हो गयी थी कि द्वार पर आये इस बेचारे को भूखे-प्यासे ठण्ढ में तड़पना पड़ा।" नसीम मियाँ अब तक शाहिद को पागल समझ रहे थे। उन्होंने फरीदा की ओर मुखातिब होकर कहा– "तुझे इस पागल पर दया आ रही है; पता है रात भर मैं सो नहीं पाया इसकी वजह से और सुबह उठा तो जान उड़ा दी, चल जा यहाँ से!" उन्होंने शाहिद को दुत्कारा। लाचार शाहिद का हृदय फरीदा की बातों से भावुक हो गया था। नसीम मियाँ की दुत्कार सुनकर उसकी भावुकता आँसू बनकर आँखों से टपक पड़ी। इस वक्त सबसे विचित्र स्थिति थी सबीना की। वह शाहिद के शरीर को भले ही न पहचाने, पर उन आँखों को वह अच्छी तरह पहचानती थी, जिन आँखों को उसने दिल में बसाया था... जिन आँखों को वह रोज ख्वाबों में देखा करती थी और जिन आँखों को उसने तीन साल पहले अंतिम बार शाहिद में देखा था। इन आँखों को वह बचपन से देखती आ रही थी। किसी को आँखों के सहारे पहचान लेना यह उसके प्यार का प्रतीक है, ऐसा बुजुर्गों ने कहा है क्योंकि प्यार की पहली सीढ़ी आँखें हैं और हृदय उसकी मंजिल। जैसे ही शाहिद जाने के लिए मुड़ा, सबीना ने झट उसका हाथ पकड़ लिया और बिना कुछ बोले ही अपने साथ खींचते हुए घर की तरफ ले चली। फरीदा और नसीम मियाँ खड़े-खड़े देखते रह गये। वे सबीना के पीछे चले। नसीम मियाँ के तेवर चढ़ गये। उन्होंने घर में घुसते ही सबीना को डाँटते हुए कहा– "यह क्या पागलपना है!" सबीना का गला रुँधा हुआ था। वह पूरी ताकत लगाकर भी गले से बाहर आवाज न निकाल पायी। सबीना की इस चुप्पी से नसीम मियाँ और बौखला गये।

नसीम मियाँ– "सबीना, तुम होश में तो हो!" उन्होंने सबीना का हाथ शाहिद के हाथ से झकटते हुए कहा। इस झटके ने जैसे सबीना के गले में अटके शब्दों को बाहर फेंक दिया हो।

"अब्बा यह हमारा शाहिद है, शाहिद!" और फिर वह बिलखकर रो पड़ी। नसीम मियाँ चकराये।

नसीम मियाँ– "यह कैसे हो सकता है, वह गूंगा तो न था!" फरीदा भी वहाँ आ गयी थी। उसने नरमी से पूछा– "बेटा तुम शाहिद ही हो?" शाहिद ने हाँ में सिर हिला

दिया।

फरीदा– "हाय अल्लाह! इसे क्या हो गया।" ऐसा कहते हुए वह सिसकियाँ भरते हुए रोने लगी।

नसीम मियाँ– "बाहर करो इस बहुरूपिये को, जो अपने आपको शाहिद कहता है।"

फरीदा झल्लाई– "चाहे शाहिद न भी हो, पर इस स्थिति में किसी असहाय की सहायता करना हमारा कर्तव्य है।"

नसीम मियाँ - "अरे बाहर करो इस पागल को, न जाने कहाँ से यह आफत हमारे सिर आ पड़ी।" सबीना चुप थी, पर फरीदा रोते हुए बोली– "कितने निर्मोही हो गये हो; सोचो यदि इस हाल में हमारा मसूद होता तो... शाहिद न सही, पर यह भी तो किसी माँ-बाप का मसूद होगा।" यह कहते हुए उसका गला रुँध गया, आँखों में मसूद की याद के आँसू छलक पड़े। नसीम मियाँ भी कुछ नरम पड़ गये।

फरीदा– "बेटा इनकी बातों का बुरा मत मानना, मसूद के बिछोह में चिड़चिड़े हो गये हैं।" नसीम मियाँ को शाहिद की शक्ल सूरत देख अब भी विश्वास नहीं हो रहा था कि वह शाहिद ही है। वे तमतमाते हुए बाहर निकल गये।

एक ओर जहाँ सबीना को शाहिद के वापस आने और मिलने की खुशी थी, वहीं उसकी इस दयनीय हालत को देखकर भारी दुःख भी था। उसके सबसे बड़े दुःख का कारण था कि शाहिद बोल नहीं पा रहा था।

दोपहर तक सबीन, शाहिद के घावों को साफ करती रही। शाहिद के घावों से उसे तनिक भी घिन न आ रही थी, उसे तो शाहिद के स्पर्श से एक अजीब-सा सुकून मिल रहा था। घावों को वह बड़ी तन्मयता से आहिस्ता-आहिस्ता साफ कर रही थी, जिससे कि शाहिद को दर्द न हो। शाहिद के घाव जैसे शाहिद के नहीं, उसके अपने घाव हों। शाहिद के घावों से ज्यादा दर्द कहीं सबीना के हृदय में हो रहा था। कभी-कभी तो वह शाहिद से पहले ही कराह उठती, जैसे दर्द शाहिद से पहले उसे ही होता हो।

फरीदा जल्दी-जल्दी रसोई का काम निबटाने में लगी थी, कि फुर्सत से वह अपने मसूद का हालचाल पूछ सके। फरीदा सारे काम निबटाकर खाने की थाली लिये शाहिद के पास जा बैठी। प्यार से परोससकर खाना खिलाया... पर उसे संकोच हो रहा था कि वो बेचारे बेजुबान शाहिद से कैसे बेटे का समाचार पूछे। फिर भी वह यह निश्चय कर काफी देर तक बैठी रही कि चाहे जैसे भी हो, इशारों से भी कुछ तो बतायेगा। यदि वह पढ़ना-लिखना जानता तो लिखकर बताता। शाहिद की खातिरदारी देख नसीम मियां मुँह फुलाये बैठे थे कि वह शाहिद है भी या नहीं। फरीदा देर तक बैठी रही, पर शाहिद की हालत देख उसे अपना निश्चय बदलना पड़ा। इतने दिन तो बेखबर रही, दो

दिन और सही।

सबीना को तो जैसे अब घर में शाहिद की सेवा करने के अलावा कोई काम ही न रह गया था। उसकी रात-दिन की सेवा से सप्ताह भर में ही शाहिद अपनी शक्ल में आ गया था। उसका सूजा हुआ चेहरा ठीक हो गया था, घाव सूखने लगे थे। अब जाकर नसीम मियाँ को यकीन हुआ कि यह शाहिद ही है।

फरीदा ने सोचा था, शाहिद कुछ स्वस्थ हो जाय, फिर वह आराम से बैठकर बेटे का सारा समाचार मालूम करेगी। पर उसे इतना सब्र कहाँ कि वह शाहिद के स्वस्थ होने का इंतजार कर सके। वह अपने मसूद का हाल जाने के लिए अधीर हो उठी। एक दोपहर वह अपने सारे काम निबटाकर शाहिद के पास जा बैठी। सबीना, शाहिद की सेवा में रत थी। फरीदा, लेटे हुए शाहिद के जख्मी पैरों पर प्यार से हाथ फेरते हुए बोली– "बेटा मैं तुमसे मसूद का समाचार पूछना चाहती हूँ, परेशान तो न होओगो? क्या करूँ, सब्र नहीं होता।"

शाहिद ने मन ही मन सोचा – एक माँ अपने परदेशी बेटे का हालचाल पाने के लिए मेरी स्थिति का खयाल कर अब तक सब्र किये रही, यह किसी तपस्या से कम नहीं। फरीदा फिर बोली– "मुझे दुःख है कि तुम बोल नहीं सकते; मैं इसका कारण भी नहीं जानती, पर बेटा तुम उदास मत होना, अल्लाह पर विश्वास रखो, वह जरूर रहम करेगा तुम पर, मैं रोज अल्लाताला से दुआ करूँगी तुम्हारे लिए, किसी न किसी दिन वह हमारी जरूर सुनेगा, तुम एक न एक दिन जरूर बोलोगे।" वह भावुक होते हुए बोली– "बेटा मसूद तो तुम्हारे साथ ही गया था, तब से न उसकी कोई चिट्ठी आयी, न कोई खबर; तुम तो आखिर किसी भी हाल में लौट आये, पर वह... उसने तुमसे कोई खबर नहीं भेजी? मैं यहाँ तड़पती रहती हूँ और उसे परदेश में भी रहकर घर की याद नहीं आती, कितना निर्मोही हो गया है वह, परदेश में रहकर अपनी माँ को ही भूल बैठा। आने दो एक बार उसे, फिर जाने न दूँगी; खूब सताया है उसने। बेटा परदेश की बात तो मैं नहीं जानती कि वहाँ क्या काम-धाम होता है, पर मसूद के अब्बा कहते हैं, वह किसी दुकान में मैनेजर हो गया है। क्या उसके मालिक को नहीं चाहिए कि दो दिनों की छुट्टी दे दे कि वह घर-परिवार में हो आये। नहीं चाहिए मुझे छप्पन पकवान... बेटा नजर के सामने रहे तो सूखी रोटी भी भाती है। मसूद के अब्बा से सैकड़ों दफा कह चुकी, बेटे को चिट्ठी भेजकर बुला लो, दो दिन रहेगा फिर चला जायेगा, कलेजे को ठण्ढक तो पहुँचेगी... क्या मेरे मरने के बाद ही आयेगा वह, आँखे तरस रही हैं उसे देखने को।" फरीदा बिलखकर रो पड़ी।

माहौल कुछ सामान्य हुआ तो फरीदा फिर सँभलकर अपने आँसू पोंछते हुए बोली– "बगल के गाँव से रिश्ता आया था उसके लिए; सुन्दर सुशील लड़की देखकर मैंने हामी भर दी और लगे हाथों कह भी आयी कि ईद में घर आकर लड़के को देख लें।

पहले तो ईद में आ ही जाता था नये कपड़े-मिठाइयाँ लेकर; पर न तो पिछले साल ही आया और सोचा कि इस बरस तो आएगा ही, पर राह देखते यह ईद भी गयी। लड़की वालों ने पूछा है कि कब आ रहा है तुम्हारा लड़का... मैंने कहलवा दिया है कि जल्द आने वाला है, आते ही खबर भिजवाऊँगी। अब तू ही बता बेटा, कब तक उसका इंतजार करूँ? कब आएगा वह? मसूद के अब्बा से पूछती रहती हूँ, कुछ बताते ही नहीं। कहते हैं समय मिलते ही आ आयेगा, पर मैं क्या जवाब दूँ लड़की वालों को?'' शाहिद मन ही मन सोच रहा था कि अच्छा हुआ आज मेरी जुबान कटी है, अन्यथा क्या जवाब देता इन्हें... कैसे कहता कि वह अब कभी नहीं आएगा।

एकाएक फरीदा के चुप होते ही कमरा खामोश हो गया था। वह फिर बोली– ''बेटा, तू आया तो इतने दिनों से जमा दिल की भड़ास निकाल ली; पर तू भी तो वक्त का मारा है। तू बोल नहीं सकता तो यह मत समझना कि हम तेरे दर्द नहीं बाँटेंगे... वक्त ने हम दोनों को बर्बाद किया है। मुझे दुःख है बहन जरीना के इंतकाल का। उस दिन फौजी और आतंकवादियों के मुठभेड़ के दौरान आतंकवादियों ने तुम्हारे घर पर बम फेंककर जरीना बहन को मार डाला था, इस हादसे को सबीना के मुँह से सुनकर मैं दुःख से व्याकुल हो गई थी। उस दिन न जाने किस संयोग से अल्लाह ने तुझे माँ के अंतिम दर्शन के लिए भेज दिया था, शुक्र है अल्लाह का। पर कलमुँहे फौजी शायद अनजाने में तुझे पकड़कर ले गये। तब मैं बहुत दूर तक दौड़ी थी तुम्हारे पीछे, यह बताने कि तुम जरीना के ही बेटे हो, जरीना को आतंकवादियों ने मारा है। पर बेटा मैं कहाँ तक दौड़ती, तुम तक नहीं पहुँच सकी। लौटकर मैंने गाँव वालों को खूब भला बुरा कहा कि किसी ने बताया क्यों नहीं कि तुम उसी जरीना के बेटे हो। मैंने सोचा पूछ-ताछ के लिए ले जा रहे होंगे, जल्द ही लौटकर अपनी माँ को मिट्टी दोगे, पर तुम नहीं लौटे। बाद में मैंने मसूद के अब्बा को थाने तक दौड़ाया, पर तुझे कहाँ ले गये, कुछ भी पता न चला। उन बदजातों को इतना भी शऊर न हुआ कि इकलौता बेटा है, माँ को मिट्टी भी देनी होगी; तड़पेंगे वे भी निर्मोही, माँ को मिट्टी देने के लिए।'' जरीना की याद आते ही वह एकाएक चुप हो गयी। गला रुँध गया, आँखों में आँसू भर आए। फिर वह आँचल से आँसू पोछते हुए बोली– ''बेटा, तुम्हारी माँ खूब तड़पी है तुम्हारे बिना। बेचारी को बेटे के हाथों मिट्टी भी नसीब न हो पायी। हाय! जिस पेड़ को लगाया, सींचा, उसकी छाँह तक नसीब न हुई। अब तो बेटा मुझे भी घबराहट होती है, न जाने ऐसा क्यों लगता है कि मुझे भी बेटे के हाथों मिट्टी न मिल पायेगी। मैं जानती हूँ तुम इस समय नहीं बोल सकते, इस दुखिया माँ के सैकड़ों सवालों का जवाब नहीं दे सकते; पर बेटा किसी तरह, इशारों से यह तो बता दे कि मसूद कैसा है, कब आयेगा... और इसके साथ वह वह मसूद को याद कर बिलख पड़ी। फरीदा के इस सवाल का जवाब वह क्या दे... कैसे इशारा कर दे कि मसूद कब आयेगा? कैसे इशारा कर दे कि मसूद अब कभी नहीं आएगा, वह मारा गया है... या फिर झूठा

इशारा कर दे कि वह आयेगा; पर कब। उसे सच्चाई बयां करने का साहस न हुआ। वह सपने सजाती माँ की बूढ़ी आँखों के सपनों को उजाड़ने की हिम्मत न जुटा सका। आखिर सपना भी तो एक धोखा है। धोखा ही सही, पर मीठा तो है... और यह सोचकर उसके कांपते हाथों ने मसूद की मौत का इशारा करने से इंकार कर दिया।

एक बार तो उसे लगा कि वह झूठे भार को ज्यादा दिनों तक नहीं ढो पायेगा, इसलिए कागज कलम मँगाकर, सबकुछ लिखकर साफ-साफ बता दे कि मसूद मारा गया है। वह किसी दुकान का मैनेजर नहीं था, बल्कि वह एक आतंकवादी था। जी में आया- यह भी लिख दे कि मैंने अपनी माँ को खुद अपने ही हाथों मारा है, मिट्टी के बदले बारूद दिया है; उसकी किसी दूसरे आतंकवादी ने नहीं, खुद उसके आतंकवादी बेटे ने ही हत्या की है। जिसके कारण आज धरती में मेरा वजूद है, उसी वजूददाता का वजूद मैंने मिटा दिया है। शाहिद ने बड़ी मुश्किल से अपनी भावनाओं को बस में किया जो उसे शक्तिहीन बनाये जा रही थीं। उसने अपने आँसुओं को टपकने से पहले ही झट पोंछा, जैसे आँखों में अचानक कोई तिनका पड़ गया हो। उसने जबरदस्ती झूठी मुस्कान लिए इशारा किया कि उसका मसूद बहुत जल्द लौट आयेगा। पर क्या खारे पानी ने कभी किसी की प्यास तो तृप्त किया है। फरीदा को समझते देर न लगी कि यह इशारा मात्र कोरी तसल्ली है। क्या तपे हुए सफेद बालों को वह झूठी मुस्कान से धोखा दे सकेगा। शाहिद भी वह अच्छी तरह जानता था कि उसकी झूठी मुस्कान फरीदा मौसी के पके बालों का अनुभव नहीं घटा सकती। फरीदा वहाँ से उठकर चली गयी, क्योंकि वह जान चुकी थी कि शाहिद को मसूद के बारे में खुद कुछ पता नहीं है... या फिर वह हकीकत बताना नहीं चाहता। सच तो यह था कि शाहिद का इशारा तो गिरते पेड़ को खूँटे का सहारा मात्र था।

नसीम मियाँ को आज अपनी गलती का अहसास हो रहा था। आज उन्हें पछतावा हो रहा था कि उसे आतंकवादी दस्ते में जाने से न रोककर भारी गलती की थी। बेटे की नापाक कमाई खाकर उन्होंने अपने जमीर को मार डाला था। जिस दिन से मसूद आतंकवादी दस्ते में गया था, उस दिन से आज तक किसी अज्ञात अनहोनी के भय से वह कायदे से सो तक नहीं पाये थे।

सबीना ने शाहिद की इतनी तन्मयता से सेवा की, कि सप्ताह भर में उसके जख्म सूखने को थे। रात-रात भी जागकर सबीना ने शाहिद की सेवा की थी। सबीना का शाहिद के प्रति बचपन से ही एक आकर्षण था। शायद, शाहिद का यह आकर्षण ही सबीना के दिल की गहराइयों में स्थिर पड़ा सोया हुआ था, जो आज सक्रिय होकर जाग पड़ा था। उसे आज पता चला कि चाहत कहा जाने वाला यह आकर्षण, प्रेम है।

आकाश में बिखरी सूर्य की लालिमा जैसे धरती माता को मुस्कुराकर जगा रही हो। सबीना, प्रभात के इस आकर्षण से मुग्ध और रोमांचित हो रही थी। वह शाहिद की

हथेली अपने हाथों मे लिए उन भौंरों के साथ कोई गीत गुनगुनाते, उन सरसों के फूलों से आच्छादित खेत-क्यारियों से गुजरती नदी तट पर जा पहुँची। कलकल करती नदी की धारा, बीच-बीच में दूर कहीं चिड़ियों के तान और छोटी -छोटी मछलियाँ पकड़ रहे गाँव के नंगे बच्चों का मासूम कोलाहल। रुक-रुककर चल रही ठण्ढी पहाड़ी हवायें तन और मन में सिहरन पैदा कर जाती थीं। सबीना के दिल में एक बोझ था जो उसे इस सुहावने मौसम में भी परेशान किये हुए था। सबीना सोच में पड़ी थी- आज शाहिद साथ है, खुश है और अकेला भी; मौसम भी खुशनुमा है; शायद फिर कभी ऐसा एकान्त मिले न मिले। यदि आज इस बोझ को न उतार पायी तो शायद जिन्दगी भर रोना न पड़ जाय। उसने निश्चय किया और बोल पड़ी– ''जानते हो शाहिद, तुम्हारे आने की आशा में तुम्हारे उस घर में कितनी रातें गुजारी हैं मैंने।'' वह क्षितिज पर किसी शून्य में आँखें टिकाए भावुक होकर अपने भावनाओं में बही जा रही थी। ''शाहिद, तुम्हारे चले जाने के बाद खाला तुम्हारे बिछोह में मरणासन्न हो गई थी, तब अब्बा की सहमति से खाला की सेवा में मुझे तुम्हारे घर में रहना पड़ा था। तब शुरू-शुरू में मुझे वहाँ रहना जुल्म था। खाला किसी कोने में मौन पड़ी रहती थीं। उस तनहाई में मेरा मन व्याकुल हो उठता था। तब मन के इस सूनेपन मे सपने जागने लगे थे। तब मुझे थोड़ा सुकून मिला। सपनों में खोयी समय का पता ही न चलता। मन में एक ही सपना जागा करता था और यह सपना दिनों दिन गहराता गया, विस्तृत होता गया। अब तो मेरे लिए सपने ही महत्त्वपूर्ण हो गए थे और खाला की सेवा गौण, क्योंकि खाला भी अब कुछ ठीक हो चुकी थी। मैं कई बार अपने-आप पर खीझ बैठती और इन कोरे सपनों से छुटकारा पाने के लिए खाला से बातें कर लिया करती थी... पर मैंने पाया कि मैं जितना इस सपनों से दूर भागने की कोशिश करती हूँ, ये सपने और समीप होते गये, गहराते गये। लाख कोशिश के बाद कोरे सपनों से पिण्ड न छुड़ा पायी, मैं विवश थी। ये सपने मेरी छाया थे, जो कभी साथ ही नहीं छोड़ते थे। अंततः मैंने इन सपनों से बचने की निष्फल चेष्टा छोड़ दी। जानते हो शाहिद! मेरे इन पागल सपनों का राजकुमार कौन था? शाहिद, इन सपनों के राजकुमार तुम थे, सिर्फ तुम (उसने एक लम्बी आह भरी) शायद यह तुम्हारे अभाव का परिणाम था, क्योंकि सभाव में तो अरुचि ही पैदा होती है; पर अभाव मे जो रुचि पैदा होती है, वह प्रबल होती है। मैंने कहीं पढ़ा था कि प्रेमी-प्रेमिका के सामीप्य प्रेम में वह गहरापन या प्रबलता नहीं, जो विरह में होती है... यह बिलकुल सही ही है। शाहिद, मेरे इस पागलपन को शायद तुम नादानी समझ बैठो, या तुम्हें बुरा भी लगे; पर मैं सत्य कहती हूँ, मैंने हमेशा तुममें एक आकर्षण पाया है, जो आज प्रेम में परिणत हुआ है। मैं सच कहती हूँ, मैंने तुमसे प्यार किया है और यदि मैं निकाह करूँगी तो सिर्फ तुमसे, अन्यथा अविवाहित ही जिन्दगी काट लूँगी।'' इतना कहकर सबीना चुप हो गयी।

सबीना की बातों से शाहिद को लग रहा था जैसे वह उसे गाली दिये जा रही है।

आज तक शाहिद ने सिर्फ लूका से ही प्यार किया था। लूका के सिवा किसी अन्य का खयाल उसके जेहन में अब तक नहीं आया था। हालाँकि आज लूका जीवित न थी, फिर भी आज भी वह लूका से ही प्यार करता है और पहले से भी कहीं अधिक उसका प्यार गहरा होता गया है। यह लूका का अभाव था जो उसके प्यार को पोषण प्रदान करता था सबीना की बातों से शाहिद के चेहरे पर कोई विशेष प्रतिक्रिया नजर न आयी। उसने वापस चलने का इशारा किया और फिर वे दोनों वापस चल पड़े।

मामला कुछ आगे बढ़ चला था। नसीम मियाँ नहीं चाहते थे कि सबीना का निकाह किसी आतंकवादी से हो। उन्हें पता था कि मसूद के साथ जाने वाला शाहिद जरूर आतंकवादी है, जिसके प्राणों की कोई गारंटी नहीं। रात के भोजन के बाद फरीदा ने नसीम मियाँ से पूछा– "आखिर क्या हर्ज है सबीना का निकाह शाहिद के साथ करने में? मैं भी यही सोचती हूँ कि सबीना का निकाह किसी पढ़े-लिखे कमाने वाले लड़के से हो... पर सबीना की जिद है कि वह निकाह करेगी तो सिर्फ शाहिद से, अन्यथा अविवाहित रहेगी; वैसे भी शाहिद में मुझे कोई बुराई नजर नहीं आती; सुन्दर है, भोला है, बेचारे अनाथ पर तो दया आ जाती है कभी-कभी। नसीम मियाँ खीझकर बोले– "तुम्हारे इसी दया और प्रेम ने तो तुम्हें अन्धा बना दिया है; तुम्हें पता भी है कि उसके प्राणों की कोई गारंटी नहीं है।"

फरीदा– "क्यों गारंटी नहीं है जी? क्या कोई बीमारी है उसे?" बेचारे नसीम मियाँ के पास इसका कोई जवाब न था। वे चुपचाप उठकर चारपाई पर सोने चले गये।

उनका वार्तालाप शाहिद से गुप्त न रहा। इस वार्तालाप को सुनकर उसने सोचा– यदि मैं यहाँ और अधिक दिनों तक रहा तो घर में झगड़ा बना रहेगा... सबीना भी व्याकुल रहेगी और मेरा मकसद भी शिथिल पड़ जायेगा; बेहतर होगा मैं यहाँ से चला जाऊँ।

रात उसने कलम उठायी। कलम उठाते ही उसे लूका की याद हो आयी। उसे उन क्षणों की याद हो आयी, जब लूका उसे हाथ पकड़कर लिखवाया करती थी, कभी-कभी परेशान होकर टेढ़ा-मेढ़ा मुँह बनाने लगती थी, तब कितना मजा आता था शाहिद को लूका के रंग बदलते मुखड़े को देखकर। हाथों का वह कोमल स्पर्श... आहा! क्या स्वर्गिक अनुभूति थी उन क्षणों की। यदि आज लूका पास होती तो शाहिद उसे पूजने लगता, जिसने उसे अपने जुबान के अभाव को पूरा करने के लिए अक्षर रूपी जुबान दे दी थी। लूका दिनों दिन देवी साबित होती जा रही थी शाहिद के लिए। इसलिए तो वह उस देवी की सदिच्छाओं की पूर्ति के लिए अपने आपको तपा रहा था। आह! कैसी त्याग की मूर्ति थी वह, उसी त्याग ने तो शाहिद की सोई अंतरात्मा को जगाया था। आतंकवादी जानकर भी प्यार किया और इसकी कीमत उसे अपने प्राणों की बलि देकर चुकानी पड़ी। जीवित थी तो प्रेरित करती रही और अब मरने के बाद भी उसकी अज्ञात

शक्ति ने उसे प्रेरणा प्रदान करना जारी रखा। शाहिद ने सबीना के नाम पत्र लिखना शुरू किया–

प्यारी सबीना! खुश रहो!

मैं यदि मान भी लूँ कि मेरे प्रति तुम्हारा प्यार, बढ़ती उम्र की सामान्य दशा या तुम्हारी भावनात्मक प्रवृत्ति नहीं है, तब भी यह प्यार इकतरफा है और यह कमी तुम्हारी ओर से नहीं, मेरी ओर से है। मैं जानता हूँ, तुम मुझसे बेहद प्यार करती हो; पर मैं तुम्हारे प्रति रत्तीभर भी आसक्त नहीं हूँ। इसका कारण यह नहीं कि मेरा हृदय भावशून्य है या प्रेम से अनभिज्ञ है। ऐसा भी नहीं कि तुम रुचिपूर्ण नहीं, सुन्दर नहीं या तुम्हारे रूप और गुण में कोई कमी है। सबीना वाकई तुम सुन्दर हो, गुणवती हो, सुरुचिपूर्ण हो; वह नसीब वाला होगा जो तुम्हें पा सकेगा। सबीना इसका कारण मैं तुम्हें बताता हूँ, तुम इसे जज्बात से हटकर, भावुकता से दूर रहकर समझने की कोशिश करना, बिल्कुल उस जज की तरह जो सत्य-असत्य, न्याय-अन्याय को संतुलित पलड़ों पर तौलता है। यदि संभव हो तो तुम इसे मेरे दिल से सोचने की कोशिश करना। यदि तुम मेरी इन समस्याओं को निष्पक्ष होकर सोच सकोगी, तो शायद तुम्हें थोडा भी दुःख न होगा। यह एक सामान्य-सी, छोटी बात होगी या बड़ी बात यह तुम्हारे सोच पर निर्भर है। जिसे तुम सीधा-सादा शाहिद समझती हो, अब मैं वह नहीं हूँ, मैं एक आतंकवादी के रूप में कलंकित हो चुका हूँ; आतंक फैलाना ही मेरा काम था, लेकिन यह शौक या उद्देश्य नहीं था। मैं तो अज्ञानता के कारण राजनीतिक ठगों की कुटिलता का शिकार हुआ, जो कभी बचपन में अपने कोरे सपने को पूरा करने के लिए छला गया था। धर्म और जाति के उल्टे-सीधे पाठ पढ़ाकर, सपनों को पूरा करने का प्रलोभन पाकर, मैं उन चालबाजों से, धर्म के ठेकेदारों से छला गया, जिसकी सजा मैं तब से भुगत रहा हूँ और शायद भविष्य में भुगतता ही रहूँ। इस जाल में फँसकर मैंने अपनी ही धरती माता का सीना छलनी किया, माँ के स्तनों के जीवनदायिनी, स्नेहमयी दूध का बदला खून से चुकाया, बात-बात पर हत्यायें की, निर्दोषों को कीड़ों की तरह कुचला, उनके रक्त से होली खेलकर आनन्द लूटा, हँसते-खिलखिलाते न जाने कितनो बच्चों का अनाथ किया... यहाँ तक कि मैं खुद अपने हाथों अनाथ हो गया, मैंने ही अपनी माँ को मार डाला, इससे बड़ी बदनसीबी मेरे लिए और क्या हो सकती है। ये मेरे पापों का फल है जो मुझे भुगतना पड़ा रहा है।

हम आतंकवादियों के अन्दर बैठा यह दानव उन दुष्टों के द्वारा बैठाया गया है, जो हजारों मासूम अबोधों के जेहन में आतंकवाद का दानव पैदा किया करते हैं, हिंसा का बीज बोया करते हैं, अलगाववाद, जातिवाद का कीटाणु पनपाया करते हैं, धर्म को तोड़-मरोड़कर, उल्टे-सीधे अर्थ बताकर, हमें अपने ही घर से बेघर कर देते हैं। हमें अपने ही भाइयों का खून पीने के लिए मजबूर कर दिया जाता है। हमें वे ऐसे दानव बनाकर रख देते हैं जो हमेशा उनके इशारों पर हिंसा और आतंक का तांडव करते हैं

और इन अमानवीय कांडों के बदले पैसों का चारा फेंकते रहते हैं... वे हमारे जैसे गरीब, अनपढ़ों का भरपूर गलत फायदा उठाते हैं। हमारे जेहन में वे ऐसी बातें ठूँस-ठूँसकर भर देते हैं, जिससे हम अपने ही घर में आग लगाते तनिक भी विचार नहीं कर पाते। हमारी बुद्धि को कुचलकर इस कदर मृतप्राय कर देते हैं कि वह जीवन में कभी जाग नहीं पाती और फिर हम कुपथ के राही, कुपथ पर चलते हुए जिन्दगी काट देते हैं।

मैं भी बहुत दिनों तक इसी तरह का पशु था। तब मुझे लूका मिली... मेरा प्रेम। उसने मुझे पशु से इंसान बनाने के लिए अपना सबकुछ त्याग दिया। उसकी आबरू चली गयी, यहाँ तक की वह शहीद हो गयी इस पत्थर शाहिद को जगाने में। और तब मैं जाग पड़ा, जब वह हमेशा के लिए सो गयी। यह जो मेरे पास अक्षर की जुबान है यह उसी की दी हुई, उसी के तप त्याग का फल है। तो क्या मैं उसके इस निश्छल त्याग को सहज ही भुला दूँ? नहीं, मैंने प्रतिज्ञा की है, उसके त्याग को सार्थक करने की, उसके सदिच्छाओं को पूरा करने की, उस पथ को ही मिटा देने की, जिस पथ पर कभी मैं गया था। वह एक सच्ची देशभक्त थी, उसका सपना आतंकरहित भारत बनाने का था। मैंने उसके सपने को पूरा करने का बीड़ा उठाया है।

उस देवी ने मुझे दानव से मानव बनाया, उसका कर्ज है मुझ पर। मैं इस कर्ज को उतारे बिना तो मर भी नहीं सकता। सबसे बड़ी बात यह है कि मैंने प्यार किया तो सिर्फ लूका से। मुझे निभाना है इस प्यार को। मेरे मानस पर लूका के अलावा और किसी का खयाल आया ही नहीं। यही मेरी विवशता है कि तुम जैसी नेक दिल सुन्दर लड़की के साथ रहकर भी मैं तुमसे काफी दूर रहा। सबीना! अब तुम ही बताओ, क्या मैं गलत हूँ? मेरे साँसों की कोई गारंटी नहीं, पता नहीं कब, कहाँ थम जाय... पर जब तक ये साँसें मेरे साथ हैं, मेरी हर साँस में लूका बसी है; यदि मैं जिंदा हूँ, तो सिर्फ उसी के दिये मकसद को पूरा करने के लिए।

सबीना, मैं तुम्हारा गुनहगार हो सकता हूँ; मुझे माफ कर दो। सबीना! क्या तुम मेरी एक सलाह मानोगी? मुझे भूल जाओ एक बुरा सपना समझकर; मुझे लूका के सपनों को पूरा करने दो, मुझे मत रोको... जाने दो मुझे अपनी लूका का प्यार पाने, लूका के पास।

तुम्हारे पिता अच्छी तरह जानते हें कि मैं एक आतंकवादी था; उनकी नजर में शायद अब भी हूँ... यही कारण है कि उन्होंने तुम्हारी मर्जी का हमेशा विरोध किया। तम्हारे पिता शुरू से जानते थे कि मसूद भी एक आतंकवादी है, शायद यह बात तुम्हें और खाला को मालूम न हो। एक और बात, जो मैं बताने जा रहा हूँ, तुम्हारे परिवार में किसी को भी, शायद तुम्हारे पिता को भी मालूम नहीं कि मसूद भारत-पाक युद्ध में पाकिस्तानी आतंकवादियों की ओर से लड़ता हुआ मारा गया है।

तुम्हारा शाहिद

शाहिद पत्र उसी दशा में छोड़कर निकल पड़ा अँधेरे में, अनचाही राहों पर। बोझिल मन, विरह-वेदना का दंश और इन ठण्ढी हवाओं की चुभन। जाने फिर कभी दर्शन भी हो पाएंगे इन जननी जन्मभूमि के। पाँव उठाये न उठते थे, मानो पाँव पकड़कर यह धरती उसे रोकना चाहती हो। सामने से लूका अदृश्य रूप से आह्वान कर रही थी– 'जन्मभूमि छोड़कर कर्मभूमि की ओर बढ़ो।' हाय! यह कैसा द्वंद्व है, जाने आज किसकी विजय होती है।

अचानक उसके पैर ठिठक गये। जैसे उसकी तंद्रा भंग हो गयी हो। सामने वही टूटी दीवार, झाड़ियों के बीच, बचपन की यादें सँजोये खड़ी, बाँहों में समेट लेने को आतुर। वह जाने-अनजाने अपने घर के पास खड़ा था। उसने श्रद्धा-भाव से उन टूटी दीवारों पर नजर दौड़ायी, जो अब किसी अवशेष की भाँति बिखरी पड़ी थीं। इसी घर में उसने लूका को ब्याह लाने का वादा किया था और तब यही घर सपनों का स्वर्ग होता। पर क्षण भर में कालचक्र की गति को बदलते देर नहीं लगती। एक ही क्षण मे क्या से क्या हो गया था। उसके सपनों का संसार भरभराकर गिर पड़ा था, सब कुछ समाप्त हो गया था। उसकी आँखों में आँसू छलछला आये। उसे लगा जैसे दुल्हन बनी लूका, माँ जरीना की गोद में माथा टिकाये उसके आने की इंतजार में बैठी थी और शाहिद के आते ही जरीना बोल पड़ी– तू आ गया बेटा! और शाहिद, माँ के गले से लिपटने को दौड़ा। "हाँ माँ मैं आ गया।" अनायस ही शाहिद के मुँह से गूँगों की-सी आवाजें निकल पड़ी थीं। गले लगाने को खुली बाँहें खुली की खुली रह गयीं। उसका पलभर का ख्वाब टूट चुका था।

लूका की प्रेरणा अभी भी हर पल उसके साथ थी, जो हमेशा प्रेरित करती रहती थी अपने मकसद की ओर उसे बढ़ने को। अब तो बस शाहिद का एक ही मकसद था, सद्कर्म कर अपने पापों का प्रायश्चित कर, शुद्ध पापमुक्त होकर पवित्र लूका के नजदीक पहुँच जाना। लूका का यह वाक्य कि जिस दिन तुम सदकर्म कर अमर हो जाओगे, उस दिन तुम मेरे सबसे करीब होगे, शाहिद को चैन से साँस लेने नहीं दे रहे थे। उसकी हर एक साँस लूका के सामीप्य के लिए तरस रही थी।

गाँव के मुर्गों ने बाँग देकर शाहिद को चेताया कि अब सुबह होने को है। शाहिद ने एक लम्बी साँस लेते हुए अपनी जन्मस्थली को कातर दृष्टि से अन्तिम बार देखा और सदा-सदा के लिए छोड़कर चल पड़ा कर्मभूमि की ओर....

शाहिद जब से यहाँ आया था, तब से सबीना चिड़ियों के चहचहाने से पहले जाग जाती थी। उसे चिन्ता थी शाहिद की। शाहिद की सेवा ही उसका पहला और महत्त्वपूर्ण कार्य हो गया था। आज भी वह उठते ही चल पड़ी थी शाहिद के दर्शन को। हर रोज की भाँति वह शाहिद को जगाने का नया बहाना सोचती जा रही थी। वह मुस्कुरा रही थी उन क्षणों की कल्पना कर, जब वह शाहिद को जगाने के क्रम में

सिरहाने बैठकर कभी उसके कान को छूती, कभी नाक और कभी होंठों को... कभी प्यार भरी मीठीं बातें कर लिया करती थी। वह इस कदर चली जा रही थी, मानो रातभर चकवी, चकवा के विरह में वेदना में तड़पती रही हो और सुबह होते ही चल पड़ी अपने चकवा, से मिलने को। वह सोचती रही थी– आज जनाब को न छेड़ूँगी, चुपचाप बैठी रहूँगी सिरहाने। देखती हूँ जब लाट साहब जगकर मुझे देखेंगे तो क्या प्रतिक्रिया होती है उनकी। क्या प्यार भरी नजरों से मुझे भी देखते रहेंगे या फिर लजाकर चादर से मुँह ढक लेंगे।

कमरे में पूरा प्रकाश न था। वस्तुएँ स्पष्ट दिखायी नहीं पड़ रही थीं। सबीना हौले-हौले जाकर चुपके से बैठ गयी शाहिद की चारपाई के सिरहाने और इंतजार करने लगी उन मधुर क्षणों का जिनकी वह अभी-अभी कल्पना करती हुई आयी थी। वह बैठी रही कुछ देर। जब थोड़ा उजाला हुआ तो वह ढूँढ़ने लगी अपने सपनों के मुखड़े को। दिल ने धक् किया– हाय! किधर घुसाये पड़ा है अपना मुखड़ा। उसे और सब्र न था कि थोड़ा और उजाला होने दे। उसने धीरे से चादर हटाया। मुँह से अनायास ही एक मासूम आवाज निकल पड़ी– "हाय अल्ला! कहाँ गया।" वह दौड़ी आयी कमरे से बाहर। लालटेन जलाया, देखा, कमरा खाली है। फिर वह लालटेन लेकर पूरे घर में ढूँढ़ आयी, पर वह न मिला। यह सोचकर थोड़ा राहत किली कि हाथ पैर हैं गया होगा कहीं। वह जाकर बैठ गयी दुआरे पर। धूप निकल आयी। फरीदा चिल्लाई– "आज झाड़ू-बरतन भूल गयी क्या! तबीयत तो ठीक है?

सबीना– "देखो न अम्मी, शाहिद सुबह-सुबह कहाँ गया है, अभी तक नहीं आया है।"

फरीदा– "उसकी चिंता तू क्यों करती है, बच्चा है जो गुम हो जायेगा; चल झाड़ू-बरतन निपटा।"

सबीना– "चिंता कैसे न करूँ, अब तक नहीं लौटा।"

फरीदा– "आता ही होगा, भाग थोड़े न जायेगा बिना कहे; कल तुम उसे घुमाने ले गयी थी, अच्छा लगा होगा; आज खुद चला गया होगा।"

सबीना– "मैं उसे ढूँढ़ आऊँ?"

फरीदा कड़े लहजे में बोली– "कुछ शरम है कि नहीं तुझे... देर हो रही है, घर में कितने काम पड़े हैं और फिर तू कहाँ-कहाँ ढूँढ़ेगी उसे।"

सात बज गये, नौ बज गये, बारह बज गये। सबीना व्याकुल हो गयी इंतजार करते-करते

सबीना– "अम्मी बारह बज गये।" फिर वह आगे न बोल सकी। आगे की बातों को उसके छलकते आँसुओं ने पूरा कर दिया। इंतजार होता रहा, पर शाहिद न लौटा।

क्या सबीना के इंतजार की घड़ियाँ कभी समाप्त हो सकेंगी।''

दोपहर तो निकल गयी, पर अब शाम लौट आने का इंतजार था। इंतजार ही नहीं, पूर्ण विश्वास था कि शाहिद जरूर लौट आयेगा। शाम में तो सभी पशु-पक्षी, जलचर-थलचर सभी प्राणी लौट आते हैं अपने घर को। शाम होती ही है शायद इसलिए कि दिन भर कोई कहीं रहे पर शाम को लौट आये। शाम हुई, फिर रात। सबीना पलकें बिछाये बैठी रह गयी द्वार पर। शाहिद के नहीं लौटने से फरीदा और नसीम मियाँ को भी चिन्ता सताने लगी थी, मन कई बुरी आशंकाओं से घिर आया था। देर रात तक जब शाहिद न आया, तो सबीना का दिल थककर बैठ गया। मन किया दहाड़ मारकर रो ले। वह द्वार से उठकर शाहिद के कमरे में चली गयी। घुसते ही रुलाई आ गयी। फिर तो मन भर रोयी सिसक-सिसककर। मन कुछ हल हुआ तो वह जाने को हुई। अचानक उसकी नजर उस कागज के टुकड़े पर पड़ी, जिसमें उसके नाम की चिट्ठी थी। वह पढ़ती जा रही थी और आँखों से अनवरत अश्रुधारा बहती जा रही थी।

नौ

शाहिद सीधा दीननारायण बाबा के पास पहुँचा। बाबा इस घनघोर रात्रि में भी पीपल वृक्ष के नीचे बैठे थे। क्या वे अपनी साधना में इतने रत थे कि उन्हें दिन का प्रकाश और रात्रि के अँधेरे में कोई फर्क नहीं। क्या उन्हें दिन और रात होने का आभास भी होता है। शाहिद चुपचाप बाबा के पास बैठ गया, यह सोचकर कि अभी रात्रि में बाबा के सवालों का जवाब बिना जुबान के नहीं दे पायेगा। शाहिद के बैठने की जरा-सी आहट पाते ही बाबा बोले– 'कौन?' कोई जवाब नहीं मिलने पर बाबा ने फिर पूछा– "कौन है?" जुबान से लाचार शाहिद ने अब भी कोई जवाब नहीं दिया। बाबा ने कुछ ऊँची, किन्तु मधुर आवाज में फिर पूछा– "कौन है भाई, कुछ बोलते क्यों नहीं!" शाहिद चाहकर भी न बोल सका। भला क्या और कैसे बोलता वह। रात्रि में कुछ इशारा भी तो नहीं कर सकता। वह मौन, विवश बाबा को देखता मन मसोसकर रह गया। फिर बाबा ने दुबारा नहीं पूछा। दिन भर चलते रहने से मारे थकान के शाहिद को बैठे-बैठे नींद आने लगी। वह वहीं जमीन पर लेट गया।

चिड़ियों की चहचहाहट से शाहिद की नींद टूटी। इधर-उधर देखा, कुछ न था और न ही अपने स्थान पर बाबा थे। पर उसे बड़ा आश्चर्य हुआ, जब उसने अपने को एक छोती से ढँका पाया। संभवतः यह धोती बाबा की थी। उठकर उसने महसूस किया वातावरण एकदम शांत था... कोई हलचल नहीं। ठण्ढी पहाड़ी हवा एक अजीब-सी ताजगी लिए मंदगति से एक लय में बह रही थी। शाहिद, बाबा के इंतजार में धोती ओढ़कर इधर-उधर टहलने लगा।

करीमन खां को अपने गुप्तचरों से सूचना मिली कि शाहिद सुबह बाबा दीननारायण के इंतजार में उसी पीपल वृक्ष के नीचे बैठा देखा गया है। करीमन खां का उबलता खून उफन पड़ा। वह शाहिद को अपना सबसे बड़ा शत्रु समझता था। शाहिद के कारण आज उसके जेहादी नापाक इरादों पर पानी फिर गया था। शाहिद के कारण ही उसका वर्चस्व लगभग समाप्त हो गया था। करीमन खां अच्छी तरह जानता था कि शाहिद के रहते उसका वर्चस्व कायम नहीं हो सकता, क्योंकि शाहिद की जुबान से निकले सदवचन, उसके बारूदी गोलों से कही अधिक घातक थे; शाहिद के ही

समझाने पर सारे हिन्दुस्तानी आतंकवादी घर को लौट गये थे। वह शाहिद को मार डालने के मंसूबे से अपने आतंकवादी साथियों के साथ निकल पड़ा। उन्हीं में से एक आतंकवादी, पाकिस्तानी होते हुए भी शाहिद का शुभचिंतक भी था, क्योंकि जेहाद की आड़ में स्वार्थगत खूनी खेल की सच्चाइयों को वह जान चुका था। करीमन खां के इस मंसूबे का पता चलते ही वह चिंतित हो उठा। वह किसी भी हाल में शाहिद को नहीं मरने देना चाहता था, क्योंकि उसकी नजर में शाहिद इंसानियत का रक्षक था, इस्लाम का रक्षक था। उसे चिंता थी कि यदि शाहिद जैसा फरिश्ता मारा गया तो करीमन खां निरंकुश होकर विनाश का कहर बरपायेगा।

करीमन खां निकल चुका था नापाक मंसूबे लेकर। समय बहुत कम था। शाहिद के शुभचिंतक उस पाकिस्तानी आतंकवादी ने कोई उपाय न देखकर अंततः अपने प्राणों को दाँव पर लगा दिया। वह बंदूक फेंककर वहाँ से निकल भागा नजदीक की पुलिस चौकी की ओर। उसे भागते देख अन्य आतंकवादियों को समझते देर न लगी कि वह बगावत कर बैठा है। उन्होंने उस पर गोलियाँ दाग दी। गोली उसके कंधे पर लगी, फिर भी वह लहुलुहान बचता हुआ आर्मी कैंप की ओर भागा। वह लड़खड़ाते हुए चौकी की ओर बढ़ता जा रहा था। दूर से ही उसे चौकी पर आते देख आर्मी ने उस पर बंदूकें तान दीं। एक साथ कई बंदूकें उसकी ओर निशाना साधे आग उगलने को तत्पर हो गयीं। उनकी बंदूकें तनी की तनी रह गयीं, वह लड़खड़ाकर गिर पड़ा। यह देखकर आर्मी के जवान बंदूकें ताने उसकी ओर दौड़े। वह जोर-जोर से हाँफ रहा था। नजदीक आकर एक जवान कड़का– "कौन हो तुम?" खून से लथपथ उस घायल के पास इतना समय कहाँ कि वह अपना परिचय दे पाता। उसकी मृत्यु ने उसे यह आभास करा दिया था कि अपना परिचय देने में वह शाहिद को खो देगा। उसने उस प्रश्न का जवाब दिये बिना मरते-मरते कहा– "बाबा दीननारायण की स्थली में आतंकवादी पहुँच चुके हैं।" वह मर गया, मानो उसके प्राण इसी अधूरे वाक्य के सहारे लटके थे। आर्मीवालों ने सोचा जरूर कुछ गड़बड़ है। फोन के माध्यम से तुरंत खबर कमाण्डर तक पहुँची। आर्मी कमाण्डर ने अपने जवानों को तुरंत बाबा दीननारायण की स्थली की ओर दौड़ाया।

अब तक बाबा दीननारायण नहीं लौटे थे। शाहिद उसी पीपल वृक्ष के नीचे चहलकदमी करता उनका इंतजार कर रहा था। कभी-कभी उसे चिंता भी होती थी कि अब तक वे क्यों नहीं लौटे। क्या वे किसी रोगी की सेवा में रत हैं या फिर आज भिक्षाटन में निकल गये हैं। इसी सोच में डूबा शाहिद वहीं चहलकदमी कर रहा था।

करीमन खां गुस्से से भरा लम्बे-लम्बे डग भरता शाहिद की ओर चला आ रहा था, दूसरी ओर से आर्मी के जवान दौड़े चले आ रहे थे। आज इस स्थली में बाबा दीननारायण भी न थे। क्या यह किसी अशुभ का संकेत था। न जाने गाँव के इस पवित्र बूढ़े पीपलबाबा की पावन-स्थली में आज क्या होने वाला है। खैर, अब जो विधि का

विधान होगा, वह होकर ही रहेगा।

शाहिद को देखते ही करीमन खां ने उसको घेरने के लिए अपने लड़ाके भेजे, क्योंकि करीमन खां शाहिद की जांबाजी से वाकिफ था, उसे बिना घेरे मारना सँभव नहीं था। शाहिद शायद स्थिति को ताड़ गया था। उसने अपनी चौकन्नी नजर दौड़ायी। अब तक वह स्थिति को स्पष्ट भाँप चुका था। उसने घिरने से पहले ही छलाँग लगा दी गड्ढे में। आतंकवादी ढूँढ़ने लगे उसे किसी शिकारी की भाँति। एक आतंकवादी शाहिद के सिर का निशाना साधे सामने आ गया। वह पाकिस्तानी आतंकवादी, पाकिस्तान के जेहादी कैंप में शाहिद के साथ रहकर युद्ध का प्रशिक्षण पा चुका था। वे एक-दूसरे से परिचित थे। शाहिद ने एक गहरी दृष्टि उसकी आँखों में डाली। शाहिद की दृष्टि में इतना तेज था, इतनी शुद्धता, निश्छलता और प्रेम था कि वह गोली दाग न सका। बंदूक से हाथ की पकड़ ढीली पड़ गयी। यह कोई सम्मोहन नहीं था, न ही कोई चमत्कार और न ही भारत के इतिहास की यह पहली घटना थी, जब आततायी ने किसी सद्पुरुष के सामने आते ही उसके तेज से प्रभावित होकर हथियार फेंककर चरण पकड़ लिये थे। साक्षी है, हमारा भारत का इतिहास ऐसी कई घटनाओं का। शाहिद की आँखों में यह पुण्य का, सदविचार, सतकर्म का तेज था। उसने अपना हथियार शाहिद को सौंपते हुए कहा– ‘‘जा दोस्त, ये आतंकवादी तुझे सलाम करता है, बचा ले इंसानियत को, खत्म कर दे इस पाक धरती से नापाक आतंकवाद को, कर ले इस्लाम की इबादत... दोस्त मैं पाकिस्तानी जरूर हूँ, पर आतंकवादी से पहले एक इंसान हूँ; समय बहुत कम है। बचा ले आज तू कुरान को नीलाम होने से।’’ शाहिद ने उसे कातर दृष्टि से देखा, मानो कह रहा हो– इस अंतिम घड़ी में अल्लाह ने तुझे सदबुद्धि दी, शुक्र है, तेरे अब तक के गुनाहों को अल्लाह माफ करे।

शाहिद पहले भी गोलियों की जुबान बोलता था। लूका की मौत के बाद उसने बंदूक त्याग कर प्यार की जुबान बोलना शुरू किया और उसमें कामयाब भी हुआ। आज उसकी स्थिति ऐसी थी कि उसकी जुबान भी न थी कि वह प्यार की भाषा बोल सके। शायद आज उसके प्यार की जुबान काम भी न आती। आज उसके जुबान का कोई काम भी न था, क्योंकि प्यार की जुबान से सही रास्ते पर आने वाले आ चुके थे। ये जो थे, वे बंदूक की जुबान ही समझने वाले जानवर थे। आज उसके हाथ में फिर से बंदूक तैयार थी, गोलियों की जुबान बोलने को। आज उसका वास्तविक जेहाद सामने है... पाकिस्तान में पाये उसके युद्ध कला के प्रशिक्षण का सही उपयोग आज होगा। आज उसके लिए यह जंग धर्मयुद्ध है, जेहाद की परिणिति है। आज वह सारा पाप धो डालेगा आतंकवादियों के रक्त से। आज वह अपनी मातृभूमि का कर्ज अदा करेगा। आज लूका के सदविचारों और इस्लाम के सिद्धांतों को पूरा करने की घड़ी आ गयी थी। आज पहली बार शाहिद ने अपनी माटी और देश के लिए बंदूक उठायी थी।

शाहिद युद्ध कला में कितना कुशल था, यह सुनकर कभी करीमन खां फूला न समाता था... पर आज वह प्रत्यक्ष देख रहा था कि कैसे शाहिद की गोली से उसके साथी आतंकवादी एक एक कर पके फल की तरह गिरते जा रहे थे।

करीमन खां के बहुत से आतंकवादी शाहिद के हाथों मारे जा चुके थे। करीमन खां गुस्से से तिलमिलाया अंधाधुंध गोलियाँ चलाये जा रहा था। इधर आर्मी भी वहाँ पहुँच चुकी थी। दोनों ओर से तड़ातड़ गोलियाँ चलना शुरू हो गयीं। शाहिद के एक ओर आतंकवादी थे तो दूसरी ओर आर्मी। वह दोनों ओर से घिरा आतंकवादियों से लोहा लेता रहा। शाहिद को देख आर्मी को लगा जैसे वह आज खुद दस्ते का संचालन कर रहा है। शाहिद के बचने के कहीं कोई विकल्प न थे, न तो वह आगे जा सकता था न पीछे हट सकता था और न ही बीच में बच सकता था। वह बीच मैदान आ डटा। शाहिद को बीच मैदान देखते ही आर्मी ने उस पर गोलियाँ तड़तड़ा दीं। आर्मी की गोलियाँ शाहिद की पीठ को छलनी कर गयीं, साथ ही दूसरे तरफ से करीमन खां और उसके साथियों ने शाहिद की छाती पर गोलियों की बौछार से अपने उफनते खून को ठण्ढा किया।

वह निढाल गिर पड़ा पत्थर पर। प्राण निकलने से पहले उसने काँपते हाथों से अपने खून की स्याही से उसी पत्थर पर लूका के सिखाये गये अक्षर की जुबान से अंकित कर दिया– वन्दे मातरम्

फिर क्या था, दोनों ओर से धुँआधार गोलियाँ चलने लगीं। भयानक बमबारी से आसपास का जंगल थर्रा उठा। धूल और धुँए से पट गया वह क्षेत्र। लगातार गोलीबारी होती रही, धरती लाशों से पटती गयी। शाम होते-होते गोलीबारी थम गयी और इस मैदान में शमशान का नीरव सन्नाटा पसर गया। आज उस बूढ़े पीपल पर चिड़ियों की चहचहाहट न थी। आज न जाने क्यों पहाड़ी हवा भी इस रास्ते चलते भय खा रही थी।

शाम के समय बाबा दीननारायण दूर कहीं से ऊँ नमः शिवाय, ऊँ नमः शिवाय मंत्र का उच्चारण करते बूढ़े पीपल की ओर चले आ रहे थे। एकाएक उनका मंत्रोच्चारण रुक गया। यह कैसा अजीब-सा सन्नाटा छाया है यहाँ... चिड़ियों ने क्या अपना बसेरा छोड़ दिया। यह कैसा मटमैला धुँआ दीख पड़ता है पीपल के पास। मन में तरह-तरह की शंकाएँ उठती-मिटती रहीं। जाने क्या विनाश हुआ है यहाँ, जो सियार हुआ-हुआ किये जा रहे हैं... कैसी अनहोनी का संकेत है यह, चल कर देखूँ जरा। उन्होंने अपनी चाल तेज कर दी।

पास आकर देखा तो आँखें फटी की फटी रह गयीं। क्या वास्तव में भोले शंकर ने यहाँ आकर ताण्डव नृत्य किया है या फिर प्रलयंकारी आँखें गलती से जाग पड़ी थीं, जो यहाँ सैकड़ों जली-अधजली लाशें पड़ी हैं। ये क्षत-विक्षत लाशें। हाय! इस पवित्र पत्थर पर... नहीं-नहीं, इस अपवित्र शव को मैं नहीं छू सकता। लेकिन यह लाश

अपवित्र कैसे हो सकती है, माँ भैरवी का प्रसाद भी तो हो सकता है। ओह! क्या खंडहर बना दिया किसी ने इस देवभूमि को। छोड़ो, मुझे इन फिजूल बातों से क्या, चलकर बैठूँ अपने आसन पर और करूँ भोले बाबा का ध्यान। पर आज इस पीपल बाबा का साया भी नहीं। फटे चीथड़ों की तरह पीपल की विशाल शाखाएँ लटक रही हैं, डालियाँ टूट-टूटकर धरती पर पड़ी हैं। ये बड़े-बड़े गड्ढे अचानक कैसे हो गये और कहाँ गये यहाँ के पत्थर... न जाने किस देवता की क्रूर दृष्टि पड़ी इस धरा पर। इतनी विनाशकारी दृष्टि तो रुद्र की भी नहीं होती, जो यहाँ इतनी लाशें पड़ी हैं। बम भोले! बम भोले! कहते हुए बाबा दीननारायण ने अपने आसन पर आँखें मूँदकर समाधि लगा ली।

दस

अँधेरा होते-होते सारे इलाके को फौजियों ने छावनी में तब्दील कर दिया था। साथ में कई पत्रकार भी थे। चारों तरफ लाशों का ढेर था। फौजी ढूँढ़ रहे थे किसी जीवित, घायल को और लाशों को भर रहे थे गाड़ियों में। इसी बीच आर्मी के जवानों ने पीपल वृक्ष के नीचे बैठे किसी ध्यानस्थ साधु की सूचना कर्नल को दी। कर्नल स्वयं चलकर बाबा के पास पहुँचे। पत्रकार भी साथ हो लिये। बड़ी विचित्र बात थी... जहाँ भयंकर बमबारी में एक कीड़ा जीवित न बचा, वहाँ वह ध्यानस्थ बैठे हैं, जैसे वे इस मरघट के स्वामी हों।

कर्नल ने बाबा दीननारायण के विषय में सुन रखा था और यह भी सुन रखा था कि बाबा एक स्वतंत्रता सेनानी भी हैं। स्वतंत्रता सेनानी होने के नाते कर्नल ने बाबा को पुकारा और सैल्यूट किया। ध्यानस्थ बाबा दीननारायण की आँखें खुलीं। तब कर्नल ने बड़ी श्रद्धा से पूछा– ''बाबा, घटना के वक्त आप कहाँ थे?''

बाबा– ''मैं आज अपनी बेटी का वार्षिक श्राद्ध करने नदी घाट गया था।''

कर्नल– ''आप इस घटना के बारे में कुछ जानते हैं?''

बाबा– 'नहीं'

कर्नल– ''क्या आप इनमें से किसी को जानते हैं?''

बाबा– ''हाँ एक कोकभी करीमन खां शायद इन्हीं में से एक हो, आज सुबह ही मैं उसे यहाँ सोता छोड़ गया था।''

कर्नल– ''कौन था वह?''

बाबा– ''शाहिद, शाहिद नाम था उसका।''

कर्नल– ''शाहिद? वही जो खूंखार आतंकवादी है?''

बाबा– ''था, मगर अब नहीं, वह तो देशभक्त है।''

कर्नल– 'देशभक्त!' कर्नल के आश्चर्य का ठिकाना न रहा। उसे कुछ समझ में न आया।

बाबा– "हाँ देशभक्तकभी करीमन खां आतंकवादी नाम से कलंकित देशभक्त।"

कर्नल– "बाबा आप यह क्या कह रहे हैं, मैं कुछ समझा नहीं!"

बाबा– "बड़ी विचित्र कहानी है उसकी।"

कर्नल– "कैसे जानते हैं आप उसे?"

बाबा– "वह मेरा होने वाला दामाद था।"

कर्नल– "क्या आप हमें उसके बारे मे कुछ बताएँगे?"

कर्नल के इस आग्रह पर बाबा जिन्दगी के पिछले पन्ने पलटने लगे, जैसे किसी इतिहास का बारीकी से अध्ययन कर रहे हों। उनकी आँखें अनन्त के किसी शून्य पर फैल गयीं, बोले– "बड़ा भोला था तब वह... बचपना खत्म कर किशोरावस्था में प्रवेश करने लगा था, विचार बदलने लगे थे, दिन में भी सपने जागने लगे उसके जेहन में। नयी उम्र, नये विचारकभी करीमन खां विचार गहराये नहीं थे उसके, न ही जिन्दगी का कोई अनुभव था उसे। दीन दुनिया से बेखबर, तब छला गया वह, जब औरों की तरह उन धर्म के ठेकेदारो ने कोरे सपने दिखाकर अपने वश में कर लिया। फिर क्या था, जेसे आप जानते हैं वह आतंकवादी हो गया। उसमें इतनी चेतना विकसित नहीं हो पायी थी कि वह आतंकवाद के बारे में कुछ सोच भी पाता। उसका एक ही मकसद था, अपने आकाओं के आदेश का पालन कर तबाही मचाना और अपने दस्ते में वाहवाही लूटना। बदले में प्रोत्साहन पाता था हुक्मरानों से। तब उसे लूका मिली; लूका मेरी बेटी... ज्ञान हुआ उसे तब प्रेम का, जिन्दगी का। पढ़ी-लिखी थी मेरी बेटी, सुशील समझदार, सर्वगुण-सम्पन्न। उसने शाहिद पर सही रास्ते पर चलने का दबाव न डाला, वह स्वयं सीधा रास्ता अपनाता गया। पर कब तक बर्दाश्त करते वे, जिनका वह पालतू कुत्ता दूसरों को काटने के बजाय, बुराई से घृणा करने लगा, अनने अन्य आतंकवादी साथियों को भी सही पथ पर चलने को प्रेरित करने लगा, सही मार्ग दिखाने लगा। शाहिद उनकी आँखों में खटकने लगा, दुश्मन हो गया शाहिद उन दुष्टों का। आतंकवादी पट्टा गले से छूटते देख वे बौखला गये। उन्होंने पट्टे को कसकर पकड़ा, ताकि पालतू शाहिद वश में हो जाय, पर वह तो पट्टे से कबका छूट चुका था। उन्होंने शाहिद पर दूसरा पट्टा डालने की कोशिश की, पर वे नाकाम रहे। उन्होंने अपना असफल प्रयास छोड़ उस पट्टे वाले गले को ही काट देने का निर्णय किया। उन्होंने मेरी बेटी को आत्महत्या करने के लिए मजबूर किया, फिर भी शाहिद उनके बस में न हुआ; जाग चुका था अब शाहिद, उसके ज्ञान का दरवाजा खुल चुका था। खुद में सत्य की, प्रेम की सात्विक शक्ति को अब तक वह परख चुका था। उसकी ये शक्तियाँ गहराती गयीं। अब वह आतंकवादी न था, बल्कि एक वीर था, जो निहत्था उनसे लड़ता-भिड़ता रहा। उसने इस लड़ाई में विजय भी पायी, आतंकवादियों को सही मार्ग दिखाने में वह काफी हद तक कामयाब भी हुआ। आतंकवादी इसकी जान के पीछे हाथ धोकर

पड़ गये, क्योंकि वह उनके रास्ते का काँटा था, इसके रहते वे अपने आतंकी कार्यों को सफलतापूर्वक अंजाम नहीं दे सकते थे। भारत सरकार भी अब तक शाहिद को खूंखार आतंकवादी समझती रही और आर्मी उस पर जुल्म ढाती रही। पर वह अब सरहद और अपनी मातृभूमि का सच्चा सिपाही था। वह एक सिपाही था जो आतंकवादी के विरुद्ध अकेले मैदान में डटा था। अब तक उसने बहुत से आतंकवादियों के दिल में जगह बना ली थी, यही कारण था कि उसके जेल जाने पर दर्जनों आतंकवादी इसलिए आत्मसमर्पण कर उसे छुड़ाने को तैयार हो गये, क्योंकि वह खुद आतंकवादी होते हुए भी आतंकवाद को समाप्त करने के इच्छुक थे... क्योंकि शाहिद उनको सत्य और प्रेम का सदमार्ग दिखा चुका था। जेहाद की नंगी तस्वीर दिखा चुका था, इस आंदोलन को जारी रखने में खुद वे असमर्थ थे, इसलिए उन्होंने शाहिद को छुड़वाया, क्योंकि वे जानते थे कि यह कार्य इतना आसान नहीं, इस कार्य को शाहिद जैसा तपा व्यक्ति ही कर सकता है। उन्होंने शाहिद को इसलिए नहीं छुड़वाया कि वो फिर से आतंक को बढ़ावा दे सके... बल्कि इसलिए कि आतंकवाद को वह समाप्त कर सके। शाहिद कभी एक खूंखार आतंकवादी था, पर उससे कहीं अधिक, हथेली पर जान लेकर उसने आतंकवाद को समाप्त करने में अपनी शक्ति खर्च की। अब वह एक सच्चा इंसान है, देश का एक रक्षक है, एक वीर सिपाही है; जिसने अपनी मातृभूमि को आतंकवाद से मुक्त कराने के लिए बिना वर्दी, बिना स्वार्थ बीड़ा उठाया है। वह आज सुबह ही मुझसे मिलने आया था... अब पता नहीं किस हाल में कहाँ होगा।'' कर्नल जैसे कोई फिल्म देख रहो हो। उसका ध्यान बाबा की बातों पर इस कदर था, जैसे मुनिगण का ध्यान भगवान के प्रति होता है।

कर्नल– ''बाबा आपने तो बड़ी विचित्र कहानी बतायी।''

बाबा– ''यह कोई कहानी नहीं, हकीकत है; यदि शाहिद के विषय में और अधिक जानना चाहते हो तो शाहिद के लिए आत्मसमर्पण करने वाले उन आतंकवादी कैदियों से पूछो।'' तभी एक फौजी ने आकर सूचना दी– ''करीमन खां की लाश मिली है, साथ में खूंखार आतंकवादी शाहिद की भी लाश पहचान ली गयी है।'' इतना सुनते ही बाबा दीननारायण तड़पकर अपने आसन से उठ खड़े हुए, बूढ़ी आँखों में आँसू छलक पड़े। वे भर्राये स्वर में बोले– ''अब तो उसे आतंकवादी न कहो।''

शाहिद अब 'शहीद' हो गया अपने वतन के लिए। आज तक किसी ने बाबा की आँखों में आँसू न देखे थे। वे शाहिद के शव के पास जाकर बैठ गये। देखा, खून से लथपथ शाहिद निढाल, मुँह के बल पड़ा था। सिर के पास पड़े पत्थर पर खून से बड़े अक्षरों में लिखा था– 'वन्दे मातरम्'। यह देख सभी असमंजस में थे। वहाँ उपस्थित कर्नल, फौजी, पत्रकार सभी के मन में एक ही सवाल पैदा हो रहा था कि इस पत्थर पर 'वन्दे मातरम्' किसने लिखा; किसी फौजी ने या फिर शाहिद ने। बाबा, शाहिद की खुली आँखों को बंद कर, चेहरे पर हाथ फेरते हुए रुआँसे स्वर में बोले– ''तू चला गया बेटा मुझे छोड़कर अपनी लूका के पास।'' और फिर वे फफककर रो पड़े।

तभी वहाँ चार जवान, खून से लथपथ एक घायल आतंकवादी को टाँगकर कर्नल के पास लाये। कहा– ''गड्ढे में से यही एक जिंदा आतंकवादी मिला है।''

कर्नल– ''फौरन अस्पताल ले चलो इसे।'' जवान जाने को मुड़े।

'रुको!' एक लड़खड़ाती आवाज निकली उस मरणासन्न आतंकवादी के मुँह से। वह फिर बोला– ''मुझे अस्पताल मत भेजो कर्नल साब, मरने दो मुझे; बहुत पाप किया है मैंने, पाप का बोझ लेकर मैं नहीं जीना चाहता।'' एक आतंकवादी के मुँह से ऐसी बातें सुनकर वहाँ खड़े सभी को बड़ा आश्चर्य हुआ। बाबा दीननारायण समझ गये थे कि यह शाहिद के ही बोये अच्छाई के बीज का अंकुर है।

कर्नल– ''क्या नाम है तुम्हारा?''

घायल आतंकवादी– ''नाम नहीं बताऊँगा।''

कर्नल– ''कहाँ के रहने वाले हो?''

आतंकवादी– 'पाकिस्तान।'

कर्नल– 'गाँव-पता?'

आतंकवादी– ''नहीं कर्नल साब नहीं, नाम-गाँव नहीं बताऊँगा, बड़ी बदनामी होगी खानदान की; सारा गाँव फलाँ का बेटा आतंकवादी था, कहकर मेरे परिवार को उलाहना देगा, परिवार वाले कोसते रहेंगे मुझे कुल का कलंक कहकर... अब्बा, अम्मी और सारे परिवार को हमेशा हर जगह सिर झुकाकर चलना पड़ेगा। मेरे खानदान में एक बदनुमा आतंकवाद का धब्बा लग जायेगा, मुझे आतंकवादी जानकर मरने के बाद भी नफरत करते रहेंगे मुझसे। मैं कुल का कलंक नहीं होना चाहता, मैं गुमनाम ही मरना चाहता हूँ... परिवार वाले यही जानेंगे कि बेटा इंजीनियरिंग की पढ़ाई करने शहर गया था, लापता हो गया।''

कर्नल– ''क्या यह घटना तुम्हारे सामने घटी?''

आतंकवादी– ''हाँ, ये सारी घटना मेरी नजरों के सामने घटी।''

कर्नल– ''तब तो इस घटना की जानकारी के लिए तुम्हें जिंदा रहना होगा, तुम्हें अस्पताल जाना होगा।''

आतंकवादी– ''नहीं कर्नल नहीं, ऐसी सजा मत दो मुझे, मैं आपको सारी घटना, सारी जानकारी बताता हूँ, बताने के बाद मुझे गोली मार देना, मुझे मेरे पापों की सजा यहीं दे देना... कसम है, तुम्हें अपने वतन की।'' कर्नल विचलित हो उठा, कहा– ''आज तक की सेवा में मैंने किसी लाचार निहत्थे पर हथियार नहीं उठाया, न ही हमारा संविधान इसकी इजाजत देता है; तुम घटना के विषय में पूरी जानकारी दो।''

आतंकवादी– ''मैं एक पाकिस्तानी आतंकवादी हूँ; हम पचास आतंकवादी करीमन खां के नेतृत्व में शाहिद को मारने आये थे। आज का हमारा मकसद कहीं हिंसा

करना नहीं था, सिर्फ शाहिद को मारना था। जब हमने बंकर से कूच किया तो हमारा एक साथी शाहिद की जान बचाने के लिए बगावत कर आर्मी से मिल गया। हमें सूचना मिली थी, शाहिद यहाँ बाबा से मिलने आया है। जब हम यहाँ पहुँचे, शाहिद स्थिति को भाँपकर गड्ढे में कूद गया... हम यहाँ-वहाँ उसे तलाशने लगे। आखिर मैं उसे ढूँढ पाने में कामयाब रहा और देखते ही मैंने उसके सिर पर बंदूक तान दी पर गोली न चला सका। शाहिद से नजरें मिलाते ही लगा जैसे मेरी सारी शक्ति छिन गयी, मस्तिष्क ने बंदूक का ट्रिगर दबाने से इंकार कर दिया। सच तो यह है कि मैं भी जेहाद के इस गंदे मकसद को जान चुका हूँ, इसलिए मेरे अन्तर्मन ने बंदूक का ट्रिगर दबाने से रोक दिया। वैसे मैं जेहादी कौम से बहुंत पहले ही अलग होना चाहता था, पर मुझे मौका नहीं मिल रहा था। यदि भाग भी जाता तो जाता कहाँ; एक बार यहाँ आने के बाद लौटने का रास्ता नहीं है, यहाँ से शायद लाश भी वापस नहीं लौटती है। जब किस्मत में मरना ही है, तो क्यों न अंतिम समय में अच्छा काम करके मरूँ, यही सोचकर मैंने अपनी बंदूक शाहिद को सौंप दी। आखिर इस बंदूक का इससे अच्छा उपयोग और क्या हो सकता था। शाहिद का युद्ध कौशल सुना था, पर आज आँखों से देख लिया इस गड्ढे से छिपकर। एक-एक कर शाहिद ने आधे से ज्यादा आतंकवादियों को मार गिराया। तब तक आपकी आर्मी भी आ पहुँची। शाहिद आगे आतंकवादियों से घिरा था और पीछे आर्मी से। आर्मी वाले शाहिद को अब तक एक खूंखार आतंकवादी ही समझ रहे थे। आखिर वह कब तब टिक पाता... वह दोनों तरफ से मारा गया। पहले आर्मी ने उसके पीठ पर गोलियाँ बरसायीं, फिर बाद में हमारे साथियों ने उसकी छाती छलनी कर दी। इसके बाद दोनों तरफ से युद्ध होता रहा, जब तक कि हमारे साथी मारे न गये।'' अचानक उसने ध्यानमग्न हो सुन रहे एक सैनिक का चाकू खींच अपने गले पर फेर लिया। ''लइल्लाही... मोहम्मद उर रसूल।''

कर्नल ने शाहिद की रिहाई के लिए, आत्मसमर्पण करके जेल में पड़े उन आतंकवादी कैदियों से शाहिद के बारे में बहुत कुछ जानकारी हासिल कर ली। इधर पोस्टमॉर्टम रिपोर्ट में शाहिद के शरीर से आर्मी की गोलियों के साथ-साथ आतंकवादियों की गोलियाँ भी निकलीं। उसकी जीभ पहले से कटी पायी गयी तथा पत्थर पर लिखा 'वन्दे मातरम्' उसी के खून पाया गया।

अगले दिन सभी समाचार पत्रों में प्रकाशित हुआ 'आतंकवादी शाहिद' देश के लिए शहीद हो गया, उसकी देशभक्ति को देखते हुए सरकार ने उसकी अंत्येष्टि कल सुबह राष्ट्रीय सम्मान के साथर करने की घोषणा की है।''

लोग खबर पढ़कर चकराये। एक आतंकवादी को देशभक्त की उपाधि! आखिर, शाहिद एक आतंकवादी से एकाएक देशभक्त कैसे। क्या संपादक एक साथ पागल हो गये हैं। ये रेडियों वाले भी भाँग खाकर समाचार पढ़ रहे हैं क्या... क्या हमारे भारत सरकार के पास कोई काम न रहा जो इनकी मति मारी गयी या फिर आज के सारे समाचारपत्र पाकिस्तान से छपकर आये हैं। कहीं ऐसा तो नहीं कि देश के छापेखाने

जीवित हो उठे और अपनी मर्जी से चल पड़े या आज रात इन छापेखानों को इन आतंकवादियों के भूतों ने चलाया है। रेडियो पर बैठे क्या वे सभी भूत ही हैं? हर गुमटी-खोमचे से लेकर बड़े-बड़े प्रतिष्ठानों में बस आज यही चर्चा थी। इस मसले पर कोई बयानबाजी करता, कोई अटकलें लगाता; कोई सरकार और मीडिया पर व्यंग्य करता, कोई अपना माथा ठोंकता, तो कोई विचार मंथन में मौन बैठा रहा। किसान खेतों में, व्यापारी बाजारों मे, आने-जाने वाले रास्ते में एक-दूसरे से बस इसी की चर्चा करते रहे। लोग अपने परिचितों से, संबधियों से मिलकर कुशलक्षेम पूछना भूल बस यही सवाल पूछ बैठते... आतंकवादी देशभक्त! सारे देश में ऐसा जान पड़ता था जैसे जुबां से न सही पर आँखों ही आँखों में एक-दूसरे से सब यही एक सवाल पूछ रहे हैं। आतंकवादी और देशभक्त कैसे? और इस आशा में वे एक-दूसरे को कुछ देर देखते ही रह जाते थे कि शायद कहीं से कोई उत्तर मिल जाय। लोगों के मन में भारी जिज्ञासा थी। जनता व्याकुल थी इस रहस्योद्घाटन के लिए। कहीं के इतिहास में शायद ही कभी कहीं ऐसी कोई खबर आयी हो।

दूसरे ही दिन रेडियो और समाचार-पत्रों में शाहिद की सम्पूर्ण जीवन-कथा प्रसारित -प्रकाशित की गयी। कैसे वह आतंकवादी 'शाहिद' से देशभक्त 'शहीद' बन गया था। सभी ने पढ़ा-सुना। वास्तव में शाहिद देश के लिए शहीद हो गया था। उसे जनता और सरकार से 'देशभक्त शाहिद' की उपाधि मिली थी और लूका को 'शाहिद की पथ-प्रदर्शिका गुरु' की उपाधि मिली थी। लूका के त्याग ने भारतीय नारी के आदर्श को एक बाद फिर संसार के सामने स्थापित कर दिया था।

शाहिद की शहादत की खबर सुनते ही आतंकवादी गतिविधियों में लगे सैकड़ों आतंकवादियों ने अपने-अपने गुनाह कबूल कर आत्मसमर्पण कर दिया। जो काम भारत सरकार वर्षों तक भारी खर्च करके भी न कर सकी थी, उस काम को खुद आतंकवादियों के ताज कहे जाने शाहिद ने कर दिखाया था। लूका के प्रेम की प्रेरणा से प्रेरित होकर वह आतंकवादियों का सही राह पर लाते-लाते स्वयं शहीद हो गया था। आजादी के बाद आतंकवादियों को सही राह पर आकर आत्मसमर्पण करना, संसार में अहिंसा की दूसरी बड़ी विजय थी। सबसे बड़ी चौंकाने वाली बात तो यह थी कि भारत सरकार ने लूका और शाहिद को संयुक्त रूप से मरणोपरांत स्वतंत्रता दिवस के दिन देशभक्ति और सेवा के लिए 'देश रत्न' की उपाधि से सम्मानित करने की घोषणा कर दी। इस उपाधि को लेने के लिए बाबा दीननारायण को आमंत्रित किया गया।

लूका के प्रेरक वाक्य कि 'जिस दिन तुम सदकर्म कर अमर हो आओगे, उस दिन तुम मेरे सबसे करीब होगे।' शाहिद, लूका के आदर्श वाक्य को चरितार्थ कर लूका के सबसे करीब पहुँच चुका था।

www.ingramcontent.com/pod-product-compliance
Lightning Source LLC
LaVergne TN
LVHW100257051026
849517LV00006B/2126
9789388556149